ハヤカワ文庫NV
〈NV1180〉

シャドー81

ルシアン・ネイハム
中野圭二訳

早川書房
6353

SHADOW 81
by
Lucien Nahum

Translated by
Keiji Nakano
Published 2008 in Japan by
HAYAKAWA PUBLISHING, INC.
This book is published in Japan by
arrangement with
DOUBLEDAY
an imprint of THE DOUBLEDAY PUBLISHING GROUP
a division of RANDOM HOUSE, INC.
through JAPAN UNI AGENCY, INC., TOKYO.

ヴィタに捧げる。彼女のやさしく愛情のこもった、たび重なる説得が功を奏した。
わたしは試みに耳を貸してよかった。

本書に登場する人物はすべて架空の存在であり、現存の、あるいはすでに故人となった、実在人物とのいかなる類似も、まったくの偶然の一致にすぎない。

シャドー81

登場人物

グラント・フィールディング…………アメリカ空軍大尉
ザッカリ（ザック）・R・エンコ……同大将。司令官
ウィリアム・ハリソン…………………同少佐
バーニー・マクスネア…………………同大佐。エンコの部下
ウィリアム・キーガン…………………同大尉。マクスネアの部下
ローレンス・F・ハーモン……………国防総省の将軍
レイモンド・プロミノー………………国防総省軍情報局の将軍
フレッド・スカラータ…………………同大尉。プロミノーの部下
ポール・フリグーズ……………………アメリカ空軍大将
スキップ・スペンス……………………同大尉。F-4ファントムのパイロット
ジミー・フォン…………………………造船所の所長
ハロルド・デントナー…………………ミステリ作家
C・フェルトン・ワズワース…………上院議員
ヴィトー・ディ・ステファノ…………党支部長
バートン・ハドレー……………………パシフィック・グローバル航空（PGA）ジャンボ旅客機の機長
ハル・ベソー……………………………同副操縦士
ハーブ・ファウスト……………………同航空機関士
ローラ・ハインズ………………………同主任客室乗務員
トム・ブレイガン………………………ロサンゼルス管制塔の主任管制官
マイケル・エイノ………………………同副主任
バーニー・オールコット………………《ロサンゼルス・タイムズ》航空担当編集主幹
テリー・フランスデール………………同社会部長
ウォルター・J・カウラン……………ロサンゼルス市警本部長
ラス・ネイトン…………………………ウィッジョン水陸両用機のオーナー
カーメン・チャールズ・マーシ………FBI特別捜査官

第一部

第一章

グラントは操縦席《コクピット》に身を落ち着けてほっとする間もなくこみ上げる胸のむかつきに思わず顔をしかめた。毒づきながら、TX75E戦闘爆撃機のシートベルトを締める。

ダナン空軍基地周辺にたえず漂っている強烈なおわいの悪臭にグラントはどうしても慣れることができない。海軍に入ればよかったのだ、と思う。航空母艦だったらたまには新鮮な空気にもありつける。爆弾を落としてしまえば、あとはこのような不愉快きわまるところではなく、冷房のきいた母艦に帰って行けるのだ。

地を這《は》うように拡がっている巨大軍事基地、周辺にはフェンスが張りめぐらされ、いましも一台のジープがその外側をパトロールしながら、猛然と赤い土埃《つちぼこり》を巻き上げ、それが風に乗ってまだ開いたままのコクピットにも舞い込む。グラントは、攻撃指令を受けた他の三機とともに機を離陸位置にゆっくり進めているが、埃の微粒子がのどの奥にへばりついてむせぶ。口や鼻孔から侵入したざらつくものを吐き出そうとして咳《せ》き込み、同時にまた吐き気を催す。

　このあたりの粘つく赤土の埃、これもやりきれないものの一つだった。北ベトナムがそんなにこの一帯をほしがっているのならくれてやっても、グラントには異存はなかった。

　まだ午前十時にもなっていないのに、ダナンはまるで蒸し風呂だった。熱せられた地表からかげろうが立ち昇って蜃気楼《しんきろう》ができ、滑走路の先端はほとんど見えない。グラントは鋭い眼つきで、ジャングルの緑のかなたの焼けただれた丘陵を見定めようとする。

　悪名高い猿山《モンキー・マウンテン》の輪郭《りんかく》ははっきり見分けられなかった。なんの変哲もないこのひとかけらの岩山に激突するという珍妙な事故によって、こっぱみじんになった航空機やヘリコプターの数は、ベトコンに撃ち落とされたものより多い。ヘリのパイロットたちは山頂の観測所に要員や資材を空輸する仕事を忌み嫌っていた。といったところで、山頂の砦《とりで》に達する手段はヘリコプターをおいてほかにはない。航空機となるとまた別の問題があった。猿山は、ちょうど親指を宙に突き立てたように、目障りにそこだけにょっきり空に飛び出し、南北に走るダナンの二本の平行滑走路のほとんど延長線上にある。雨季になると、しのつく雨で頂上がかすみ、着陸する飛行機の死の落とし穴となった。

　グラントは暑さにうだっていた。汗がヘルメットの下からしたたり、眉毛を伝って眼の中にまで容赦なく入り込み、滲《し》みるとも焼けつくともわからない感じに悩まされながら、チェックリストを懸命に読み取る。

　このコクピットは狭すぎるな、と思いながら、六フィート二インチの長身をくねらせて楽な姿勢を探す。計器盤に手を伸ばし、滑走路の磁気誘導コースに方向調整羅針儀《ジャイロコンパス》を合わせた。

パイロットこそいいつらの皮だ。ミサイル誘導装置のおかげでスペースをとられてしまう。

四機は、並んだ格納庫の前で一時停止をし、サイゴンに向かう救急輸送機に先を譲る。折しもC‐130ハーキュリーズ輸送機から、大きな木枠《きわく》の積荷を何人かで降ろしているのが、グラントの眼に止まった。横腹に型抜きにした六インチ大の文字で献辞が印刷してある。〝ピアノ一台をベトナムのわが戦士に贈ります。アメリカ愛国婦人会サンディエゴ支部会員一同〟

「何がピアノだ」とグラントは憤慨する。「セレナーデを弾いてベトコンをジャングルからおびき出せってのかい」

グラントはこの作戦出動で四番機を務め、いま眼の前を進んでいる三番機の脇を固めることになっている。と、前の機が地面の石か何かに乗り上げそうになって急停止した。グラントは歯を食いしばって反射的にエンジンを絞り、ブレーキを力一杯踏み込んで、かろうじて追突をまぬがれる。前部車輪脚部の油圧式シリンダー緩衝装置がほとんどいっぱいまで沈み、戦闘爆撃機は前方にはげしくつんのめって、グラントのむかつきをあおった。

「ろくでなしめ！」グラントは苛立《いらだ》ってこぶしを振りまわしながら、耳をつんざくタービンの唸《うな》りのなかでわめく。やにわにベルトをはずすと、機外に体を乗り出して、朝食《た》べた物を胴体にぶちまけた。

「幸先《さいさき》のいいこった」グラントは腹を立ててぶつぶつ言いながら、もう一度ベルトを締め直す。「コネチカット州スタムフォード出身のグラント・フィールディング、三十歳、ブロンドの良い男が、こんなはき溜《だ》めみたいなところで何をしている？　素人《しろうと》の間抜けばかりのベトコンの国でさ。おれなんか徴兵逃れにハーバードかイェールに行って、社会学でも勉強してるほうがお似合いなんだ」グラントは円蓋《キャノピー》を閉めた。

「そうとも！　社会学さ。新興の貧しい発展途上国の国民を助けるためにな。そしていずれやつらが、まちがいなくおれたちいい気なお人好しのキン玉を締め上げるって寸法さ」

編隊長ウィリアム・ハリソン少佐の声が無線を通して入ってくる。

「吸血蝙蝠編隊《バンパイア》──点呼を取るぞ」

「バンパイア二番機」と二番目の位置にいたパイロットが答えて、いつでも出発できる旨を確認通報する。

「バンパイア三番機」グラントの前の男が言った。

「バンパイア四番機」グラントは酸素マスクを調節しながら報告する。

ハリソン少佐は管制塔を呼んだ。

「バンパイア編隊、準備完了」

「バンパイア、離陸よし。気温三十七度、風向二一〇度（ほぼ南南西にあたる）。風速三メートル」管制塔はてきぱきと応答してきた。

「了解《ロジャー》。出発《しゅっぱつ》」ハリソンは出力をあげ、二番機は右翼のうしろに鼻を突っ込んで、編隊長機の動きにぴったり同調する。

二百フィート以下という信じられないほどの短い滑走で、二羽の猛禽《もうきん》は同時に地表を蹴《け》って、滑走路上をほぼ垂直に上昇しはじめた。

三番機とグラントも、バレエの群舞のようにぴったり揃《そろ》って、数秒後には空に舞い上がった。二機はほとんど前には進まないでまっすぐ上に向かってぐんぐん昇り、先の二機に合流して編隊を組んだ。

四機の戦闘爆撃機は機体を左に大きく傾斜《バンク》させ美しい弧を描いて一八〇度旋回をし、海上を北進する。すぐさまチャイナ・ビーチのきらめく白砂の上空に達した。隣接のダナン港には、例によって無数の貨物船が所狭しとばかり停泊し、軍需物資の陸揚げを待っている。

ダナンを発進して約八分、二万五千フィートの上空で、水平飛行に移り、海岸線から数マイルの沖合を北西に針路を取る。

高空から見るベトナムはまんざら捨てたものでもない。入り組んだ海岸線に沿ってどこまでも続く清浄な砂浜や、海の青の形容を絶する微妙な色調は、さながら旅行パンフレットのページ全面を飾る四色刷りのカラー写真だ。

コクピット内の温度は二十三度にセットしてある。グラントは前の機のあとに従う以外には、さしあたりこれといってすることはなかった。つかの間、空想の世界に遊ぶ。南太平洋上に浮かぶ熱帯の楽園のハリウッド版といったところだ。戦争が終わってヒルトンが入り込んできたら、見てろよ。ヒルトン・ホテルから出て来て波打ちぎわに駆けていく自分の姿を想像する。もちろん、超《マイクロ》ビキニの陽焼けしたセクシーなブロンド娘と手を取り合っているのだ。

「バンパイア編隊、周波数をチャンネル2に切り換えろ」編隊長の指示が飛ぶ。

グラントは架空の娘を浜辺に残し、溜息《ためいき》をついて超短波無線機のつまみをあらかじめ打ち合わせてあった周波数二二三・一にまわす。二番機、三番機の了解の応答に続いて、グラントは沈着老練な口調で、「バンパイア四番機」と報告する。「あんな浜辺で女の子と戯れるというなら話はわかるが、いいおとなと一緒になってバンパイアごっこをしているなんて、おれはどうかしてるぜ。正気とは思えない！」

空にあがってしまうと、胸のむかつきもすっかりおさまり、珍しいほど屈託《くったく》のない気分になっていた。吐いたのが良かったようだ。すべてはなるようにしかならないものだという感慨にふける。アラブ人がそのことで何か言っていたな？ たしか〝マクトゥーブ〟とか。だいたいこんな意味だった、とグラントは思い出す。人間の運命は、生まれる前からすでに計画されて天の大きな台帳に書き込んである——グラントはこの世界観を受け入れた。

空軍士官学校出身のグラントにとって、この戦いは自分の手は汚さないでボタンを押すだけの戦争だった。ベトナムは、爆撃と機銃掃射を加えるための一片の土地にすぎない。というのは、ワシントン当局の言い分によれば、「合衆国の死活にかかわる重大な国益が東南アジアでおびやかされている」からである。少なくとも空軍に関するかぎり、これは純粋に本職《プロ》の戦いである。事実、グラントは一度も一個の人間としてかかわっていると感じたことはない。あばた面《づら》のハリソンがその典型だが、出世街道を進むには、ソンミ事件のカリー中尉のように、忠実に命令に服従し、飛行時間を稼《かせ》ぎ、年功を積みさえすればよい。あとは身辺をきれいに保てば、ゆくゆくは大尉から少佐へ、ひょっとしたら将官昇進も可能だろう。

地上の犠牲者はグラントにとって何の意味も持たない。手術の結果死んだ者と同じで、誰かれの区別のない無名の肉体があるのみだ。罪悪感などさらさら感じなかった。自分がやったことの結果を間近に見たことはまったくない。ナパーム弾に焼かれた子供たちや、ばらばらの死体がまだ火のくすぶっている集落に積み上げられている光景や、恐怖におびえて逃げる避難民の群れを新聞の写真で見る程度である。新しく着任した者が持ってくるバンコクの新聞や《ニューヨーク・タイムズ》でたまにそういう写真を見たりした。それ以外の時にグラントが読むものといえば、《スターズ・アンド・ストライプス》紙で、この軍発行の新聞が恐怖物語に深く立ち入らない理由はあらためて言うまでもない。

グラントはいっさいが遠い別世界の出来事のように感じていた。現地人とは決して交わらない。かれらを蔑視《べっし》していた。ダナンやサイゴンの下町に足を踏み入れることもめったにない。悪臭ふんぷんたる通りや物乞いはもちろん、バーや売春婦にも興味はなかった。病気にかかる危険を考えればなおさらだ。地上の営みなどはさらりと忘れて、高空で獲物を追うハゲタカの役割に徹するほうが性分に合っている。

編隊長ハリソンの眼から見たグラントは、まじめなモーレッツ型将校の化身みたいなものだった。しかしハリソンは、グラントの心境に変化を及ぼすようなことが最近起こったのには気づかなかった。

一糸乱れぬ近接編隊を組んで、四機は海岸線沿いに飛行を続けた。ほどなく古都ユエが視界に入ってくる。一九六八年に北ベトナム軍がテト休日大攻勢をかけ、血なまぐさい大量殺《さつ》戮《りく》が行なわれたところだ。つづいてクワンチ。十七度線の非武装地帯に直角に接近していったとき、といってもまだ海上にいたのだが、とつぜんハリソンが沈黙を破った。

「バンパイア編隊、チャンネル3に切り換えよ。作戦指令どおりに進め」

編隊はいっせいにこころもち左に機首を転じ、南北両ベトナムの幅広い部分にはさまれた狭いのど伝いに進むべく、北北西に近い三二〇度の方向を定めて直進する。高度二万五千フィートを保ち、予定どおりマッハ〇・七五、ほぼ三八五ノット（時速約七百十五キロ）の巡航速度だ。

発進前の諸注意はだいたい型どおりのものだった。数カ所新設の地対空ミサイル発射基地が報告されているので警戒する必要があることが強調された。時たま申し訳程度に舞い上がってくるミグ戦闘機に用心すること。もっとも、ミグが実際に向こうから仕掛けてくることはめったにない。グラントにとっては、老朽化した鉄道線路や貨物駅を爆撃したり、たかだか二、三枚の田んぼを冠水させるために水路に爆弾を投下したり、そんなことのために自分の生命を危険にさらすのは釈然としなかった。〝敵の急所、すなわち穀倉地帯をたたく〟のが狙いだと称しているが、痩《や》せこけた北ベトナム人のことだから造作もなく餓死させることができるはずだという錯覚によるものにすぎない。最後にもう一つ大事な注意。もし撃たれたら、脱出と同時に機を空中爆破させる処置を取ること、たとえ射出装置が働かず自分は機と運命を共にせざるをえない破目になっても。

この機種はいかなることがあっても敵の手に落ちてはならないものだった。ソ連も中国も性能や仕組をつきとめるために、損傷の比較的軽微な機を手に入れようとやっきになっているのである。

これはTX75Eの最新型で、合衆国のすべての兵器のなかで最も精巧なものの一つだった。これほど万能で効率もいい垂直離着陸戦闘爆撃機はいままでに考え出されたことはなかった。経済的な巡航速度での航続時間は〝極秘事項〟だが、十時間近い。世界じゅうの実戦用戦闘爆撃機のなかで、最もすぐれたものでもこれまでは五時間に満たないのだから、その優秀さは推《お》して知るべしである。燃費がきわめてよく、目的地まで長距離飛行をした場合、エンジン一基の消費量は一時間あたり百ガロンで済む。最高速度や最大上昇高度もまだ機密扱いだが、他のいかなる航空機も追随を許さないものである。この飛行機にはあらゆることが可能だった。驚異的なこの双発ジェット戦闘機は音速以下でも超音速でも自由自在に行動できる。それはまた、三トンの爆弾のほかに、二トンの空対空および空対地ミサイル、そしてさまざまなロケット弾や三〇ミリ機関砲用弾丸を搭載《とうさい》し、投下あるいは発射することができた。恐るべき破壊火器を装備した曲芸師さながらの空の戦艦といったところであり、敵の対空防御もこの攻撃のまえには無力に等しかった。

この航空機はいわゆる〝可変翼《ドルーピング・ウイング》〟式で、スピードに応じて翼を拡げたり引っ込めたりすることができる。地上では、下向き傾斜翼を胴体側にきちんとたたみ込み、狭い場所にもやすやすと格納できる。最大積載重量でも二十五トンをやや上回る程度、機体だけを作戦地区でも戦闘の現地でも輸送することはたやすい。家具運搬用の大型有蓋《ゆうがい》トラックくらいの大きさのコンテナがあれば軽く納まる。ヘリコプターと同様に、空中に静止することも、普通の住宅の裏庭程度の広さがあれば離着陸も可能だ。滑走路はいらないわけだ。四六時中厳重に警戒されている正規の空軍基地を根城にしているのは、そのほうが安全だからにほかならない。また、アメリカの科学と技術の粋をこらした類いまれなこの傑作に、整備士やエレクトロニクス技師の老練な手入れがそこでは行き届いているからでもある。

地上にいるときはコウモリのような格好だが、空に舞い上がると一変して美しく精悍《せいかん》なタカになるこの怪物は、完全に自動化されていて、パイロットが必要なのが不思議なくらいである。何から何までコンピュータで制御されている。正確無比の航行を可能にする慣性誘導装置、四百マイルの掃引《スイープ》を有するレーダー映像鏡《スコープ》、不良視界内着陸のためのマイクロウェーブ設備、縦にびっしり並ぶ計器類、色とりどりの押ボタン、スイッチ、レバーが迷路のように入り組んでいる。さながら自分の心を持っているようで、おかげで操縦士の仕事は減らされ、子守りにもできるほどのものになった。

しかしこの赤子は、火器の値段を入れないでも、二千二百万ドルにつく。火器はもちろん消耗品でその都度補給しなくてはならない。

グラントは国防総省《ペンタゴン》の掌中の珠とみなされている最新鋭機のパイロット訓練に選ばれたときは大得意だった。骨董品《こっとうひん》的存在のF－4ファントムや、呼び名だけは〝空の侵略者《スカイレーダー》〟とか〝報国の民《ビジランティ》〟とか〝侵入者《イントルーダー》〟とか、なかでもふるってるのは、〝聖戦の兵《クルーセーダー》〟だが、そんなかっこいいくせに、その実はオンボロの飛行機にいまだに配属されている連中の羨望《せんぼう》の的になるのは、大いに自尊心を満足させられていい気分だった。それにしても、〝クルーセーダー〟などと聞くとグラントはむずがゆくなってくる。聖戦とはよく言ったものだ。

「バンパイア編隊、チャンネル4に切り換えろ。天候は良好、主目標は変更なし」とハリソンの声だ。

グラントは周波数を二二二・四に合わせ、その旨《むね》を報告し、頭の中で爆撃の技術的細部を反芻《はんすう》した。

ハノイ南西約六十マイルにあるホアビンに壊滅的打撃を加えるのだ。しかしこの軍事行動は牽制《けんせい》的なもので、並行してベトナム全域に波状的な大空襲が計画されており、とくにB－52によるハノイ猛攻が眼目となっている。この巨人爆撃機は近くのハイホン港にも猛爆を集中することになっている。

情報部の調査によると、ホアビンは兵員や軍需物資の重要な地方補給拠点に発展しているらしく、ぜひとも一掃する必要があった。だが、そのために多大の危険をおかしてまでB－52を投入することは、少なくとも目下のところ、あるいは事態が手に負えないほど悪化しないかぎり、意味のないことだった。いままではB‐52に対して無力だった敵の地対空ミサイルに、このところまるで蚊かハエのようにバタバタ撃ち落とされているし、当地区では移動式のミサイル発射台も報告されていた。重火器を搭載し、しかも低空での身のこなしがきわめて柔軟な四機のすばしこい戦闘機をもってすれば、より少ない犠牲でB‐52に劣らない損害を与えられることはまちがいないだろう。

現段階で集中的な猛攻を繰り返せば、ハノイは〝ひざまずいて慈悲を乞う〟ものと戦略家たちは決めこんでいた。公式のコミュニケによると、北ベトナム上空で〝定期的偵察〟飛行中の〝丸腰の〟アメリカ機が不当な攻撃を受けた報復としての〝防衛的反攻〟であるという持ってまわった言い方をしている。しかし、一連の恐怖の空襲の狙いは〝敵を麻痺《まひ》させる〟ことにある、国務省は、北の〝浸透〟を押さえるためで他意はないと宣伝しているようだが。南への浸透がアメリカ人の生命にとって大きな脅威であることは、国防総省も口を合わせて力説していた。

グラント自身としてはホーチミン・ルートの仕事のほうが好きだった。ラオスやカンボジアのジャングル地帯を爆撃し、たまに運のいいときにはトラックか自転車に命中する、それから夕めしを食うために引き上げる。

グラントがホアビンに出動するのは、二カ月間でこれが五度目だった。戦闘爆撃機はそのつど無傷で切り抜けてきた。いまでは定期便のようなものとなり、グラントは山岳の地形のひだの一つ一つを知りつくしていた。大事な心得は、前機のうしろにぴったりくっついていること、さもないと前機の投下した爆弾のあおりをくらうことになる。また爆弾を投下したあとすみやかに急上昇に移らないと、蛇のように曲りくねった地勢がつくり出す無数の行き止まりに激突してしまう。高度を増すときには、敵の眼をくらますために二、三回曲芸飛行でもやれば、地上のやつらには手が出せないと、出発にさいして注意を与えたその道のベテランが言っていた。

四番機として三番機の脇を守ることもグラントの役目の一つだった。目標地点の上空に達したら、隊長機と二番機が一地区を受け持つ。グラントは三番機とともにそこから数マイル西の二つの山あいにある鉄道線路上の貨物車輛《しゃりょう》とトラック・ターミナルをたたくことになっていた。攻撃が終わったら、ホアビンから南に約五マイル行ったチョウボウの二万五千フィート上空で四機が落ち合う。帰路は海上でなく北ベトナムの内陸部をホンナを経由して南下する。まっすぐ非武装地帯に進み、クワンチを経てダナンに至る。

いぜん海上にあったが、すでに敵の領空深く潜入していた四機の戦闘爆撃機は、ドンホイとハチンを横に眺めて飛んでいた。空は快晴で、はるか西と南、ラオスと南ベトナム国境沿いのジャングルに、ナパーム弾と枯葉作戦の仕業である大きな黒いまだらをはっきり見分けることができた。〝ベトコンを一掃するため〟と称する枯葉作戦に用いられる薬剤は、ナパーム弾の炎とまったく同じように植物にとっては致命的である。両者は痕跡《こんせき》の色が違うというだけである。それは哀しげな赤茶けた大きな傷跡だった。ちょうどニュー・イングランドの秋の紅葉の色調を思い起こさせる。B–52もまた特有の商標《トレードマーク》を残していた——絨毯《じゅうたん》爆撃によってえぐられた、月面さながらの怪物のようなクレーター群がそうだ。おわんの形をした巨大なくぼみそのものに大きなたこつぼ——小爆発によって大地に開いた傷口——が点々と口をあけていた。ジャングルがふたたび緑に覆われ昔のままの完全な姿に戻るには、少なくとも人の一生くらいはかかるだろうとグラントは思った。

地上二万五千フィートの孤独なコクピットから、この荒廃と破壊の姿を見るとひとしお気が滅入《めい》ってくる。いかなる犠牲を払ってでも、たとえ国土のすべてを破壊することになっても、ベトナムを共産主義から救おうというのだ。ベトナム人が民主主義を欲しているかどうかはおかまいなしに、強引に押しつけようとしていた——そのために全民族が死滅することになろうとも。

グラントにとっての一番の気がかりは、彼のような優秀な中堅パイロットの相当数が、たかだか数枚のジャングルの木の葉を除去しようとして、〝くたばった〟、つまり殺《や》られてしまったということである。

ベトナムにおける二年間の軍隊生活はグラントを幻滅させた。彼の直接の上官はだれも気づいていないことだったが、グラントは興味を失っていた。一つだけ確かなこと、それはこの胸くそ悪い土地でくたばるつもりは毛頭ないということだ。もしかりに生命の危険をおかすとしたら、何かそれだけの価値のあることのため、すなわち自分自身のためしかない。ベトコン勢を空爆し粉砕する仕事は、まっとうな生計のたて方とは思えない、おまけに、内地のインテリ連中にこぞって人殺し呼ばわりされたのでは、たまったものじゃない。いったい大統領はどういうつもりなのだ、北京《ペキン》くんだりまで出向いて、中国首相と茅台酒《マオタイ》で乾盃《かんぱい》をし、技術援助、人工衛星基地《ステーション》、文化交流に関するコミュニケに調印したりしているが。なぜモスクワまで出かけて共産党書記長にへいこらしなくてはならないのか。ウォツカを飲み、船にしてわずか数杯分の小麦を売り込もうとしている大統領の写真が、こともあろうに《スターズ・アンド・ストライプス》紙に載っていた。一方では、ソ連が北ベトナムに供与したミサイルがグラントの飛行機を撃墜するかもしれないというのに、何というばかげた話だ。ホアビン爆撃の態勢に入っているこの瞬間にも、パリに集まった外交官諸氏はありとあらゆる裏切り行為について談合を重ねている。そんなときに殺し合いをしてみたってはじまらないではないか。

グラントはこれまで数知れず死地に赴き、早期除隊の正当な権利も手にしたので、自分個人のためにそれを充分に活用するつもりだった。努力の甲斐があって、近ぢか自由な娑婆《しゃば》の空気を心ゆくまで満喫できるのだ。そして自由な事業、ぜひともそう願いたいものだ！

四機の編隊はほとんど真北をめざし、ビンに迫っていた。次のチェックポイントは海沿いのサムソンだ。そこを視界にとらえたところで、左に機首を転じ、しばらくのあいだは水田の上をバイツォンに向かって真西に飛んだ。ふたたび、こんどは右に方向転換し、北西に針路を取る。いよいよ北ベトナムの心臓部に達し、目標地点の南約四十マイルのブバン上空で、ホアビン攻撃の態勢を整えた。

第二章

〝ジミー〟・フォンは元来詮索《せんさく》好きなほうではない。顧客が米ドルを現金で支払ってくれる場合はなおさらだ。

フォンは身だしなみがよくその着こなしには一分の隙もない。でっぷりした五十がらみの小男で、人当たりが柔らかく、しわだらけの顔には笑みをたやしたことがない。香港《ホンコン》で事業をする中国人は〝ジミー〟とか〝チャーリー〟とかいう呼び名を持つことが絶対不可欠であることを、彼は早くから悟っていた。中国人の名前を発音したり記憶したりするのが苦手な外国人にとってはそのほうがはるかに能率的だ。

背の高い西洋人が職長の一人に伴われて造船所のなかを見て歩いているのに気づいた瞬間から、ジミーはそれが大きな商いになりそうだと予感していた。事務所の窓から見ていると、男はたびたび同じくらいのトン数の船の前で足をとめ、質問を浴びせている様子だった。どうやらアメリカ人らしい。ジミー・フォンの見当はめったにはずれたためしはない。ジミーは北京政府に仕える身で、彼の事業はいわば表向きのものだった。実を言うと、ジミーの造船所は、中華人民共和国が外国貿易を行なうのにぜひとも必要な莫大な通貨を決済する手形交換所だった。といってもジミーの造船家としての能力はずばぬけており、仕事ぶりも完璧《かんぺき》だった。人間的なまじめさも疑う余地はない。決して期待を裏切るようなことはなかった。

フォンは何事もきちんとこぎれいにしておかないと気のすまない質《たち》だった。チーク材の鏡板を張りつめた超現代風の事務所には一点のしみもなく、家具のつや出しの匂いがかすかに漂っている。ピカピカに光ったマホガニーの大机が大のご自慢だった。毎晩、数時間かけてその机を徹底的に磨きあげさせるためにわざわざ従業員の一人を割り当てているほどだ。机の上には電話と一枚の白紙と万年筆のほかは何も置いてない。フォンは乱雑が大きらいで、置き場所が違っているだけで度を失った。整然とした秩序をやみくもに信仰していた。造船所内のあらゆるもののありかを知っていたし、暗闇で物を見つけることができたときほど自分が幸せだと思うときはなかった。たとえば、右袖の引出しにはきっかり四十二個の事務用クリップが丹念に何列かの短い列に並べてあり、ほかには何も入っていないことを覚えている。ジミー・フォンの造船所では、ナットやボルト、道具の一つ一つ、あるいは従業員の一人一人に至るまで、説明のつかないものは何もなかった。

彼の机は、みごとに彎曲《わんきょく》したひじ掛け椅子を三脚かたわらに配し、広い窓の真正面にどっかりおさまっている。その窓から彼は工員たちがいろいろな大きさや種類の船の上で、忙しく立ち働くさまに時どき眼をやる。そこは三交替二十四時間操業のフル回転で世界各国の船舶の点検修理、燃料補給などを行なっていた。夜間は、外壁に取り付けた回転式スポットライトの明かりで現場を監視することができるようになっていた。明かりを思う方向に向けるために外に出る必要はなく、窓のそばのクーラーの隣にあるつまみで操作することができた。

フォンは造船術をスコットランドで学んだので、英語はすばらしく達者だった。それに第二次大戦中はブルックリン海軍造船所という猛烈職場で二年間見習として働いた。そしてすっかりアメリカの能率主義の信奉者になり、どういうわけか、〝大車輪でやっつけよう〟という言い方が彼の頭にこびりついてしまっていた。フォンの気質にぴったり合った緊迫感をよく表わしていたので、中国語でそれに相当する比喩《ひゆ》的な言いまわしを見つけようとした。けれど職長の一人が、敏速な修理に欠かせない屈曲した船底排水《ビルジ》ポンプと大車輪との関係がわからなくて、丁重に説明を求めてきたので、フォンもさじを投げてしまった。

アメリカ人がフォンの奥の院に案内されて入って来たとき、フォンは立ち上がって、客の名刺の片隅を右手の親指と人差し指でつまんで器用にもてあそびながら前に進んだ。「ミスター……デントナー……ミスター……ハロルド……デントナー……」フォンは一字一字区切って読み上げた。名刺には住所も電話番号もない。

客は扉が閉まるのを待つと、用心深く身構えて立ち、所長の顔を見た。

フォンはデントナーを観察した。六フィート一インチか二インチ。締まって均斉のとれた体。黒っぽいスラックス、靴は黒のスリップオン、ブルーの開襟《かいきん》シャツに軽快なスポーツジャケット、いずれもすばらしく趣味がいい。ベレーをはすにかぶり、その下からぼさぼさの髪がのぞいている。度の強い、濃い色の大きなサングラスをしているので、客の眼は見えない。濃いあごひげと口ひげが特に印象的だった。うかつな眼には本物とうつるかもしれないが、フォンはそれが巧妙な変装であることを信じて疑わなかった。白と灰色の毛筋があまりに整然とし、左右の釣合いがとれすぎている。同じことは頭髪にもあてはまるが、ベレーをかぶっているので、絶対の確信はもてなかった。五十歳かそれ以上に見せようと苦心しているが、三十をそれほど出ているとは考えられない。

デントナーは相変わらず扉のそばで身じろぎもせず押し黙っていた。フォンがまず口火を切る。

「ジミー・フォンと申します。ようこそお越しになりました、ええと……」

相手の名ははっきり覚えていたのだが、もう一度名刺を横目でにらんで、「……デントナーさまでしたな。どんなご用件でしょうか？」フォンは微笑を浮かべて、手を差し出した。

「船が一隻ほしいと思ってね」デントナーも機嫌よく答える。そしてフォンの手を握ったが、いぜん扉のそばに立ったまま、ぴくりとも動かない。

フォンは男の話しぶりに南部人特有の間延びした調子が顕著なのに気づいた。

「何なりとお申しつけくださいまし、デントナーさま。どうぞお掛けください」フォンは自分の机に戻りながら、ひじ掛け椅子の一つをすすめた。「どちらさまがご推薦くださったのでしょうか？」

デントナーは机の右手にあるひじ掛け椅子にゆっくり歩いて行き、つやつやした背もたれの頭部を人差し指でいたわるようになでたが、すわらなかった。フォンに視線を移して、

「こいつはまたみごとな机だね。それに、フォンさん、このひじ掛け椅子ときたらまさに芸術品だ」

「おほめいただいて恐縮です、デントナーさま。実を言いますと、ここの調度はたいへん気に入っていましてね。仕事をするにはまず快適な環境です。もっとも、どうかお楽に、でないとこちらがまごついてしまいます」

デントナーはフォンの左手のひじ掛け椅子を選んだが、威圧的な雰囲気《ふんいき》のなかでくつろぐことをためらっているかのように、用心深く腰をおろした。

「目の肥えたかたはありがたいです」フォンはにっこりした。それから前の質問を繰り返した、「デントナーさま、手前どもがお目に止まったのはどうしてでしょうか？」

「なに、職業別電話帳で調べたんだよ、そのあと旅行社に電話をして確認した。特定の会社の保証をすることは禁じられているとか言っていたがね、結局、おたくの評判がずぬけていることをこっそり教えてくれた」

「なるほど、なるほど。旅行社の人はたいへん良いことを言ってくれました」とフォンは調子を合わせたが、これっぽっちも信じているわけではなかった。「ベトナムに来ているアメリカの兵隊さんが大勢香港にお見えになります。RアンドRというやつですよ。おっと、おたくさまには耳新しいことばかもしれませんね。休養《レスト》と回復《レキユーパレーシヨン》の頭文字をとったのですな。それで、兵隊さんのなかには、ベトナム勤務が終わったら本国に持って帰るのだと言って、中国のジャンクやその他の帆船の購入をご希望なさる向きもあります。あなたさまの話しぶりからすると、電話なさったとき、旅行社では香港訪問中の軍人さんだと思ったかもしれませんですな」

「ありえないことではない。だが、ごらんのように、この年齢になっては戦《いくさ》はもう無理だよ。いまはひたすら孤独な生活を望んでいる。たばこを吸ってもかまわないだろうかね？」

「どうぞ、どうぞ」フォンはデントナーの懸念を払拭《ふっしょく》した。手探りで机の右袖の二段目の引出しから、ヒスイの灰皿を取り出す。立ち上がって、客がすわっているひじ掛け椅子の脇のつやつやした小さな丸テーブルにそれをのせ、机の上に灰が散るのはごめんだということをさりげなく示した。

「おたくさまはおもしろいかたですな」革張りの回転椅子に戻りながら言う。「商売は別にして、わたしたちはとてもうまが合いそうな気がします。どうかわたしをジミーと呼んでください。あなたは孤独な生活が必要とのことですが、どういう方面のお仕事をなさっておいでですか、もしお差しつかえなかったら、お教えください」

デントナーはたばこに火をつけ、マッチを用心深く灰皿のなかに落とす。「わしはもの書きなんだよ、ジミー。ところで、こちらも気軽にハロルドと呼んでもらえると嬉しいね」

「作家でいらっしゃる、何とも羨《うらや》ましいかぎりで。わたしは本を読むのは大好きでしてね、ハロルド。どういった種類のものをお書きになるのですか？」

「ミステリだ」デントナーはたばこの灰を落として、咳《せき》払いをする。

「アガサ・クリスティーのものを愛読していますよ。スピレイン、チャンドラー、フレミングもいいですな。でも……デントナーさんのはとんと読んだおぼえがありません」

「ペンネームを使ってるからな」デントナーはすげなく答える。

フォンは深追いせず、話題を変えた。「お求めになりたいとおっしゃる船はどのようなもので？」

「輸送の形態としてはいささかとっぴなものかもしれないのだがね。まず船の吃水《きっすい》は非常に浅いこと。が、同時に、大西洋や太平洋、インド洋などを途中給油しないで横断できるものなんだ」

フォンの想像力豊かな頭にひらめいたのは、密輸に使うのではないかということだった。しかし、この奇妙な要求に対する驚きはさすがに表面には出さない。無言でうなずくと、万年筆のキャップをはずし、机上に置かれた一枚の紙片に中国語でメモを取りはじめた。「乗組員は何名ほどですか？」

「わし一人だ。一人で操作できるような装備を頼みたいのだ」デントナーは紙巻たばこをもみ消しながら、平然と答えた。

フォンはペンをとめて、紙片から眼を上げる。長年、造船業にたずさわってきたが、これほど肝をつぶしたことはない。訝《いぶか》るようなフォンの眼つきに、デントナーは相好《そうごう》をくずしてにやっとする。部屋に入ってはじめてだ。フォンは濃い色眼鏡に隠されたデントナーの眼の色が読み取れないで、不安に襲われる。

「ジミー、そう堅くなることはない」デントナーはくっくっとやさしく笑った。「頭がおかしいんじゃないかと思っているんだろう。その実は、多少の変わり者ってとこだよ」

フォンは弱々しい笑いを浮かべてうなずいた。

「いいかね」デントナーは続ける、「わしは一人が好きだ。そのほうが仕事がはかどるよ。ひとのいない浜辺に船ごと突っ込んで乗り上げてもびくともしないやつがほしいのだ」デントナーは右手のこぶしで開いた左の掌を強くバシッと打ったので、フォンはぎくっとする。「船はしばらくそこへ停めたままにしておく。船の上で生活し、気がむいたら海辺におりてそこいらを散歩する。そこを引き上げるときは、満潮を待って船を後進させればそれでいい」

フォンは眼をますます大きく見開き、おずおずとデントナーを見た。「いかがです、お茶でも?」

「せっかくだが、お茶はけっこう」

「では、何かほかのものでも。スコッチかジン、バーボンなど……」

「スコッチがいいな」

フォンがインターホンのボタンを押すと、一人の男が戸口に現われた。「スコッチを」とフォンはデントナーを指差して命じた。「オン・ザ・ロックがよろしいですか?」デントナーはうなずく。「オン・ザ・ロック」とフォンは念を押し、「それから、わたしにはお茶」

男は去った。「先をお続けください、ハロルド」とフォンは言った。

「わしの考えておるのは、捕鯨船のようなもの、ないしは小さな沿岸貨物船か、あるいは小型タンカーかな。むろん、目的に合うように改造しなくてはなるまい」

フォンはまん中の引出しをあけ、眼は向けないで手だけ差し込んで数枚のグラフ用紙と黒のフェルトペンを取り出す。「手前どものドックには何艘かそのような船がございます。もしかしたら、ジャンクの大きいやつをお客さまの必要に合わせて改造できるかもしれません」

デントナーがしぶい顔をしたので、フォンはジャンクが正解でないことを悟る。彼はあわててつけ加える。「もちろん、ほんの一例を申し上げてみたまでで。もっと適当なのがあるかどうか、のちほど見てまわることにいたしましょう、設計の明細をお聞かせください」

「甲板に大きな四角いスペースが取れるような平らな部分がほしい。少なくとも縦六十五フィート、横は最低二十五フィートはいる。停泊中は船の上で生活したいから、大きな船室を造ってもらうことになるだろう。天井は高いのが好きでね、高さは十六フィートくらいがいい」

フォンはまばたきをした。

「天井は十六フィートも必要なのですか？」

「そうだ。最終的には、中途に仕切りをして上下に分けるつもりだ。いずれは妻子も合流することになるだろう、その時に、別々の部屋に細分するわけさ」

「なるほど、二階式ですか。でしたら、はじめから、高さ八フィートの箱を二つ積み重ねておきましょうか？」

「いや、さしあたり必要なのは、縦六十五フィート、横二十五フィート、高さ十六フィートでてっぺんが簡単に取りはずせる大きな長方形の箱なのだ。屋上部分はサンデッキとして使う予定だから、周囲に手すりをしつらえてほしい」

フォンは眼を丸くした。「大きなハッチかコンテナといったところですな」

「いかにも」

「大きさも形もほぼ鉄道貨車と同じくらいのコンテナですな」とフォンは繰り返した。「取りはずし可能の屋根はサンデッキ兼用」

「そのとおり」デントナーは新しいたばこに火をつけながら、うなずいた。

扉をノックする音が聞こえた。しんちゅうの盆にスコッチとお茶をのせて男が入って来る。話がすらすら通じるのですっかり気が楽になり、デントナーはフォンに向かって親しげにグラスを差し上げ、一口すすって、男が立ち去るのを待った。水滴のついたグラスを、ヒスイの灰皿の脇のコースターに慎重にのせる。「まだあるよ、ジミー」

フォンは湯気を立てているお茶をのぞき込んだが、口はつけない。「どうぞお続けください」

「船室の床は三十トンの荷重に耐えられるものでないと困る」フォンの顔にけげんな表情が浮かんだのにアメリカ人は気づいた。「普通でないことはわかっている、だがわしは遠くの孤島に家を建てるつもりなのだ。レンガやセメントは自分で運ばなくてはならないが、何往復もするのはかなわんからな」

よしんば嘘をついているにしても、必要な点は心得ているらしく、もっともらしい口実を用意していた。フォンは方眼紙に引いた船のスケッチにその重量を書き入れる。

「さらに、三十トンの目方を支えられる縦六十フィート、横二十フィートの台が必要だ。コンテナ型船室にすらっとはまるものだ。当然のことながら、三十トンの重量を釣り上げられるクレーンもいるね。伸縮自在のやつか、簡単につぎ足せる方式で、二十から二十五フィートほど船外に延ばせるもの。船の重心も考慮に入れた上で、できるだけ船首寄りに据え付けてもらいたい。そうすれば、コンテナ型船室の屋根を取りはずして積荷を出し入れするさいに、空間的ゆとりが充分に得られる」

「ほかに何か？」とフォンは、何をしゃべったらいいかよくわからないままに訊《たず》ねた。

デントナーはやつぎばやに注文をまくしたてる。

「二基のディーゼル・エンジン。巡航速度は十七から十八ノットは必要だ。船倉内に燃料タンク。場所はどこでもかまわない。要は八千海里の航続距離が保てることだ。なんだったら、船室のまわりに置いたっていいんだ。それから、島で光熱用に燃やす灯油千五百ガロンはタンクを別にする。灯油の供給も頼む。睡眠中も航行を続けられるように、完全自動操縦装置。操舵《そうだ》室に寝台と料理用コンロ。船橋《ブリッジ》を留守にする場合もあるから、衝突警報ブザーに連結したレーダー。遠距離まで届く航海用無線機。自船の位置決定や短波などに必要なあらゆる受信装置。船体は黒塗りとする。いずれその時になったら、食料、缶詰《かんづめ》、飲み物のリストを渡すよ」

フォンは早口の口述を一生懸命に書き取った。フェルトペンを置く。「船籍はどこに登録いたしましょう？」

「むろん、パナマだ」

「ごもっともで」とフォンは微笑した。「それで船名は？」

「ソリチュード（孤独）号」

「登録には船主の写真がいりますが？」

「引き渡しのときに持ってくる」とアメリカ人は答えた。

デントナーはスコッチを一口飲む。フォンはお茶のことをすっかり忘れていたので、ぬるくなってしまった。彼はメモを見る。

「そうしますと、おたくさまがご入用の船というのは、第二次大戦のときに海兵隊が硫黄島上陸作戦に使ったLSTすなわち戦車揚陸艦のようなものでしょうかな。それだけではなく、遠洋トロール船であり、遠洋タグボートであり、沿海貨物船であり、小型オイル・タンカーであり、遊覧ヨットであり、クイーン・エリザベス号でもある。それらを全部ひっくるめたものですね。水陸両用潜水艦のような性能は必要ないというのがむしろ不思議なくらいですわ」

「あんたのまとめは完璧《かんぺき》だ」とデントナーは言った。

フォンはじっと考え込んだ。「たぶんできるでしょう……」フォンは考え考えスケッチの上に何本かの線を引く。「実を言いますと、改造におあつらえ向きの船がたしか一隻あります……」

デントナーははじめて興奮の色を示す。立ち上がってウィスキーをあおり、グラスを手にしたまま、机のうしろにまわってフォンの肩ごしにのぞき込んだ。

「どうやらうまい答えが見つかりましたよ」フォンは専門畑での自己の才能にすっかりご満悦で続ける。「重みのある補助竜骨をつけて、それは引き込み式にするのです。三十トンから四十トン程度は必要でしょう。そうすれば大洋横断で荒波にもまれても転覆を防げます。据え付けるクレーンはさいわいちょうどそのぐらいの重量の荷物を釣り上げられるものですから、必要に応じて竜骨の上げ下げをするのにも、クレーンを利用できるでしょう。このような方式にしておけば、砂浜に船を乗り上げるときは、この補助竜骨を上げて引っ込めておけばいいのです。もちろん、船首は、砂に突っ込んでも損傷を受けないように、補強の必要がありますがね」

デントナーがわくわくしているのは、誰の眼にも明らかだ。濡れたグラスを上《うわ》の空でフォンの机の上に置き、満足の意を表わすために平手でフォンの背中をどやしつけた。

フォンは震えあがった。マホガニーの机の上に濡れた跡をつけるとは、これにまさる冒瀆《ぼうとく》があろうか？

デントナーはとんでもない失策をしでかしたことにすぐさま気づいて、平あやまりにあやまり、即座にグラスを取り去って、ひじ掛け椅子のそばのコースターに戻した。フォンは椅子から跳び出し、白い絹のハンカチで熱心にしみをこすりとっている。

「幾重にもお詫《わ》び申し上げる。この気持にいつわりはない、信じてくだされ」とデントナーは言った。

フォンは徐々に落ち着きを取りもどした。被害はもう識別できないまでになっていたが、いぜん痕跡をとどめていることがフォンにはわかっていた。夜になったら、きれいに拭い取らせなくては。「外へ出てみませんか、お見せしたいものがあります」とフォンは言った。

デントナーはフォンのあとについてドックに行く。圧搾空気ノミの騒音、熔接《ようせつ》機械の閃光《せんこう》やすさまじい音は、冷房のきいた静穏そのものの事務所とは鮮やかな対照をなしていた。

フォンは彼を案内して、さびだらけの小型タンカーがおさまっているドックへ連れてきた。目下この廃船は北京とのいざこざの種になっていた。まずい取引をしたと、彼ははじめて非難されたのである。マカオのポルトガル人経営者に小さな貨物船を売却したとき、下取り船として引き取り、そのぶん一万ドルを差し引いた。ところが北京は会計監査のさい、この〝廃品〟を二千ドルにしか評価しなかった、それも屑鉄《くずてつ》業者がそれだけの金を出してくれるとしての話なのだ。フォンはひどく侮辱された。中華人民共和国国庫はそのような愚行の尻ぬぐいはできない、と通告してくるに及んでは、彼の判断が怪しまれていることは明らかだった。タンカーの処分に一年間の猶予を与えられた。それからすでに八カ月間、船は居すわり続け、彼は悪夢にうなされていた。

北京では彼を別の仕事に配置転換する話も持ち上がっていた。しかしフォンは中国に呼び戻されるのを恐れていた。祖国を深く愛してはいたが、彼の秩序感覚は文化大革命を受けつけなかった。

デントナーは朽ちかけた船体を二、三度たたいてみた。太鼓のような音が響いた。

「船の長さは百九十二フィート六インチ、最大船幅は二十八フィートです」とフォンは快活に言った。「排水量、九百トン、いまはエンジンがついていませんから、あなたさまのおっしゃるディーゼルを取りつけることもできます」

二人は甲板に登った。フォンは手で甲板を四角く縦六十五フィート、横二十五フィートの大きさに切り取って、コンテナ型船室《キャビン》をそこから船倉に降ろすことができると説明した。この巨大な容《い》れ物は、フォンの見積もりでは、いま立っている甲板よりも六、七フィート上にはみ出すことになる。しかし、操舵室は後甲板にあって高さが十一フィートだから、そこからの視界が妨げられる恐れはない。空間的余裕もたっぷりある、とフォンは太鼓判を押した。

「よさそうだな」と長身のアメリカ人は言った。「コンテナ船室は木造にしてくれたまえ。高価な材料を使う必要はない。じつは、安いほどいい。甲板上にとび出した部分には丸窓を作り、プリント模様のカーテンをつけてくれ。窓の高さは、着脱式天井の周囲にめぐらす手すりと甲板の中間くらいがいい」

フォンはうなずいた。「お安いご用です。で、窓の数はいくつくらいに？」

「約十五フィートの間隔を置いて、そうだな、全部で十。六十フィートの側面に三つずつと、二十五フィートの側にはそれぞれ二つでいいだろう」

フォンは書き取った。「簡単にできますよ」と言って、ドックに降りて行きかける。

「あ、ちょっと」とデントナーは呼び止め、フォンはその場に立ち止まった。「もう一隻いるんだがね」

フォンは近寄った。

「大型のモーターボートのようなものがね」とアメリカ人は続けた。「長さ四十フィート程度で、やはり外洋で乗ることができるやつだ、航続距離も約一千海里はほしい。それに、母船のコンテナ船室に入らないと困る」

これはフォンにもはじめてだった、船の中にさらに船を積み込むというのは。まちがいなく、何かの密貿易に使うのだろう。しかし何だろう。彼はひどく好奇心をそそられたが、そのことを気取られないようにした。ヘロインだろうか、コカインだろうか、それとも阿片《アヘン》か。いや、それだったら、これほどの広さは必要ない。ハシシか……ありうることだ、これならけっこうかさばるからな。メキシコ海岸からカリフォルニアにマリファナを運ぶというのもつじつまが合いそうだ。これだと、たぶんもう一隻の船の説明もつくだろう。しかしデントナーはどう見ても麻薬を扱うタイプにはみえない。とすると、大量の避妊錠剤《ピル》か、バルビツール剤かもしれない。それとも紙巻たばこか……酒か……いや、そんなけちくさいものではないだろう。この男が変装しているところをみると、もしかしたら、CIAの超機密計画かもしれない。わかったぞ。パレスチナ・ゲリラか、モザンビークの反ポルトガル・ゲリラに武器を送るのだ。きっとそうにちがいない。

二人の男は造船所内をさらに歩いて、おんぼろ漁船を見つけた。それは泥にまみれ、不様で、醜悪で、臭いことおびただしい。がしかし、頑丈であることは確かだ。

「全長三十六フィート、ディーゼル・エンジン、二十トン、吃水三フィート、沈むことはまずありえません」とフォンは強調した。「しかし船足が遅いということは申し上げておきます。最高で十ノット程度です。近ごろの漁業経営で利益をあげるには小さすぎますが、モーターボート代わりでしたら充分でしょう。おおよそ五百海里は走れますが、余分のタンクを据え付けるか、さもなければ、燃料のドラム缶を甲板に縛りつけて固定することもできますよ。お値段のほうは大サービスいたしましょう」と事務所に戻りながらフォンは断言した。

ふたたびひじ掛け椅子に腰をおろしたアメリカ人は、ドラム缶を甲板に置く方式で漁船のほうはなんとかいけるだろうと言った。「こっちのほうの価格はいくらだね？」

「一万五千ドル、プラス磨き仕上げの費用ですな」フォンは言った。

「磨きは必要ない。航海に支障がなく、機械関係も順調ならば、あのままでけっこうだ」

「それは検査しますよ、ハロルド。ご満足いただけることを保証します」

「よろしい」とデントナーは、たばこに火をつけ、深く吸い込みながら言った。

「何と命名しましょうか？」とフォンは、大事な机の上に灰がふわふわ落ちてこないように眼を光らせながら訊《き》いた。

「プライバシー号だ」

「同じくパナマ船籍ですか？」

「そうだ」とデントナーは短く答え、それから母船のほうの改造にはどのくらい日数がかかるか訊いた。

「完成したら、装備はちょっとした小型タンカー並ですな」とフォンは言った。「そうですね……ええ……まあ……約七、八カ月というところですか」とつけ足す。この目障りなしろものをデントナーはほんとに買う気でいるらしい、するともう北京に難くせをつけられないですむわけだ、そう思うと声が震えた。

「かかりすぎる。両方で二週間、どんなにかかっても三週間以上は待てんな」

「それではお話になりません。予定はぎっしりつまっていますし、すでに二十四時間操業ですからね」

「超過勤務をさせるんだ、臨時雇いも何名か入れたらいい。ここの賃金では、連中は喜んで二、三時間の超勤はするはずだ」

まるで日雇い労働者程度の賃金しか払っていないと言われたようなもので、フォンはむっとした。「お高くつきますよ」フォンは抜け目なく言った。

「いくらだね？」

「正直言って、いまはわかりません」とフォンは言った。「いろいろ計算をしなくてはなりませんから。明日ホテルにお電話するということでいかがでしょう？」

デントナーはこれ以上取り繕《つくろ》うのはやめにした。

「フォン、わしは泊まっているところを知られたくないのだ。すでにあんたも推察していたことと思うがね。ついでだから言うと、あのような構造の船がなぜ二隻もいるのか、あんたが興味を持っているのはわかっている。しかし、わしのことに立ち入った詮索《せんさく》をしようとしたり、尾行をつけようとしたりしないように忠告しておく。純粋に商取引の関係を維持したほうが、お互いのためだ。あんたは船を売り、わしはそれを買おうというのだ。いくらだね？」

フォンにとってはむずかしい一瞬だった。あの船では思い切って吹っかけることもならず、さりとて捨て値で売ることは論外だ。北京の眼がこの瞬間も彼の上に光っているのをフォンは感じていた。「考えさせてください……職長と相談してみないと……少し時間をいただきたいですね……」

「こんなおんぼろ船がだいたいどのぐらいするものかくらい先刻ご承知じゃないのかね、それがわからんようでは、現在の地位にいるはずはあるまい」とデントナーはさえぎった。

「三週間後引き渡しとして概算してみてくれたまえ」

さびついたタンカーを厄介払いでき、北京に対しても顔がたつ、それを思ってフォンの眼はきらっと光った。

「はっきりしたことを申し上げるのは無理ですよ。ですから正式の契約と受け取られると困るのですが。おおざっぱに見積もって、貨物船のほうが二十一万ドル……それに漁船の一万五千ドル……合算すると二十二万五千ドルほどになりましょうか」

「フォン、でたらめもいいかげんにしろ、自分でもわかっておるくせに」デントナーは心持ち高ぶった声でぴしゃりと言った。「あのカスみたいな船が売り物にならないことくらい承知しているはずだ。しかし、こっちの目的にはぴったり適《かな》う――値段さえ妥当ならばな。それなのに、引き渡しには時間を稼ごうとし、おまけに金はたんまりふんだくろうと言うのかね。ふざけるのもたいていにしろ」彼は大いに憤慨した。「迅速な引き渡しを、それも適正価格で、約束できるか、はっきりした返事を聞かせてもらおう」

フォンは気分を害した。北京が彼の仕事の才能を疑っているだけでなく、このアメリカ野郎までが尊大な態度で侮辱を加えてくる。

「タンカーの改造費その他余分の設備一切含めて二十万ドルが勉強できるぎりぎりですよ。それと漁船の一万五千ドル。きっかり二十一日後に、タンカーの運航テストができるようにしておきましょう。そのときは海浜乗り上げテストも行ないます」彼は左袖の引出しから取り出したカレンダーをにらみながら言った。

「二隻まとめて、十八万ドル出そう。塗装は省いてけっこう。外観などはどうでもよい。動いてさえくれれば充分だ」

フォンはじっと男の黒眼鏡を見つめ、もう一度あごひげと口ひげをしげしげと眺め、ぽつりと答えた。「では契約書をお作りしましょう」

「書類は無用だ。痕跡《こんせき》を残すと危険だからな」フォンは引出しに入れかけた手を引っ込めた。

「ご随意に。ただし手付けをいただきますよ」

デントナーは立ち上がって、すわっているフォンを見下ろしながら、ポケットを探って、丸めた千ドル紙幣の束を取り出した。その札束を机の上でのばし、すばやく九十枚数えて、残りをポケットに戻した。

「そら、半額前払いだ。残り半分は二隻の試運転が完了したときに払う。いいな」

フォンはにっこりした。

「即刻、大車輪でとりかかります」金を中央の引出しにしまいながら、きびきびと言った。

フォンは嬉しかった。かれこれ三十年近くたって、気に入っているアメリカ英語の言いまわしを理解できる相手がやっと見つかったのだ。

第三章

デントナーはフォンの造船所からフェリー発着所まで歩いた。九龍《カオルン》から香港《ホンコン》まで船の往来のはげしい港を三往復し、乗降のたびに尾行されていないかと乗客の様子を注意深くうかがった。さいごに香港でフェリーを降りたあと、眼と鼻の先のマンダリン・ホテルまでタクシーを拾う。

目的地に着く前に料金を払ってしまい、タクシーがホテル正面に完全に停車しきらないうちに飛び降りた。急ぎ足でごった返しているロビーを通り抜け、横の出口から外へ出た。二、三分待って、怪しい人影がいないのを確かめ、別のタクシーを呼び止める。

このまわりくどいやり方を続けて、デントナーはやがて近くのヒルトン・ホテルに到達した。こんどは裏口から入る。自室に上っていく前に少し様子を見た。彼はそこにチャドウィック・スローンという名で投宿していた。

自分一人なのを見すましてエレベーターに乗り込み、四、六、八階のボタンを押した。六階で降りて、廊下を見渡し、急いで非常口に行き、一階上まで階段を駆けのぼり、七一二号室にすべりこんだ。

それから三週間というもの、デントナーはほとんど部屋にこもりきりで、食事も運ばせた。二度ばかり、それぞれエイビスとドラゴン・ハイヤーのレンタカーを借りた。合計で七周、一周に六時間から八時間かけて、島の外周をドライブした。誰もつけていないことを確認するために、ひんぱんに自動車を停めたが、同時に海辺の人の動きを観察するという特別の目的もあった。ビクトリア・ピークの見通しのきく地点から、港のサンパンやその他の船舶の航行を双眼鏡で眺めた。

デントナーはまた五カ所ほどで大急ぎの買い物をした。

最初出かけたのはマネキン工場だ。そこは、ありとあらゆる人種のたいへん写実的なマネキン人形を製造することで知られていた。デントナーの注文は、胸のふくらみの小さな東洋娘、アフロスタイルの黒人女、カリフォルニアの海辺で波乗りに興じているような陽焼けして若さにはちきれそうなピチピチした女性。さらに三人の白人男性の配送方も手配する。一人は長髪の背の高い青年、あとの二人は腹の出た初老の男、はげているのと、クルー・カットのと――いずれもしこたま金を貯め、半分仕事から手を引いたアメリカ人の観光旅行者タイプ。マネキン人形にはすべて頭髪に釣り合った陰毛をつけるようにデントナーが特に指定すると、工場長はびっくりした顔をした。

この客はきっと隠れたセックス・マニアにちがいない、あられもない妄想《もうそう》の産物をアメリカ国内で製造依頼するのは、さすがにはばかられたのだろう、と工場長は自分を納得させた。デントナーは米ドルで二千二百ドルを現金で前払いすると言っている。工場長自身、多少おもしろい目が見られることに異存のあるはずはなく、まじめくさった顔で応対を続ける。ただ、男がせいているのがちょっと妙だった。十日以内の出来上がりを要求している。マネキンの配送先が、九龍《カオルン》の鳳《フォン》造船所というのも特異なことに思われた。

第二の買い物は、しゃれた服飾品店で行なわれた。セクシーなビキニ半ダース、胸元が広くあいた数着のビーチウェア、いろとりどりの男物バミューダショーツにタオル地のビーチウェア数組を買いもとめる。

ひげ面のアメリカ人は三番目に軍の放出物資を扱う店に立ち寄り、空気マットレス六枚、スキューバ・ダイビング装具一式、二艘《そう》のゴムボートとオール二組、小型船外モーター二基、頑丈な斧《おの》四挺《ちょう》、いくつかの擬装網を手に入れた。

四軒目にいった店はドラッグストアで、大量のビタミン剤、胃薬アルカセルツァ、鎮痛剤、乗物酔いの薬、眠気止め、覚醒剤を購入した。

さいごに、カメラ店に行き、ポラロイドカメラとセルフタイマー、白黒フィルム数本を値切った。ホテルに戻り、カメラを化粧ダンスの上に据え、自分は数フィート離れて椅子に腰をおろし、二、三回試したのち、船の登録用にあとでフォンに渡す写真をなんとか四枚撮った。

二、三度公衆電話からフォンに電話をして進捗《しんちょく》状況を確かめたほかは、ほとんど誰とも接触しないようにした。デントナーは太平洋の海図をくわしく調べた。定期船の航路やトンキン湾および南シナ海で行動している米国第七艦隊のパトロール経路を研究した。潮流の特徴、主な風向、天気の傾向、航海用無線の周波数のリストを徹底的に調べあげた。

フォンは特別チームを編成し、週七日間、八時間ごとの三交替制をとり二十四時間ぶっとおしでその仕事にかからせた。職長に与える設計図を引くだけの時間的余裕がなかったので、フォン自ら改造の指揮をすることにした。設計図はフォンの頭のなかにあったので、ソリチュード号の甲板にしげしげと足を運び職工たちに指示を与えた。こと船舶の売買に関するかぎり、いまだかつてカスをつかまされたことはないということを北京に納得させることに、フォンの名誉がかかっていた。それに彼がいったん本気になってやれば、できないことはないということをデントナーに立証する必要を感じていた。

スクラップ用の浚渫船《しゅんせつせん》から伸縮式のクレーンが引き上げられ、デントナーの船の前部に取りつけられた。座礁して左舷《さげん》にひどい損傷を受けたノルウェーの小さな不定期貨物船から二基のディーゼル・エンジンとスクリューが取りはずされた。この船の部品は利用できることを見越して、船としての用はなさなくなっていたが、安い曳航《えいこう》費用だけで引き取っておいたものだった。

大船室《キャビン》のほうは特に問題になることはなにもなかった。安価な材木で船室の六つの面を個々に作った。この六枚のパネルを、甲板を切り開けた大きな長方形のハッチから降ろし、下で組み立てを行なった。クレーンで上げ下げできる屋根は、職工たちがさっそく〝大箱〟とあだなをつけた船室の事実上の蓋《ふた》だった。手すりをつけるために、蓋の周囲にドリルで穴をあけ、だんだんと形が整った。

重量三十トンの引き込み式補助竜骨は、船体の底を細長くV字型に切り抜いて水漏れ防止をほどこした間隙《かんげき》にぴったりはめ込んだ。補助竜骨上辺の両端にケーブルを結びつけ、それぞれ前とうしろから甲板上に伸ばす。船首側のケーブルはクレーンの前に、船尾側は操舵室のすぐ眼の前に出るようにした。フォンが考案した複雑な滑車の配列によって、ケーブルを引っかけたクレーンの簡単な操作で、補助竜骨を上げたり下げたりできるようになっていた。補助竜骨はもちろん外洋では降ろし、船を浜辺に乗り上げるときは上げるのである。フォンの計算はきわめて正確だった。竜骨を上げたとき、その上辺の位置は船体内の大船室の床から約一インチ下のあたりだった。船外のほうは、補助竜骨の底部と本来の船体の外面とがぴったり一致した。

隅という隅、すき間というすき間には補助燃料タンクが熔接され、そこから主ポンプに接続された。約十七ノットの速度で八千二百海里の航続距離を持つとフォンは推計した。ソリチュード号のずんぐりしたマストにはレーダー走査装置を据えつけた。自動操縦装置やアメリカ人の客が列挙したすべての無線設備は、料理用電気コンロや寝台と一緒に操舵室内に取りつけた。船橋にいながらにして何でもすぐ利用できるようにということなのだ。

漁船に関してはなんら面倒なことはなかった。なすべきことはエンジンの調整と予備の燃料ドラム缶を甲板に固定することだけだった。

フォンは事務所で机に向かって計算をした。大きいほうの船の基礎価格一万ドルに、どうしても必要な新部品、電子装置、動員した労働力の代価、ソリチュード号改造費原価を合わせると、ざっと十二万二千ドルになる。それに、漁船のほうのエンジン整備や予備の燃料用ドラム缶など実際にかかった費用の六千ドルを足す。フォンは漁船の価格としてデントナーから一万五千ドルもふんだくろうとしたことを思い出してにやっとした。ほんとうはその半値でも喜んで手放してよかったのだ。総経費はけっきょく十二万八千ドルとなり、概算五万二千ドルの純利益がたちまちにして造船所にころがりこむことになる。フォンは二隻の船に黒塗りのきれいな塗装をサービスすることにした。自分がそれほどがめつい人間ではないということ、そしてフォンの会社ではていねいな仕事を重視していることをデントナーに示したいばかりに。

ある朝、あわてふためいた一人の従業員がフォンのところへやって来て、デントナーの船に積み込む木箱がいくつか届けられたが、そのなかには棺おけらしきものが数個あると報告した。フォンは中を一応のぞいて見たものかどうか思案した。さんざん迷ったあげく、フォンは「棺おけ」の一つを傷つけないようにそっと少しだけこじあけさせた。すき間からのぞいてみると、若い黒人女の体が見えるではないか。フォンは眼をむいた。蓋を完全に取りはずさせて、わらの詰め物をかきのけ、よく見たとたんヒステリックな笑い声をあげた。してみると、デントナーは、美女も、彼がほしがる他のすべてのものと同様、特別あつらえがお好きらしい。フォンは蓋をもとどおりに閉めさせ、中身についてはいっさい他言しないよう部下に命じた。

デントナーはソリチュード号とプライバシー号を購入して正確に三週間目の午前八時に、スーツケースを二つさげて、造船所にやって来た。

フォンはデントナーをドックに案内し、「燃料も満タンにしてあり、いつでも出発できますよ」と意気込んで言った。「いちばん信用できる部下に三回ほど港の外まで試運転させました。わたしも一度同乗しましたが、その結果には満足していますよ」

デントナーはドックの上をソリチュード号の船体に沿って端から端まで歩き、入念に見てまわった。見違えるばかりになっている。フォンはすっかりプレイボーイの悪事のすみかに造り変えていたし、ピカピカの黒い塗装のおかげでまるで新造船のように見えた。外観からは、七フィートほど甲板上に突出している大船室《キャビン》が、じつはがらんどうだとはとても想像がつかなかった。丸窓には華やかな色模様のサラサのカーテンがさがり、ぶしつけな眼が内部をうかがうのを防いでいる。フォンはまた気を利かせてサンデッキの上に二本のビーチパラソルとテーブル、それにアルミ製のデッキチェア七脚を並べていた。マネキンを見たなとデントナーは思った。

フォンはデントナーに残りの個所を案内しながら、手がかからないようにできている機関室と、いながらにしてすべてのコントロールができる操舵室に特に重点を置いて説明した。

船首の補助タンクにはデントナーの注文どおり千五百ガロンの灯油が入っていた。

デントナーはまだ気を許していなかった。「補助竜骨と台はどうなっているかね？」

「わたしが操作してお見せしましょう」

船室の前の船首寄りに伸縮型クレーンが固定してある。フォンは巻き上げ機《ウィンチ》の強力なモーターを始動した。クレーンの先のかぎを、補助竜骨に接続しているケーブルに引っかけ、レバーを引いた。デッキの下からゴロゴロという音が聞こえる。

「この仕掛けが補助竜骨を上げたり下げたりするものです」とフォンはデントナーに教えた。「申し上げるまでもないと思いますが、この操作をするのは船が海上に完全に停止しているときに限られます。もし船の航行中に竜骨を上げようとでもしてごらんなさい、竜骨に当たる水の抵抗のためにきっとケーブルが切れてしまいますよ。ところで、海辺を離れて補助竜骨を降ろしたいときは、いまと逆の手順をふめばよろしいのです。天気が良く、海もおだやかであれば、竜骨は引っ込めて航海なさるほうが得策です。抵抗がそれだけ少なくなるので、速度が増しますからね」

デントナーはうなずいて、何回か竜骨の操作をやってみた。船倉から響いてくる音に注意深く耳を傾け、四度目には、それらしいゴトンという鈍い音で、引き上げた竜骨下面が船体の底と合致するときを推測することができるようになった。また、竜骨が上がっているときと下がっているときの巻き上げ機《ウィンチ》に巻きとられたロープの輪数も頭に入れた。それがわかっていれば、ハッチをあけていちいち下まで行って確認する暇もないほど忙しい場合には、竜骨の正確な位置を照合する信頼できる手段となるだろう。

「では台を試してみるとしましょうか」フォンは、さいごに竜骨が降ろされ、ケーブルがたわんだのを見はからってそう言った。竜骨の仕掛けをはずして、クレーンを四本の別のケーブルに引っかける。各ケーブルは船室の屋根に取りつけた手すりの四隅にボルトで止めてあった。ビーチパラソルとテーブルと椅子はすでに従業員の手で取り除かれ、船倉にしまってあった。屋根はたちどころに引き上げられ、ドックの上に片づけられた。それからフォンはクレーンの首を振って砂袋を積み上げた台に近づけた。職工たちはすばやくクレーンのかぎを砂袋の上の重い鋼鉄の輪に引っかけた。クレーンのかぎが輪を引っ張りはじめると、垂直方向と水平方向につながったケーブルがピンと張り、台は巨大な鳥籠のような格好になった。

「三十トンありますよ」とフォンはいかにも満足げに砂袋を指差して言った。それから運転レバーをあれこれ動かすと、クレーンは台をドックから軽々と持ち上げた。船は少しも傾かなかった。

「やり方をよく見ておいてください」と台が舷側の上方にぶらさがったとき言った。「ゆっくり持ってきて、それからそうっと、船室の真上に、こんなふうに安定させます。つぎにそろそろとなめらかに降ろします。乱暴に扱ってガクンガクンさせるとケーブルに過度の荷重をかけることになりますからね」

デントナーの試みる番だ。最初は少し手こずった。台を船室内に降ろすさいに、多少壁にゴツンゴツンぶつかったが、どこも傷《いた》んだところはなかった。数回試すともうコツを覚えた。

台はドックに戻され、従業員たちが砂袋を取り去りはじめた。

「これまでのところはけっこうだ」とデントナーは仏頂面で言った。「つぎは何だね？」

「部下があなたさまをお連れして、砂浜の上に着船する方法をお教えします」

「いや、それはあとにしよう、ジミー。砂袋を台から降ろしているあいだに、まず小型船を走らせてみたい。そのほうが時間をむだにしないですむ。試運転はあんたにやってもらう。どこも申し分ないことをお互いに確認する必要があるからな」

フォンは一瞬ためらったが、一緒に行くことにした。「でも部下はやはり必要です。二隻の船のことは何から何まで熟知していますし、運転の腕もわたしよりたしかです。スーツケースはここに置いておかれても大丈夫ですよ。すぐに戻って来るんですから」

「よろしい、その男を連れて来たまえ、だが、スーツケースは持っていく。眼を離したくないのでな」

フォンは職工の一人を呼び、漁船までスーツケースを持ってついてくるように、そしてそのあとで、監督主任のところへ行って、こちらはいつでも試運転を始められると伝えるように命じた。

新しく黒く上塗りされたプライバシー号はいかにも体裁よく見えたが、鼻をつく匂いは相変わらずだった。魚の匂いだけはどうにも手のほどこしようがなかった、完全に消えるまでには何年間かかかるだろう、と言ってフォンは詫《わ》びた。デントナーのスーツケースは操舵室のなかに置いた。ざっと調べたところでは、たしかに水漏れもないし、予備の燃料用ドラム缶もすべて甲板上にあった。万事うまくいっているようである。

フォンの部下がやって来た。五フィート七インチほどの陽気な顔をしたたくましい若者で、〝サミー〟と自己紹介した。デントナーとフォンが脇に立って見守るなかで、サミーはエンジンをかけた。デントナーが腕の時計を見ると、十時近くだった。東に向かって港を出てくれとサミーに頼んだ。母船の試運転のときは西に向かうコースをとるとつけ加える。

正午までには、すべて順調であることに満足して三人は帰って来た。デントナーは漁船の比較的単純な運転にも慣れて、自分で操縦してソリチュード号に横づけした。

船を降りるとき、デントナーは、二時間分の燃料が試験航海で消費されたから、もう一度タンクをいっぱいにしておくように要求した。またスーツケースをソリチュード号の操舵室に移すように命じた。デントナーがスーツケースのなかにどんなエキゾチックな性具をしのばせているのかフォンには大いに興味のあるところだったが、決してそれを知ることがないこともわかっていた。

砂袋がすっかり台から取り除かれ、台も船室の中に降ろしてあった。

プライバシー号に燃料を補給すると、従業員たちが水面からそれを持ち上げ、ソリチュード号の隣のドックに置いてあった船台にのせた。

フォンとデントナーとサミーの三人が、プライバシー号の船体が乾くのを待っているあいだに、フォンは昼食を操舵室まで運ばせた。乾きを早めるために下では大きなスポンジで水を拭き取っている。ひげ面のアメリカ人は食事中も斜めにかぶったベレー帽を脱がないのにフォンは気づいた。

一時ごろだった。デントナーはクレーンの勘をつかむために、すっかり乾いた漁船を自分一人でソリチュード号の船内に格納してみたいと言った。そこで彼はプライバシー号を支えている船台にクレーンのかぎを引っかけ、微風のために多少操作は複雑にはなったが、たいした苦労もなくドックから釣り上げて船室内に降ろした。つぎに屋根だが、いとも簡単に元の場所に戻した。

「さあ、出発だ」とデントナーは言った。

サミーは二基のエンジンを始動し、そのままアイドリング状態においた。それから操舵室を降りて甲板に出、船首と船尾のロープをたぐり寄せて見せ、出航までのすべての操作がこうして一人でやれることをデントナーに確証した。デントナーはサミーの動作を注意深く見守った。エンジンは快適な安定した音をたて、船体にほとんど振動を及ぼさないことにも気づいた。サミーは操舵室に戻り、フォンの見ている前で手慣れた舵《かじ》さばきを見せ、ソリチュード号は威風堂々、造船所をあとに西に向きを取って港を進んでいった。

港から出て外洋に入ると、デントナーは南進を命じ、首飾りのように香港を取り巻く小島や岩礁にできるだけ近接して走るように告げた。それからアメリカ人は、サミーに見てもらって、全部自分でやってみたいと言いだした。

燃料を満載した場合には船はきわめて安定していることがわかった。燃料が消費され、船が軽くなるとどうなるか、デントナーはそれを知りたがった。吃水《きっすい》があがっても、安定性は変わらないとフォンは保証した。さらにつけ加えて、もし心配なら、からっぽになった燃料タンクにいつでもポンプで海水を汲みあげてバラスト代りにすることができると言った。

アバディン島を一周してスピード・テストをした。フォンの約束どおり、十七ノットと十八ノットのあいだで、ソリチュード号は快適な巡航が可能だった。燃料ポンプには正規のどのタンクからも直接パイプが通じていたが、フォンが取りつけたすべての予備タンクにも、もちろん直結していた。燃料タンク選択装置が舵輪《だりん》の右手に据えつけられ、計数を読み取って、どのタンクが空《から》になりそうか、どれだけの燃料が船に残っているか、一目で知ることができた。

簡単なものではあるが、自動操縦装置も信頼できた。デントナーが短い仮眠をとるあいだくらいは、船の針路を一定に保てるだろう。しかし、フォンは自動操縦装置に任せっきりにしないように警告した。ときどき監視をし、三時間から四時間おきにセットしなおしたほうがいい。

レーダーも二十海里の範囲までテストした。デントナーは一人で航海しているときのように、ベッドの上に身体を伸ばし眼を閉じた。サミーは可聴警報装置のスイッチを入れた。死人ですら眠りから呼びさまされるような、空気をつんざく鋭い警笛が鳴って、デントナーは飛び起きた。彼はレーダー・スコープをのぞき込む。ソリチュード号はそのまま行くと、八海里前方を急速に直進してくる未確認船と衝突するコース上にあることを示していた。デントナーはにっこりして、サミーにうるさい警報器を切るように言った。

ハロルド・デントナーは無線設備に囲まれた小さなスチール・デスクに腰をおろした。自位置測定《ローラン》のために、数カ所の低周波無線局に波長を合わせ、フォンの差し出した海図で位置を確認した。操舵室の外を見るとちょうどアバディン島の真北にさしかかっている。彼は海図に眼を戻す。おおむね一致しているようだ。こんどは自動方向探知機で同じことをしてみる。地図の上に記入した両者の鉛筆のしるしには一度以内の微差しか認められなかった。充分な精度である。さいごに、二台の超短波受信機（ＶＨＦ）でいくつかの周波数を選択してみた。船舶同士の通信も、船と陸の通信も明瞭な大きな声で入ってきた。

かれらはアバディン島沿海を離れ、香港島を迂回して東進しながら、ラウンド島、ボーホート島、サムコン島と進んで行く。さらに、サムコン島の東数マイルにあるワングラン島に向かった。舵《かじ》はデントナーが取り、船の性能をいろいろ試した。

アメリカ人は船を完全に停止して、補助竜骨の操作を試みた。ドックに繋留《けいりゅう》されていたときと同様、完璧《かんぺき》に働いた。

砂浜への乗り上げテストも四度試みた。サミーの指示に従ってデントナーが、港から十二マイルばかり離れた小さな無人島の砂浜にソリチュード号を強引に突っ込ませた。さすがに最初の二回とも、フォンは眼をつぶり、生つばをのみこんだ。が、そのうちフォンも、船がばらばらになるのではないかと思い惑うのをやめ、乗り上げをじっさいに楽しみはじめた。船首が岸に近づいて海底をこすり、ガリガリと音をたてるのすら快く感じているのにわれながら驚いた。エンジンを逆回転し、船がやすやすと海辺を離れてゆくたびに、所長は有頂天になっていった。試運転の結果は上々だった。フォンは鼻高々である。

デントナーは帰途に二、三点検したいことがあった。サミーに操縦を任せて、フォンと下に降り、浜辺での手荒な操船の結果、水漏れがないかどうか確かめた。船底は乾いていた。燃料タンクにひびが入っていないかどうかも調べた——とくに前部タンクが問題だ。そこにはデントナーが命じた千五百ガロンの灯油が入っている。損傷は見当たらなかった。

食料は操舵室の金属製食器戸棚に一部が収められ、残りは大船室《キャビン》後部船倉の容器にしまってある。飲み物と腐りやすい食品を収めた小型冷蔵庫もあった。少なくとも一カ月分の食料は充分あるだろうとデントナーは推定した。食料の隣に、マネキン人形の入った六個の箱と、香港の放出品店で買った品物を詰めた三個の木箱が置いてあった。

船倉の船台の上に置かれたプライバシー号も点検した。海浜へ何度も乗り上げたにもかかわらず、異常はなかった。

ソリチュード号が九龍《カオルン》に戻ったのは午後六時近くだった。

デントナーは謝礼の意味でサミーに百ドル札を一枚やり、テスト中に使用した燃料をすぐ補給しておくように頼んだ。サミーは一瞬相好をくずして、デントナーの航海の無事を祈った。

フォンは操舵室にデントナーと残った。彼は感心しないというように首を横に振った。

「たいへん気前のいいチップですな。わたしの秘蔵っ子を増長させることにならなければ幸いですが」

「けちくさいことを言うな、ジミー。やつはそれだけのことをしたんだ」デントナーはスーツケースの一つをあけながら言った。

フォンはデントナーの肩ごしにのぞき込んだが、一着のズボンと数枚のスポーツシャツしか見えなかった。デントナーは隅のほうに手を突っ込んで、ポラロイドカメラで撮った四枚の身分証明用写真と千ドル札を丸めた束を引っ張り出した。

「事務所に参りましょうか？」

「いや、ここですませてしまおう。燃料の補給が終わりしだい出航するつもりだ」

「ひと休みもしないで出発なさるおつもりですか？」

「いまも言ったとおり、このまま出航する」

「ではお好きなように」フォンは船に関する書類の入った封筒を開きながら答えた。

デントナーは二枚の写真を渡し、もう一度スーツケースをあけて、両面テープ、小びん入りゴム糊《のり》、ホチキスを取り出した。「ごらんのように、わしも抜かりのない男でね。あんたの事務所に戻る必要はあるまい。いまここで写真を書類に貼《は》りつければよろしい。入用のものを言ってくれ――両面テープかゴム糊かそれともホチキスかね？」

フォンはぎらぎらする眼でデントナーをにらみつけて、ゴム糊を取り、写真をきれいに書類に貼りつけた。写真の端から押し出された余分の糊は人差し指で入念にこすり取った。

デントナーは書類に目を通した。パナマ市が彼の正式の居住地になっている。どこにも不備はなかった。

「事務所の保存用にもう二枚の写真がいりますが」とフォンは言った。

デントナーは何か考え込むように一瞬沈黙した。

「そんなものはなくてもどうということはないだろう」彼はにやっと笑って、写真を細かく引き裂くと、自分のポケットに入れた。「もし万一ひとに訊かれたら、誰かがどこかに置き忘れたと言えばよい」

フォンは肩をすくめた。しかたがなかった。

給油が終わったと、サミーがドックから叫んだ。

「ようし」デントナーは操舵室の外に出ながらどなり返した。「待機していろ。あと一、二分で、出港する」

ふたたび操舵室に戻り、小さな机の前にいった。フォンはベッドに腰をおろしている。デントナーは九万ドル数えて、造船所長に手渡した。

「船の航海日誌は机の右袖のいちばん下の引出しに入っています」フォンは静かに言った。

デントナーはうなずき、エンジンをかけ、そのままアイドリングさせた。「積荷目録をタイプして、税関で船内の検査をしてもらわないことには出港できませんよ。それに、行先を明示した出港許可書をもらいませんと。即刻必要な手続きをしてすぐ戻ってきます」とフォンはアメリカ人に言った。

「気にするな」デントナーは言った。「もし税関に質問されたら、おかしなアメリカ人がやって来て、夜中に船のテストをすると出ていったきり戻って来なかったとそう言えばよい。

せいぜい悲しそうな顔をしてな。船が沈没して、気の毒にお客も溺死《できし》したのではないかと気をもんでいる、おまけにまだ金を支払ってもらっていない、そう言え。嘘には聞こえまい。じゃ、元気でな」

フォンは毒気に当てられたようにそこに立っていた。この尊大な男は合法的に事を運ぶということがまるでできないのか？　書類上の手続きにはなんの考慮も払わないのか？　彼の整頓《せいとん》されたファイルや永久保存用記録には？　フォンはこれ以上議論してもはじまらないことを悟っていたので、怒りの眼ざしを投げつけるだけで自らを慰めるしかない。しかしデントナーはそれに対して一瞬勝ち誇ったような笑顔を返したので、フォンはふんまんやるかたなかった。すっかりしょげかえって、操舵室を出ると、船の出港を見送るために、はしごを降りていった。

あたりは暗くなりかかっている。デントナーは船首に行ってロープをたぐり寄せた。それから、屈託《くったく》なげに船尾のほうに歩き、第二のロープを取りはずした。船は波に乗ってゆっくりドックから離れていった。

操舵室に登ってゆく前に、船の中央部で立ち止まり、フォンの立っているほうへ体を伸ばした。フォンに近くへ来るよう手まねきする。

「フォン、テストは首尾よくいった。しかし航海中にどこかおかしくなったら、またおまえのところへ舞いもどってくるからな。それでどうするかわかるか？」彼はペッとつばを吐いた、「おまえさんのマホガニーの机があったな、ひっかいて傷をつけるのさ」

フォンの顔色がわずかにどす黒く変わった。

「故障なんか起こりませんよ、デントナーさん」かれは低姿勢だった。「フォン造船所の仕事は折紙付きです」

デントナーは操舵室に入り、船をドックから引き離しながら、陽気に別れの手を振った。

第四章

ソリチュード号の船長は、停泊中のサンパンや船舶の迷路のような間隙を縫って慎重に船を進めながら、午後九時過ぎには、西の口から香港の港を出た。外洋に出ると、磁気の変化、潮流、風による偏流を計算に入れたうえで、南西二二〇度の方向を保った。

タコメーターを毎分一三〇〇回転に調整する――これは十五ノットをやや下回る巡航速度に相当する。先は長いのだから、いまからエンジンを全開にするのは無分別というものだ。そのうち全速力で走ることもでてくるだろう。

香港の明かりが遠く見えなくなりはじめるころ、海は波立ってきた。デントナーはスーツケースをあけて、乗物酔いの薬ドラマミンを取り出した。船酔いをすることは許されない。彼の計画は元も子もなくなってしまうだろう。

机の上に双眼鏡、海図、大判の日誌――各ページに一日の二十四時間にあたる二十四本の罫《けい》が引いてある——を並べた。

土曜日と記されたページ一面に大きく×《バツ》を書き、二十一時の線の上に、〝出発、異常なし〟と書き入れた。日曜日のページには上から下まで斜線を引き、記載事項なしを表わす。月曜日の分には、一項目だけ、〝到着予定時刻——〇六〇〇〟と記入した。

他船の明かりが見えるたびに、間隔を保つため一時的に針路を変更した。

真夜中に二粒の覚醒剤を缶入りオレンジジュースで流し込んだ。この航海では眠っている暇はない。

もう一つの旅行カバンから拳銃を出してポケットに入れ、残った中身を点検する。もう一挺《ちょう》の拳銃、ダイナマイト、雷管、導火線である。

自動操縦装置と可聴警報装置をセットしたのち、夜を徹して海図と無線機にかかりきりになった。衝突予報の警笛は鳴らなかった。

日曜日の明け方に簡単な朝食、といってもコーヒーと覚醒剤をさらに二錠、それから半箱のたばこのみ。

船は安定していた。他の船影も見られず、たぶん香港を目指していると思われるジェット旅客機だけが、単調さを破る唯一のものだった。

午後の天気予報によると、目下、マレーシア上空をはげしい雷雨と嵐をともなった温暖前線がゆっくりソリチュード号のほうに進んでいるということである。が、ざっと計算してみたところ、天気が崩れるよりさきに目的地に着けることが確認された。

旅の第二夜も順調に進行した。この船にも慣れたので、ときどき甲板の上をぶらつく余裕も生まれた。

月曜日の午前五時四十五分、双眼鏡で水平線上を眺めていた眼に目指す目的地が映った。

「ぴったり時間どおりだ」

三日月形の浜辺から数百ヤード沖合に船を停め、クレーンで補助竜骨を引っ込める。ふたたび正常のスピードで岸沿いに一時間ほど流し、海中に危険な障害物もなく、人目にもつかない奥まった上陸地点を探した。

島の西端のかぎの手状に彎曲《わんきょく》した突出部にいだかれた砂州《さす》を選ぶ。そこだったら、自然の猛威に対しても格好の避難場所となる。

午前七時十五分、曇り空からぱらついてきた雨の中で、エンジンを全速回転させて砂浜に突っ込んだ。

彼はやさしく船の舵輪をたたき、エンジンを切った。

「そうとう強烈にぶつかったが、みごとにやってくれたな」

香港を出港して三十六時間たらずで、ソリチュード号は、南シナ海上にある無人のパラセル諸島中でも最も孤絶した島に乗り上げて停まっていた。ボンベイ環礁の約六マイル南、諸島中では最東端にある小島だった。

北緯一六度線と一八度線のあいだに点在し、南北七百マイル以上にわたって伸びているひも状の六十近くの環礁、礁湖《ラグーン》、小島、サンゴ礁、砂州から成るこの諸島はいくつかの国が所有権を主張している。

中国本土から約二百五十マイル南、北ベトナム沿岸から三百マイル沖合、南ベトナムの東二百マイル、フィリピンの西六百マイル、そして台湾の南西七百マイルのところに位置する、寸断された火山活動の残骸については、国連でもいろいろ議論が沸騰《ふっとう》していた。

第二次大戦中は、日本がこれらの見捨てられた島々のいくつかを軍事前哨《ぜんしょう》地点として利用していたが、一九五一年に権利を放棄した。それ以後は、北京、台湾、ハノイ、サイゴン、マニラがいずれも主権を主張してきた。遠く離れたけし粒のような土地に対して、各国とも自国の〝歴史的〟権利を承認するよう頑強に要求した。

〝適切な行動〟をとるという無気味な警告や、その他ことばによる威嚇《いかく》は日常茶飯事と化し、本気に受け取るものはなかった。このパラセル諸島の問題を訴え出ている国のなかには、もしそれがすみやかに有利な解決をみなければ、戦争も辞さないとおごそかに宣言するところもある。それぞれ〝国の威信〟がかかっているから、これらの島の運命いかんによっては、この地域の安全、ひいては世界の平和にとって脅威にもなりかねない、と各国は大げさに主張していた。

この地域には豊富な海底埋蔵資源が眠っているかもしれないという噂《うわさ》についてどう思うかと質問されると、各国ともこぞって、この問題と石油とは無関係であると、いかにも清廉潔白な顔をして声高に否定するのだった。

しかしながら、いまのところは、いずれの権利主張国も、ベトナム紛争がパラセル諸島にエスカレートすることを恐れて、用心深くこの地域には近づかないようにしていた。どの国もじっさいはもう身を引いたということもありえないことではない。とくに、東南アジアの泥沼に足を突っ込んでいるアメリカは、これ以上問題を複雑化することを望むわけはないから、なおさらである。

誰にも見つからず、独りでいるには、これほど理想的なところはない。

砂浜に船を乗り上げると、デントナー船長はただちに船首から二本の錨を降ろし、斧《おの》を浜にほうり投げた。

なわばしごを伝って降りると、斧をふるって岩とサンゴに刻み目をつける。砂の上の錨を苦労して引きずり、船首と直角になるまで持っていって、しっかり岩の割れ目に固定した。

これで船を放置しておいても大丈夫だ。

拳銃を点検してから、三十分ほどで大急ぎで島を一巡し、完全に無人であることを確認した。

ソリチュード号の船尾からさらに二本の錨を降ろすと、スキューバ・ダイビングの装具をまとう。海中に滑り込み、錨がしっかりサンゴ礁に食い込んでいるかどうか確かめるために海底にもぐっていった。それから、懸垂の要領で鎖の張り具合を調べ、これで良しとうなずいた。

午前九時に、クレーンで船室の屋根を釣り上げて浜に降ろした。つぎにプライバシー号を船内から引き上げて水面に降ろし、母船の左舷《さげん》に繋留《けいりゅう》した。

予報どおりの前線が、しのつく雨と強風をともなってさしかかってきた。

急いでプライバシー号を固定していた船台の木枠を細かに切り刻み、細片を一つのこらず入念にかき集めて、甲板の上にきちんと積み上げた。つぎは水中部分の木枠を取り除くために、水にもぐって斧を打ちこむ。海面にポカポカ浮かび上がった木屑はひとつ残らず荒れ騒ぐ波間から丹念に回収する。

午前九時四十五分となった。嵐のために彼の計画もはかばかしく進まない。操舵室で嵐のやむのを待つことにし、着ていたダイビング・スーツをはぎ取った。

三十分という貴重な時間が経過し、やっと強風《ゲール》級の風も弱まり、空も無気味な暗さがなくなり明るんできた。

クレーンのつぎの仕事は、船室内の台を釣り上げて砂浜の上に降ろすことだった。それが終わると、クレーンのかぎは船内の大きな木箱を引っ張り上げ、舷側を越えて、それをプライバシー号の甲板上に降ろす。さらに二個の木箱をこんどは母船の操舵室のそばに置く。すぐさまそれをこじあけて、何枚かの擬装網を取り出し、そのうちの二枚を砂の上に投げ降ろす。

片隅を錨に引っかけた網を持ってソリチュード号に登りながら、鎖と台を覆った。台風が来てもびくともしないように大きな岩やサンゴのかたまりで厳重に網の重しをした。

クレーンはゴトゴトと音をたてて、二個の木箱を甲板から船倉内に戻した。それから、浜にあった屋根をひょいと持ち上げ、ふたたび船室の上にのせる。

つぎは、ソリチュード号の全体を、マストや操舵室から海面まで、細心の注意を払ってすっかり擬装網で包んだ。強風でも吹き飛ばされないように、要所要所を針金で縛る。プライバシー号も船首から船尾まですっぽり網をかぶせる。

仕事の手際を点検するためにふたたび陸《おか》に降りた船長は満足の笑みを浮かべた。擬装網は完全に周囲にとけ込んでいる。空から見たらもちろんのこと、海上二百ヤードの近地点からでも、二隻の船の存在を識別することは事実上不可能だろう。

正午までにすっかり準備は完了した。極度の疲労でいまにもぶっ倒れそうだった。操舵室に入ると、眼覚まし時計をセットし、扇風機をまわし、ベッドの上に倒れ込み、そのまま深い眠りに落ちていった。

執拗《しつよう》に鳴り続けるブザーの鋭い音で、彼はビクッと眼を覚まし、暗闇の中で眼覚ましを探った。操舵室の明かりをつけることはできない。かすかな明かりの明滅でも通りすがりの船舶や低空を飛んでいる飛行機に見つけられることがまるでないとは言いきれない。まだふらふらで、時間の感覚がまるでなかった。

手探りで懐中電灯を探した。それには赤い覆いをつけて暗くしてある。カレンダーつき時計と日誌を見る。午後十一時――まだ月曜日だった。島に着いてから十六時間経過し、彼は十時間以上眠った勘定になる。

懐中電灯の明かりで、日誌の土曜日から水曜日までのページを引き裂いて、ポケットに突っ込み、日誌を机の引出しに戻した。電気コンロをつけて、水を入れた大きなやかんをのせる。

新鮮な空気を吸うために甲板に出た。前線は通過して空は晴れ、明るい月が出ていた。

プライバシー号を出す用意をしなくてはならなかった。擬装網を取りはずし、ソリチュード号にしまった。

それがすむころには湯が沸騰していた。インスタントコーヒーを大量に作り、いくつかの魔法びんに分けて入れ、プライバシー号に移した。

さいごにもう一度ソリチュード号を見まわって、スイッチが全部切ってあり、船もしっかり固定してあることを確かめる。

母船を捨てて、新しく指揮をとる船に乗り移るとき、ふと、『キーラーゴ』というハンフリー・ボガート主演映画の一シーンを演じているような気がした。古典的な別れのことばを肩ごしに投げつけるのだ。「じゃあな、かわいい娘《こ》ちゃん、最高だったぜ」

かくして、プライバシー号の船長となった彼は、エンジンをかけ、ソリチュード号に舫《もや》ってあったロープをほどき、錨をあげる。

船を動かす前に、懐中電灯を取り出して日誌のページを照らし出し、火曜日のページの午前一時の線の上に、〝出発、異常なし〟と走り書きした。水曜日のページには、〝到着予定時刻――二一〇〇〟と記した。

座礁の危険があったので、最小限のスピードでプライバシー号を操りながら、島を離れていく。

いったん外海に出ると、馬力をいっぱいまであげた。エンジンは快調な音をたてている。よしんば、全力走行によってどんなにエンジンが傷《いた》もうと、かまわなかった。この航海が終われば、それでご用済みとなる運命なのだ。

船脚は十ノットをやや下回る程度だと推計された。とすると、約四百二十海里の行程だから、四十三時間から四十五時間はかかるだろう。

こんどは、休息を取ることは考えられなかった。もともと漁船には自動操縦装置などついているはずはないし、無線機たるやひどい雑音の入るしろものである。羅針盤と六分儀がなんとか使える程度で、その他二、三の基本的な計器類は概してあてにならなかった。

午前四時にコーヒーを一杯飲み、北西三四五度の方向を取るように舵輪《だりん》を縛りつけて固定する。

縛ってあったドラム缶を一本ほどいて、船尾までころがし、中身を燃料タンクにあけた。酷使されているディーゼル・エンジンから立ち昇る排気が、いまだに船内にこもっている強烈な魚臭と混ざり合って放つ異様な匂いに、彼は思わずむかむかした。

船長は空《から》のドラム缶に穴をあけ、船外へ放り投げる。たちまちのうちに沈んで跡形もなくなった。

残りの燃料入りドラム缶にもすべて二時間おきに同じ手続きを繰り返した。そのつど、かれは吐き気と闘った。

　プライバシー号を支えていた船台の木枠の残りを原形をとどめぬまでに細かく切り刻み、一時間ずつ間隔をおいて海に投げ棄てた。

　船尾から体を乗り出して、〝プライバシー号――パナマ市〟という字を斧でそぎ落とす。時間がたつにつれ、空は曇ってきたが、波はおだやかだった。何隻かの船影を見かけたが、あえて避けようとはしなかった。もし近づいてきて何か言ったら、世界一周の一人旅に出た世をすねた変わり者だ、とでも思わせて押し通せばそれですむ。

　昼食時になって、食器戸棚を総点検した彼は、ツナの缶詰、ミートローフの缶詰、ビスケット、清涼飲料水がずらっと並んでいるのを見てげっそりした。けっきょくまだ腹は減っていないことにする。この三日間、これらのもっとも食欲をそそらない献立だけで生命をつないできたのである。

　夕方、いろいろなデータから船の位置を推定してみて、針路から十ないし十五マイル以上は逸《そ》れていないと確信を持った。舵輪を縛って固定し、三十分ずつ何回かに分けて仮眠を取ることにした。もちろん眼覚ましは忘れずにセットしておかなくてはならない。つらい夜になりそうだ。

　水曜日の朝までには、二十四時間分の燃料が入ったドラム缶はむろんのこと、かつてのプライバシー号の船台の木屑もすっかり処分を完了していた。いま船は目的地までの残り七時間を保有燃料だけで走っている。

ソリチュード号から移した木箱の中身を調べた。ゴムボートをまず取り出し、その中に、オール、小型船外モーター、防水ナップザック、救命具、水着を積み込む。箱はこなごなに割って海に投げ捨てた。

日没寸前に、船内に降りてエンジンに刻んである通し番号をけずり取った。隅から隅までくまなく探して、彼をプライバシー号に結びつけるおそれのあるあらゆる証拠を手順よく抹《まっ》消《しょう》してゆく。

午後七時、ようやく遠くに陸の明かりが見えてきた。海図と日誌のページはもう燃やしても大丈夫だ。灰はまき散らした。六分儀も海に捨てる。

衣類も風に飛ばし、水着を着て、ナイフをベルトにはさむ。

岸辺に踊っていた明かりは輝きを増してくる。

午後八時前、目標地点から二マイルのところでエンジンをとめ、斧を持って船内に降りる。充満した腐った魚のむかつく匂いに気が遠くなりかかりながら、トンネルのような船倉にもぐり込んだ。船体の前からうしろまで一面に斧を打ち込むと、海水が間欠泉《かんけつせん》のように噴出する。濡れねずみになって、急いで甲板に避難した。

プライバシー号はみるみる沈んで行く。

斧と拳銃を投げ捨て、救命具をつけ、ボートを降ろしてひらりと乗り移ると、勢いよくオールを漕《こ》いで、沈没する船の波をかぶらない安全圏に逃げた。

ボート後部に船外モーターを固定し、スターターのひもを引っ張る。三度目にやっとかかった。

目的地まで二百ヤードほどになると、モーターを止め、ナップザックを背負い、ゴムボートを切り裂いて沈めた。

水曜日の午後九時に、彼は泳いでスタンレー湾に潜入した。フォンの造船所を出発してからちょうど四日後に、彼はふたたび香港に舞い戻ったのである。

海岸に人影はなかった。

ナップザックから、背広上下、シャツ、ネクタイ、下着、靴、金を引っ張り出す。代わりに水着と救命具を詰め込む。

身支度を整えると、フェリーまで十二マイルの長いハイキングの開始だ。

ナイフを捨てる前に、ナップザックを中身もろともずたずたに切り裂いて、歩きながらそれをまき散らした。

木曜日の午前二時、フェリー発着所近くのとある終夜営業レストランにたどり着いた。魚料理のすすめをていねいに断わり、とびきりぜいたくな熱い料理を注文し、一口一口味わって食べた。

九龍《カオルン》に渡り、タクシーを拾ってカイ・タク国際空港に着くころには、夜が明け染めていた。手荷物預り所で半券を出してスーツケースを受け取った。中にはパスポートと航空券が入っている。

税関は問題なかった。ハロルド・デントナー氏の旅行カバンには、旅行に必要なありふれた身のまわり品しか入っていなかった。

午前九時、エール・フランスのボーイング707はバンコク目指して飛び立っていった。

彼はジン・トニックのダブルを注文し、ひと息に流し込むと深い眠りに落ちた。

彼にはそれが必要だった！

第五章

「こちらはバンパイア一番機。さあ、行くぞ」ホアビンの南十マイルの地点にさしかかったとき、ハリソン少佐の声が無線機に流れてきた。

二番機、三番機、四番機の順に、編隊長の攻撃開始命令に対して、間髪を容《い》れず確認の応答をする。操縦系統、火器系統の最終点検を行なう。

グラントは胃のあたりが締めつけられてむかつくのを感じた。顔をゆがめて下唇を嚙《か》みしめながら、計器盤を眺め渡す。警告灯はついていない、万事順調に働いている。ちらっと時計に眼をやった。午前十一時を少しまわっている。目標地区の約一万フィート上空に薄い雲がかかっていた。

「こちら一番機」とハリソンの声。「それぞれ単独行動に移る。お互いに連絡を取り合おう」

これは周波数をあらかじめ定められた二二六・一に切り換える合図だった。かれらの飛行が追跡されるのを防ぐために、ダナン離陸以来無線機は沈黙を守っていたが、もはやその必要はなかった。出発前の注意の及ばない予想外の危険物や格好の標的を目撃したら、すぐ知らせ合うために、これからは自由にしゃべることができた。ただしお互いの名前を呼びかけることはしない——各自の編隊位置の番号だけである。

盗聴される心配はまず考えられない、無線の周波数を知っているのはパイロットだけなのだから。かりに敵があらゆる組み合わせの周波数を片っ端から試したところで、正しいチャンネルを探し当てたころには、アメリカ人たちはとっくにいなくなっているのがおちだ。それはともかくとしても、パイロットたちの特殊用語は、心得がなければ、アメリカ人にすらほとんど理解できないのだから、いわんや南北のベトナム人には無理というものだ。この作戦活動は、狩人《ハンター》にとってもその餌食《えじき》となる者にとっても限りなく長い時間のように思われるかもしれないが、せいぜい十五分程度のものなのだ。十一時二十分までには攻撃隊は引き上げて帰路に向かっているはずだ。

太陽を背にして、まだ編隊を崩さずに飛んでいた四機の戦闘爆撃機は、とつぜんキーンという甲高《かんだか》い金属音とともに二万五千フィートの上空から目標めがけて急角度降下を始めた。雲層を突き抜けるとホアビンが眼前に現われる。山間部のほうで、大きな白いものがパッパッと花開き、やがて尾を引いてかれらに迫ってきた。非誘導ロケット弾が発射されたのだ。

地上の砲撃隊は不利な位置にあった。まともに太陽に向かって狙わなくてはならない。ロケット弾は遠くはずれた。二三ミリと五七ミリの対空砲が火を吹きはじめた。砲火は熾烈《しれつ》をきわめているが、まだ的をはずれている。

「あばよ、またあとでな」かれらが市街の南部に達したとき、ハリソンは決意のみなぎった声で言った。

編隊長と二番機は右下方に急降下し、かれらの標的である軍需品集積所に襲いかかった。初回の〝突き〟はみごと命中し、機は急上昇して雲間に消えた。ホアビン上空はさながら修《しゅ》羅場《らば》となった。

大混乱のなかを、三番機とグラント機はほとんど樹木すれすれの低空で市の上空を直進し続け、やがて急角度に左旋回した。すると家並がちょうど地上砲火の攻撃線上に入り、二機にとってわずかながら防御盾《たて》の役割を果たしてくれる。かれらは第一の爆撃目標である鉄道の駅に向かい、そこを機関砲で砲撃した。

「でかしたぞ、三番機」機首をまっすぐ空に向け翼を並べて上昇しながら、グラントは言った。

グラントはちらっと地上を見た。三、四輛《りょう》の貨車が破壊されていた。それらはひっくりかえって線路にまたがり、四方八方に火の粉を噴射しながら真っ赤に燃えていた。おびえた市民たちが避難しようと走りまわっているのが見えた。

「おい、三番機、こっちも弾薬らしいな」とグラントは言いながら、上昇のさいに加わる4

Gの急加速力の影響で頭の血液が押し出されるのを防ぐために、与圧服の腿《もも》と胃の周囲が自動的に締まるのを感じていた。

北ベトナムの防空陣は最初の不意打ち攻撃から急速な立ち直りをみせた。八五ミリと一〇〇ミリという大型砲がほら穴から引き出された。また対空ロケット弾もだんだん戦闘爆撃機に接近してくる。

南からの微風によって、ハリソンが攻撃している軍需品集積所から立ち昇る大量の黒煙が街のほうに吹き寄せられてきた。そのため視界が妨げられる。いまや三番機とグラントの四番機のほうが不利な位置に立った。山間部に垂れこめた黒い煤《すす》のとばりを縫って飛んでくるロケット弾や地上砲火を避けるのは至難の業《わざ》である。それはちょうど荒れ狂う猛吹雪のなかで、回転競技《スラローム》の選手権試合をやれというようなものだった。頼れるのは勘しかない。三番機とグラント機の東方六、七マイルの郊外では、隊長機と脇を固める二番機がいぜんのうのうとやっている。かれらの地区は対空砲火もそれほどはげしくなく、煙も吹き飛ばされてゆくので、慎重に狙いをつけることができた。

三番機とグラント機が二回目の攻撃のため急降下に移ろうとしたとき、ハリソンが二番機を呼び出すのが聞こえた。

「いいか、二番機。あのトラックはおれが引き受けた。おまえは左の建物をやれ」

「了解。ですが屋根の上に赤十字のマークが見えませんか？　病院のようですが」

「ああ、見える……くそったれめ……だまされんようにしろよ……あれが病院だと？　だったらなんだってすぐ隣に弾薬を貯蔵したりするんだい？……吹っ飛ばしちまえ……そっちの三番機、うまくいってるか？」

「ええ……いま操車場の上空にきています……これから二回目の攻撃に入るところです……」

おれは線路をやるぞ……四番機……貨車を頼む……駅の近辺にまだ数輛残っている……」

「よしきた」

「こちら一番機。手早く片づけろ。こっちもロケット砲撃がかなりはげしくなってきた……そちらはどうだ？」

「三番機です……ひどいもんです……ずっと低空飛行です……西側の建物を盾の代わりにして……でも北からもロケット弾を撃ちはじめました……あいだに民家が出っぱってくれてますが……」

「そうかわかった。こちらはあまり遮蔽物《しゃへいぶつ》はない……目下、陰に入ったり出たりというところだ」

「えい、こんちくしょう……編隊長、ベッドが一面に飛び散ったの見ましたか？……やっぱり病院だったようですね……」

「まさか……やつらが信用できるものか……上がってこい……雲のなかへ戻るぞ」

北ベトナム防空軍は、レーダー追尾式でしかも熱線感知方式という高高度地対空ミサイルの発射準備をしていた。が、いまのところ戦闘爆撃機が地上に接近しているため、効力がない。このせっかくのミサイルをみすみす無駄にする法はないことを敵も味方もよく心得ていた。例によって、侵入機が引き上げるために上昇を始めるのを待ちかまえて、地対空ミサイルが発射されるだろう。ハリソン機と二番機は三度目の攻撃を終えて、上空を旋回しながらつぎの最終攻撃の機会をうかがっていた。そのあとかれらは南に機首を転じ、他の二機と合流するためにランデブー地点に向かって上昇する段取りになっている。

時刻は十一時十五分をわずかに過ぎていて、電撃作戦行動もじきに終了するはずだ。

「おい、三番機」とグラントが割り込んできた。「作戦指令もひどいもんだな……いまに始まったことじゃないが……あそこを見てみろよ」

「どこだ?」

「ほらあそこだ……真っ正面の山の左側だ……重戦車がいるってことは何も聞かなかったぜ……九時(二七〇度)の方向だ……大型トレーラーに乗っかってざっと十輛以上はある……」

「見つけたぞ」

「そいつらの面倒をみてやってくれるか、三番機?……おれは谷間の燃料タンクをやる……」

「承知した」

二番機がコールしてきた。声がうわずっている。

「こちら二番機……いまミグ戦闘機を二機見つけた……」

「どこだ?」

「南だ……六時（一八〇度）の方角……高度約二万フィート……」

「ああ、あれか……三番機、四番機、見つけたか？」

「三番機です。こちらからは無理です……だいいち、見まわしてる暇なんかありません……それにすごい煙で……すぐに上昇します……やっこさんたち、ひどい目にあいたいのかな？」

「いや……そのへんはわきまえているさ……いずれにせよ、こっちの二機を避けているようだ……もしかしたら、おとりだろう……早くそっちの仕事を片づけちまえ……ミグのやつはいただきだ……やつらにうしろにまわられないようにしろよ……」

「承知しました。あと二、三分で終わります……ミグの牽制《けんせい》を頼みます……すぐ上がっていきますから……地対空ミサイルは撃ってますか？」

「こちら一番機。いや。まだ早すぎるのさ……ふぬけ野郎め、おれたちがミグを追跡するまで待つ気だろう……ミグはただのおとりだ……充分に狙いをつけられるところまでおびき出すつもりでいる……おまえたち、うしろに気をつけろよ……」

三番機がさえぎった。

「おおい、四番機、いるか？」

「すぐうしろだ」

「戦車の列のどまん中に命中したのを見たか？……半数は吹き飛ばしたぜ、きっと」

「三番機、よくやったぞ……残った所はおれがやる」

グラントの左の翼から発射されたロケット弾が赤い尾を引いて飛ぶ。誘導装置によって弾はガソリン貯蔵施設の真っ只中に命中した。猛然と吹き上がる煙と閃光《せんこう》と炎が、大きなきのこ状に三、四千フィートの上空まで見るまに立ち昇っていった。それから横に拡がり、しだいに谷の上に覆いかぶさり、稜線を隠した。

「一番機、まだ近くにいますか？……たったいま四番機が燃料タンクの密集地帯をやりました……きっと弾薬か爆薬が近所にあったのでしょう。驚きましたよ……ものすごい爆発でした……」

「こちらは最終攻撃をいま終わるところだ……これからミグを追跡する……そっちはあとどのくらいかかるかな？」

「編隊長の西側の谷間にはまだいろいろあります……いまもここからそう遠くないところに重砲が見えました……確かめてみます……ちょっと待ってください……」

「急いでくれ、もう引き上げるぞ……」とハリソンが言った。

グラントがコールした。

「あの谷には石油ドラム缶の集積所がある……三番機、おまえは重砲を狙ったらどうだ？……おれはあのドラム缶に最後の一撃をお見舞いするぜ……なにしろすごい、数千本はまちがいなくある……三番機、見えるか？」

「見えた……じゃ、頼むぞ……おれはドラム缶の左手の大砲とトラックを攻撃する……」

「よしきた」

ハリソンの声。緊迫した様子がみなぎっている。

「こっちは終わったぞ……ミグを追跡する……ミグの位置はそこから約五マイルだ……手早くやれよ……ロケット弾や砲火の炸裂《さくれつ》がますます近接してくる……あまり長居はできんぞ……」

「こちら三番機。わかりました。すぐ戻ります……ランデブー地点に先に行ってください……これが最後の攻撃です……四番機、用意はいいか？」

「おまえのあとに続いている。このまま突っ込め……」

二機は翼を連ねて煙のなかに入り、三番機はトラックと大砲に照準を合わせ、グラントは燃料ドラム缶に爆弾を投下するために身構える。煙は濃くなっていくばかり。三番機にはうしろにいるはずのグラント機の頼もしい翼はもはや見えなかった。

三番機は残っていたロケット弾、ミサイル、機関砲弾、爆弾を洗いざらい二カ所の標的にぶちまけて、急上昇し、雲のなかの避難所に急いだ。グラントは爆弾を燃料ドラム缶の上に落とした。爆発の恐るべき威力とそのための衝撃波によって彼の機ははげしい片揺れを起こしたので、全神経を計器の目盛に集中して機の安定を保つことを余儀なくされた。煙のために視界はゼロとなった。砲火は熾烈《しれつ》そのものだ。対空ロケット弾はいぜんとしてそこらじゅうに炸裂していた。

ハリソンの声が入る。

「いったいそっちの二人はどこにいるのだ？」

「上昇中です……一万八千フィートを通過……」

「やられた」という叫び声がした。

ハリソンがすぐに応じた。

「誰だ、やられたのは？」

すぐさま三番機の声。「四番機、どこだ？……早く答えろ、どこにいる？」

「それがはっきりわからんのだ……煙で一寸先も見えない……敵さんのかんしゃく玉をけっにくらったらしい……片方のエンジンの圧力がゼロだ……これは不発弾かもしれんな……まだ爆発しないところをみると……」

「バンパイア編隊長……三番機です……四番機を見失いました……やつは……」

ハリソンがいきなりさえぎった。

「聞いたよ。こっちも眼を離していたんだ……ミグを追っていたからな……やつはどこだ？……おおい、四番機……ここまでなんとか上がってこられそうか？……」

「無理のようです……残るエンジンも圧力が低下しています……コクピットに煙が入ってきました……熱線感知式ミサイルにちがいありません……まったくいまいましいかぎりだ……排気装置が両方ともいかれてしまいました……上昇しようとしているのですが……せめてあの山を越えるだけでも……」

「もしだめなら、脱出して機を破壊しろ……聞こえたか？……脱出して機を自爆させろ……四番機、機外に射出してパラシュートで降りろ……できるだけ早く探しに戻ってくる……」

「上昇を試みています……待機してください……」

三番機は高度二万フィートの雲の上を旋回しながら、ドラム缶が爆発するまえにグラントを最後に見たあたりを見下ろしていた。約十マイル離れたところには、ミグをつかまえるのを諦《あきら》めたハリソン機と二番機がいた。ソ連製の戦闘機は虎口を脱して、中国国境のかなたの聖域に向かっていた。

レーダーに誘導された地対空ミサイルが雲を破って戦闘爆撃機に迫ってきはじめた。昇ってくるのを見ると、無害なオレンジ色の火の玉みたいである。あらかじめ選択された高度に達すると、とつぜんとてつもない力で爆発し、空を真っ赤な炎で染め、数マイル先まで感じられる衝撃波を発生する。

三番機は旋回を続けながら、グラントを探しに降下したものか、それとも上昇してハリソンと二番機に合流したものか迷っていた。かれは隊長機を呼び出す。

「一番機、この煙ではとても見つかりません……」

「そこにじっとしていろ……すぐに行く……」

三番機が諦めかかったとき、はるか下のほうで思いがけず動く物体が眼に止まった。グラントの飛行機がほとんど垂直に近い角度で雲を突き抜けて現われた。三番機はどなった。

「おい、四番機、見つけたぞ、大丈夫か？」

「だめだ。急上昇しようとしているんだが……機首を上向きに安定できない……エンジンは両方とも絶望的だ……ちくしょうめ！　操縦桿《かん》が震動してコントロールがきかないんだ……

もはや落下するしかない……脱出装置不調……射出不能……」

ハリソンの声。

「三番機、やつはどこだ？」

「わたしの真下です……おや……落下を始めました……山の中に突っ込んでいきます……一番機、見えますか？」

ハリソンと二番機もその場に到着し、三番機と一緒に、グラントがまっさかさまに墜落していくのをなすすべもなく見守った。ハリソンが呼びかける。

「こちら一番機、二番機もここに来て三番機と一緒にいる。そちらの機影を見つけた……地対空ミサイルがすさまじい。うまく不時着できるか？　柔らかい地点を選ぶんだぞ……水田かなにか……」

「水田までは不可能です……そんなに遠くまで滑空できそうもありません……機のコントロールはほとんどきかない状態です……最善をつくしているのですが……」

「よしわかった……着陸させるのはどこでもかまわん……脱出と同時に機を破壊しろ……繰り返す、機を破壊するんだぞ……四番機？……四番機？……一番機から四番機へ、わかったか？……」

応答はなかった。

最後の通信から二十秒ほどして、谷沿いの峰の上空で大きな赤い閃光《せんこう》が走るのが雲をすかして三人の眼に映った。

時刻はちょうど十一時二十分をまわったところだった。

「もはや打つ手はない」とハリソンは言った。「地対空ミサイルもすれすれに飛んでくるようになった。さあ、引き上げるぞ」

三機の戦闘爆撃機は高度二万五千フィートまで上昇した。予定どおり、十一時二十五分にはチョウボウの上空に出た。ホアビンの南約五マイルだから、一応、地対空ミサイルの射程からは脱したわけだ。これまでのチャンネルが敵側に合わせられているといけないので、周波数は二二〇・九に切り換えられた。緊張が弛《ゆる》み、パイロットたちは一様にほっと一息入れた。

「バンパイア編隊長――二番機です。やっこさんうまく脱出できたでしょうか？」

「その可能性は薄いな」とハリソンは答えた。「あの山腹で〝くたばった〟ようだ……もっとも、わからんが……運に恵まれたかもしれん……激突寸前に脱出装置がうまく働いたということもありうる」

「ちくしょうめ、うまくいったと思ったのに」と三番機が割り込んだ。「あのドラム缶をやったときは、わたしの真うしろにいたんです……今日帰ったらチェスを指そうと話してたんですが……やつときたら十五手も先を読むんですからね」

「ようし、仕事に戻るぞ」とハリソンは、手向けのことばをそこで打ち切った。

十二時三十分に基地に帰着した。離着陸の航空機でたてこんでいたので、ダナン管制塔の許可を得て、滑走路を使わないで格納庫のそばに直接、垂直着陸をした。

整備主任がハリソンの機に駆け寄った。「グラントはどこですか？」とおそるおそる訊いた。

「やられたよ」とハリソンは言った。「ホアビンでな」

ずんぐりした整備主任の顔のしわを伝って汗が流れている。それだけ聞けば充分だった。格納庫の入口に立っている整備士たちに向かってどなった、「さあ、中へしまうぞ。さっさと取りかかれ！」

司令官の〝ザック〟・R・エンコはちょうど昼食から戻ったところで、葉巻を口にくわえてもぐもぐやりながら、作戦伝達室の隣の司令官室に通じる三段の階段を登っていく。バーニー・マクスネア大佐がドアの前で、指の関節を鳴らしながらそわそわして立っていた。

「じつはたぶん悪いお知らせがあります」と、マクスネアは司令官の鋭い黒い眼を避けながら言った。

「こんどはまた何だ？」エンコは不機嫌にどなる。

「ハリソンがホアビンから帰りました。向こうで一機失ったらしいです」

「らしいとはどういうことだ？　なんだっておまえはそういつもはっきりしないんだ？　いったい誰なんだ？」

「グラント・フィールディングらしいです、閣下。四番機に乗っていました」

「そらまただ、マクスネア、らしいはやめたまえ。やつがどうしたって?」

「まだくわしいことはわかっていません、閣下。ウィリアム・キーガン大尉が報告を受けています」

「あとで要領を得ない報告をされるくらいなら、行ってじかに聞いたほうがよさそうだな。おまえも一緒に来い」

〝チャック〟・ダウ中尉が机にすわって、エンコ司令官室への入室に眼を光らせている。〝雷おやじザック〟がマクスネアをどなりとばすのがいやでも耳に入るが、ファイルの整理に余念のないふうを装っていた。ここ当分はザッカリ・R・エンコは不機嫌になって当たり散らすことだろう。TX75Eはエンコの秘蔵っ子で、敵の砲火にかすり傷を負ったくらいでも、逆上したものだ。こんなときは、触《さわ》らぬ神にたたりなしだ。

エンコがマクスネアを従えて作戦伝達室に入って来た。ハリソンと他の二人のパイロット、それにキーガン大尉がいっせいに起立し、直立不動の姿勢をとった。

エンコは挨拶によけいな時間をかけるようなことはしなかった。

「聞こうじゃないか」彼は大声で言った。

やせたキーガン大尉はほおを紅潮させどぎまぎしていたが、びくついていないことを示そうとして咳払いをした。

「帰ってきた隊員の一応の推定を総合してみますと、閣下、フィールディング大尉は熱線感知ミサイルによって機能を奪われたように思われます……」

「ごたくはたくさんだ、それより黙ってろ」エンコは頭ごなしにどなりつけた。「ハリソン、おまえから聞きたい。様子は見たのか？」

「最後の数秒間だけですが、閣下」とハリソンは答えた。「グラントが撃たれたとき、たまたまわたしは二番機と一緒に二機のミグ戦闘機を追跡していました。グラント機と組んでいた三番機にとっても、それはあっという間の出来事でした。その場に引き返したときには、グラントは攻撃目標地域の西のほうに急降下していくところでした。ちょうどわれわれのコールに対する応答がとだえたころ、薄雲を通して爆発の閃光が見えました。機は破壊するように命じました、閣下」

「で、そのとおりにしたのか？」

「なんとも申し上げかねます、閣下。射出によって自爆装置を作動させる暇はなかったような気がします。爆発はたぶん激突の衝撃によるものではないでしょうか。もし爆弾をまだ積んでいたとすると、残っていたロケット弾もろとも破裂して、機を破壊したということもありえます」

「ふん」エンコは不満げな声を出す。「脱出が間に合ったと思うか？」

「正直に申し上げて、閣下、それは疑わしいと思います。グラントの話の具合から察すると、円蓋《キャノピー》が開かなくなっていたようです。それが敵の砲火のせいなのか、機械的欠陥のせいなのかは断定できませんが。グラントのことですから、たとえ自分が機と運命を共にすることになろうと、破壊しようとしたことはまちがいありません」

「そのほうがあいつらしいかもしれん」とエンコはしんみりと言った。「やつは立派な将校だった。責任感も強かった。諸君、ハリソン少佐の説明に補足することはあるかね？」

他のパイロットは首を振った。

「おおむねそんなところです、閣下」と三番機のパイロットが言った。

「ほかには何もありません、閣下」と二番機のパイロットも答えた。

「よろしい、ハリソン」エンコは続けた。「フィールディングの生命と二千二百万ドルの航空機と引き換えに、どんな戦果があったのか、話したまえ」

「われわれが破壊したのは、武器弾薬集積所二カ所、燃料貯蔵施設、石油ドラム缶集積所、鉄道線路、貨車、戦車、重砲、それと数カ所の地対空ミサイル発射場です」

「これで損失に見合うだけの成果を上げたと言うのか？」

「そう思います、閣下」ハリソンは司令官の執拗《しつよう》な追及にカッとなるのを抑えながら答えた。

「そっちの二人はどうだ？」エンコはなかなか放免しなかった。

「われわれは敵に大損害を与えました、閣下」二番機のパイロットは言った。

「同意見です」と三番機のパイロット。

「ふざけるんじゃない」エンコの雷が落ちた。「こっちは最も優秀な部下を一人失ったのだぞ。やつらは明日になれば仕事に戻れるんだ。あの飛行機を危険にさらすべきでないことはわかっていたはずだ。ハリソン、なぜたかが数本のドラム缶と交換に、あの貴重な航空機を失ってもいいと思ったのか、充分納得のいく説明を報告書にして提出したまえ。せいぜいうまく作文することだな」

エンコはマクスネアとキーガンのほうに向き直った。「あのＴＸ75Ｅがどうなったか確かめたい。言えることは、もしあれが敵の手に渡ったら、その損失ははかりしれないということだ。フィールディングのことはじつに気の毒に思う。しかし、目下は、あの航空機の運命が最も気にかかることだ。ホアビン近辺で作戦行動中のすべての航空機に、フィールディングが消えた地点を偵察させよう。ハリソン、きみは出撃前の作戦伝達に立ち会って乗員に適切な指示を与えろ。つぎに、Ｆ－４戦闘機を二機出して、その付近の偵察と緊急周波数の探知に当たらせろ。周波数二四三・〇で遭難信号音がとらえられるはずだ。もし彼が生きていればの話だが」

キーガン大尉は司令官の指示を忠実に書き取り、マクスネア大佐が肩ごしに見下ろしてうなずいていた。

「さらにスカイレーダーとヘリのジョリー・グリーンも使用可能になりしだい出動させろ。低速だから低空で丹念に偵察ができる。ヘリには接近して残骸が見つかったら詳細な写真を撮るように伝えろ。あの機がどうなったか正確に知る必要がある。ハリソンと他の二人が目撃した閃光が、フィールディングが作動した自爆装置によるものか、機の爆発によるものか確認しなくてはならない。もう一つ、フィールディングを探し出すこと。真相をほんとうに知っているのはやつだけだからな。要は、これ以上機を失いたくないということだ、わかったか？」

「はい、閣下」とマクスネア大佐が言った。「即刻、手配します」

エンコ司令官は葉巻をすぱすぱ吸ったが、すでに火は消えていた。木の床の上に投げ捨てると、足音も荒く伝達室を出て自分の部屋に入り、ピシャッとドアを閉めた。


同じ晩、アメリカ本国では、ABC、CBS、NBCのテレビ局が、ベトナムの戦況について おきまりの報道を始めていた。

各局ではもっともらしい顔をしたニュース解説者たちが東南アジアにおけるアメリカ軍の戦闘の有様《ありさま》を伝えた。サイゴンのアメリカ軍総司令部から出されたさまざまな発表に触れ、その日襲撃を行なった各村の重要な役割を強調した。

ABCでは特派員が最前線から直接ニュースを報道した。戦争《なま》やつれし、うっすら無精ひげの伸びたその記者は、戦闘のただ中に飛び込んで現地から生の報道をするという、果敢なレポーターの任務をとことんまで演じきって見せる。先端がスポンジ状のものでくるまれたハンドマイクを口に当て、あえぐ息の下から、いま〝南ベトナムの某所〟にある海兵隊前哨地点でベトコンの猛火を浴びている、と語りかける。彼の大胆さが視聴者に信用されないといけないので、しばしマイクを腕いっぱいに伸ばして、敵の砲火に耳をすますよう訴えた。それからカメラの前で身を躍らせて塹壕《ざんごう》に飛び込んだ。自由を守って ジャングルのなかで戦っている兵士たちの日々の活動を刻々報告することを、相変わらずハアハア息を切らせながら約束して、消えたものだ。彼が言及しなかったことが一つだけある――昇給を期待しているということ。

CBSテレビでは、その日、北ベトナムに猛爆が加えられ、ハノイ、ハイフォン、ホアビンに壊滅的損害を与えたと、人気解説者が報じた。サイゴンのアメリカ軍総司令部の発表では、B－52爆撃機一機と他に四機の航空機が出撃中に行方不明となったことを認めている。一方、ハノイはアメリカ機を八機撃墜したと主張しているとつけ加えた。

グラント・フィールディングは統計的数字の一つになってしまった。

第六章

バーニー・マクスネア大佐は電話でタイのナコン・ファノム空軍基地を呼び出した。

別名〝裸のファニー〟とも呼ばれるナコン・ファノム基地は、ダナン北西約二百五十マイルのタイとラオス国境地帯にある〝覆面〟施設で、八千フィートの滑走路を持っている。両国ともベトナムの戦争には直接介入していないことになっている。しかしワシントンはバンコクとビエンチャン政府に潤沢な資金の便宜をはかり、腐敗官僚に見て見ぬふりをさせていた。

この基地には、〝サンディ〟というニックネームを持つ二人乗り単発プロペラ飛行機A1

H〝スカイレーダー〟があった。パイロットは前部座席に乗り込み、必要に応じて、パイロット兼偵察員が後部座席に乗る。最近の空中戦には不適当だが、偵察活動には理想的だ。マクナマラ元国防長官のすばらしい思いつきから生まれたのでそれにちなんで名付けられた〝マクナマラ防衛ライン〟をパトロールするのが任務の一つとなっていた。北ベトナムと南ベトナムのあいだの非武装地帯に沿って配列されたこの電子的障壁は、コンピュータやマイクロウェイブ機器の製造業者に随喜の涙を流させたものだ。もちろん大儲《おおもう》けさせたことは言うまでもない。非武装地帯や、ラオスとカンボジアのあいだを縫ってくねくね続くホーチミン・ルートから南に侵入してくる北ベトナム兵に対する、これがいわば国防総省《ペンタゴン》の最終回答だった。

境界線の付近で活動している資材運搬トラックの正確な位置、速度、方向がコンピュータの読み取り機によって判明する。また電子頭脳を持った警察犬《ブラッドハウンド》とも言うべき〝嗅《か》ぎ分け装置〟によって、トラックの排気ガスからそれがフランス製かソ連製か中国製かを識別できることになっていた。さらに、リモート・コントロールされる〝ミラクル〟という機械は、理論的には、境界線を越えて侵入しようとする怪しい足音のようなものでも発見できるはずだった。このシステムに夢中になっている者たちは、いずれ〝嗅ぎ分け装置〟によって侵入者の呼気からそれが北ベトナム人かカンボジア人かラオス人かを区別できるようになることを夢見ている。

〝マクナマラ防衛ライン〟の視察に記者を招いたとき、冷笑的な記者諸君のこととていっこうに深い感銘も示さなかったので、国防総省の役人が頭にきたことがあった。物干しひもにビールの空き缶を結びつけて境界線に渡しておいたほうが安上がりだし、効果もあるかもしれないとあとで論評した記事もあったのである。

サンディは電子装置《ブラック・ボックス》を所狭しと積み込んで〝防衛ライン〟上空を往復した。これら機内の電子装置《ブラック・ボックス》は地上の専門技師によって作動された。電子装置は問い合わせをすぐさま境界線沿いに据え付けられた感知機に中継する。コンピュータはときどき調子が狂って、いつわりの警報を出した。総司令部はそれに従ってジェット戦闘機や爆撃機の大群を不必要に出動させたものである。

たとえ何も成果は上がらなくても、それは関係者全員に対する良い訓練になるとみなされたので、この常軌を逸したプロジェクトに消費された数百万ドルの金はそれだけの価値があったと考えられた。

サンディはまた捜索や救助活動にも広く用いられた。巡航速度が時速約百二十ノット(時速約二百二十キロ)とゆっくりであり、また機動性がすぐれていたためもあって、地上を長時間にわたってくわしく調べるのに適し、さらに〝ジョリー・グリーン・ジャイアンツ〟というニックネームの多目的ジャンボ・ヘリコプターHC－53の猟犬の役を果たすことができた。サンディは通常ジョリー・グリーンに先行して救助地点を正確に示し、あとから到着したヘリコプターが生存者を救出するあいだ、待機して地上砲火を制圧する。

キーガン大尉がすぐ脇で威儀を正して立っていたので、いくらか落ち着かない気分のマクスネア大佐は眼鏡を手探りで探しながら、ホアビン戦略地区の捜索救助活動をすぐに開始すべしというエンコ司令官の命令を伝えた。

大佐はそのあとキーガンにサイゴンの総司令部に連絡するように言った。総司令部は告示をすべての基地と航空母艦の作戦伝達室に掲示するよう命令するだろう。そうすれば、追って指示があるまでは、ホアビン地区で行動するあらゆる種類の飛行機の乗員は行方不明のパイロットと航空機の残骸の両方、あるいはそのいずれかを気をつけて探し続けることになる。

午後二時、グラント・フィールディングの姿が消えてから二時間四十分後に、三機のサンディが緊急周波数二四三・〇にチャンネルを合わせて現地に向かった。やがてそのあとからジョリー・グリーンが従った。ナコン・ファノムからホアビンまでは二百四十マイルだが、ラオス領土を百マイルほど経由して行くとすると、ジョリー・グリーンは二時間あまりかかるだろう。

ホアビンを視界にとらえた直後から、サンディははげしい敵の砲火の炸裂《さくれつ》に迎えられた。ちょうど午後四時を過ぎたところで、厚い雲の層が一面にたれこめていた。雲底高度《シーリング》は六千フィート以下に低下していたので、スカイレーダーは、より危険をともなう低空で行動することを余儀なくされた。

地上の砲兵にとっては、その日に限ってなぜその地区でアメリカ空軍の活動がこんなに活発をきわめているのか、疑問の種だった。かれらの知るかぎりでは、いつも以上の兵員や軍需物資がその町を通過しているという事実はない。そのようなありふれた標的に、危険を冒してまで戦闘爆撃機と偵察機を続けざまにつぎ込む理由がどうも合点できないでいた。

三機のスカイレーダーは敵の砲火には目もくれずに、町の南西のはずれにもっぱら捜索を集中した。バンパイア編隊の攻撃によって立ち昇った濃い煙はほとんど晴れている。あちらこちらに点々と炎がくすぶっていた。その一つがおそらくグラント機の残骸でもあろうか。サンディは翼か胴体あるいは尾部の破片なりと見つけんものと、執拗《しつよう》にその地域の捜索を繰り返した。が何も見つからなかった。もしグラントが生きていて、北ベトナム側に捕まっていないとしたら使うはずの緊急周波数にも信号音は何一つ入ってこなかった。

救助隊はグラントを緊急送信機の人声通話チャンネルで呼び出そうとした。しかし「緊急発信者《ビーパー》、緊急発信者《ビーパー》、応答せよ」というスカイレーダーから地上へのコールにもいぜんとして返答はなかった。

このころにはジョリー・グリーンも捜索地帯に接近していた。ヘリコプターの編隊長がスカイレーダーの編隊長を呼ぶ。

「ジョリー一番機からサンディ一番機へ。いま約十マイルのところまで来ている。もっと接近したほうがいいだろうか？」

「いや。まだそちらの出番はない……探しているのだが……そのまま待機していてくれ……こちらに来てももの凄《すご》く撃ってくるからいまは無理だ……そこは大丈夫か？」

「承知した」とジョリー一番機は答えた。「いまのところ問題はない……連絡を頼む」

「了解」

地上砲火ははげしさを増していた。スカイレーダーの一機が尾部に弾を受けた。負傷者はなく、そのままなんとか基地に引き返すとパイロットが伝えてきた。

救出作戦の総指揮官でもあるスカイレーダーの編隊長はヘリコプター一機にあとからついていかせた。

もう一機のヘリコプターを待機させ、残り二機のスカイレーダーはなおしばらく捜索を続けた。

空は怪しい雲行きとなり、砲火はますます激化してゆく。すでにミグ戦闘機にも警報が達していることは疑いないから、サンディの攻撃に向かってくるのも間もないだろう。そうなったら、サンディはとてもミグの敵ではない。

スカイレーダーの編隊長はもはや引き上げる潮時だと判断した。残っていたジョリー・グリーンの一機に一八〇度旋回して基地に戻るよう告げ、もう一機のサンディにも雲の上に出てナコン・ファノムに向かうよう命じた。

午後四時半近くだった。捜索救助活動は三十分間行なわれ、手ごたえのある結果は何一つ得られず、得たのはただサンディの損傷だけという始末、願わくばせめてサンディが無事に帰り着くように。

その日の午後七時ごろにキーガン大尉はナコン・ファノムから不首尾の報告を受け取った。

第一回の捜索救出作戦は不成功だったが、翌日ふたたびサンディを出動させるということだった。

キーガンはマクスネア大佐を将校クラブで見つけてその報告を伝達した。

マクスネアはキーガンを頭ごなしに叱りつけた。メッセンジャー・ボーイとしての役すら満足に務まらない無能ぶりを責め立てられ、キーガンとしてはまったく立つ瀬がない。まわりじゅうからキーガンは非難されていた。ほんとに彼にとってはついていない一日だった。

エンコ司令官の在室を確認するためにダウ中尉に問い合わせたとき、マクスネアは、不在の返事を期待していた。司令官の腹心の返答は、すぐおいでいただいてけっこうです、だった。

数分後、マクスネアはおずおずとエンコの扉をノックした。

「やあ、マクスネア、どんな結果を持ってきたかね？」彼はそわそわしている大佐に特に椅子はすすめなかった。

「かんばしくありません、閣下。第一回の捜索は成果なしです。三十分ばかりサンディで徹底的に探したのですが。航空機の痕跡《こんせき》はどこにも見あたりません。緊急発信音もなければ、コールの声も探知できませんでした。あの地域は守りがきびしく、サンディが一機やられました。さいわい死傷者はありません」

「何機で捜索に当たったのか？」

「スカイレーダー三機にＨＣ－53二機です」

エンコはじっとマクスネアを見つめるので、マクスネアは不安な気持に襲われた。エンコは立ち上がって、葉巻に火をつけ、机の右手の壁に掛かっている地図のところへ歩いた。

「そいつは困ったな」エンコはマクスネアに背中を向けて地図に熱心に見入りながらやっと言った。「フィールディングは、正式に戦闘行為中の行方不明者として確定せざるをえまい」と彼は続ける。「いちばん近い身内には知らせたほうがいいな」

「そういたします、閣下」

マクスネアは小さくなっているのをやめることにした。どうやらエンコはだいぶん冷静になってきたようだ。例の皮肉が出てこない、というのは良い徴候だ。息が詰まりそうな暑さにもかかわらず、いつものように、エンコの制服には難くせのつけようがないほどぴしっとプレスがきいているのに大佐は気づいた。彼は五十三歳のはずだが、十歳は若く見えた。漆黒の髪はこめかみのあたりが白く、彫りの深い顔とみごとに調和していた。六フィートはある均整のとれた長身、体重はおよそ百八十ポンド、異常に幅広い胸には何列もの従軍記章が誇らしげに輝いていた。威厳がみなぎっている。この男におそれをいだかないのはばかぐらいのものだろう。マクスネアは分《ぶ》が悪かった。彼は背丈が五フィート八インチしかないし、三十九歳で腹が出て髪も薄くなりかかっている。

エンコは身ぶりで大佐に近くへ来るよう合図をし、濡れた葉巻の先でホアビンのまわりに大きな円を描いた。

「捜索を目標地点から半径五十マイルまで拡げろ。出力が低下していたとはいえ、うまくやって少しは遠くへ逃げのびたのかもしれない」

「はい、閣下」

意外にもエンコ司令官は父親のような口調で彼に椅子をすすめた。

「きみも知ってのとおり、参謀会議があって十九日後にワシントンに出頭しなくてはならない。わしを冷酷なやつだと思ったこともあるかもしれないが、わしは留守のあいだきみにあとをまかせることにしたよ」

マクスネアは感激で胸を詰まらせ、感謝を示すために笑おうとしたが思うようにいかなかった。ハンカチを引っ張り出して、はげかかった頭を拭いた。

「二週間ほどあけるが、ちゃんとやれるかな？」

「もちろんです、閣下」

「きみにまかせる責任の重大さはよくわきまえておるだろうな？　わしを失望させることのないよう期待しておる」

マクスネアはかしこまってうなずいた。

「必ずご期待にそいます、閣下。最善をつくします」

「わかっておる、マクスネア君」エンコの言い方はほとんどやさしいと言ってもいいくらいだった。「ところで当面の問題に戻るが、TX75Eに関していろいろ面倒なことが起こっている」

「残念なことです、閣下」と大佐はあわててあいづちを打った。

「一機でも失うと、そのたびに国内の新聞は大騒ぎをする。いまでは政治問題化しておる。国防総省の反対派の言い分によると、あれは欠陥製品で、敵の砲火の助けを借りなくても、ひとりでに墜落するしろものだそうだ。頭の古い議員のなかには、この飛行機の来年度の改良開発費を削ろうとする動きもある。たぶんわしも召喚されて航空機の耐空性について証言することになるだろう」

「ご同情申し上げます、閣下」とマクスネアはいかにも気がかりそうに言った。「ああいった上院議員たちにはほんとの問題がわかっちゃいないです。考えるのは金のことばかりで」

「納税者の代表だからな。どうにも手が出んよ。たしかに、二、三欠陥はあるし、いつでも設計仕様書に書いてあるとおりに働くとは限らない。しかし、翼の構造に欠陥があって、それが墜落の原因だとする説には承服できない。完璧《かんぺき》なものに仕上げるには時間がかかるし、それはつまり金がいるということだ。いまのは第一代目の型なんだから、それを基にして改良を重ねればゆくゆくは空軍戦力を能率化する方向へ持っていけるのだ」

「先見の明のある政治家はなかなかいないものです」とマクスネアは同調した。

「眼をあけて見ようとはしないのだ。経費を切りつめることしか望んでいない」エンコは苦々しげに言った。「あれの飛行を禁じようとしているものもいることは知っているかね？二束三文でオーストラリアにたたき売ったらどうかという意見もある。じっと耐え忍ぶだけの肚《はら》がないというだけのことで、二千二百万ドルの航空機をくれてやろうとしている。ちくしょう、これほど腹の立つ話はないぞ」

「わかります、閣下。閣下は設計段階からずっとあの航空機を育ててこられましたからね」

「まさにきみの言うとおりだ。最初の飛行テストもわしがやった。あれは優秀な飛行機だ。わしは生命を賭けている。断じてスクラップにはさせないぞ。どんなことがあっても、このプロジェクトは完成させるつもりだ」

エンコの眼ざしは強い光を帯びていた。ほんのつかの間ではあるが、その瞳《ひとみ》の輝きに狂気のようなものを見たようにマクスネアは思った。大佐は逆らわないほうが良策だと心に決めた。

「閣下ならこのプロジェクトをつぶさないために、肝心の人たちを説得することがおできになりますよ」

エンコは聞いていなかった。

「ソ連と中国がどんなにやっきになってこの航空機を手に入れようとしているか、議会のあほうどもや新聞記者連中が知りさえしたら、すぐにも気が変わるだろうが。しかしこのことは公表するわけにはいかない。秘密兵器ということになっておるからな。もっとも、ワシントンでの漏洩《ろうえい》はいまに始まったことじゃないから、いつまで守られることやらな」

「政治家というのはどうしてこう無駄な骨折りをしないと眼が覚めてくれないのですかね？」マクスネアは自分が司令官の腹心になったようなわくわくした気持で調子を合わせた。

「理由は簡単だ、少しでも頭のあるやつは政治家にはならないってことさ」とエンコは吐き捨てるように言った。「それはともかく、マクスネア君、本題に戻ろう。わしの出発まで飛行機が見つからなかったら、きみに捜索を続けてもらう。フィールディングがうまく脱出して自爆装置を作動させてくれたことを心から望んでいるよ。さもなければ、飛行機が墜落したときに爆発したことを祈りたい。願わくば、粉々《こなごな》になった残骸のありかを突き止めて、なるべく早く安心したいものだ。そうすれば、少なくとも、敵がその機を組み立てて再生することは不可能だということがわかる。いいか、マクスネア君、あれはわしの一粒種のようなものだ」

「おまかせください、司令官」マクスネアはまじめくさって言った。「草の根をかきわけても探し出してみせます。お約束します」

エンコ司令官は立ち上がった。前例のない親しみのこもったしぐさでマクスネアを戸口まで送り、腕を肩にまわして握手をした。

「ありがとう、大佐」と彼は言った。「きみはいいやつだ」

第七章

ハリソン少佐が目撃し報告した、ホアビン上空でのグラント機失踪《しっそう》の状況はまさにそのとおりだった。

しかし、戦闘の真っ最中に、息もつかせずつぎつぎに起こった複雑な一連の出来事のなかで、じっさいに起こったのはどういうことなのか、となると話はまた別だ。遭難を知らせたあと、グラントにとってはじつにめまぐるしくいろいろなことが起こっていった。

グラントが重くたれこめた雲の中に突入し、ほかの編隊機が彼を見失ったまさにそのとき、「射出と同時に機を破壊せよ」というハリソンの切迫した命令をグラントははっきり聞いた。グラントは以前に何度か出動してきたことがあったので、そのあたりの地勢は熟知していた。

雲を突き抜けて下に出ると、地表が急激に迫ってきた。眼下の山腹に据えられた重砲の砲座に慎重に狙いを定めてミサイルを発射し、爆風を避けるために急旋回した。

高射砲弾の弾薬が爆発して空を染め、雲層の底から淡紅色の光が刺し貫いた。これが彼を見守っていた三機の僚機によって記憶されることは計算ずみだった。

すべて計画どおりにいったとすれば、計画的に誤認させるという点でこれは傑作だった。いぜんとして雲の下にいたグラントは、ハリソンかその護衛機に見つかりはしないかと極度に緊張していた。すぐさま梢《こずえ》の高さまで急降下して加速する。そのまま水平に西に針路を取り、町と三人のパイロットから遠ざかる方向に二分ほど直進した。

いったん砲火の射程外に出て右旋回し、超低空飛行のまま大きく弧を描いてホアビンの北郊を迂回した。

対空砲兵たちは戦闘爆撃機が単機舞い戻ってくるとは予想もしていなかった。急いで態勢を整えるほんの数秒の間に、グラントはもう町の真東にあってみるみる距離をあけ、弾の届かないかなたに飛び去った。

レーダーにかからないように地面を這《は》うようにして進みながら、グラントは無線機のスイッチを入れた。ランデブー後に使うようにあらかじめ打ち合わせてあった周波数に合わせた。パイロット同士の会話に一心に耳を傾け、ハリソンが、四番機はどうやら見込みがなさそうだと言うのを聞くまでは、息が抜けなかった。

しかしそれでもグラントはそのチャンネルの盗聴を続けた。

ハリソンが二番機と三番機に、今日のところはこれで打ち切ってダナンに引き上げるように告げてから、やっとグラントの汗がひきはじめた。

グラントは酸素マスクをはずして深呼吸をする。

だれも彼を探しに戻ってこないことが確実となり、その顔には晴れ晴れとした笑みが浮かんだ。

送信機が切ってあるのを確かめてから、耳をつんざくような大声を張り上げて思いきり叫んだ。

グラントが一息つけたのもほんの一瞬にすぎない。これからもっとも緊張を要する危険な飛行が始まろうとしていた。敵の領土を脱出するまでは、レーダーに感知されないように、地面にへばりつくようにして飛ばなくてはならない。とすれば、けわしい地形の上に突き出している自然の障害物のみならず、高射砲弾やロケット弾にもたえず眼を配っていなくてはならない。農民も潜在的危険物の一つだった、というのは、彼を見つけたらやみくもに撃ってくることはまちがいない。

敵の砲火をかわす一方では、ミグに見つからないようにし、あるいは、彼の場合もっと悪いのは、その地区で作戦行動中の友軍機に見つかることなので、そのためにぬかりなく空のほうも警戒をしていなくてはならないだろう。

彼がアメリカ機を気にする理由は二つある。単独飛行をしているため、撃ちたくて腕がむずむずしているパイロットに敵機と見まちがえられて、こともあろうに味方機によって撃ち落とされるおそれがあった。それに反して、もし彼を、迷ったか故障したかしている仲間の機と認める善意のアメリカ人飛行士に出会ったら、救いの手を差しのべてくるだろう。そうなると問題がややこしくなってくる。グラントはダナンに戻る気はぜったいにないのだから。

蒸し暑く雲が低くたれこめた天気のなかで地上からほんの数フィートのところを飛ぶグラントは操縦にもたいへんな神経を使わなくてはならなかった。視界は極度に狭く、計器飛行に切り換えようにも、そのような超低空では無線装置がきかない。なにもかもがぼんやりかすんで、地形の識別も困難だった。

彼の機の現在位置から約五十マイル北のハノイ、ハイホン上空では空襲が続行中である。グラントは遠まわりをして戦闘地区のはるか南にあたるフーリとナムディンの町を迂回した。

しかしどんなことがあっても、南下しすぎて非武装地帯に接近することは許されない。マクナマラ防衛ラインの電子警戒装置に引っかかるような危険を冒して、蜂《はち》の巣をつついたような大騒ぎを起こされてはたまらない。

ホアビンを去って約二十分たったころ、地平線上にファトディエムが見えてきた。北ベトナムの海岸はこの次だ。

海岸線を横切り、南シナ海上空三十フィートまで下降したのち、やっとグラントはふだんの呼吸に戻ることができた。

針路を東南に取る。中国の海南島《ハイナン》のはるか南のトンキン湾上を進むことになる。

グラントはスロットルを絞って、巡航速度を時速七百マイルを少し下回る程度に定めた。超音速を出すこともできるが、すさまじい轟音《ごうおん》をたてるので目立ってしまう。大波のうねりの上を低くジグザグに飛んでいるので、うっかりするとしぶきが当たって致命的な結果を引き起こすおそれもあった。かといってそれより高く行くと、その海域をパトロールしているアメリカの軍艦に見つかって追跡される危険性がある。

現在の高度でいちばん困るのは、敵のレーダーがきかないだけでなく彼自身のレーダーも効力を発揮できないということだった。電子装置によって船影を発見することは不可能だったので、船をまくにも肉眼だけに頼らなくてはならない。

グラントは行手に飛行雲を描きながら海軍戦闘機編隊が約三万フィートの上空を横切るのを見て、ぎくっとした。東南から来て、雲間に見え隠れしながら、北ベトナムに向かっている。かれらが発進したはずの空母をよけるために針路を変えた。

この運命の日の十二時三十分、それはちょうどバンパイア編隊のハリソンと他の二人がダナン基地に着陸しようとしていたときでもあるが、グラントはパラセル諸島の東南端にあるボンベイ環礁上空にあった。ホアビンから六百マイルの距離を二時間たらずで飛んだことになる。

二百五十フィートまで高度を上げ、時速百四十マイルに速度を落とした。真南に向きを変え、陸の目印を探す。すぐに見つかり、機を空中で停止させた。戦闘爆撃機をちっぽけな島の上空に浮上させたまま周囲を見まわし、島に人影がなく、尾行機の姿も見えないことを確認する。徐々に高度を下げ、擬装網で覆われた木製台座の上に直接降りた。エンジンを切り、円蓋《キャノピー》を開き、機外に降りて思いきり手足を伸ばす。機のまわりをひとまわりして、損傷がないか点検する。さいわい無傷だった。機首車輪と主要離着陸装置を調べる。台の上にがっしり脚をふんばって立っていた。

グラントは擬装されたソリチュード号に乗り込み、ヘルメットと飛行服を脱いで操舵室の中にしまった。缶入りのオレンジソーダをあける。なまぬるくなっていたが、じつにうまい。テニス用ショートパンツ一枚になり、操舵室の拳銃を取って、尻のポケットに突っ込んだ。船倉内の二個の大きな木箱の一つから、擬装網、アルミ製の小さなはしご、ひと缶の灰色のペンキ、刷毛《はけ》、鋭利なナイフを取り出して浜の上に降ろした。

はしごを使って、網をすばやく飛行機の上にかける。

浮かれ気分で口笛を吹きながら、グラントは網の下にもぐって機の離着陸装置を台に固定させた。

ペンキの缶をあけ、翼、胴体、尾部の記号《マーク》を塗りつぶした。缶に蓋をし、刷毛と一緒にソリチュード号に持ち帰る。

つぎにグラントは船首から飛行機までホースをのばし、翼に残っていた燃料を吸い上げ、船首のタンクに注入した。重量にして十二トンの燃料がからになり、それに、ホアビンに投下した爆弾類六千ポンドすなわち三トン分の目方を除くと、機体と残りのミサイル、ロケット弾、三〇ミリ機関砲弾の重量は合わせてちょうど十・五トン弱となる。グラントははしごを機体にたてかけてコクピットに乗り込んだ。内蔵電池の力で折畳み装置を作動させ、からになった翼をきちんと胴体の脇に畳んだ。スイッチがぜんぶ切れているのを確かめ、はしごに足をかけて円蓋《キャノピー》を閉める。

砂浜に戻ると、台のまわりの網をナイフで切り取った。離着陸装置の車輪の下の細長い長方形部分がさいごに残った。網を引っ張ったり、切り込みを入れたり繰り返しやって、やっとのことで車輪の下から残った網を取り除いた。木製の台はからまっていた網がきれいにはずされて、完全にむき出しになった。

グラントは時計を見た。まもなく午後四時になるところで、かれは空腹を覚えた。缶詰のコンビーフを平らげ、缶入り炭酸飲料をもう一本飲みながら、し残した二、三の仕事をもう一度吟味してみる。

船を覆ってあった擬装網とはたっぷり一時間格闘したすえ、やっと取りはずした。それらは船倉の木箱の中にしまった。

ソリチュード号の船首のクレーンで船室の屋根を釣り上げ、浜の上に置く。陸《おか》に降り、もう一度はしごに登って、それまで飛行機を隠す役を果たしていた網を取り去る。

船も飛行機もむき出しになったので、仕事を急がなくてはならない。

クレーンのかぎを台に引っかけ、飛行機と一緒に静かに引き上げ、そっと船室内に降ろす。クレーンの首を威勢よく振りまわし、浜から屋根をつまみ上げて船室の上に蓋をする。

船外の砂浜の上にかかっていた網を急いで残らず集めて片づける。岩にがっちりはまっている錨とそれを船につなぐ鎖とがさらけ出される。

グラントはスキューバの装具をつけた。海中に没している船尾の錨までもぐり、こじってはずした。

浜に戻り、船首側の二個の錨もはずして砂浜の上を引きずり、クレーンで船上に引き上げた。

汗が滝のように吹き出していたが、最後にもう一つしなければならないことがある。操舵室のほうきを取って浜に降り、彼がいたことを示す砂上の痕跡《こんせき》をきれいに掃《は》いて消し取りにかかった。

ソリチュード号に向かってあともどりしながら、錨の跡をならし、足跡を消した。

すっかり終わって船に引き上げて行くグラントの胸は躍っていた。しかしまだ、はしごが台の置いてあったそばの砂に忘れられていた。危うくつまらない見落としをしそうになった自分をののしり、はしごを甲板の上に投げ上げる。

はしごの跡を掃き消し、ほうきを船にほうり上げ、砂浜をもう一度丹念に点検した。

彼が来たことは誰にもわからないだろう。

ソリチュード号に乗ってエンジンをかけた。

まもなく午後七時半になるところだ。

ダナンでグラント・フィールディングが正式に〝戦闘行為中の行方不明者〟として処理されていたまさにそのとき、ソリチュード号はエンジンを逆回転させてゆっくり浜辺から離れていた。

第八章

夜が白みはじめたころ、グラントはパラセル諸島の二百マイル東の曇り空の下にいた。自動操縦装置と衝突警報装置のおかげで、四時間ばかり睡眠をとることができた。

パナマ国旗を開いて船尾にかざした。

天気予報によると、つぎの二十四時間は雨が降り波も高くなるかもしれない。彼は補助竜骨を降ろした。船は安定するが、平均十七ノットの巡航速度は十五ノットに落ちるだろう。

操舵室の小机の引出しから大判の日誌と数枚の海図を取り出し、机の上に広げて大圏コースに沿った針路を記入しはじめた。それが現在地と目的地までの最短距離である。しかし、船舶の交通のはげしい航路はジグザグに進まなくてはなるまい。他船に見られるのは好ましくないし、特にアメリカ第七艦隊に見つかると面倒だ。

十五ノットの速さでも、一日少なくとも三百五十海里は進めるとグラントは踏んだ。とすれば三週間以上かかることはないだろう。もしかりに途中少しでも竜骨を引っ込めて進むことができ、また日本海流の東に向かう潮流に乗ることができれば、十八日から十九日間で七千二百マイルの航海を完了することも不可能ではない。

フィリピン諸島東北端のバタン諸島と台湾のあいだを通過するように自動操縦装置の方向をセットした。微風、ときおり雲間から太陽がのぞく。グラントは胸一杯に新鮮な空気を吸い込み、ゆったりした気分になり、この旅を心ゆくまで楽しみはじめた。船倉からサンデッキまで数えきれないほど足を運んで、六個の木箱に入ったマネキン人形、空気マットレス、二本のビーチパラソル、折り畳み式テーブル、アルミ製デッキチェア七脚をかつぎ上げた。

マネキンは旅行中の話し相手になるわけだから、アルファベット順に名前をつけることにした。〝アルファ〟という名は頭がはげて半分隠居した家庭器具セールスマンのタイプにぴったりに思われた。筋肉たくましく長髪のプレイボーイはブラボー。腹の出た初老のクルー・カットの観光客はチャーリーと名付けた。東洋娘の名前はデルタ。アフロスタイルの黒人美女はエコー。そして、太陽にこんがり肌を焼いた食指をそそるカリフォルニアのかわい娘《こ》ちゃんにはフォクストロットという名を授けた。

マネキンの毛髪は、箱に詰め込まれたまま湿気を帯びた船倉にしばらく放置されていたので、頭にぴったりくっついてからまっていた。グラントは操舵室にくしとブラシを取りにいった。

彼は一時間ほどハイ・ファッションの美容服飾専門家となり、髪をふわっと仕上げ、女の子たちにはメークアップをほどこし、彼の〝船客たち〟の身仕度を整えた。フォクストロットが最後だった。それが終わったとき、彼女の出来映えに満足して尻をぽんとたたいた。

「初めてにしてはまんざら悪くないぞ」と声に出した。

超ビキニをつけたデルタはふるいつきたいほどだ。エコーはトップレスのほうがはるかに見映えがしたので、ブラジャーははずしてしまった。フォクストロットはボトムレスにしておくことにした。

チャーリーにはぴったりしたズボンをはかせ、手すりに寄りかかって、海の遠くを眺めているふうに体を前に乗り出させた。デルタをその左に配し、右手を彼の腰にまわさせる。彼女の長い髪がそよ風になびいて顔にかかり、隣のチャーリーの顔までたなびき、二人はいかにも甘いことばをかわしている恋人同士に見えた。

ずんぐりしたはげのアルファは、膝《ひざ》下半分まであるこっけいなだぶだぶのバミューダショーツと顔の一部を隠す日よけ帽子を支給された。グラントは彼を右舷側の手すりに縛りつけた。右腕を頭上にかざして曲げ、手に黄色いハンカチを握らせる。アルファはすれちがう船に手を振っているように見えた。

テーブルには大きな赤いプラスチックの携帯用アイスボックスを置き、まわりに缶ビールを林立させる。サンデッキのビーチパラソルの下にはアルミ製のデッキチェアを適当に置く。

グラントは六枚のマットレスを全部ふくらませてデッキにテープで固定した。一つは左舷側の手すりに沿って置いた。このマットレスの上にはフォクストロットがうつ伏せになって両腕のあいだに顔を入れ、小さな丸い尻を突き出して寝そべった。長髪のブラボーをそのそばに並べる。ブラボーの頭を、顔は横向きにして、フォクストロットの背中にのせ、両腕で彼女の腰を抱かせた。

「こいつはおもしろい眺めだ」とグラントは言った、「だが、まだ何か欠けてるぞ」とつぜん笑いだしながら、操舵室に駆けて行くと紫色のフェルトペンを持って戻ってきた。ブラボーの左の二の腕に苦心して入念に大きなハート形を描き、その刺青《いれずみ》のなかに注意深く「ママ」と彫った。

グラントはトップレスのエコーをデッキチェアの上にしどけない姿勢で長ながと寝そべらせた。左手に缶ビールを持たせ、アフロスタイルの髪の上に白いぶかぶかの帽子をのせ、眼の上にかぶさるように傾けた。

船首に行って離れたところからウィンドー飾りつけの手並みを観察した。いかにも、らしく見えると思った。マネキンどころか本物の人間だと誓ってもいいくらいだ。グラントは首尾よく所期の目的を達したのである。

時刻は午前九時をまわっていた。自動操縦装置をセットしなおし、マニラからのロックミュージックに波長を合わせ、コーヒーを入れた。しま模様の海水パンツをはき、ビーチハットにサングラスといういでたちで、デッキのエコーの隣の椅子に体を伸ばす。「きみに乾盃だ」と言って彼は大きなカップに入ったコーヒーを差し上げた。

カレンダー付腕時計の眼覚ましをセットして音楽に耳を傾けながらのんびりくつろぐ。

「しっかり見張ってろよ、アルファ。おまえもだ、チャーリー。おおい、ブラボー、その娘《こ》といちゃつくのもほどほどにするんだぞ。ところでおれは、諸君、これからお昼寝の時間だ」

グラントはいろいろと思いを馳《は》せた。両親は一人息子が戦闘中に行方不明になり、おそらく見込みがないということをすでに知らされているだろう。それは彼の胸をうずかせたが、しかたがなかった。父はきっと冷静に受け取るだろう。いつものようにスタムフォード発七時四十二分の列車に乗ってニューヨークに出勤し、セントラル建設工業株式会社の同僚たちのてまえ、表向きは威厳を崩すようなことはしないにちがいない。グラントは父親が大好きだった。建築家としてはパッとしなかったし、いま五十六歳だが、すっかり運命に甘んじていた。大きなことをやってやろうという根性がないものにとっては、しょせん、それが相応の結果というものだ。しかしおやじだって、その気になれば、フランク・ロイド・ライトのような有名な建築家になれたかもしれないのだ。

そうは言っても、父親のグラント・フィールディング氏の稼ぎは悪くなかった。二台の自家用車に全長三十フィートの大型モーターボートを所有し、家の支払いも完済している。共和党に投票し、税金の申告をごまかしたことは一度もなく、ベトナムでの〝名誉ある和平〟に賛成している。〝物言わぬ多数〟の典型的な一員である父親は、息子がそれは〝物言わぬ凡俗〟のことだと言うと、いつも憤慨した。

グラントの思いは母親に移った。おそらく母は取り乱し泣きくずれ、息子の戦死を父親のせいにしてなじったことだろう——なにかうまくいかないことがあると、きまってそういう反応をした。エルヴィラ・フィールディングは、幼いころから飛行機の魅力に取りつかれていた息子を理解できず、この〝危険な仕掛け〟の教習を受けるのを思いとどまらせようとしたがうまくいかなかった。息子は息子だという考えの父は、その状況にもあえて口を出さず、暗黙の承認を与えることになった。グラントが〝本物の〟空軍飛行士になってやっと母親も諦《あきら》めた。

グラントは正午に眼覚ましによって起こされた。操舵室に入って、マニラ放送から香港《ホンコン》のニュース放送に切り換えた。ベトナム和平交渉はいぜんパリで続けられており、予測外の困難な事態が発生しなければ、やがて戦闘行為は終わるだろう、と報じていた。

グラントにはまるで信じられなかった。ダナンで目撃した戦闘準備態勢から見て、アメリカはいま手を引くつもりは毛頭ない。なるほど本国では選挙を控えて、大統領は平和主義者のポーズを取っている。だがいぜんとして彼は力を背景にした交渉を唱えていた。わかりやすいことばで言えば、それはハノイが大きな譲歩をするまでは北爆を続行するということにほかならない。

アナウンサーはさらに続けた、アメリカ軍の空襲は雨季に妨げられ、北ベトナムに対して予定された数多くの作戦が現在豪雨のために中断されている。

けっこうなことだ、とグラントは思った。いまソリチュード号の船倉に格納されている〝グラント機の残骸〟を探索するための捜索救助隊も同様に動きがとれないということだ。

午後二時には天気は回復していた。補助竜骨を上げてスピードをあげる。それから下に降りてエンジンを調べた。万事異常はなかった。

操舵室に戻り、自動操縦装置の誤差を調整し、燃料を船尾の予備燃料タンクに切り換えた。これからは船の荷重のバランスを取るために、二、三時間おきにタンクを変えなくてはならないだろう。

グラントは船位の測定をしてみた。ソリチュード号はマニラと香港のちょうど中間にあり、かなり順調に進んでいることがわかった。日没までにはフィリピン北端のラワグが真横に位置するところまで達し、明け方にはバタン諸島の近海に来ているだろう、と推定した。

退屈してきたので、磁石式チェス・セットと有名な競技記録を集めた本を引っ張り出した。缶ビールをあけ、駒を並べて、アメリカのボビー・フィッシャー対ソ連のボリス・スパスキーの世紀の対局を順になぞっていった。

午後六時、グラント・フィールディングがちょうどラワグを過ぎたころ、ダナンではバーニー・マクスネア大佐がエンコ司令官のところに出頭した。

「閣下、今日は二度フィールディング大尉の捜索に出動しました」

エンコは机の向こうで顔を上げた。「それで？」

「ホアビン周辺は豪雨のため視界はほとんどゼロに近く、捜索隊はやむなく引き返してきました」

「B‐52はどうなんだ？　雲の上からハノイを爆撃したはずだが、非常発信音は聞かなかったのか？」

「はい、閣下。報告はすべて入っておりますが、その点の言及はありません。しかし、かりにフィールディングが非常用通信機のスイッチを入れたにしても、もうバッテリーが弱っているでしょう。行方不明になってから、かれこれ三十時間以上になりますから」

「天候の見通しはどうだ？」

「四、五日はかなり悪いようであります、閣下。完全にもう雨季です」

「ついてるときはついてるもんだな、え？　だがせめて一つだけはいいことがある。もし飛行機が山腹に墜落したのだとしたら、この雨で苦労するのはわれわれだけではない、敵さんも回収には難渋するわけだ。うちがその飛行機を先に見つけて、まだ原形をとどめているようだったら、ロケット弾を何発か撃ち込ませろ。こっぱみじんに打ち砕くんだ」

「かしこまりました、閣下」

「よし、マクスネア。きみが精一杯やってくれているのはよくわかる。何かわかったらまた報告したまえ」


グラントは東経一二〇度線を横切り、時計を一時間進めた。

午後十一時にはぐっすり眠り込んでいた。眼覚ましは午前三時にかけてある。

眼覚めたとき気分は爽快《そうかい》で体じゅうに力がみなぎっていた。いつものインスタントコーヒーはやめて、紅茶を味わって飲んだ。航海日誌を開いて一、二記入し、方位を測って船の位置を確定した。午前九時ごろにバタンと台湾のあいだを通過するだろうと予測を立てる。

燃料を消費するにつれて船足は軽くなっていく。三十六時間で燃やしたディーゼル油《オイル》の量を測定する。仕様書どおりエンジンは軽快に動いている。燃料消費は正常だった。

午前七時三十分、暖かくなり、霞《かす》んできた。グラントはサンデッキにあがった。相も変わらず黄色いハンカチをいもしない通過船に向かって振り続けているアルファの、隣のマットレスに腰をおろした。

静かに揺れながらひたすら目的に向かって進む船の上で、グラントは紅茶を飲んだ。個人の遊覧ヨットに乗ってのどかな生活を送っている億万長者の気分だった。平和なしびれるような感覚が筋肉の隅々までしみ渡った。こうして豪勢な気分で手脚を伸ばしていると、エンジンの音に眠気を誘われて何ともいえない良い気持だ。彼は熱い太陽と風のやさしい抱擁にうながされるまどろみに逆らおうとはしなかった。

鋭い警笛の音が空気を破った。グラントは跳ね起きて時計を見る。正午に近かった。四時間眠ったことになる。操舵室に駆け込んで警報装置を切る。

レーダーのスクリーンに二つの大きな影像が映っていた——一つは一時（三〇度）の方向で間隔は十八マイル、だんだん迫ってくる、もう一つは十一時（三三〇度）の方向で、二十マイルかなたにあり、最初の影像のあとを追っている。グラントは胃が締めつけられるのを感じた。

グラントは落ち着かない気持でたばこに火をつけ、だらんとくわえたまま、船の位置を測定した。ソリチュード号はバタンの東北三十海里の海上にあって七〇度の方角に向かっていた。

もしこの二つの船影が、日本からベトナムに赴く途中でフィリピンのスビック湾海軍基地に寄港しようとしているアメリカの軍艦だとしたら、非常に面倒なことになるかもしれない。

グラントは超短波受信機のスイッチを入れ、両船のあいだの交信が傍受できないかと、民間と軍の標準的周波数に片端から合わせていった。ザーッという雑音のなかから入り交ったことばが飛び込んできた。ボリュームを上げ、ダイアルを調節した。原子力航空母艦エンタープライズ号が、最近、予備役からカムバックして第一線に加わった戦艦ニュージャージー号を呼び出していた。

テンポの速い両者のやりとりから概略を判断すると、グラントに近いほうの船がニュージャージー号だった。それはすでに十五マイルに接近し、その距離はどんどんせばまっていく。さらにエンタープライズ号は、レーダーの七〇度の方角に妙な動き方をしている船影を見つけたから、故障で困っているのかもしれないが、近づいて正体を確認するようにとニュージャージー号に要請していた。エンタープライズ号自体はいまはどんな船に接近することも好ましくないので、とつけ足した。

グラントは海図を調べた。自動操縦装置をセットしなおすのを忘れたのか、それとも眠っているあいだに何かの拍子にセットがはずれたのか、船は大海原をジグザグに進んでいたのだった。どこか故障して難渋しているのではないかとエンタープライズ号が思ったのも道理だ。彼はスロットルを全開にして、できるだけニュージャージー号から遠ざかるために左に舵をまわし五〇度の方向に進んだ。

ソリチュード号は公海上にいるわけだから、パナマ国旗を掲げたこの民間の船を捕獲するなんの権利もニュージャージー号にはない。しかしこのような物騒な海域では、停船させて、点検のために乗り込んでくるのは珍しいことではない、たとえあとで謝罪しなくてはならないにしても。プエブロ号の例もある、と彼は、アメリカのスパイ船が北朝鮮側に捕えられた事件を思い出して、心の中でつぶやいた。ソリチュード号に乗り込ませることは、船倉にはTX75Eが眠っているのだから、ぜったいに回避しなくてはならない。

ニュージャージー号との距離は十二マイルに縮まった。逃げきることは不可能だ。エンタープライズ号は予定のコースを直進し、ニュージャージー号との距離を開いていた。

こうなったら最後の非常手段を実行するしかない。

すばやく、船首、船尾、それに船倉の航空機の下と三カ所にダイナマイトを仕掛けながらも、グラントの顔は無念さと心配でひきつっていた。

ゴムボートを持って甲板に戻り、カートリッジに入った炭酸ガスでふくらませた。さらに、小さな船外モーター、伸縮マスト、帆、オール、食料品の缶詰も集めた。それから操舵室に走り、スキューバの装備を揃えた。

もしニュージャージー号が行手をはばもうとしたら、グラントはソリチュード号を爆破するしかないだろう。しかし彼自身はスキューバの装具に身を固め、ニュージャージーからの死角を利用してボートを降ろしてから、導火線に点火するのだ。ソリチュード号が沈むあいだは、海にもぐってボートのロープにつかまり、ゴムボートは船の残骸の一つにすぎないと戦艦がみなしてくれることを神に祈るのみ。ニュージャージーが行ってしまったら、ゴムボートによじのぼって、バタンに向かう。

グラントの計画のなかでは、つねに救助されることは除外されていた。それは大逆罪のための裁きを意味し、もし戦闘機のかけらでも見つかったら、死刑を意味していた。たとえ船がなんの痕跡もとどめず沈んだとしても、脱走のかどで軍法会議にかけられるのがおちだろう。

彼の決心を変えることは不可能だ。ソリチュード号の生存者はいてはならない。

グラントの眼はレーダー・スクリーンに釘《くぎ》づけになっていた。戦艦は着実に距離をせばめていた。ソリチュード号は十八ノットの最高速度で走っていたが、三十ノット以上のニュージャージー号はぐんぐん接近してくる。

十二時十五分だった。戦艦は十一分で三マイル追いつき、残すのはたった九マイルである。エンタープライズ号はスクリーンの縁、つまり約二十マイル離れたところにいた。

ニュージャージー号の見張りはウォーキー・トーキーで艦橋《ブリッジ》と通話をしているはずだという見込みをたて、その交信を傍受しようとFM、VHF、UHFを試みてみたが、その甲斐《かい》はなかった。とすると、戦艦ではおそらく艦内電話を使っていると結論せざるをえない。グラントだけでなくエンタープライズ号からも聴取不能というわけだ。

ソリチュード号が穏やかな波のうねりに乗ってゆっくり縦ゆれ横ゆれを繰り返しているなかで、スキューバ・ダイビングの装備を身につけたグラントは汗まみれになり、苛立ってさかんに悪態をついた。さらに新しいたばこに火をつける。これは戦艦が二マイル以内に接近してくるようだったら、導火線に点火するのに使うのだ。レーダーの影像が近づいてくるのをじっと見守った。

十二時四十分、ニュージャージー号は四マイル先にあって、いぜん迫ってくる。ソリチュード号の鼻先を横切ろうとして、心持ち右舷側に方向を転ずる。

あと二マイル——ビッ……ビッ……ビッ……ビッ……

レーダー・スクリーン上のリズミカルな信号音が彼の頭の中で反響しはじめ……こめかみ

がうずき……心臓の鼓動は早鐘のように打った……

ビッ……ビッ……ビッ……十二時四十五分……ビッ……ビッ……

彼が行動に移らなければならないとしたら、いまこその時だ。「ちくしょう」グラントは叫んだ、「これまでの苦心も水の泡か！」

これといった理由もないのに、レーダーの影像が静止していた——ニュージャージー号は減速している。なぜだ？

とつぜん超短波から割れるような大きな音が入ってグラントはギクッとした。本能的に無線機のほうを向く。戦艦の艦内電話がエンタープライズ号との普通の交信周波数に接続されたことをグラントは悟った。ニュージャージー号の艦橋と見張りのあいだの会話を空母もグラントも聞けるようになったのだ。

白イタチのような顔をした有能なバッド・ベイカー海軍少尉が見張り役の一人を呼んだ。

「こちらは艦橋のベイカーだ。ここら辺で充分だという艦長のご意見だ。下からでははっきりわからないが、そっちはどうだ？」

双眼鏡を眼に当てたまま、豚のように丸まると肥った陽気な三等掌帆兵曹アーウィン・ローゼンソルが答えた。

「相当霞《かす》んでいます、少尉……小さな船です……七百トンから千トンくらいだと思われます。内航貨物船を個人ヨットか何かに改造したらしく見えます、ベイカー少尉」

「ローゼンソル、ほかに何かわかることがあるか？」

「なかなか焦点が合いません……ちょっとお待ちください……右舷側に誰かいるようです……少尉、バミューダショーツをはいた太っちょの間抜けがこっちに手を振っているように見えます」

「個人的見解は控えたまえ、ローゼンソル」とベイカーはたしなめた。「見たままを伝えればよろしい」

グラントはぎょっとなった。アルファと彼の黄色のハンカチが眼に入ったのだ。いつまでも頭の上に手をかざしたまま立たせておくわけにはいかない。動かないことがすぐばれてしまうだろう。グラントは缶ビールをひっつかんでサンデッキに駆けだし、マネキンの右に立って缶ビールをニュージャージー号に振った。

「少尉」とローゼンソルが言うのが、操舵室からがなりたてる無線機によってはっきり聞き取れた。「さっきの隣にもう一人立ちました。操舵室から出て来たのです……同じように手を振っています……手に何か持っています……缶入りの炭酸飲料か何かでしょう」

「どこの国旗を出しているか？　船名は？」

「どうもはっきり見えません、少尉。レンズを拭くまで、少しお待ちください……」

グラントは缶ビールを振り続けながら左腕をアルファの腰にかけ、マネキンの右腕をつかんで自分の肩にからませた。

「ベイカー少尉……パナマ国籍だと思われます、見えるかぎりでは……そうです……パナマ船にまちがいありません」

「そうか、例のやつだな。それで名前は？」

「角度が悪いので……待ってください……波のうねりで少し向きが変わりました……最初の字の〝ソ〟はわかるのですが……つぎは〝リ〟です……ちぇ、また反対を向きやがった……あ、すみません、少尉……揺れた拍子に残りの字を見そこなってしまいました」

「よし、よし。ほかに何が見える、ローゼンソル？　甲板の上のことだが？」

「テーブル、椅子、アイスボックス、ビール……待ってくださいよ……椅子に若い女性が一人います」

「で、その女の様子は？」

「少尉、ブラジャーを着けておりません……眠っています……トップレスです……」

「そうか……続けたまえ……」ベイカーは生つばを飲みこんだ、どうやら興味津々《しんしん》のようだ。

「少尉、少しはっきり見えるようになりました……操舵室から出て来た男は太っちょに手を貸して例の娘のいる椅子のほうへ連れて行きます……太っちょはふぬけになってしまってるようです……相棒が手を貸して娘の体の上に乗せてやってます、少尉……おやおや……あんなデブスケが……うなるほど金を持ってるにちがいありません……ついてるやつはどこまでついてるんだろう」

「先を続けろ、ローゼンソル」と職務に忠実であろうとするベイカーは命じた。しかしながらさきほどから艦橋で一緒に聞きながら懸命にしかつめらしい顔を保っている艦長や他の士官たちは渋い顔をした。

「ベイカー少尉、見たとおりを申し上げればよろしいのでしょうか？……つまりその……率直に申し上げてかまいませんか？……」

「もちろんだとも、ローゼンソル。早くしたまえ。ぐずぐずしてると日が暮れちまうぞ」

グラントはデッキの上で両手に缶ビールを持って振りまわしながら、気が触れたようにジグを踊りはじめた。

「これはパーティです……なにか乱痴気騒ぎをやってるようです……きっと堕落した変態の集まりですよ、少尉……待ってください……船名がわかりました……ソリチュード号というのです」

ローゼンソルは腹をかかえて笑った。

「ソリチュード号ですとさ」と彼は繰り返した。「おふざけもいいとこです……海の上の売春宿であります、少尉」

「わかった、ローゼンソル。ほかに何がある？」

「前のほうに一組のカップルがおります……二人ともこちらに背中を向けています……申し添えますが、こちらから見えるかぎりではいずれもいい顔だちをしています……」

「よろしい、ローゼンソル、もういい。なにかその船に怪しげなところはあるか？」

ローゼンソルの耳にはもう何も入らなかった。

「ちくしょう、わたくしもあの船に乗りたいくらいです……もう一人かわいい娘《こ》がいます……顔は見えません……尻はむき出しです、少尉……あの娘《こ》は……あの娘《こ》は……」

「あの娘《こ》は何だ？」ベイカーはしびれを切らして訊《き》いた。

「あの娘《こ》は……申し上げてもかまわなければ……あの……もっと近くに寄れませんか、少尉？」

「落ち着け、ローゼンソル」とベイカーは咳払いをしながら言った。「艦長ももう納得されたと思うから、降りてよろしい」

ベイカーはエンタープライズ号を呼び出した。が、すでにやりとりは聞いたから、くわしく説明するには及ばない、ということだった。ニュージャージー号はふたたび空母に合流するように要請された。

グラントは操舵室に戻って、双眼鏡でニュージャージーが艦首を転じて去っていくのを眺めた。ニュージャージー号の上甲板に黒山のような人だかりができているのを見て、眼を見張ったグラントは急に腹をかかえて大笑した。三等掌帆兵曹アーウィン・ローゼンソルの報告を聞いて待ちかまえていた何十人という水兵たちが、夢の船ソリチュード号を一目見んものとわれがちに手すりに殺到し、双眼鏡を奪い合っていた。

午後一時だった。グラントのきびしい試練はかれこれ一時間近くも続いたのだ。

サンデッキに行き、アイスボックスから缶ビールを取って口をあけると、ぐーっとあおった。「いまの演技はアカデミー賞ものだぜ」ニュージャージーの船尾が遠くに消えていくのを見守りながら声に出して言った。

第九章

パラセル諸島を過ぎて五日後――ニュージャージー号との記念すべき遭遇の三日後――グラントは横浜の南六百マイルの海上にいた。広びろと開けた北太平洋上に、大洋の自由を心ゆくまで満喫しながらさらに東へと進んでいた。

すでに千八百マイルは来た。彼が引いた大圏ルートに従って、グアム島のはるか北で、沖縄や硫黄島からもかなり離れたところを通って来た。さもないと、またまたアメリカ海軍との接触によって脅威が生じかねない。黒潮のおかげでいまは平均二十ノット以上で走っていた。

ソリチュード号にすっかり慣れたので、船の身震い一つでさえ予知できるようになり、眠っているあいだにコースをはずれてふらふらしているのがわかった。

四時間起きて、四時間眠るという生活が定着した。そのおかげで、自動操縦装置の再調整と燃料タンクの切り換えを規則正しく行なうことができた。エンジンの点検や細かな保守の仕事、食事、操船などで忙しかったが、もはや時間を一寸刻みに細分して割り振る必要はなかった。

標準時間帯を通過するたびに時計を進めた。公海上を平穏無事に航行を続けながら、航海日誌の一ページが埋まると燃やして灰を風にまき散らした。これまでのところ予定よりも少し早目だった。

ダナンでは相変わらずマクスネア大佐はグラント機を探し続け、毎日〝ザック〟・R・エンコ空軍大将に報告していた。といってもこれまでたった三回しか行方不明のTX75E捜索に出動していなかった。この貧弱な回数は雨季のせいだとマクスネアは主張したが、弁解は聞き飽きたとエンコは言った。

慣習として国際赤十字に、グラント・フィールディングが戦闘中に行方不明となり、捕虜になったと想定されると通達された。ハノイは捕虜の名簿を発表することを拒みつづけているので、この組織によっても、グラントの生死が確認できる望みはほとんどなかった。国防総省はそれでもやるだけの価値はあると信じていた――北ベトナムがジュネーブ協定を無視しつづけているにもかかわらず。

エンコ将軍は戦略会議出席のためワシントンに召喚されていたが、その出発も数日後に迫っている。彼はいらいらしていた。

国防長官はわざわざ私信を寄せて、行方不明機の〝完全かつ詳細な〟報告、他のTX75Eの性能に関する概要、当該機の信頼性についてのパイロットの評価の要約を持参するように指示した。過去六ヵ月間に行なわれた正確な出撃回数、交戦中にこうむった被害の種類と程度の明細、整備上の問題点に関する統計的数値、についても長官はぜひ知りたいと述べた。

これはその飛行機の将来にとって悪い前兆だった。議会筋から長官に圧力がかかっているとエンコは結論した。しかしまた、これは彼がＴＸ75Ｅの開発に果たしてきた役割が攻撃にさらされているということであり、彼にとっては個人的侮辱でもある。

この書簡はまったく悪いときに来た。エンコは会議の準備で忙殺されていた。彼はマクスネアに、国防長官じきじきの命令で行動することになるんだと印象づけて、調査の責任を委譲してしまった。

司令官にとってその航空機がいかなる意味をもつものかよくわきまえているから、マクスネアは報告書が立派な体裁を取るように工夫するだろう。さらに雨の晴れ間をぬって、強力なフィールディング機探索も実行してくれるだろう。エンコの寵愛《ちょうあい》を得るチャンスだった。

それをふいにしたくないのは当然だ。

おれにも芽が出てきたとバーニー・マクスネア大佐は感じた。いまや司令官の右腕であり、直接国防総省とつながっている。

航海を始めてから十二日目、アリューシャン列島アムチトカ島の東南約千マイルのところで、グラントは国際日付変更線を横切った。架空の境界線を越えた瞬間、時間的には変わらないが日付は前日ということになる。月曜日だったので、同じ日曜日を二度迎えることになった。四千四百マイルを航海し、いまウェーキ島とミッドウェイのはるか北を進んでいた。目的地まであと一週間だ。

いくつかの品目を毎日一定の時間に少しずつ処分していった。船倉の二個の大きな木箱とマネキンの入っていた六個の箱は細かくたたき割って投げ捨てた。擬装網は大きなのを一つ残してあとは航空機の認定記号を塗りつぶすのに使った灰色のペンキ缶と刷毛《はけ》もろとも舷側《げんそく》から投棄した。すでに通りすぎた行程を含む海図は燃やして、空き缶やその他の屑《くず》と一緒にばらまく。

航海中に安眠できない晩が一度だけあった。寝返りを打ち、反転し、夢うつつのなかでかつてじっさいにあったことをもう一度経験した。

夢のなかでガールフレンドのジェニファが、彼の親が反対なのを知りながら、両親に会いにきていた。いつものようにその会見はよそよそしいものだった。ジェニファの眼は充血して腫《は》れ、そのため二十四歳より老けて見える。グラントはジェニファも知っているとおり、一度だってほんとにジェニファを愛したこともなければ、またジェニファの愛を積極的に求めたこともない。それなのに、彼女の涙に気が動転してか、思わず度を失って彼は口走った。いま夢のなかでもそれと同じことを言っている。おれは、鼻ったれのがきも、刈らねばならぬ庭の芝も、こまごました家庭の雑用もごめんなんだ。女房には小学校の教師をさせ、自分はどこかの航空会社のパイロットとして下積みから始めるなんてお断わりだ。おれは行動の自由がほしい、いつかおれの気が変わるだろうという幻想にきみがしがみついているのはわかっているけれどな。と、そのときいきなりジェニファは腰をかがめてグラントの両親に訴えた。わたしは息子さんの死を信じていません、だからいつまでも待っています、このことを申し上げたいために今日はうかがったのです。両親は身動き一つしないでじっとすわったままだった――サンデッキのマネキン人形のように。

愕然《がくぜん》として眼覚めたグラントは、疲れて汗をびっしょりかき、良心がうずくのを感じた。

マクスネア大佐はもったいをつけはじめていた。エンコ司令官の信任をかさに着て、偉ぶった態度を取った。だれかれかまわず痛めつけていたが、なかでも、自分の〝特別の――そして専属の――助手〟として私物視していたウィリアム・キーガン大尉に対してはひどかった。キーガンに威張り散らし、悪口雑言を浴びせ、しばしば〝童顔の間抜け〟とくさし、惨《みじ》めな目にあわせていないときはないくらいだった。エンコに虐待された日々の仕返しをいましているのだ。

マクスネアがエンコのために準備していることになっている国防総省提出の報告書は、その統計資料を集めるために、キーガンがてんてこまいで夜も眠らずに働いていた。昼間の大部分は作戦伝達室でTX75Eのパイロットたちにインタビューをする。夜は夜で、事故報告書や整備日誌を調べる仕事があった。

マクスネアは節食して少し運動を心がけようと決意した。司令官のように、運動選手のような体軀《たいく》にしたかった。午後、彼の〝奴隷《どれい》〟のキーガンが天気図や捜索救助出動報告書とにらめっこをしているとき、マクスネアは、あごや腹のあたりにだぶついた脂肪を引き締めようと思ってハンドボールに専念した。いまや彼の制服はいつ見てもきれいにプレスされ、彼は傲然《ごうぜん》と胸をそらした。

エンコがワシントンに出発したあとのたかだか二週間だけとはいえ、その間自分が代行になることを強く意識し、みんなにも事あるごとにそのことを思い出させた。将校クラブでもたびたび自分の新しい地位と権力についてそれとなくほのめかした。司令官を指して、さりげなく〝ザック〟と呼んだ。二、三杯入ると必ず、「ザックがおれにこう言った」とか「ザックはそう信じている……」というほうへ話を持っていく。同輩将校たちが陰でくすくす笑っているのにはとんと気づかなかった。

しかしエンコの前ではいぜん縮こまっていた。彼を〝司令官〟とか〝閣下〟以外のことばで呼びかけるなどとんでもないことだった。

ホアビン上空で消えてから十七日目、グラントはホノルルの東北千二百マイルの海上にいた。行程表によると、すでに六千マイルを航海し、目的地に達するまであと千二百マイル――すなわち三日――を残すのみとなった。

グラントは短波でニュース放送を定期的に聞いた。この二週間のあいだに、パリで行なわれているアメリカと北ベトナムの和平交渉はかなりの進展を見ていた。矛盾する話だが、北爆は天候の回復と同時に再開されていた。ハノイを瓦礫《がれき》の山にしようというのだ。

事態の進行はグラントの予想より早いので、計画の予定表が狂ってくるのではないかとはらはらしていた。誰かがまわっている機械のなかにモンキー・スパナでも投げ込むようなことをしてくれて、和平協定の調印が、いまの彼の計画が成し遂げられるまで、遅れてくれないかとひたすら祈った。

ほかにも気になることがあった――両親とガールフレンドについてのあの気味の悪い夢のことである。夢のなかでジェニファはベトナム捕虜の身内がよくする腕輪をしていたのだ。腕輪にグラントの名前が鮮やかに彫り刻まれているのを見たとき、冷汗がにじみ出た――グラントにとってこれほどやりきれないことはない。ジェニファにしても両親にしても、もしグラントが北ベトナムのどこか恐ろしい捕虜収容所に捕えられているのだと思っているとしたら、グラントの心は安らかではいられなかった。いろいろな団体に関係したり、請願書に署名したり、地方テレビのニュース放送に出て苦しい心境を涙ながらに吐露したりしてほしくなかった。

こんなことを言うと多くのひとの反発を買い、ひねくれていると言われるのはわかっていたが、捕虜をめぐるさまざまな動きにはあまり同情的ではなかった。捕虜に関する宣伝にも飽き飽きしていた。捕虜は一般市民有権者の感情に訴えようとして政府が利用している道具の一つにすぎなかった。

もちろんグラントは、ジャングルで捕まって北に送られた気の毒な徴用歩兵には同情している。しかし大部分の捕虜は飛行士である――かれらを待ち構えている危険を充分承知の上でその道を選んだ職業将校たちだ。平和時には、演習や空輸で空を駆けまわり、いい思いをする。それは快適な仕事だった――名誉ある空のタクシー運転手だ。費用は国防総省持ちで、家族ぐるみ、あるいは単身、基地を転々としながら世界旅行をさせてもらう。ドイツ、スペイン、日本——悪い生活ではない、しかも待っていればやがて恩給がつく。

だが、いざという時が来れば、生命を賭けて、楽しい目を見た埋め合わせをすることを期待される。それが空軍が提供している安定した仕事に対する交換条件なのだ。

だから、そのうちの何名かが捕虜になったからといって、どうだというのだ？　かれらは生きている、そうだろう？　それはもちろん、爆弾を落としたりしたのだから、農民たちに多少は痛めつけられることもあろう。ベトナム人が仕返しをしようとしたところで、誰が真にかれらを責められるだろうか？　ボール爆弾によってかれらの村は全滅し、家族は皆殺しにあったのだ。

この問題についてのグラントの見解ははっきりしていた。最後まで耐えぬき絶対に口を割らないという覚悟がないものは、軍隊に入る資格はない。

ダナンでのパイロットに対する諸注意、特に捕虜になる可能性に関するものを彼は思い起こしていた。

〝軍人行動規範〟によると、敵の手中に落ちた瞬間から釈放されるときまで、軍人として恥ずかしくない振舞いをしなくてはならない。簡単に言うと、精神的、肉体的な、どのような圧力が加えられようとも、沈黙を守るということである——ちょうどマフィアの暗黒組織コーザ・ノストラのために働いていた〝傭兵《ようへい》〟のように。

どんな恵みをほどこされようと、たとえ緊急な治療を必要としても、それと引き換えにつまらない情報一つ漏らすことは許されない。アメリカからハノイに招かれて来たえせ平和主義者や映画スターのような幻想的な社会改革の夢を追っている連中と接触することも厳禁である。もしきまりに反して、訪問中のアメリカ人ヒッピーに託したりハノイ放送を通じたりして伝言を発表するようなことがあれば、釈放後もその経歴に汚点を残すことになる。

また少数ながら、坊主刈りの強烈な愛国心に燃えた忠誠心の固まりみたいなやつらと、起居を共にすることもあるということに、それとなく注意が喚起された。かれらはたえず見守っている、戦争が終結したあかつきには、それらを報告することはまちがいない。言い換えれば、内部からの〝告発者〟に気をつけるように警告された。

さいごに、もし忠誠と沈黙を守り続けるならば、英雄としての歓迎を約束され、捕囚の期間にさかのぼって給料と特別賞与を支給され、さらに昇進によって手厚く報われることは十中八九確実である。逆にもしくじけるなら、いやしむべき人間となり下がってしまうだろう。

家庭で忠実に亭主の帰りを待っている主婦たちが、棚からぼた餅式にそれらの幸運に浴するかと思うとグラントはむしょうに腹が立った。子供たちはむろん気の毒だ。しかし貞節の鑑《かがみ》ぶったこれらの女房族はどうだ——なんたるお笑い種《ぐさ》だ！　女房たちのなかには、給料の完全支給だけ受けて、亭主の帰国などさらさら望んでいないものもいる。じつにけたくそが悪い！——一方ではあわれな亭主どもを裏切っておきながら、よくもいけしゃあしゃあとあんな芝居ができるものだ。五、六年の捕虜生活を終えて帰国してみたら思いがけない赤子に対面ということにもなりかねないし、相当数の離婚が出ても不思議はない。再会の場面では、逆に悲嘆にくれるものも数知れず、なかには頭がおかしくなってしまうものもいるかもしれない。グラントはそのことを信じて疑わなかった。多くの亭主たちは嫉妬《しっと》の炎に焼かれて苦しむだろう。限りない質問を浴びせ、その返事をすべて聞いてもなお裏切られ、屈辱を受けたという感じを拭いきれないのだ。

捕虜たちは結局は立ち直るだろう。さかのぼって支払われる給与とボーナスで十万ドルを手にするものもいる。いやなこともそれで和らげられ、新規まき直しで再出発する元気もでてくる——軍隊の階段を登っていくか、民間の良い仕事につくかして。大多数の兵士たちは、いろいろ考えたすえ結局は、そのような金のために数年間の自由を犠牲にする腹を決めているのである。

グラントには軍隊生活はもうこりごりだった。中に入ってみてそれが偽善的だということがよくわかった。利用され操られることにはうんざりだった。戦争にも、嘘っぱちを聞かされることにも、人を殺すことにも食傷していた。

船倉内の飛行機は自由への通行証だった。それをもっともな理由のため、すなわち自分自身のために使うつもりだった。

目的地に到達する二日前にグラントは良いニュースを聞いた、といっても、彼にとってはということだが。

パリ会談が暗礁に乗り上げたのだ。ハノイがアメリカのルール違反を強くなじったのである。北爆再開に強硬な抗議をし、アメリカの行為は信義にもとるものであると主張した。一方ワシントンは北ベトナムがジュネーブ協定を尊重してアメリカ人捕虜の氏名を発表するように断固要求していた。アメリカは正式に北ベトナムに宣戦布告をしていないから、この争いは協定の諸規程に拘束されないと法律の専門家たちは言っている。交渉は泥沼にはまり込んでしまった。

アメリカ、北ベトナム双方の代表は話し合いを打ち切り、〝協議〟のためと称してそれぞれ本国の首都に引き上げた。

グラントはサンデッキの上でジグを踊り狂いながら、この出来事を祝してマネキンたちにビールで乾盃した。この光景を見たら、ひとは彼が気が触れて暴れているのだと思うだろう。

エンコ将軍がワシントンに出発する前の晩に、マクスネア大佐は厖大《ぼうだい》な書類をエンコに提出した。仕事の立派な出来映えを認める何らかのことばを期待して、マクスネアはちょっと待った。

エンコはその書類を机のいちばん上の引出しに押し込んで、マクスネアには、今夜眼を通すから明朝結果を聞かせると言った。必要な訂正があったら、それは自分が本国に向かう機内で手を入れる、と語気鋭くつけ加えた。失望を押し隠して彼は将校クラブに赴いた。一杯ひっかけてしぼんだ気持をひきたて、また、二十四時間以内に司令官代行になることを、もう一度二、三の競争相手に吹聴する心積もりだった。マクスネアのために幾晩も徹夜して報告書を整えたキーガン大尉が、くたくたになってそこのカウンターにすわっていた。彼はあごを手の上にのせて、一人の中尉と話している。キーガンはしこたま酩酊《めいてい》していた。

「小物にでかい仕事をあてがうとどうなるか知ってるか？……どでかい小物さ！」とキーガンはろれつのまわらない口調で言った。気弱そうにニヤッと中尉に笑いかける。「何かの本で読んだことがある……」キーガンは溜息《ためいき》をついた。

「まさに至言だ……」どんよりした眼の中尉はしゃっくりをした。

マクスネアは耳をそばだてる。

「かわいそうなのはあの連中だ」とキーガンはマクスネアの存在に気がつかないで続ける、「あてのない無駄な探索に駆りたてられている……手ぶらで帰ってくるしかないのにそのために生命を危険にさらしているんだ……みじめな仕事じゃないか……それもこれもみんな司令官の玩具《おもちゃ》のおかげだ……それとどこやらのゴマスリ大佐……」

「大尉！」マクスネアがどなった。

キーガンは片眼を開き、ものうげに振り向いて見上げる。大佐が激怒に身を震わせていた。

「少し休息したほうがいいんじゃないのかね、キーガン。明日はまた忙しいぞ」

中尉は敬礼して、忍び足で立ち去った。キーガンはまるで青菜に塩だ。

「大佐、わたくしはただちょっと仲間と……」

「われわれの問題を下っぱなんかと話し合ったりはしないものだ」と言ってマクスネアは舌打ちした。「士気に影響するからな。物の大きさに関するきみの見解について耳にしたことは、今回は見のがしてやる」

「それから、キーガン大尉、あらためて言っておくが、探索はあれでも不充分だと思っている。捜索は続けるぞ。司令官が帰任されるまでに、飛行機の問題は決着をつけておきたい。その他日常の作戦行動もちゃんと実施する。わかったか？」

「はい、大佐」

「はい、大佐。失礼いたします」

マクスネアはダブルを注文した。

マクスネア大佐とキーガン大尉がエンコ司令官をC‐5Aギャラクシーまで送っていくとき、司令官は何かに気をとられているように見えた。戦死して〝死体袋〟におさまったGIを乗せて、いましも巨人ジェット輸送機がアメリカ本国に向けて飛び立とうとしている。

マクスネアは、書類ではち切れそうなエンコのかばんを無理やり自分が持った。そのうしろを、司令官の旅行かばんをさげたキーガンが足を引きずりながら歩いてゆく。

「報告書はあれでよい」とエンコは言った。「二、三、細かな手直しが必要だが、それは向こうに着くまでにやっておく。もし何か変わったことがあったら、ワシントンまで連絡をしろ」

到着地点まで約七百マイル、あるいは二日というとき、グラントは少しばかり〝家の片付け〟にかかった。リストの中で不用となった品目はすべて一定の間隔をおいて舷側から投棄した——テーブル、七脚のデッキチェア、六枚の空気マットレス、ビーチパラソル二本、携帯用アイスボックス、ビール、清涼飲料水、余分の缶詰類。船の登録書類、航程表、手引き、日誌、最後の行程の分を残してそれ以外のすべての海図を燃やした。

パラセル諸島を出発して二十日後の午後一時ごろ、はるか遠くのほうにひと続きの山並をグラントは認めた。

一時間ばかり海岸沿いに上ったり下ったりしながら、双眼鏡で海岸線を調べ、やがて〝水葬〟に取りかかる。

「アルファ君、あばよ」悲しげに別れを告げると、斧《おの》を一振りしてマネキンの首をちょん切り、それからバミューダショーツと相変わらず手の中ではためいている黄色いハンカチを取りはずした。「つき合ってもらって楽しかったぜ、助平じいさん、だけど楽しいことにはすべて終わりがくる。これからあんたの亡骸《なきがら》を海底深く葬らせてもらうぜ」アルファの体を跡形もなく切り刻みながら溜息をもらし、細片を海に投げ込んだ。

「それからフォクストロットちゃん……ありがとうよ……それから、ごめんな」ボトムレスの陽焼けしたかわいい子猫ちゃんをこま切れにした。

残る四体のマネキンにも、細かにした遺骸をビーチウェアと一緒に大洋に投げ込みながら、同じようなやさしいことばをかけた。

元〝船客〟たちの残りの遺品が経《きょう》かたびらのように波間に浮かび、やがて波に呑まれて沈んでいくとき、グラントはアルファの黄色いハンカチを振って最後の訣別《けつべつ》をした。

グラントは補助竜骨を上げ、真東に舵を取り、けわしい連山のふもとの、半円形の断崖に囲まれた小さな入江に向かった。そこは海からしか近づけない所だった。

午後二時三十分、ソリチュード号は浜辺に突っ込んだ。

グラントには日没前にしなければならないことがたくさんあった。

クレーンで船室の屋根を釣り上げて砂の上に置いた。つぎに船倉内から台をゆっくり引っ張り上げ、細心の注意を払って航空機を砂の上に降ろした。

グラントは浜辺に降りて、クレーンのかぎを航空機の前部車輪の支柱にしっかり取り付け、離着陸装置を台に固定していたケーブルをはずし、また船に戻る。

クレーンを静かに前後に揺すると、かぎが支柱を引っ張り、飛行機に円滑な前進運動が伝わった。戦闘爆撃機は徐々に台からころがり降り、砂とサンゴ礁の固い地面の上に静止した。

台を船倉内に戻し、屋根を持ち上げてからっぽになった船室の天井にはめた。

残しておいた一枚の擬装網とアルミのはしごを一緒に飛行機の横に落とした。はしごを機体に立てかけ、それに登って円蓋《キャノピー》を押しあけ、コクピットにもぐり込む。

内蔵バッテリーの力で拡翼の仕掛けを作動させ、TX75Eの翼を開いた。それから手早く擬装網をその上に拡げて覆い隠した。

ソリチュード号の船首から翼まで長いホースを引っ張って、パラセル諸島で吸い上げた燃料をポンプで元に戻す。

計量メーターを見る。約二千七百五十ガロンを示している。満タンにするには全部で四千ガロン必要だ。

そこでグラントはソリチュード号に貯えてあった千五百ガロンの灯油にホースをつなぐ。その航空機の仕様書には、通常飛行にはすすめられないが、緊急非常時には灯油使用も可能、と説明してあったのである。もし混合比が一対三の割合を越えなければ、灯油と正規の航空燃料とはよくなじみすぐに融合する。

タンクがいっぱいにあふれるまで入れる。

いまや十二トンの燃料が完全に入ったので、スロットルを最大航続距離飛行に合わせれば、十時間近く空にとどまることができる。

時間を見た。ちょうど午後三時四十五分を過ぎたところで、日暮れまでに準備を完了するとしたら三時間たらずしかない。

船倉から小型テントを持ち出して、擬装網の下の航空機の前部車輪脇に張った。

操舵室に戻ると、大きなやかんに水を入れて火にかけ、つぎにベッドの下のスーツケースの中身を防水ナップザックに移しかえた、すなわち、衣類、靴、拳銃、ナイフ、斧、懐中電灯、パスポート、金、航空地図、小型の電子装置《ブラック・ボックス》。

この装置は小型トランジスタ・ラジオの大きさで、入力《インプット》と出力《アウトプット》の差し込み口《ジャック》がついている。さらに、音質《トーン》と周波数を変えるつまみがあり、マイクロホンに直結するために差し込みが両端についた付属コードもある。

湯が沸騰したので、インスタントコーヒーをカップにして約二十杯分つくり、四つの魔法びんに分けた。それを缶詰や缶入り飲料水と一緒にナップザックにおさめる。

ずっしりと重くなったナップザックをテントの中に入れ、また船に引き返して、寝袋、飛行服、ブーツ、ヘルメット、十フィートのロープを持ってきた。

コクピットに登って、座席のパイプ枠《わく》にロープの端を縛り、ロープを伝って滑り降り、強度を試してみる。大丈夫だ。これではしごはお役ごめんとなったので、船に戻す。

午後六時十五分、ソリチュード号はゆっくり後退して浜辺を離れた。

三マイルほど沖合に出たところで、サンデッキをクレーンで釣り上げ、船外に振りまわし、大洋に落とす。台も同様に処分する。

つぎにクレーンのかぎを船室の左舷側の壁にしっかり止め、引っ張ってもぎり取り、海に捨てた。他の三方の壁と床も、同じように、強引に引っ張って引きちぎり、こわしてしまった。それらは潮の流れに乗って南に漂流し入江から遠ざかっていく。ソリチュード号はいまや船倉をむき出して投棄された鉱石運搬船といった有様だ。

船は大きな円を描いてまわっている。グラントはふたつ目のスーツケースからダイナマイトを出して操舵室の机の上にあけた。

リストに残っている品目はひとつ残らず裂いたり、切ったり、刻んだりして投げ捨てた。パナマ国旗、二個のスーツケース、アルミ製はしご、スキューバの装具、マットレス、枕、シーツ、毛布、書物、チェス・セット、トランプ、炊事道具、余った食料。最後の一枚の海図は、机の引出しに残っていた書類などと一緒に燃やした。

船尾にペンキで書いてある〝ソリチュード号――パナマ市〟の字を斧で削ぎ落とし、無名船にしてしまう。

下に降りてエンジンの通し番号を削り取る。万一それが船主の正体をつきとめる糸口とならないものでもない。

船にはまだ二日分の燃料が残っていることが燃料計でわかる。グラントはすべてのバルブを全開にしてタンクを空《から》にする。ディーゼルの燃料が海にこぼれ出しているあいだに、長い導火線をつけたダイナマイトの仕掛けを四つほど用意した。それらを、補助竜骨、船首のからになった燃料タンクの壁、機関室の隔壁、クレーンの下にテープで止めた。

ゴムボートをふくらませ、小型船外モーターとオールを積み込む。操舵室のレーダー・スコープの視野を最大限の二十マイルにセットする。その半径内に船の影像は現われなかった。

スロットルをいっぱいに開き、首にかけた双眼鏡で入江を見る。擬装網をかぶった航空機は現在位置から東南約二マイルのところにあった。だんだんあたりは薄暗くなってくる。

入江の北と南の海岸線や山並に眼を移す。明かりも人影も見えなかった。

燃料が切れてきてエンジンはあえぎ、息切れしたような音を出しはじめた。午後七時三十五分、完全にエンジンは止まった。船は潮流に乗って南のほうに漂いはじめた。

グラントは下に降り、導火線に点火するためたばこに火をつけた。まず船首、つぎに機関室、それから竜骨、さいごにクレーン。爆発から逃れるための時間は五分だ。

斧を舷側から海にほうり投げ、救命胴衣を着け、船尾からボートを降ろした。ボートに乗り移り、船外モーターを止め金で固定し、始動コードを引っ張り、沈没寸前の船から一目散《いちもくさん》に遠ざかっていった。

ソリチュード号から半マイルほど離れたとき、鈍い音が四回聞こえ、小さな閃光《せんこう》があがった。船火事にはならなかった。燃料は残っていなかったし、残っていたわずかの木材部分も吹っ飛んでしまったのだ。

船底に大きな口があいたソリチュード号は水深三百フィート以上はある海の底にほとんど瞬時にして沈んでしまった。

「さようなら、恋人よ」グラントは心底から愛情の情をこめて言った。「最後の最後までよく尽くしてくれたな。安らかに眠りたまえ」

ボートを砂浜のほうへ向けた。

午後八時少し前、入江に近づいたときには、星がまたたきはじめていた。

浜辺から約二百ヤードのところで船外モーターを切り、残りをオールで漕ぎ進み、擬装網の下にボートを引きずりあげた。

グラントは海に戻り、膝まで水につかりながら崖はずれの見通しがきくところまで出て、双眼鏡で沖のほうを見た。

ソリチュード号は人目につかずに沈みきったらしい。救助に向かう船影は見えなかった。いぜん左右の海岸を眺め、それから視野に入るかぎりの山腹や山頂をていねいに調べた。いぜんとして明かりは見えず、人っ子一人いる様子もなかった。

グラントはくたくたで、腹もすいていた。かりかりに焼き上げてある薄切りメルバ・トーストと一緒にハムを少しつまみ、缶入りのジンジャーエールを飲んだ。

浜の上でたばこを吸うと、火が人目につくおそれもあるので、テントの中に入って火をつけた。時間を見た。かれこれ九時になるところだった。

寝袋を広げ、たばこの灰をからになった清涼飲料水の缶の中に落とすと、ゆったりと体を伸ばし、物音をうかがって耳をすますうちに、とろとろっとしてきた。

何も怪しい音はしなかった。入江を守っている絶壁に当たってくだける波のとどろきが聞こえるだけだった。

第二部

第十章

国防総省《ペンタゴン》の木材パネルを張りめぐらしたいかめしい部屋に、ローレンス・F・ハーモン大将が入って来たとき、長楕円形のテーブルにはすでに十四名の軍の高官たちが着席していた。

これから発表する内容には、一同もあっけにとられ、さぞかし論議を巻き起こすことだろうが、ハーモンはこれら高級将校同士のくだらない議論は最小限に押さえる腹づもりだった。彼は上座に着いた。

「諸君、諸君が今回の会議に招かれたのはほかでもない、こんごの方針について最終的な検討を加えるためである。諸君の指揮下にある兵員の秩序正しい撤収および削減のために、それぞれ必要な原案を用意して出席しておられることは承知している。それが一カ月前の指示だった。ところが、それ以後、情勢の変化が起こった」

ハーモンは一息入れて、眼の前のグラスに水をつぎ、一口飲んで、いまの発言の衝撃的内容が聞き手に浸透するのを待った。

「ご承知のように、パリの和平交渉は決裂し、目下膠着《こうちゃく》状態にある。このさい、われわれは絶対に退かないという毅然《きぜん》たる態度を敵に印象づける必要がある」

落ち着かない様子でもじもじしはじめる列席者もいた。

「統合参謀本部では、交渉再開前にベトナムの戦況を〝安定させる〟ため全力をあげることに決定した。戦闘行為を早急に終結することを要求する世論の圧力が日増しに高まっている現在、時間が切迫していることは、あらためて諸兄の注意を喚起するまでもないと思う」

ハーモン大将は立ち上がって壁の大地図のほうを向いた。

「これから概要を述べるが、詳細は諸兄の机上に配布しておいた書類にくわしく説明してある。それに目を通すのは、わたしの概略説明のあとにしていただきたい。質問なり、見解の表明なりもそのさいにお願いする」彼は時計を見た。「いま十時三十分だが、わたしはほかのところにも出なくてはならないので、この予備会議は十一時四十五分までにはぜひとも終わりたい。したがって、簡潔に進めていくよう諸君のご協力をお願いしたい」

十四名は黙ってうなずいた。ハーモン将軍の顔と地図がよく見えるように回転椅子をまわして向き直るものもいた。

「これはすぐにも実施してもらいたいのだが」と彼は何カ所かの目標地点を指し示しながら、「全面的に北爆を再開する」と言った。

何名かの陸海空の将官が驚いたような視線を交わした。咳払いも聞こえた。

四十六歳という若輩にもかかわらず、国防総省内でぐんぐんのしてきた才気煥発《かんぱつ》のハーモンは、落ち着きはらっていた。聴衆を意のままに操る天才で、一同の視線がふたたび彼に集中するまでことばを切って待った。

「むろん、その間も南ベトナムでの空爆や、火器を装備したヘリコプターによる地上援護作戦や、海岸線の艦砲射撃は続行する。交渉が再開される前に、できるだけ多くの死傷者や損害を敵にこうむらせるというのが狙いで、大規模な掃討作戦を展開する。パリ交渉のてこ入れが必要なのだ。ハノイや北京、モスクワに対して、われわれは喜んで取引に応じる話のわかる人間であるが、しかし南ベトナムから一方的に追い出されるつもりはみじんもないことを示すのは、ひとえに諸兄の肩にかかっている。以上が当面の情勢の大筋だ」

ハーモンは自分の席に戻った。「何か質問は？」

アレクサンダー・T・マー海軍大将が手を挙げた。

「どうぞ」

「ハーモン将軍、この新しいエスカレート作戦の最中も兵力削減は進めるのですか？」

「誠意は示す必要がある」ハーモンは微笑を浮かべて言った。「地上部隊はスケジュールどおり帰国させるか、またはアジア地区に移動させる。パリ秘密交渉の合意にしたがって、一カ月にざっと五万名の兵員を削減するというスケジュールは尊重するのだ」

ハーモンは椅子の背によりかかって、相手の表情をちらっとうかがった。

「だからこそ、このいわば交渉の〝小休止〟の期間に敵をたたく手を休めないためには、いっそう海空軍力に依存しなくてはならない……どうぞ、プリーナー将軍」

「いつ交渉が再開され、またいつ和平協定が調印される見込みなのか、判断の手がかりでもいただけませんか？」

「ホワイトハウスと国務省筋から、現段階でわたしに裁量をまかされている情報に基づくと、すべて適当なタイミングの問題にかかっている。北ベトナムはわが議会の足並みの乱れや、報道機関によって世界じゅうに宣伝されている反戦運動につけこんでいるのだ。もう少し持ちこたえさえすれば、神経戦に勝てるとかれらは感じている。とくにやがて行なわれる大統領選挙に賭《か》けている。現職の大統領が再選を狙って、いかなる犠牲を払っても戦争を収拾するという〝大衆受けのする決定〟をせざるをえないところに追いこんで、大統領から大きな譲歩を勝ち取ろうと期待している。大統領は捕虜の安全な釈放と戦いの終息を獲得するために、〝ハノイに平身低頭する〟ことも辞さない気だとは、対立候補が公然とほのめかしていることだ。北ベトナムは大きなまちがいを犯しているのだということをたたきこんでやる必要がある」

エンコ空軍大将が挙手をした。

「わが旧友〝雷おやじザック〟君はどんなことだね？」とハーモンが言ったとき、その眼が旧友に対する親愛を表わしてきらっと光った。

「プリーナー将軍の肝心な点についてまだ返答をいただいてません。〝適当なタイミング〟と言ってもいろいろありますから」

ハーモンは逡巡《しゅんじゅん》を見せて唇をなめたが、すぐに答えた。

「むずかしい問題だな、ザック。わたしの推測では少なくともあと五週間から六週間はかかるだろう。大統領のベトナム政策いかんにかかわらず、再選されることがいろいろな世論調査の結果から確実視されるようになれば、ハノイも自分の考えを改めて、大統領の考え方に従わざるをえまい。もう引退しているかつての同僚のことばを借りれば、空爆によって〝石器時代に逆戻りさせられる〟ことはかれらも望んではいないからね」彼はフフッと笑った。「協定はクリスマスまでには調印という運びになるだろう、わたしの個人的な想像だが」

エンコは立ち上がって、冷ややかな眼でハーモン将軍を見つめた。

「パリではのんびり一服して時間稼ぎをしている、一方、こっちは優秀な将兵や貴重な装備をそのあいだも犠牲にし続ける、それもひけらかすためだけに、と理解してよろしいですか？　しかも、何が起ころうと、クリスマスまでにはすっかり片がつき、たとえ天地がひっくりかえっても、われわれは確実にベトナムからおさらばする、ということが前もってわかっていながらですよ？」

他の出席者のなかから、がやがやと異議を唱える声があがった。

「ちょっと待ちたまえ、エンコ将軍……」

「ここでその問題を持ち出すのはおかど違いじゃないか……」

「われわれがここで討議するのは戦略であって、政治のことではない……」

「時間がもったいないぞ……」

ハーモン大将は両手をあげた。

「ご静粛に、諸君、ご静粛に」心持ち顔色が青ざめ、額を八の字に寄せていたが、完全に落ち着きは保っていた。「説明のあとで討議はすると申し上げたが、口論をしてもいいとは言わなかったはずだ。ところでエンコ将軍にはわたしからお答えする」

ハーモンは真正面からエンコにぶつかることにした。

「まさしくきみの言うとおりだ、ザック、しかも簡潔にして要を得ている。これは撤収に備えて敵をたたいておく、いわば後衛《しんがり》作戦で、多少の犠牲はやむをえないのだ」

エンコは立ち続けていた。口を固く結んでいる。苦々しげに言った。

「将校たるものの本分は、できるだけ兵の生命を粗末にしないことです、何パーセントかの死傷者が出るのはまぬがれられないにしても。わたしの戦歴をごらんいただけばわかるように、これまで最小限の損失で、見るべき成果をあげてきました。ところがこれは何ですか？勝利への意志など皆目ないのに、最精鋭の兵と何千万ドルという装備を危険にさらすことをわれわれは求められているのです」

「エンコ将軍」とハーモンはこわばった声で言った。「わたしは最高機関で下された政策決定を伝達しているだけなのだ。〝最高機関〟ということを忘れないでほしい。わたしにはこの件に関して何の発言権もない。わたしにはどうしようもないことなのだ」

「そうですか、わたしはそんなことを言ってはいられませんな」とエンコは切り返した。「みんなまるで責任のなすり合いじゃないですか。部下のパイロットたちの知的水準は高いですよ。これまで作られた最も精巧な飛行機を操縦しているのですからね。いろいろな質問をしてきます、しかもかれらの言うことは正しいのです。いまあなたが言われたとおりに説明してやれば、かれらは納得して引きさがると思いますか？――これからやるのは余興なのだ――パリで和平交渉の詰めをするのにもう数日かかるが、その時間を稼ぐためだけの出撃で、ソ連製地対空ミサイルに撃ち落とされ、ひょっとしたら捕虜になるかもしれないのだよとね？」

「エンコ将軍、われわれに選択の余地はない。これは命令なのだ」とハーモンは冷静に言った。

ほかの出席者たちは、議論に口を出さないほうが賢明だと用心深く判断を下していた。

「三週間ほど前にも、似たような命令で、たかだか数バレルのガソリンを爆撃している最中に、もっとも優秀な部下の一人と二千二百万ドルの航空機を失ってしまったが、それがなんのことはない、〝ただ敵に息つく暇を与えないため〟というのだから。こんな戦争のしかたってありますか？　なぜ攻め込んでいって、結着をつけてしまわないんですか？」

「命令されたとおりにやればいいのだ。政策上の戦略を実施し、効果をあげるのがわれわれの役目だ。とりわけ、あんたのような立場にある者には、そのことを認識してもらわなくては困るね」エンコのいらだたしい気持はよくわかっているということを示すために、ハーモンはやさしく言った。

「それだったら、やり甲斐《がい》のある目標を示してくれることですね――かかすみたいな任務じゃなくて。なにはさておき、士気にいちばん影響します。世界じゅうの報道機関がかれらの行動に監視の眼を光らせ、かれらを暗殺者呼ばわりしているときに、くだらない討伐に生命を賭けろとはなかなか言えるものではありません」

「相変わらず、あんたもなかなか手ごわいな」とハーモンはおだやかに言った。「しかし命令だからね」

エンコは腰をおろした。もはや一言もないかのように見えたが、それもほんのつかの間だった。ぐるりとテーブルを見まわし、支持者は一人もいないのを見てとると、さいごにもう一度食いさがった。

「無差別爆撃をしても何の効果もありませんよ」彼は静かに言った。「せめて妥当な攻撃目標を選び、実益のない自殺行為に等しい作戦行動は除外する自由をお許し願いたい。成功の見込みの薄い任務にいくらわが兵を駆りたてたところで、パリの〝話し合い〟で協定に達する見込みが増えるものでもないでしょう」

「あんたの言うことはもっともだ、ザック。その点は認めなくてはなるまい。しかるべき筋に諮《はか》ってみることにしよう」

ハーモンは立ち上がりながら時計を見た。

「まだ十一時半か。予定より早く終わった。けっこうなことだ、おかげでコーヒーを飲む暇ができたな。次回は七十二時間後――すなわち、木曜日の十一時半ということになる。兵力を削減した場合に利用できる兵員や装備を基準に、各自の試案を提出してもらいたい。金曜日にもう一度会議を行ない、そのあとただちにそれぞれの任地に戻っていただくことになる。

たたかれた。


では、今日はごくろうでした」

エンコははち切れそうな書類かばんを閉めようと苦労していたとき、急にハーモンに肩をたたかれた。

「二、三分いいかい、ザック?」

「いいとも、ラリー」

「みんながいなくなるまで待ってくれ」

「ああ」

エンコは書類を詰め込むのに手間どっているふうを装い、扉が閉まって二人きりになるのを待った。

「ザック」とハーモンは親しみのこもった声で言った。「朝鮮であんたがぼくの上官だったときのことは忘れないよ。いまこうして生きているのもあんたのおかげだ。それにぼくが現在の地位につくにあたって大いに尽力していただいたことも知っている」

「それで?」エンコはむすっとして言った。

「お願いだから、みんなの前であまり権高《けんだか》に押しまくらないでくれないか。もうあんたに命令されているのではない。その反対なんだからね」ハーモンはおだやかに、充分に敬意を払って言った。

「目上だの何だの気にするようなおれじゃないってことくらいわかってるだろう、ラリー?朝鮮戦線で、誰も彼もがヒステリックになっていたとき、おれはあんたにわざわざ死にに行くような出撃はさせなかった。一介の大佐の身分でだ。それがいまはいやしくも将軍だ。それを殺し屋になれというのかい？　北ベトナムのやつらのことは知らぬ。問題にしてるのは、かわいい部下の生命だ。むだ死にさせるわけにはいかないんだ。あんたをむだ死にさせることを拒否したのと同じ理屈だよ。あんたらのやることなすことろくでもないことばかりだってことを、そろそろ誰かが教えてやってもいいんだ」

「時代は変わったんだぞ、ザック」いくぶん口もとをひきつらせてハーモンは言った。「いまの時代は、戦《いくさ》をしているのではない。外交のゲームをしているのだ。あんたも新しいルールを覚える必要がある。気持はよくわかる、ほんとうだ。古い型の軍人だから、将兵を単なるコンピュータの数値として見られないということはな。ところで、もしこの任務を遂行するくらいなら、配置換えを望むというのであれば、そのように計らってもよい」

エンコの眼が激怒できらっと光った。

「ラリー、それとも、〝ハーモン閣下〟と呼ばなくてはいけないかな」と彼は皮肉に答えた。「おれは戦が本職だから、あんたやそのほかの国防総省の連中に何も立証してみせる筋合いはない。そちらは机上の仕事が専門だしな、こっちは実戦が仕事だ。もしそれが手に負えなくなったら、辞《や》めなくてはならないくらいのことはわきまえているつもりだ。〝それとなく〟ほのめかされるまでもない……ではこれで失礼。これから国防長官のところへ行って、別の件で一戦交えてこなくてはならないのでね」

書類かばんをつかんで大股《おおまた》に部屋を出ていった。

エンコは昼食をとりながら、《ワシントン・ポスト》紙に眼を走らせていた。相変わらず気の重くなるようなニュースばかりだ。いいことは一つとしてない、ことにワシントンではひどい、どの記事も汚職に関するものだった。

午後一時に国防長官の部屋に案内された。

「やあ、エンコ将軍、ようこそお帰り。こんどはほんの短いあいだだが。さあ、掛けたまえ」長官は愛想よく迎えた。「けさの会議はどうだったね？」

「わたしに関するかぎりでは、あまりうまくいったとは申しかねます、長官」

「そうかね……ハーモン大将からはまだ説明を聞いていないが、しかし万事うまく解決すると確信しているよ。あと二、三日もしたらもっといろいろなことがはっきりしてくるだろう……ところで……報告書は読んだだよ」

「はあ」エンコはどっちつかずの返事をした。

「よく書けている……たいへんいい……だが……」

「だが何ですか、長官？」

「TX75Eの製造を一時中断しなくてはなるまいな。この計画を徹底的に洗い直すまで、ほかの航空機で充分間に合う」

「はっきり言えば、長官はあれを葬るおつもりですね」エンコはおだやかに言った。

「いや、とんでもない。そのようなことでは決してない。どんなにきみがそれに心血を注いだかはよく知っている。ただ、過去三年間に配備した百五十八機がいずれも何らかの問題を起こしているのでね。どこかにまずいところがあるのは明らかだ。国内での訓練飛行中にすら五十二機を失った。そのうち十七機は山や海のかなたに消えたきりその痕跡《こんせき》さえつかめないしまつだ。たった一人だけ生き残ったパイロットの証言によると、超音速飛行に移るため翼の角度を変えようとしたとき、右翼がはずれて落下したそうだ。ベトナムでは、十四機が撃墜され、それらはどうにか自爆装置が作動したようだが、三週間前に失った残る一機については、どうなったかいまだにわからない」

「まだ行方をはっきり突き止めておりません」とエンコは言った。「ですが、敵の手に落ちてもいないような気がします。報告書でも触れたように、九十九・九パーセントは、山腹に激突したときに、大破したか粉みじんに吹き飛んだかしたと見ていいでしょう」

「うん……そうだな……」長官はつかの間同意した。「しかしだな、こじつけを承知で言えば、敵の手に渡った可能性も〇・一パーセントは残っているわけだ。このことについては大統領もことのほか心配しておられるのだ」

「で、これからどういうことになりますか、長官?」

「残った機はすべて地上に一時釘づけにしておかなくてはなるまい。さっきも言ったように、これは緊急優先決定によるもので、最終目標ではない。きみがベトナムから国防総省に舞い戻ってきたら、特別調査委員会に加わって収集情報《インプット》を検討しなおし、このプロジェクトを続行して精力的に取り組んでゆくことの適否を判定してもらうことになるだろう」

長官がエンコの航空機を棚上げにするために、いつのまにか焦点をぼかした国防総省特有の用語を振りかざしはじめたのに、エンコは気がついた。いまのところ、これ以上長官に抗議してみてもはじまらないだろう。

「わかりました、長官。ですが、あれは撃墜しにくい機であることは認識していただきたいと思います。これまでに撃ち落とされたファントムは数知れません」

「エンコ将軍、いまはファントムの議論をしているのではない。現時点でわれわれに関係があるのは、きみの指揮下にある戦闘爆撃機の統計的データなのだ」

「しつこいようですが、長官、事実や数字を細かく分析すれば、わたしの主張が裏付けされることは断言してもよろしいです。TX75Eの総体的成績に関する統計は、ほかの航空機の開発初期データと較べて、それより良いとは言わないまでも、少しも遜色《そんしょく》はありません。いずれも最初は生みの苦しみを味わって、こんにちのような頼りになる働き者に成長したのです」

「そうかもしれない、だがいまは実験を許される時期ではない。そのような予算はとても認められないよ」

「最後にもう一つだけ言わせてください、これは証拠もあることですが、いままで繰り返し申し上げてきましたように、あの航空機は戦闘機としてはまだ未完成だったのです。性能を試すために、ベトナムに性急に投入しすぎたきらいがあります。いずれは、これまでにない最優秀機であることが立証されるでしょう。必要なのは、その真の性能を十全に発揮するチャンスです」

長官はうんざりした顔をして、もう何も聞いていなかった。

「あー……えー……そうだな、将軍。きみの勧告は充分考慮することを約束する。何と言っても、このプロジェクトの推進者はきみなのだからね」と彼は語気を強めて言った。「きみの見解は大いに尊重することを保証する。それまでのあいだ、持てる戦力で最善を尽くしてもらいたい」

長官は立ち上がってエンコの手を握った。

「ではこれで、将軍」


エンコはタクシーを拾ってフェアファクスの自宅に帰った。そこは、まだ大佐で国防総省に一時勤務していたころに購入した4LDKの地味な家である。

まっすぐホームバーに行って、ウオツカをダブルでオンザロックにし、葉巻に火をつけた。

「ザック、あなたなの？」スーザン・エンコが二階の寝室から呼んだ。

エンコは酒をあおった。「ふん」とおもしろくなさそうに鼻を鳴らした。

温かいシャワーを浴びてピンク色に輝く肌を、タオル地のバスローブに包んだスーザンが姿を現わした。長い黒髪をバスタオルで拭いている。四十二歳だがいまでもはっと眼を見張るような美人だった。ドイツに駐留している二十一歳の陸軍少尉とニューヨーク大学医学部在学の二十二歳の娘の母親だとは誰も信じなかった。

「お早いのね」階段を降りながら、快活に言った。「三時にもなってないわ。ハーモンさんと長官のほうはいかがでした？」

「話にもならん。今日はさんざんな日だった」エンコはぶつくさ言いながら、もう一杯ダブルのオンザロックを作った。

「気にしないほうがいいわ、ザック。あの方たちに何がわかってるっていうの？……」そう言ってエンコのほおにキスをした。「あなたに必要なのはちょっとした気分転換。そう、いいことがあるわ。すてきなお店にお食事に行きませんこと？」

「まあ待て」エンコは勢いよく酒をあおって、ソファに腰をおろした。

「スチンソンさんに電話してみましょうか？――一緒に行くっておっしゃるかもしれないわ。ここのところとんとごぶさただし、ちょうどいいわよ」

「いや、今日はひとに愛想よくする気にはなれんのだ」

エンコはスーザンを見た。バスローブの帯の結び目がほどけて前が開き、すぐそばに立っているスーザンの右脚がむき出しになっている。手を伸ばしてやさしくその太ももを愛撫《あいぶ》し、徐々に上のほうに這わせていった。スーザンは身じろぎもしなかった。じっとスーザンを見つめる。

「話をするのはあきあきだ」彼はやさしく命令した。「こいつを脱ぎたまえ」

それから一時間ほどしてスーザンは眼を覚ました。夫の嵐のようにはげしい愛撫に、スーザンはソファの夫の腕の中でうとうととしてしまったのだ。エンコは何か考えごとをしながら、ウオツカをちびちびなめ、妻の髪をなでていた。

「とてもよかったわ」スーザンはにっこりした。「またいつかこんなふうに手込めにしてほしいわ、将軍」

「五十に手の届こうというばあさんにしては、おまえもなかなか悪くないよ」エンコは含み笑いをした。

「あら、失礼ね！　五十に手が届くだなんて、いけすかないひと」とスーザンはふざけて言った。「やっと四十を出たとこよ」

「四十だろうと五十だろうと六十だろうと、使えさえすれば、同じことさ」なおもエンコはスーザンをからかった。

「将軍、なんてまあ野蛮ないやらしいじいさんでしょ。でも許してあげるわ、あなたって相変わらずすごいんですもの」スーザンはぴったり寄りそって脚をエンコの脚にからませた。

「愛してるわ、ザック」スーザンは甘くささやいた。

「わかったよ、スーザン……何を買ってほしいんだね？」エンコは微笑した。

「もう一杯いかが、ザッキー？」

「ザッキーはやめてくれないか、スーザン」エンコはやさしく言った。「いくらするんだね？」

「あなたには女の気持がこれっぽっちもわかってないんだから……でもせっかくそう言ってくださるんですから……」

「そらみろ、おれにはわかってたんだ……」

「まあ、ザック……ねえ、ここの生活がおもしろくないのよ。軍人家族の専有住宅地みたいになってしまったでしょ。どっちを向いても軍人の奥さんばっかり。口を開けば、ご主人の任務や自分の神経が参ってしまう話でいいかげんうんざりだわ。こっちこそ頭がどうかなってしまいそうなのに。わたし引っ越したいのよ」

「いまはだめだ」エンコの声には真剣味がこもっていた。

「でもザック、数週間前から売家を探し歩いてやっとシルヴァ・スプリングに一軒すてきな家を見つけたの……」

「おれは興味ないね」

「ヒューストンに転勤になった航空宇宙局の技術者の持ち家なの。嘘みたいな安い値段で買えるのよ……」

「おまえが何と言おうとだめだ」

「だってザック……」

「この家で充分気に入っている」

「でもあなたはここで暮らさないわ」スーザンは語気鋭く言い放つと、からませていた手脚をほどき、身体をひねってエンコの抱擁からぬけ出した。「一年の大半はお留守だし、かといって相手になってくれる子供すらもういないのよ。それに、どこに住んでも、あなたにはどっちみち同じことじゃありませんか？」

エンコはソファに寝そべったままだった。落ち着いて葉巻に火をつける。

「あくまでも言い張るつもりかね、スーザン。それが通用しないぐらいわかっているだろう。いまはおまえの気まぐれにいちいち取り合ってはいられないよ」

「たったの六万ドルで手放すと言っているのよ、少なくとも八万ドルの値打ちはあるわ。それはそうと、あなたに見ていただくまで押さえておくために、手付け金を打っておこうと思いましてね。そしたらどうでしょう、うちの口座には三千ドルしかないじゃありませんか。あとのお金はどこにあるんですの?」

「投資信託にしてしまった」

「なんの必要があってそんなことを? なぜわたしにひとこともおっしゃらなかったの?」

「だんだん口うるさいかみさんみたいになってくるな、スーザン。まあいい、どうしても知りたければ教えてやるが、例の航空機との係わりから、いずれおれはひじょうな窮地に立たされるだろう。いつか買った航空宇宙関係の株を覚えているだろう? 現在の地位を利用して私腹を肥やそうとしている、いやその可能性があると誰かに匂わされるだけでも困るのだ。だから疑惑を招かないように一切合財まとめて投資信託にしておいたのだ」

「へえ、そうですか。でもそれはあくまであなたの問題よ。わたしは内金にするお金をいただきたいわ」とスーザンは叫んだ。「あなたがどうなさろうとあなたの勝手。わたしは引っ越したいの」

エンコの顔は激怒でゆがんだ。

「スーザン……いやでもおまえに身のほどを思い知らせてやらなくてはならなくなるぞ。いいからおれのやることにけちをつけないことだな」そう言ってスーザンのむき出しの尻をピシャリとたたいた。

スーザンは裸のまま夫の上にかぶさるように立って、平手でほおを思いきり引っぱたいた。

「あんたってひとも、鼻もちならないひとね。誰に向かって話してると思ってるの？……あんたの鼻息をうかがっている大佐じゃあるまいし。れっきとした妻ですからね。よくもそんなに威張り散らせるものだわ」

エンコは身動きもせずソファにすわったまま、苦虫を嚙《か》みつぶしたような顔をスーザンに向けている。

「スーザン、おまえ少しえげつないと思わないか？」

「えげつないですって？　そういうご自分はどうなの？……亭主風を吹かせちゃって……あんたなんか怖くないのがわからない？……一つ申し上げておきますけど……あんたのあのろくでなしの飛行機、あれが命取りになるわよ。いろいろ取りざたされてるわ……あんたっておばかさんね……残された友だちはわたしだけかもしれないのに。それもただ腐れ縁というだけのこと、もしかしたら、そのわたしすらもうここにいないということになりかねないわよ」

無言のままエンコは立ち上がって身支度を始めた。

「あら……もうおっしゃることはないんですの、お偉いさん？」

「スーザン、おまえも結局ほかのやつらとちっとも変わらない低級な人間だったとはな、夢にも思わなかったよ」

「ほかのやつらって？……誰なの？……答えて……あんたのベトナム人の淫売《いんばい》でしょう……答えなさい！」スーザンは激昂《げっこう》して甲高《かんだか》い声でわめいた。

エンコは制帽をかぶり、ウオッカのびんを手に取って、まだほどかないで床の上に置いてあったスーツケースに突っ込んだ。

「どこへいらっしゃるの？」

「独りで頭を冷やすんだな。おれには片づけなくちゃならない国防総省の仕事が山ほどあるんでね。心安らかに専念できる静かな場所が必要だよ。もっともその前に思うさま痛飲するつもりだがね。そのあと、どこかのホテルでぐっすり眠って酔いをさますさ。連絡を取ろうなんて気を起こすんじゃないぞ。二人ともいい笑いになるだけだ。ダナンに発《た》つ前に一度帰ってくる」

スーザンはバスローブにくるまり、ソファの上で声を殺して泣いていた。

エンコはスーツケースをさげて出ていった。

タクシーを呼び止め、シェラトン・ホテルに行くように告げた。

第十一章

どうやら大成功のようだった。党支部長のヴィトー・ディ・ステファノはご満悦だった。ロサンゼルスのセンチュリー・プラザ・ホテルで催されている会費百ドルの募金晩餐会《ばんさんかい》は
二千五百枚の招待状は全部捌《は》けた。テーブルのあいだをとびまわって、映画スターや政界の昔なじみと握手しながら、ディ・ステファノはすばやく胸算用をした。五万ドルの経費──そのなかには、ディ・ステファノの主張によって、切れ目なく潤沢に補充される酒類も含まれている──を差し引いたとしても、約二十万ドルが選挙運動資金として残ることになる。

タキシードを着こんだディ・ステファノの姿はエレガンスの見本とは言いがたかった。丸ぽちゃのはげ上がった顔、五フィート六インチ弱の身長を高く見せるためにはいている底上げした靴にあざむかれる者はいない。まめに黒く染めているちょびひげも、都会風に洗練された印象を与えようとする意図に反して、かえってちぐはぐなぎごちなさばかりを目立たせている。

全米清掃員組合第二三一支部の一介の役員から始まり、無数の人間を踏み台にして、彼はこんにちの地位にのし上がってきた。あくの強いやり手で、生来の押しの強さにものを言わせて驚くほど多数の名士たちから選挙資金の献金をふんだくった。党のお偉方のなかにはディ・ステファノを快く思わない向きもあったが、彼の努力のおかげで、毎年二百万ドル近くの金が確実に捻出《ねんしゅつ》されている事実をとうてい無視することはできなかった。いまだに台所の生ゴミの臭いがしみついているディ・ステファノを必要悪として大目に見ていた。

五十二歳のディ・ステファノは、父親のようなやさしい慈愛に満ちたイメージを他人に与えるように努めていた。過去二十年間、労組関係では幅をきかせるということもなく終わってしまったので、この機会を跳躍台としてそろそろつぎの段階――カリフォルニア選出の下院議員かひょっとしたら上院議員――へ飛躍することを狙っていた。二流の俳優たちでさえうまく政界に躍り出ているではないか、Ｂクラスの映画をやめたその足で国会議員や大使や知事の地位におさまっている――元清掃員で悪いはずはない。彼の考えでは、連邦政府を〝清掃する〟必要があった。ディ・ステファノは自分の密かな冗談に心の中で忍び笑いをもらした。

司会者のアナウンスがあった。デザートには、ケーキをアイスクリームでくるんで焼いた珍菓ベークド・アラスカが出る、それからコーヒー。その間に、西海岸で人気絶頂の物真似コメディアン、マイク・カミュが皆さまのご機嫌をうかがう、と。

割れるような拍手とチカチカ明滅するライトに迎えられて出演者が舞台に登場すると、ディ・ステファノはこっそり大舞踏会場をぬけてスイート八〇六号室に上っていった。蝶ネクタイを直し、口ひげをなでつけ、小指にはめたダイヤの指輪をこすり、おずおずと扉をノックした。

「お入り。鍵《かぎ》はあいてる」

Ｃ・フェルトン・ワズワース上院議員は扉に背を向けて立っていた。居間の姿見の前で演説の下げいこをしていた。中をうかがうディ・ステファノの姿が鏡に映る。

「ほかには誰もいないよ、ヴィトー。中に入ってドアを閉めたまえ」

ディ・ステファノは卑屈なくらいにへりくだってワズワースに近づいた。

「先生、いまコメディアンが聴衆の気持をほぐしているところです——あと二十分もしたら終わるでしょう」

「じゃ、着替えておいたほうがいいな」ワズワースは左手に持っていたスピーチのタイプ原稿を化粧だんすの上にぽいと投げた。

ディ・ステファノは苦笑した。上院議員はまだショーツのまま、黒いソックスをはき、タキシードのシャツのボタンも留めてなかった。彼はズボンをはいた。

「先生、今日はわざわざわたくしどもの主賓《しゅひん》としてお越しくださり、一同たいへん感謝しております。カンフル注射がないことには、どうにもはじまらないものですから、よろしくお願いいたします。テレビ、ラジオ、新聞関係者も集めておきました……わたくしに恩義を感じているものもおります。はでに扱ってくれると思いますよ。保証いたします」

「おれはどこへ行っても注目の的だよ」ワズワースは恩着せがましい笑いを浮かべた。「だが、あんたも知ってのとおり、おれがどんなに名演説をぶっても、わが党の大統領候補ときたら、まるで勝ち目がない。そんなことはおくびにも出さんけどね」

「いつもながら、先生のおっしゃるとおりです」ヴィトーはまことしやかに同意を示した。

「大統領選の結果は初めからわかりきっています。ですが、わたくしは今回の選挙にはもう関心がありません。もっと先、すなわちいまから四年後のことを考えています。このたび先生のご出馬をいただけなかったのは実に残念です。先生なら当選確実だったでしょうに。党大会の空気は先生の指名に傾いていたのに、先生はクリントンに押しつけておしまいになった」

「そのほうがよかったのだ。ベトナム問題も先が見えている。誰ももう本気で気にしちゃいない。クリントンもベトナム問題をいつまでもくどくど持ち出すのはやめたほうがいいな。いま真の問題点というのは何もないのだよ。これまでのどの大統領よりも高く評価されている現職大統領を蹴落とすことは、あんたはできるというが、不可能だね」

「絶対優勢であることは、まちがいないのですがね」

「その次の選挙になれば話は別だよ、ヴィトー。そうなったら、おれの威光であんたも上院議員になることは夢でなくなる」ワズワースは親分気取りでにやっと笑った。

「えらそうな口をたたくのはやめてくれないかね、ワズワース」いつもの卑屈な態度と打って変わって乱暴で横柄な声だった。「あなたがどれほどの資産家か知らないが、おれのように資金を集める人間がいなくちゃ何もできないんだ、そのことを忘れてもらっては困る」

上院議員にとってディ・ステファノの突然の豹変《ひょうへん》は意外だった。カフスボタンをはめていた手を休めて、党支部長を冷ややかな眼ざしで見つめた。ディ・ステファノは、いまここではっきり勝負をつけようじゃないかと身構えるように、にらみ返した。ワズワースはこのことを心に留めておくだけでその場はおさめることにした。話題を変えて、

「ホノルル行きの予約はどうなってるかね？」

ヴィトーはふたたび腰の低い代表〝幹事〟の役割に戻った。

「先生がご希望なさった四時発のユナイテッドはあいにく満席でした。いまはシーズンのたけなわですから。その代わり、午後一時発のパシフィック・グローバル航空の一等が取れました」

「すると、朝はあまり遅くまで眠ってもいられないな」

「残念ながら」

「演説を終わったらすぐパーティをぬけ出してもいいかね？」

「とんでもありません、先生。かれらが高い金を使うのもこれがあるからで、何週間も前からあてにしているんですよ。先生と肩を並べているところを見せびらかしたり、握手をしたり、写真を撮ったりしたいわけです。払った金だけのことはしてやらなくてはなりません」

「ファンを失望させるなというわけだな？」ワズワースは溜息《ためいき》をもらした。「あすの遅い朝食会のほうはどうだね？――キャンセルしてもらえるかね？」

「ご冗談でしょう、先生。あの朝食会にどなたが見えるかご存じですか？――クリントンですよ！」

「なに、まさか！」ワズワースは唸《うな》った。「たしかシアトルで遊説中のはずだが」

「いまはそうです。クリントンの広報担当係に電話をして、クリントンがオマハに向かう途中でちょっと寄って顔を出すのも悪くない、と言っておいたのです。《ロサンゼルス・タイムズ》のカメラマンにはすでに渡りをつけてあります。これは圧巻ですよ、先生。先生とクリントンが並んで……にっこり笑い……これまでのゆきがかりを水に流し、先生はあのひとのために勇躍ハワイに出立される。写真はホノルルにすぐ電送させますから、お着きになる前に、向こうの新聞に載るでしょう」

「そんなことをしてどこがいいんだね。なぜその前に相談してくれなかったのだい、え？ そいつはいかにもインチキ臭く見えるぞ」

「そんなことは絶対ありません。ヴィトー・ディ・ステファノが約束します。わたしたちはがっちりスクラムを組む必要があります。いまこそそのときです。ホノルルでは先生のためにいままでにない大歓迎を準備させておきました——先生の選挙区の州でもこれには及ばないでしょう」

「大船に乗った気でいろって言うのかい、え、ヴィトー？」

「そうですとも。わたしの狙いがはずれたことはまだ一度もありません。キラダがお迎えに出るはずです。先生はレイで埋まってしまうでしょう……フラ・ガールが先生を取り囲んで踊りながら、空港ターミナルの貴賓室までご案内します……ぬかりはありません。どうか大船に乗ったおつもりで。きっと先生が大統領候補指名者だとみんな思うでしょう」

「それは大いに結構だが、おれはいつ睡眠を取ったらいいのかね？」

「機内で少しおやすみになれます。航空会社に顔がききますので、最前列の誰にも妨げられない場所に席を二つ並べて取るように手をまわしておきましょう。あいだのひじ掛けを取りはずしてくれますから、体を伸ばして横になれます。そして眠りも足りて爽快《そうかい》な気分でホノルル到着という寸法です」

「わかったよ、ヴィトー。あんたには負けた。ところで、ちょっと失敬しておれは……会場には十分ほどしたらおりてゆく」

「いいですとも、先生、どうぞ。では脇の扉口でお待ちしています」

ワズワースは寝室に入った。靴をはきながら、扉の閉まる音を耳にし、軽くののしった。なんだってヴィトーのやつ、朝食会でクリントンをおれに押しつけるのだ？〝手打式〟の茶番劇なんかにだまされるものはいやしないぞ。おれと候補者が気まずい思いをするのが関の山だ。

タキシードの上着を着て、寝室の鏡に映し、広く語り草になっている例の少年のような笑みをちらっと見せた。

四十八歳、六フィートのやせぎすな体軀《たいく》の、精悍《せいかん》な顔をした上院議員は、アメリカのテレビ界でいまもっとも人気のある人物の一人だった。こんにちにいたるまで議会では何一つ見るべき業績をあげていないし、とりたてて重要な議案を上程したこともない。にもかかわらず、彼の一挙一動がくわしく報道されている。もしこの選挙が終わるまで、充分足もとに気をつけて、クリントンの闇討ちにあいさえしなければ、つぎは彼が党旗をかかげて先頭に立つ番であることは火を見るより明らかだ。

ワズワースはシャーマン・S・クリントン知事を個人的に特に好いてはいなかった。じじつ二人のあいだには共通点というものが何もない。クリントンは物事を単純に考える猪突《ちょとつ》猛進型のブルドーザーだった。ベトナム問題？——イマコソ和平ノトキ。経済？——計画経済ヲ撤廃セヨ。学園紛争？——学費ノ無料化。失業対策？——公共事業。少数民族の権利？——福祉制度ノ再検討。麻薬常習者？——理解ト同情ト治療薬メタドン。外交政策？——半孤立主義（彼の腹が決るまで）。

　最も忠実な党支持者たちですら、大統領候補者の独善的で長ったらしい意見の繰り返しや新味の乏しさにうんざりしはじめていた。クリントンは簡単に有権者が飛びついてくるような商品ではなかった。

　クリントンが敗れることは——それも大敗するであろうことは——ギャラップやハリスの世論調査の結果を待つまでもなく、ワズワースにはわかっていた。彼の使命は候補者がみっともない敗《ま》け方をしないように体裁を取り繕《つくろ》うことにあった。したがって、自分の州ではクリントンを勝たせるために努力するつもりだった。それによって選挙区の地盤立て直しに奔走する忠実で献身的な党員の役割を演じながら、他方ではその過程でできるだけマスコミの眼に自分をさらすのが狙いだった。大統領選に彼自身が打って出るにはせめてあと四年は必要だった、そしてクリントンははからずも次期選挙を戦う武器をワズワースに提供してくれた。

「さて、わが党友の皆さん……」ヴィトー・ディ・ステファノは両手を振って拍手を制しながらマイクに向かって叫んだ。「……わたしたちすべてがひとしく首を長くして待っている方をここにご紹介できるのは、わたしのはなはだ欣快《きんかい》とするところであります……先生はその持てるすべてをわが党と正義のために惜しみなく捧げてこられました……わたしどもの本日の主賓……議会と国民の尊敬を一身に集めた偉大なるアメリカ市民……わたしの友であり、皆さんの友であり………労働者の味方である……わが敬愛する……上院議員Ｃ・フェルトン・ワズワース先生……」

一同起立しての熱狂的な歓迎がたっぷり二分間は続いた。上院議員は微笑をたたえて、喝《かっ》采《さい》や拍手が静まるのを待った。

ワズワースはよく響くとおりのいい声をしていた。弁舌さわやかで、落ち着いていて、説得力があり、疑いもなくカリスマ的魔力がそなわっている。一時間の演説は一般的事項に終始したし、美辞麗句の域を出るものではなかったが、たびたび嵐のような拍手にさえぎられた。

スピーチの終わりの部分では積極的にクリントン支持を打ち出した。たとえ双子の兄弟のためでもこれほどにはできなかったであろう。

聴衆はすっかり陶酔し、最後に、ワズワースがボーイ・スカウトの敬礼にどことなく似ている、右手の小指を親指で押さえて頭上にかかげるしぐさをして話を締めくくったときには、発狂寸前の様相を呈した。スポットライトの光に浮き出した頭上の三本の指を広げて彼は言った、「この指が見えますか？　〝W〟の字の格好をしています。心の中でこの字を思い浮かべてください」それから、「〝W〟――〝W〟―〝W〟――」と叫びながらその都度リズミカルに手を聴衆に向かって突き出した。「この意味が諸君にはおわかりいただけますか？」と彼はどなった。「その意味は、〝われわれは勝つ《ウィ・ウィル・ウィン》！〟です。さあ、覚えられましたね、〝ウィ・ウィル・ウィン！――ウィ・ウィル・ウィン！〟。シャーマン・クリントンこそわれわれの次期大統領であり、わたしは彼のために馳《は》せ参ずるでありましょう」

〝ウィ・ウィル・ウィン――ウィ・ウィル・ウィン〟と節をつけて叫びながら群集は熱狂した。イブニング・ドレスの婦人たちが、興奮のあまり舞台に駆け寄り、上院議員にキスしたり、体や洋服の一部なりと触ろうとしていた。でっぷり肥えた紳士たちもそのうしろから殺到して握手をする機会をうかがった。

ディ・ステファノはすばやくワズワースを更衣室に案内し、騒ぎがおさまるのを待った。

「先生にはかぶとを脱がざるをえません――じつにすばらしかったですよ」

「ありがとう、ヴィトー。聴衆の熱烈な反応にこっちも夢中になってしまった。パーティには何時に出たらいいかね？」

ディ・ステファノは時計を見た。「いま十時ですが、みんなが揃うのは十時半ごろになるでしょう。十一時までにおいでいただけますか？」

「けっこう。だが早目に引き上げるよ。まず部屋へ戻ってシャツを着替えなくては。スポットライトの熱でぐっしょりだ」

パーティは午前三時まで続いた。飲み物は豊富にあった。ワズワースも何杯かやったが、限度を越さないように気をつけていた。地方の政党の有力者と冗談をかわし、かれらの夫人と踊ったが、つねに用心して適当な距離を保っていた。やっと解放されて自分の部屋にたどりつくとすぐシャワーを浴びた。

バスルームから出て、湯上がりタオルで体を拭いていると、ドアを軽くノックする音が聞こえた。

何だってまたヴィトーのやつめ、とワズワースは思った。おれにだって睡眠が必要だということがわからないのか？　「どなた？」無愛想な声で彼は訊いた。

「わたしよ」きれいな女性の声だった。

ワズワースの顔にけげんそうな表情が浮かんだ。タオルを腰に巻きつけて扉をあける。

胸もとが大きくあいたピンクのイブニング・ドレスの若い女性が、シャンペンのびんを左腕にかかえて立っていた。

「部屋をおまちがえになったようですな」ワズワースは扉を閉めながらていねいに言った。

「いいえ」背の高いブルネットの女は、扉のすき間からびんを差し込みながら含み笑いをした。

「どなたですか？」

「わたしの名前はリラ。中へ入れてくださらない？」そう言ってびんを中に押し入れた。

不本意ながらワズワースは一歩後退した。女は中に入って、すばやくうしろ手に扉を閉めた。

上院議員の体からはまだしずくが垂れている。髪は乱れ、一部が眼と顔の上にかぶさっていた。

「あら、シャワーから出てらしたばかり。じゃ、体の隅から隅まで、なめてもいいくらいにきれいですわね、先生」

「う？……ええまあ。どんなご用件ですかな、ミス……？」

「リラよ」彼女はなまめかしく笑った。イブニング・ドレスの脇の切れ目から、ストッキングをはいた長い脚が挑発するようにちらついている。「リラよ……わたしの名前はリラ……」そうささやきながら、かすかに身をくねらせ、細くとがった指の爪をワズワースの腕に走らせた。「あたし、先生がどうしていらっしゃるかと思って、それで……」

「誰に言われて来た？」彼は腹を立てて言った。

リラの顔に暗いかげが差した。弱々しい微笑を無理やりにつくって、「あら、先生、あたし、先生のファンの一人よ」

「誰に言われて来たかと訊いているのだ。正直に答えたほうがいい、さもないと、警察を呼ぶぞ」

上院議員がこんなふうに出てくるとは予想していなかったリラは、彼の眼の固い表情におびえた。

「フロントで言われたのです」とつい口走ってしまった。「先生が……何かご必要かどうかと……それであたしを……」

「嘘だ。もう一度訊く。誰に言われて来たのだ？」

彼女は体が震えだし、扉に駆け寄ろうとしたが、それより早くワズワースがさえぎった。その拍子にタオルが床に落ちて、ワズワースは一糸まとわぬ姿となった。自分がこっけいに見える。

「お願いです、放してください、先生」と彼女は懇願した。「嘘じゃありません、フロントなんです……電話があって、こちらに伺《うかが》うようにと、シャンペンを一本持って……あたしの知ってるのはそれだけです……どうか信じてください……こんなことだと知っていたら、決して引き受けたりなぞしませんでしたわ……」

ワズワースはリラに憐れみを催した。タオルを拾い上げて、ふたたび腰のまわりに巻く。

「あんたの友だちに言っといてくれ、ワズワース上院議員はコールガールなぞ必要ない。変なまねをすると、あんたがた〝一味〟の政治生命を断ってやるとな。さあ、シャンペンを持って、とっとと消えろ」

彼は扉に錠をかけ、ベッドにもぐり込んで、明かりを消した。四時半をまわっていたが、目が冴《さ》えて寝つけなかった。

ヴィトーのやつなら、このくらいのことはやりかねない、と彼はひとりつぶやいた。売春婦とベッドにもぐり込んでいる写真――おれにはそれだけで充分だ――こんどこそ永久に破滅だ。

忘れ去ることのできない山登りの出来事が、ふたたび彼の心をかすめ、全身に鳥肌が立つのを覚えた。

人の噂《うわさ》も七十五日というが、おかげで大衆はすっかり忘れている。にもかかわらず、あの事件から二年経過したいまもなお、ワズワースは気にしておびえていた。まだ当分のあいだはおとなしくしていないと、もし大それた野心などを見せたりすれば、残忍な政敵どもの格好の標的となり、やっとほとぼりのさめた個人的な恥をまた白日のもとにあばき出されるだろう。ワズワースにはそれがわかっていた。

胸苦しい眠りに落ちていった。

明くる朝九時半、モーニング・コールや眼覚ましの鳴る前に、ワズワースはひとりで眼覚めた。シャワーを浴び、電話をして旅行かばんをロビーに運んでおくように頼んだ。

一時間後に昼食兼用の遅い朝食会に姿を現わした。ヴィトー・ディ・ステファノは、こざっぱりした服装をして、すでに二百名ばかりの出席者を前に挨拶をしているところだった。酒もかなり前からすでに始まっていた。クリントンはまだだ。

ワズワースは笑みをたたえて、二、三の客の挨拶に調子を合わせながら、ヴィトーのひじに手をかけて静かな片隅に連れ出した。

「ゆうべおれの部屋に来客があってね」

ディ・ステファノはつま先立って首を伸ばし、新しく到着した客に手を振った。「そうですか？　誰です？」

「誰だか自分に訊いてみるんだな、ヴィトー。二度とふたたびあんなあくどいまねをしたら承知せんぞ」

ヴィトーは上院議員の腰に手をかけると、議員の体をまわして二人とも壁に向かって立った。「何のことやらさっぱりわかりませんね」彼は当惑して抗議した。

「だとすると、じつにもって不思議千万だが、なら、ゆうべ部屋に来た女は誰に命令されたのか探り出してほしいな。フロントの男が、その女に電話をして、おれを〝もてなす〟ように言い含めたらしいのでね」

ヴィトーはしんからびっくりした顔をした。

「背信行為にもおのずから限度というものがある。あれはじつに卑劣な手だ」

ディ・ステファノはハンカチを取り出して額をごしごしこすった。生つばをぐっと呑み込み、眼を閉じて、一生懸命に怒りを押さえようとしている。

「あなたを陥れようとしてるなんて、ワズワースさん、濡れ衣《ぎぬ》もいいとこだ。いずれその償いをすることになりますぜ。いいですか……わたしはあなたの味方だ——頭に刻みつけといてほしいですな」ディ・ステファノの声はとがっている。

上院議員は青くなった。

「わたしにはあなたが必要だ……そしてあなたにはわたしが必要なんだ、ワズワースさん。もしそれで気がすむんでしたら、誰がやったか見つけ出してさしあげましょう。お安いご用です。もっとも、わたしたちの間はもうこれっきりだとおっしゃるのでしたら、わたしもそれでけっこうです。政治家はあなただけじゃありませんからな……では、これで——友人たちに挨拶がありますから」

ワズワースはははじめの勢いはどこへやら、すっかりしょげてしまった。向こうへ行きかかるヴィトーを引き止める。

「ちょっと待ってくれ……お願いだ。悪かった、ヴィトー……つい早合点してしまって……おれはどうかしてたんだ。女房のやつともうまくいってないし、ここのところ、いろいろ緊張が続いた……なにしろ殺人的スケジュールだしな。きっと疲れているのだろう」

ディ・ステファノは勝ち誇ったように、にっこりする。

「そうでなくちゃ、先生。全部水に流しましょう。根に持ったりはしませんよ」

それ以上追及されなかったので、ほっとしたワズワースは深い溜息をついた。

しかしこんどはヴィトーが不平を鳴らす番だった。

「お互いに率直に言い合う雰囲気《ふんいき》が生まれたところで、こちらにも申し上げたいことがあります。昨夜は、せっかくスピーチが終わったところで、水をさすようなことを言うのもなんだと思って、遠慮していたのですが、この州の大口寄付者たちは、先生があまり積極的でないという印象をいだいていますよ」

「何のことだね、よく飲み込めないが？」ワズワースはまたもや色を失って言った。

「先生は日和見《ひよりみ》的な態度を取っていると考えているものが大勢いるのです。口先だけでクリントンに応援するのではなく、公然と権力、つまりは現職大統領ということですが、それに戦いを挑むべきだというのです」

　ワズワースはこの批判にむっとした。「おれにどうしろというのだね？」

「議会をあげてホワイトハウス攻撃に持っていくよう先生に期待しているのですよ」

「いまはまだ無理だよ、あんたにもそれはわかっているじゃないか、ヴィトー」

「ああ……例の事件のことですか？……そう、先生はある不可抗力の悲劇の目撃者でした。それがどうしたというのですか？　誰にでも起こりうることです。先生に不利な証拠でもやつらが握っているというのですか？――断じて否です。先生にだって一般市民と同じ権利があります。判事が審理を非公開にしたからといったって、文句をつける筋合いはありませんよ。それを種に先生を非難することはできません。つっつきたければやらせておきなさい。こっちは阻止するまでです……あ、クリントン氏が見えました……わたしはあちらに行かなくては。このことはあとでまたご相談しましょう……」

　大統領候補はそのままスピーチをするためにマイクの前に進んだ。

　ワズワースは酒を注文し、十分間ほどクリントンの激越な調子の演説におとなしく耳を傾け、終わると真っ先に拍手をした。誠意をこめて知事と握手をし、カメラマンが写真を撮りまくるあいだ、並んで笑顔をつくった。ディ・ステファノがそこに割り込んできて二人のあいだに立ち、嬉しそうに相好《そうごう》をくずした。

　クリントンはただちにオマハに出発した。ワズワースは少しあとまで残り、客の誰かれと写真を撮った。少し酒を過ごし、時のたつのを忘れた。

　午前十一時四十五分に、上院議員が飛行機に乗り遅れそうだと誰かが注意した。どこからともなく、まるで忍者のようにヴィトーが現われ、ワズワースの旅行かばんは、正面玄関で待っている自家用運転手つきリムジンにすでに積みこんである、と告げた。

ワズワースはあわてふためいてロサンゼルス国際空港に駆けつけた。

第十二章

バートン・ハドレー機長はついていた。ロサンゼルス国際空港にポルシェを乗りつけたとき、割引料金の長時間駐車場にすぐあきが見つかった。眼の玉のとび出るほど高い料金を払ってまで空港ターミナルに近い駐車場に停めるやつの気が知れない。

シートベルトをはずして、後部座席のハンガーに掛けた制服の上着に手を伸ばして取り、それを着てから、白髪まじりのびんの毛を指ですき上げて制帽をかぶった。

やや大き目のスーツケースと重い黒塗りのフライトかばんをさげ、六フィート三インチのすらりとした長身をしゃんと伸ばして、ターミナルへの往復バス乗り場に歩いた。

四十七歳そこそこのバートン・ハドレーはパシフィック・グローバル航空の幹部級機長の中では最若年の一人だった。乗員だけでなく地上勤務員からも一目置かれ、査察操縦士《チェッカー》の地位につくのもそう先のことではないと見られている。

ハドレーが二十七歳で入社したときは、経済学の学位と、四年間の空軍歴を持っていた。

朝鮮戦線での実戦の経験もあった。

経験の浅いパイロットたちが見せがちな花形役者的な気どりは薬にしたくもなかった。そんな必要はなかったのである。職業意識に徹し、てきぱきとし、一つのミスも許さない完璧《かんぺき》なプロであり、それがおのずとにじみ出ていた。

午前十一時三十分、機長は大股《おおまた》に運航管理事務所に入っていった。十数名のパイロットに混じってカウンターのところにいる彼を、運航管理主任のルイス・ダロシュが目ざとく見つける。

ハドレーはぐずぐずされるのが大嫌いな質《たち》だとわかっていたので、ダロシュは出発前に与える指示を自分で買って出てすぐにそばへ寄ってきた。

「おはよう、機長《キャプテン》」

「やあ、ダロシュ。飛行データを頼む」ハドレーはきびきびと応じた。

「あんたの進路はまさにおあつらえ向きだな……ハワイまでずっとすばらしい天候だよ……東部じゃもう雪だってのにね」

「へえ、ほんとかい？　で、積載の内訳は？」

「それが軽いんだ、機長。乗客は二百名ばかり。まだ確定的数字は入っていない——目下、搭乗手続き受付中でね。貨物もたいして多くない。燃料はたっぷり積めるぞ。これだと軽快に飛ばせるな」

「それはありがたいが、なぜそんなに乗客が少ないのかな。とうぜん満席を予想していたのに」

「おれの聞いたところでは、なんでもロンドンからのチャーター機の一行を拾うことになっていたのが、やっこさんたち、エンジンの交換で二十四時間の延着らしい」

「ま、乗客を全部うちでいただこうってのは虫がよすぎるが。経営者のごますりみたいに聞こえていやだけど、こんなに空席が目立つとどうも気になってね。ところで飛行高度はどれに決めてくれた？」

ダロシュはファイルを開いた。「三万一千か三万五千、飛行経路は三系統ある。コンピュータの計算では、二、三分と違わない。どれでも好きなのを選んでいいぜ」

ハドレーは飛行計画表に目を走らせた。

「第三経路、高度三万五千フィートと行こう。高いほどいい。この高度だと燃料の節約にもなるしな——株主も喜ぶだろう」ハドレーはにやっとした。「そっちはかまわんかい？」

「おおせのとおりに、機長。飛ぶのはあんただからな。そのとおりに離陸許可を取っておくよ」

「ありがとう、ダロシュ。副操縦士《コーパイ》は誰だい？」

「ハル・ベソーだ」

「うん、あいつはいい。で、航空機関士は？」

「ハーブ・ファウスト」

「気に入った。優秀なメンバーが揃ったぞ」型どおりに出発関係書類にサインしながら言った。「機はどこだい？」

「十二番ゲートに駐機してある。いま給油中だ」

「さてと、この辺であんたを放免しないとね。ベソーとファウストに先に乗ってるからと伝えてくれないかい？　じゃ、元気で、ダロシュ、行ってくるよ」

「あんたもな、機長。快適な飛行を祈る」


十二時十五分、副操縦士ベソーがコクピットに到着し、離陸直前のチェック・リストに従ってハドレーと点検を始めた。ファウストはベソーの真うしろの機関士席に位置を占め、目の前の無数の計器の目盛りを読み取って記入していった。

十二時三十分にボーイング747への搭乗が開始された。客室乗務員たちは明るい挨拶とにこやかな笑顔で乗客を席に案内する。客室内には静かなハワイアンの曲が流れ、のんびりしたムードをかもし出している。

きっかり予定どおり――十三時に、エンジンは出力をあげキーンという甲高《かんだか》い音に変わる。計器盤の警告ランプによって主扉がロックされていないことが表示される。ハドレー機長は機内電話《インターホン》のマイクを取る。

すぐに客室乗務員が応答し、駆け込みの乗客が一人タラップを急いで登ってくるところだと報告した。

「早くしてくれ。出発するぞ」

「はい、お着きになりました、機長《キャプテン》」

ワズワース上院議員はかろうじて間に合った。機長の警告灯は消えた。

ハドレーは管制塔を呼んだ。「ロサンゼルス地上《グラウンド》管制。こちらPGA81便、十二番ゲートより移動準備完了。離陸情報〝エコー〟」

「パシフィック81便、二十五番左滑走路まで移動してください。標準誘導コースをどうぞ」

第十三章

太平洋上がしらじらと明け染めるころ、グラントは眼覚めた。

小さな一人用テントから這《は》い出し、体を伸ばして大きくあくびをし、手で無精ひげをなでた。その日真っ先にしなければならないことがこれで決まった。ひげをあたることだ。

入江に三十六時間以上いたことになる。前日はまる一日、のんびり日光浴をしたり、泳いだり、航空地図を調べたり、睡眠不足を補ったりして過ごした。

午前七時四十五分、ナップザックのなかをのぞいて、電子装置《ブラック・ボックス》と差し込みコードのついたマイクを取り出し、それを持ってコクピットに登る。

この小型電子装置《ブラック・ボックス》を計器盤の下に両面接着テープでしっかり固定する。航空機のマイクを入力プラグに接続し、出力プラグは無線送信機とコードで結んだ。

グラントはパチッとバッテリー電流のスイッチを入れた。低周波受信機の一つの波長を合わせると、リズミカルなラテン音楽がとぎれとぎれにスピーカーから入ってくる。出力が大きく雑音のない局を選んで、時報を待つ。

活気にあふれた早口のスペイン語をしゃべるディスク・ジョッキーが耳に入った。

「こちらは――南《バハ》カリフォルニアの美しきエンセナーダ――ただいまの時報は八時でした」

自動方向探知機の針をこの局に合わせることによって、航空機がメキシコ海岸沿い――エンセナーダの南きっかり四十二マイルのところ――に位置していることが確認された。

グラントは時計を八時に合わせ、別の受信機で四十メートルの〝ハム〟バンド周波帯を選んだ。七二八六キロヘルツに微調整すると、スペイン語と英語によるアマチュア無線技士同士の短い交信がいくつか聞こえてきた。

八時三分ちょうどに、大きな明瞭なコールが飛び込んできた。

「ブラボー一号――こちらブラボー二号だ」

ホアビン上空で姿を消して二十二日後にはじめてグラントの声が聞かれた。

「こちらブラボー一号。ランデブー準備完了。変更はあるか？」

「変更なし。予定どおりに進める。ブラボー二号は準備完了、待機する――以上」

「了解《ロジャー》。こちらブラボー一号――以上」

スイッチを全部切ってから、コクピットの中で立ち上がり、できるだけ体を伸ばして航空機を覆った擬装網を切り裂きはじめた。それ以上は体を乗り出しても届かなくなると、ロープを伝って浜辺に滑り降り、網をたぐり寄せては切る作業を続けた。やがて網は長細い四枚の断片に切り分けられ、それぞれ石の重りを芯《しん》に入れてころがし、きれいな円筒状に丸められる。

一人用テントと寝袋をこまかく切り刻む。丸めた網、からの魔法びん、食料の缶詰《かんづめ》、アルミホイル、たばこの吸いがら、ガソリンが入っている平たい小容器を一緒にゴムボートに積む。

岸から半マイルの沖合で、積載物をぶちまけ、彼の存在を示す最後の痕跡《こんせき》を消す。小型船外モーターにもう一度燃料を充たし、からのガソリン容器を海に投げ棄《す》てる。九時十五分に浜辺に戻った。

ゴムボートをひなたで乾かし、残りのこまごましたもの——双眼鏡、ナイフ、缶切り、コーヒー——をつめたいくつかの魔法びん——をひとまとめにする。それらをナップザックに突っ込み、コクピットに持ってあがった。

ゴムボートの砂をはらって、中の気体を抜き、炭酸ガス・カートリッジと一緒にズックの袋に収める。それを折畳み式の二本のオールと小型船外モーターと一緒に飛行機に積む。

十一時四十分、翼を引っ込めて、無気味な格好になった航空機のまわりを歩き、機外の点検をする。離着陸装置と空気の吸入口を調べ、翼下にとび出している三個のミサイルと四個の小型ロケット弾がいつでも発射できる状態にあることを確認する。戦闘爆撃機は異常なかった。グラントは満足げに機の胴体をたたいた。

飛行服、救命胴衣、ヘルメットを着用したとたんに、グラントは別人のようになった。眼は鋭く、唇はきりっと引き締まった。

入江の一帯をさいごにひとわたり見まわし、上陸の跡が残っていないのを再度確かめる。航空機まであとずさりしながら、飛行靴の底でいくつかの足跡を平らにならす。もっとも、どんな跡が残っていても、離陸のときに確実に吹き飛ばされてしまうだろうが。

十二時十分、グラントは機に乗り込み、ロープを引き上げた。

コクピットに余分の荷物が増えたので身動きをするゆとりがほとんどない。ボートを座席の上に置いてクッション代わりに使うのがいちばん良い配置であることを発見した。ナップザックと小型船外モーターは床の足のあいだに置いた。

航空地図を広げて、入江から、太平洋上の北西方向の一点まで線を引く。そこはエンセナーダの真西百マイル、サンディエゴの南西百マイルの地点だった。そこから真北にもう一本の線を引く。それがアメリカ本土と交差する点、そこに円を描いた――ロサンゼルスだ。

二本の線を合計すると二百六十五マイルになる。そこまで達するのに三十分以上かけることは許されなかったので、さまざまのスピードを組み合わせながら、平均時速は五百五十マイルを維持する必要があった。

十二時二十五分、グラントは円蓋《キャノピー》を閉め、電源のスイッチを入れ、計器盤をにらみながら、エンジンに点火した。

計器の針がおどった。全系統が機能しはじめた。

スロットルを静かに全開まで持っていく。

月の表面から浮上する月着陸船のように、航空機はゆっくり垂直に上昇し、砂とサンゴの細片を煙幕のように巻き上げた。

三回の小さな鈍い音によって、離着陸装置が引っ込んでロックされたことを確認した。計器盤に長方形に並んだ赤ランプの表示によって、車輪がすっかり機内に格納され、TX75Eは最も空気抵抗の少ない飛行態勢にあることが確かめられた。

機はまるでカタパルトから射出されたように突如として洋上に飛び出し、いきなり停まった。しばらく海岸のきわで宙に浮かんでいた。

三十フィートの上空から、あとにした入江の最終点検をする。人間が踏み込んだことのない昔のままの自然な状態を保っていた。

針路を北西に定め、スロットルを前に押した。

レーダーの探知を避けるために海面をかすめるように飛び、離陸十分後には、南カリフォルニアの海岸から百マイル沖合、ロサンゼルスから百八十マイル南の地点にいた。そこから北に機首を転じ、スピードを落とした。

十二時五十分に、自動方向探知機と二台の超短波全方向標識受信機《オムニレンジ》を使って正確な現在位置を割り出す。サン・クレメンテ島の西十マイルのところにいた。

同じ針路を進み続け、四分後には、サンタ・カタリナ島の西十五マイルにいた。

ロング・ビーチの南西約三十マイルで、グラントはロサンゼルス国際空港管制塔の離陸用周波数に合わせて、じっと耳をすました。

ちょうど離着陸ラッシュのピーク時にあたり、管制官と地上や上空の航空機とのあいだの交信がひっきりなしに続いている。

グラントはめざす交信をとらえようといろいろやってみる。何も入って来ない。早すぎたかと思って時計を調べた。十三時一分きっかりだ。

スピードを時速百マイル以下に落とし、さらに降下して、海上二十フィート、空港への直線コース上に位置を取る。

十三時二分——いぜん何も入ってこない。

ロサンゼルス国際空港の西十マイルまで達していたので、どうあってもそれ以上は近寄れない。もう十三時五分になっている。沖合をゆっくり旋回しはじめた。すでに賽《さい》は投げられた以上、待機するしかない。

滑走路は二五番左の一本しか目下使用されていない、ということをグラントは知った。ブルドーザーを積んだ運搬車が二五番右滑走路を横断移動中であるが、まもなく同滑走路は再開される見込みと管制官が知らせていた。

正常な離着陸の流れを一時的に渋滞させている原因がブルドーザーであることを知って、グラントは毒づいた。そういう混乱までは彼も予想しなかった。

管制塔はニューヨーク直行便のアメリカン航空を、さらに引き続いてプエルト・ヴァラルタ行きのメキシコ航空のジェット機を許可した。グラントが関心を持っている旅客機については、相変わらず何の音沙汰もない。

時計を見た。十三時七分。冷汗がにじんできた。無駄に流れ去る一分一分は、それだけ貴重な燃料が消費されることを意味している。

管制官が、ＴＷＡのシカゴ便と南米に向かう途中のパンナム707機に、離陸予定機が詰まって渋滞していると伝えている。したがって、かれらの離陸順位はそれぞれ四番目と五番目になる。

そのときだった、聞こえてきたのは。

ぞくぞくっと身震いが背筋を走った。

パシフィック・グローバル航空81便から、順位に従っていつでも離陸できる、と通報してきたのだ。

管制塔から応答があった——二五番右側滑走路をいま離陸専用にしているから、ＰＧＡ81便は二五番左から二五番右に切り替えて、滑走路にかかる手前で待機するように。離陸順位は、イースタン航空トライスター機とナショナル航空ＤＣ‐10に続く三番目である。

ジャンボ機は、サーカスのパレードで先導者に続く象のように、誘導路を通って二機のジェット機のうしろをゆさゆさと重そうに進み、おとなしく列に並んだ。

十三時十四分、管制塔が呼び出した。

「ＰＧＡ81便——定位置につき待機願います」

「了解。定位置につき待機」ＰＧＡ81は承認を回答すると、フラップを伸ばしながら、機首を転じて滑走路に並ぶ。

グラントは旋回をやめ、スピードを上げて二五番右滑走路の先端から南に五マイルの地点をめざした。そこに到達したとき、ちょうどナショナル航空DC－10が舞い上がった。

管制官は747型機を呼んだ。

「PGA81、ただちに離陸開始。首尾を祈ります」

「離陸開始――こちらPGA81――アローハ」

ジャンボ・ジェット機はゆっくり加速し、しだいにスピードを増しながら一万二千フィートの滑走路を疾駆する。やがて前方車輪が地上を離れ、ついで腹部離着陸装置も宙に浮かぶ。旅客機は急角度上昇に移り、離着陸装置とフラップが引っ込みはじめる。

グラントはジャンボ旅客機が頭上を通過するのを待った。

十三時十八分、高度約五千フィートの地点を巨人機が南西方向にぐんぐん上昇してゆくのをグラントは目撃した。

グラントはスピード・アップしながら上昇して左に方向を転じた。ジャンボ機を途中でさえぎろうというのだ。急上昇して高度を上げ、一万フィートを通過中の同機に追いつく。

戦闘爆撃機の位置を旅客機の尾翼後方半マイルにすえる。

十三時二十二分、二機の航空機のうしろに本土の姿が急速に消えていくころ、グラントはマイクのボタンを押した。

「PGA81便、貴旅客機はただいま乗っ取られたことを通告する」

第十四章

バートン・ハドレー機長は眉をひそめた。副操縦士にけげんな視線を投げる。ハル・ベソーは信じられないというように首を横に振った。

ハドレーは肩ごしにちらっと振り返り、航空機関士にヘッドホンをつけるように合図する。ハーブ・ファウストは妙なことを言うというような顔をしたが、すぐヘッドホンに手を伸ばした。

ハドレーはマイクのボタンを押した。

「PGA81便を呼んだのは誰か？」と彼は冷静に質問した。

「そのまま上昇を続け、現在方向を維持せよ」と影の声が答える。

ハドレーは正真正銘肝をつぶした。かいもく見当のつけようもない出来事だ。身代金を要求する走り書きがあるでもない。機内電話によって、あるいはコクピットの扉をノックしながら、頭に銃を突きつけられて取り乱した客室乗務員が、叫んでいるわけでもない。ハバナかアルジェリア、あるいは中東のどこかの首長国に行けというのでもない。

地上で誰かがあくどいいたずらをしているのかもしれないという考えが、ハドレーの頭をかすめた。同じことを考えているらしいことがベソーの表情から察せられる。びっくりしたように唇をすぼめ、眼を大きく見開き、眉をあげている様はいかにも滑稽《こっけい》だった。ベソーは肩をすくめてハドレーとファウストを見、当惑したいぶかしげなしぐさで両手を空《くう》に差し上げた。

ハドレーはマイクに向かって口を開いた。

「ロサンゼルス管制塔へ——こちらPGA81」

「パシフィック・グローバル81——どうぞ」

「ただいまの通信、聴取しましたか？」

「聴取しました」管制官の声に、緊張のひびきはみじんもなかった。

「どういうことですか？」とハドレーは尋ねた。

「そのまま待ってください、パシフィック81。目下、鋭意調査中です。発信源の位置を探索しています」

「オーケー」ハドレーは落ち着いて了承を告げた。「至急頼む。高度二万一千をいま通過し、さらに上昇中」

「了解、パシフィック81。こちらのもっぱらの推測では、携帯用超短波装置かウォーキー・トーキーを持った乗客が周波数を合わせたのではないかということです。乗員の誰かに客室のチェックをさせて……」

グラントがその交信に割り込んだ。

「ロサンゼルス管制塔、こちらはハイジャッカーだ。指示を与えるから記録の用意をせよ。

PGA81の機長、よく聞け。三万六千フィートまで上昇を続行し、現在の方角――二一〇度――を維持せよ」

主任管制官のトム・ブレイガンはいち早くただならぬ気配を察知した。ガラス張りの自室を出て急いでPGA81便を担当している管制官のもとへやって来た。一方副主任は、管制塔内のテープレコーダがすべて作動していることを確認し、ブレイガンの手にメモ帳と鉛筆を押し込んだ。ブレイガンはそれをマイクのそばの調整卓《コンソール》の上に置く。

「記録の用意はよろしい」とブレイガンはつとめて事務的な口調で言った。

以下がその内容だ。グラントは一語一語はっきり植えつけるように慎重にことばを選んでしゃべった。

「そちらのレーダーに映っているように、おれはいまPGA81便の頭上約百フィート、後方半マイルのところにいる。ジェット戦闘機だ――完全武装している。747型機はいともたやすい標的というわけだ。即座に撃ち落とすことができる。わかったか？」

「こちらロサンゼルス管制塔――了解」ブレイガンは淡々と答えた。

「そっちはどうなのだ――PGA81の機長？」グラントは苛立って訊いた。

「了解――こちらPGA81」ハドレーの声には不安の影がさしていた。

グラントの心臓ははげしく鼓動している。両手はじっとり汗ばんでいた。

「ロサンゼルス管制塔の半径四百マイル以内の全域からすべての航空機および艦船を、ただちに、完全に、排除するよう要求する。こっちには広域レーダーが装備してある。いまの境界線内のどこからでも、こちらに向かって少しでも移動する物体を見つけたら、それが軍のものであろうと民間のものであろうと、問答無用だ。この747型機を空から葬り去るのみだ。ロサンゼルス管制塔――了解したか？」

「了解」とブレイガンは答えた。

「関係者すべてにコースの変更や離陸差し止めの連絡をする時間はきっかり十分間だ。境界内のものは全員追い出せ。すなわち、飛行中の空軍、海軍、民間の航空機、自家用機はもちろん、走行中の商船や遊覧船の類いもだ。立ち退き時間は三十分間。一方、この周波数を調べて、ほかの者には使用しないように伝えろ。時間を合わせる。用意はいいか？　現在時は、地方標準時で……十三時……二十……四分だ。合わせたか？」

「合わせた――こちらロサンゼルス管制塔」とブレイガンは確認した。正体不明の乗っ取り犯人が話しているあいだに、ブレイガンの肩をそっとたたくものがいる。副主任のマイケル・エイノがうしろに立ち、そのまわりを数名の管制官たちが取り囲んでいた。

主任管制官は交信しながら心覚えを書き留めておいた。メモ用紙のいちばん上の紙をはぎ取って、マイクのスイッチを切り、立ち上がった。六フィート四インチの長身が他のものの上にそびえ立つ。

ブレイガンは、ときおり左手の紙片に眼を走らせ、右手の人差し指で役割を割り当てる人間を示しながら、矢つぎ早に指示を与えていった。

「いまから八分以内に着陸態勢に入っているか、入る態勢がとれる機のみ、着陸させる。他の機には圏外に立ち去るように伝えろ。いっさいの離陸は取り消しだ。すでに誘導路にあるすべての機はターミナルに引き返すように指示する。当空港に向かうすべての便に、緊急事態発生を知らせろ」

「現在太平洋上にある航空機はどうしましょうか？」とエイノが訊いた。

「ハワイまでの燃料が残っている洋上の航空機はぜんぶホノルルに戻したほうがいい。本土に接近しているものはただちにサンフランシスコに向かわせる。それらの機に、ＰＧＡ81の位置、各機の飛行経路との相関方位や距離を教えろ――ただし、相手に近づくことなく、必要な迂回《うかい》をするように注意を与えよ」

エイノはメモを取っている。「本土上空をこちらに進行中の機はどうしますか？」

「ただちに最も近い空港に着陸するか、一八〇度方向転換してサンフランシスコ、リノ、フェニックス、あるいは、二十五分以内にそれが可能なら、ロサンゼルスから四百マイル以上離れた地点に避けてもらわなくてはならない。指定区域内のあらゆる空港に飛行機の離陸を停止するように伝えろ。いっさいの滑走路を開いて、あらゆる進入機の着陸をすみやかに完了すべし。ホノルルを呼び出して、東に向かうすべての機の出発を中止するように告げろ」

「いまのうちにカナダとメキシコにも知らせておきますか？」

「うん……それがいい――警告しておいてくれ」とブレイガンは言った。「また全国の管制センターにも、事態が解決を見るまで、航空路などの変更もありうることを伝えてくれ。全部テレタイプで確認することだな」

エイノはうなずいた。「緊急連絡先はリストに従ってわたしが手配しておきます。PGAのロサンゼルス運航管理事務所や連邦航空局と連絡を取り、サンディエゴの海軍基地と沿岸警備隊にも知らせます」

「それでいい」とブレイガンは同意を示した。「沿岸警備隊には、海上の船舶に指定海域からの立ち退き指令をすぐ流すように言ってくれ」

「承知しました。おまかせください」

「リスト記載のほかの所へ知らせるのも忘れないようにな。国防総省、ヴァンデンバーグ空軍基地、戦略空軍司令部、コロラド・スプリングスの北米防空司令部、その他何かの足しになりそうな政府機関すべてだ。また、もよりの病院にも連絡を頼む――救急車が必要になるかもしれない」

「わかりました」

「それと、FBIと警察もだ」とブレイガンは補足した。「何らかの時点で、必ずかれらの助力を求めることになるだろう」

「了解」エイノは残っている管制官の一人を指差して、この最後の仕事はその男の役目であることを示した。男はうなずいた。

「エイノ、一つ大事なことがある」とブレイガンは言った。「警報を発令して待機するように軍当局に依頼しろ、ただし、いまのところは行動を起こさないように特に強調してもらいたい。冒険することは許されないという点は忘れずに念を押すことだな。飛行機は全部地上に留めておかせろ。何かというとすぐズドンズドン撃ちたがる間抜けに変な気を起こされたらかなわんからな」

「軍はこちらから指図されるのは好まないでしょうね」とエイノは口をはさんだ。「対処のしかたについては独自の考えを持っているかもしれませんよ」

「そうなんだ、しかし脅されているのは民間機だからな。いまのところは、われわれの責任であって、かれらにはない。必要なら、国防長官に電話しろ。当座は、そして情勢が正しく把握できるまでは、乗っ取り犯人の言うとおりにしたほうがいいと長官に伝えろ。相互の連絡の仕事はこちらで責任をもって引き受ける」

エイノは一人の管制官に眼をやった。「国防長官につないでくれ。あとでおれも電話に出る」

ブレイガンはエイノの肩に手をかけて脇に連れ出した。

「報道関係者にはできるだけ悟られないよう気をつけてな。パニックは願い下げだ。当分おれがＰＧＡ81便と乗っ取り犯人との交信にあたる。あとのことはよろしく頼むぞ。通話がとだえているときは口頭でいいが、それ以外は短いメモで、様子を知らせてくれ」

管制官の大半はブレイガンの指令を果たすために電話かマイクに出ていた。一人がエイノに手を振った。

「国防総省につながりました」

「うまくやってくれ」とブレイガンはエイノに言った。「長官に言っといてほしい、おれも手があきしだい長官に話を……」

グラントが747型機を呼び出したので、主任はそこでさえぎられた。管制塔内のざわめきが即座に鎮まる。

「PGA81。機長の名前を訊こう、副操縦士もな」

ハドレーはベソーを見た。怒りに彼の顔はゆがんでいる。ハドレーは咳払いをして、口を開いた。

「PGA81便の操縦をしているのはバートン・ハドレー機長。副操縦士はハル・ベソー」と抑揚のない声で言った。

「了解。貧乏くじを引いて気の毒だったな、ハドレー機長」グラントの声には謝罪に近いひびきがあった。「こんごは、きみも管制塔もおれを〝シャドー81〟と呼ぶように。これをおれのコール・サインにする。いいか？」

「シャドー81――こちら了解」とハドレーが言った。

「同じく――シャドー81」とブレイガンが地上から答えた。

グラントは計器の目盛りを調べた。約五十マイル洋上に出ていた。もちろん本土から双眼鏡で見ることは不可能だ。天候はいぜん完璧《かんぺき》である。南に二十マイルばかり寄った高度およそ五千フィートの地点に、薄い一筋の層雲があるのを除いては、一片の雲もなかった。層雲の数マイル西に積乱雲ができかかっているのは、雷雨のきざしだろう。その区域は避けなくてはならない。グラントはジャンボ・ジェット機のあとに続きながら、すばやく四囲を見渡した。機影も船影もない。とつぜん、羅針盤の方位がわずかに変わったのに気づいた。747型機はかすかに左に流されている。

「ハドレー機長」とグラントはどなった。「コースをそれないように願いたい。二一〇度と言ったはずだ。八度ずれて二〇二度の方角に向かっている。妙な策を弄《ろう》するのはやめたまえ。あの雲は自分にしか見えないと思ったら大まちがいだぞ。こんごは二度と注意はしないからそのつもりでいることだな」

「故意ではない」本土のほうへ機首を戻そうというはかない試みもたちどころに見破られて、ハドレーは歯ぎしりした。「了解。二一〇度に調整」

「それでいい、ハドレー機長」とグラントはなだめるように言った。「われわれは仲良くやってゆけそうだ」

グラントは高度計を見る。すでに三万四千フィートに達し、なおも上昇を続けていた。

「ハドレー――シャドー81だ」

「こちらPGA81――どうぞ」ハドレーは溜息《ためいき》をもらした。

「三万六千に達したら水平飛行に移れ」

「了解――PGA81」

管制塔で、エイノがブレイガンに近づいた。

「なぜ相手の要求を訊かないのですか？」

「まだ早い。一段落してからだ。関係当局への通報は完了したかね？」

「すべて警戒態勢に入りました。国防総省では情況分析を始めています。打つ手が決まりしだい、折り返し知らせてくることになっています」

「ではやるべきことはすべてやったわけだ——目下のところは。相手がつぎの行動に出るまでは待つしかないな」

「ハドレー」二機が指定の高度に達したときグラントが呼びかけた、「水平飛行に移って直進せよ。指示がないかぎり、転回は禁ずる。少しずつスピードを落とせ——繰り返す——少しずつだぞ——現在の四百十ノット（時速約七百六十キロ）から二百五十ノット（時速約四百六十キロ）まで、針路はいまのまま。虚を衝いて何かしようと思うなよ。おれは真うしろにいる。急激にエンジンの出力を落としたりしたら、そっちの尾翼に乗っかることにもなりかねないぞ」

「了解——ＰＧＡ81」ハドレーは副操縦士にうなずいて同意を示し、ファウストを指差して、スロットルの操作をまかせた。機関士は計器のセットを変えた。

「ようし」グラントの声には満足の様子がうかがわれた。二機揃ってスピード・ダウンしてゆきながら、グラントは自機のセットをそれに一致させた。

「ハドレー機長」グラントは礼儀正しい口調で言った。「乗客の数は何名かね？」

「そのまま待ってくれ」ファウストがハドレーにファイルを手渡した。ハドレーは手早く書類をめくる。

「シャドー81」ハドレーはつとめて超然とした冷静な態度を装いながらコールした。「百八十七名いる……」彼はそこで一息入れる、「うち赤子が三名」つぎの質問の先まわりをして、

「乗務員十四名——この中にはホノルルまでの非番の客室乗務員二名とわたしが入っている。総数——二百一名」

「何時間分の燃料を積んでいるか？」グラントは訊いた。

「しばらく《スタンバイ》——いまチェックする」

ハドレー機長は計器を見まわしながらすばやく頭をめぐらした。シャドー81は自分のやっていることをたしかに心得ているようだ。ロサンゼルスからホノルルまでの飛行で747型機が要する燃料は、最低六時間分のほかに、天候による代替空港への方向転換や習慣化した休日遅延にそなえて約二時間分がプラスされることは、とうぜん知っているとみなくてはならない。じっさい、嘘をついてもあまり意味はなかった。

ハドレーはベソーとファウストのほうを向いた。二人とも顔面は蒼白《そうはく》だった、とすると、彼自身もそれほど泰然自若としているようには見えないのではないか、と気がついた。ベソーにマイクを切るように合図をする。

「どう返事をしたものかな？」

「あまりサバを読めそうもありませんね」ベソーは諦めたように言った。

ファウストも席を離れて二人のパイロットのあいだに立っている。彼も賛同を示してうなずいた。

「出発のときは十時間分入っていました」とベソーが続ける。「誘導路の移動と上昇で約三十分相当を消費したとみなくてはなりません。われわれのほうが航続時間が長いことを向こうは知っているでしょう——が、正確には知らないはずです。一時間くらいはごまかせるかもしれませんよ。それだってそう事実とへだたりがあるわけではないし、こっちもいくらかゆとりができて都合がいい」

「やつが納得するとは思えませんがね」とファウストは不機嫌に言った。「正確に言ったほうがいいんじゃないかな」

「おれはどっちかというとベソーに賛成だな」とハドレーは言って、ファウストの意見を却下した。ふたたびマイクのスイッチを入れる。

「シャドー81——ハドレーだ。約八時間というところだ——十五分の誤差を見込んである」

「まあそんなところかな、機長」まるでファウストの心を読み取ったかのように、グラントの声には皮肉な調子があった。「が、いずれにしても、一、二時間の余裕はみておこう」と嘲笑《ちょうしょう》するようにことばをついだ。「多少ごまかしているということも無きにしもあらずだからな」

ファウストはハドレーとベソーを見て、首を左右に振った。その細長い骨ばった顔にはかれらの尾行者《シャドー》を的確に判断したという倒錯的な満足の色が浮かんでいた。

「誓って言うが、だますつもりはもうとうない」とハドレーは言ったが、かすかな狼狽《ろうばい》は隠せなかった。

「けっこう。その調子で願いたい。それがみんなのためだ。ハドレー君、もう一つ訊きたいことがある。こんどは躊躇《ちゅうちょ》なく即答してもらいたい。最大航続時間を維持するための最低速度はいくらかね？」

「現在の積載量と高度だと、二百三十ノット（時速約四百二十キロ）をあまり下回ることはできないと思う」ハドレーはすぐさま応答した。「下げすぎると、かなり揺れがはげしくなり……激震が始まり……失速状態に近くなる」

「ほんとにそれがあんたにできるぎりぎりのところかね、機長？」

「いちいちわたしのことばを疑ってかかる気か？」ハドレーは腹立ちを露骨に示した。

「残念ながらそうだ」とグラントは鋭く切り返した。「すでにたった十二分間に二度もおれをあざむこうとしている。三度目はごめんだからな、機長」

ハドレーは断固として押し通した。「繰り返して言うが、機のコントロールを正常に保つためには、二百三十ノットが限度だ」

「ではそういうことにしておこう」とグラントは譲歩した。「とにかく、さしあたりはな。燃料を燃やして軽くなったとき、もう一度考えてみるとしよう。たぶん、もっと減速してもなんとかいけるだろうよ。いまのところは、二百三十ノットまで出力を落としてそのまま維持せよ——高度三万六千フィート——方位は前に同じ」

「了解——ＰＧＡ81」二十五年以上の飛行経験を持つハドレーは、符牒《ふちょう》のようなことばに敏《びん》捷《しょう》に即応することに慣らされていたが、それがいま、これらの無気味な指令を日常茶飯事のごとく平然と受け入れるのに役立つとは皮肉なものだ。

「ハドレー」とグラントは言った、「機関士にエンジンの出力に充分注意するよう言ってはどうかね？　最低の巡航速度で最大限に航続時間を延ばさなくてはならない。できるだけ燃料を節約したほうがいい。それが必要なのはおまえたちなんだぞ」

「最大航続時間を約束する――ＰＧＡ81」

「ハドレー――シャドー81だ」

「シャドー81――どうぞ」

「われわれはすぐにもロサンゼルスから百六十マイルの地点に達する。合図をしたら旋回を始めよ。しばらくその位置にとどまる」

「了解――ＰＧＡ81」

「速度と高度はそのままで、三六〇度の旋回を続ける。機の位置決定はつぎの座標軸によるものとする、すなわち、ロサンゼルス局発信超短波オムニレンジの二〇〇度放射軸とサンディエゴ局発信超短波オムニレンジの二四〇度放射軸の交点、それがちょうど北緯三二度、西経一二〇度にあたる。この点から半径十マイルの円を越えてはならない。ということは、ハドレー、いついかなる時でも、本土のいかなる地点にも百四十マイル以上接近してはいけないということだ。距離測定装置をロサンゼルスに合わせてたえずその数字をチェックせよ。わかったか？」

「わかった――ＰＧＡ81」

「よろしい。スタンバイ。旋回……開始！」とグラントは命令した。

「了解。旋回開始――ＰＧＡ81」ハドレーはゆっくり左に旋回しながら言った。

グラントは時計を見た。

「ロサンゼルス管制塔——シャドー81だ」

「シャドー81——どうぞ」ブレイガンが答えた。

「まもなく十三時四十分になる。立ち退きの進捗《しんちょく》状況はどうかね？」

ブレイガンはエイノと他の管制官たちを見上げた。一同は黙って親指を上げた。

「そちらの指示はすべての関係者に連絡済みだ」とブレイガンは保証した。「時間的余裕をあまり与えられなかったが、残らず移動を開始している。そちらのレーダー・スコープから完全に影が消えるには、もう少しかかるかもしれないが、目下退避中である」

「急ぐように伝えろ」

「指定の四百マイルだが、すでに飛行の途中にあった航空機については、燃料や天候の関係で、完全にその数字を守れないものもあるかもしれない」とブレイガンは言った。「大半の航空機はサンフランシスコ——これは四百マイルに少し欠けるが——または、リノかフェニックスに方向転換するように指示した。それでよろしいか？」

「どうやらこちらの意味が伝わらなかったようだな。サンフランシスコはいかん。バンクーバーか、その他どこでも好きなところへ行かせろ。四百マイルと言ったはずだ。十三時五十四分までにおれのレーダー・スクリーンからいっさいの影が消えるようにしたほうが身のためというものだぞ。なんとかやってのけるんだ。いいか？」

ブレイガンは、うまくいかなかったのに腹を立てて、マイクのボタンを押す前に、押し殺した声で罵倒《ばとう》した。

「よくわかった。最善を尽くしている、シャドー81。逐一《ちくいち》情況を報告する」

「そうしてくれ。そちらの管制官の名前は？」

「ブレイガン。トム・ブレイガンだ。主任管制官だが、いま特別にマイクを取っている」

「そうか、よろしく、ブレイガン」グラントは握手でもしているように言った。「なかなかてきぱきしているようだな」

「それはどうも」とブレイガンはそっけなく言った。

「ブレイガン」とグラントは、主任管制官の皮肉な口調を黙殺して続けた。「あんたがマイクにずっと出てくれるとありがたい。別の人間に替わると仕込むのにまた手間がかかる」

「了解——そうする。こちらブレイガン」

「気楽にいこうぜ、ブレイガン。あんたはうまくやっている。ただ言っとくが、さっきハドレーがしたように、出し抜こうなどという気を起こさないことだ、そうすれば万事うまくゆく。では、つぎの指示だ。本土に向かっているか、まだおれの近辺にいるすべての航空機は、ただちに高度を五千フィートまたはそれ以下に下げること。そっちでも聞いたように、いまは高度三万六千フィートを旋回中だ。おれたちより上空にいられると困るのだ、特に、敵意を持った軍人野郎に、太陽を背にされるとな。そいつは、ブレイガン、おれにはものすごく気になるのだ。おれの言うことがわかってもらえると思う。そこで、連絡してくれるかな？」

「了解――五千ないしそれ以下だな」ブレイガンは、指示に従うようエイノに合図を送り、承諾を回答した。

「つぎの指令まで待機せよ」とグラントは言った。

ＰＧＡ81を飛行の途中で捕えてからかれこれ二十分という時間が流れていた。グラントはつぎの段階に移る前に、いくつかの計算をしなくてはならない。

計器盤をにらみ、二、三の数字を膝《ひざ》の上のノートに記入した。

飛行服の左胸ポケットから、手動式の推測航法計算器を取り出す。

まず偏流訂正値を決定するために、円型計算尺についている重なり合った二枚の直径四インチの金属円盤のあいだの溝《みぞ》に、長さ十インチの、格子縞の筋が入った細長く薄べったいスライドを差し込む。このスライドは羅針盤の目盛りが刻んである円盤の両側にそれぞれ三インチばかりはみ出すことになる。スライドの中央に自機スピードと方位を鉛筆でしるしをつける。

羅針円盤をまわして正しい方角に向け、偏流と向かい風の二つの成分から成る基本ベクトルの問題の解答をたちどころに出す。

つぎに計算器をひっくりかえして円型計算尺面を表にし、時間、スピード、距離および燃料消費の相関数値を出すために、回転式対数尺を用いる。

現実の巡航速度二百三十ノットだと、グラントはおよそあと八時間は空にとどまれることがわかった。いままでのところ万事予定どおりだ。

じつはグラントは、戦闘爆撃機に装備されている精巧な電子装置を使って同じ結果を一瞬のうちに出すことができたのである。しかし、旧式の方法によって二重に確かめたかった。いまなおパイロットの好伴侶《はんりょ》である航法計算器を用いて、はじめにその計算に慣れておけば、万一電子装置が故障した場合でも、まごつかないですむだろう。

逃走時間を一時間は見ておく必要がある。ということは、正味七時間残っていることになる。コクピットのぐるりをもう一度すばやく点検して、全系統が正常に働いていることを確かめ、ロサンゼルス管制塔との接触を再開しても大丈夫だということを確認した。

PGA81の尾翼を慎重に眺めていたが、747型ジャンボ機は忠実に旋回していた。

第十五章

ワズワース上院議員はこの旅行を楽しみにしていた。第二次大戦中に陸軍大尉としてホノルルで五カ月間過ごしたことがあって、そこは忘れがたい思い出の地であり、その後も選挙運動のためにひんぱんに訪れていた。

彼は手で髪をなであげながら、客室乗務員の眼を捕えようと座席から体を乗り出した。首筋のあたりまで伸びている巻毛に手が触れて、ホテルに着いたらいちばんに散髪しなければならないことを思い出した。いまは長髪が時代の先端をゆく流行ではあっても、伸ばしすぎる必要はない。

ジャンボ・ジェット機の洞窟《どうくつ》のようなファースト・クラスの客室は、髪を短く刈った初老の会社役員タイプの四人組を除けば、乗客はいないにひとしかった。かれらはファースト・クラスとエコノミー・クラスを隔てる仕切り壁に接した最後部の席に陣取っていた。いちばん若年と見える一人が、離陸しないうちから、書類かばんに首を突っ込んで、一束のタイプした用紙を取り出し、どうやらそれをもとに何かを立証しようとしているらしかった。

どうせごますりだろう、とワズワースは思った。ひとの顔色をうかがうような眼つきに気づいていた。こういう類いのやたらと忠義ぶったお調子者には我慢がならなかった。決裁の権限を持つお偉方の立場にあるくせに、有権者としての重大な問題については、めったに腹を決めることができないような輩《やから》だということを経験から知っていた。

それはさておき、いまのおれが欲しているものは何だろう？　そう、何よりもまず、酒と少しの安らぎと静けさだ。その晩ホノルルで行なう演説はすっかり覚えていた。あとはローカル・カラーを挿入《そうにゅう》するだけで、その点についてはいずれ簡単な報告を現地で受けることになっている。あとはありきたりの内容のものだった。聴衆に合わせてそこから適当に取捨選択すればいい。彼が語るのは聴衆が聞きたがっていることだけで、どこへ行ってもみな同じ空虚なことばだった。

こんどもまた大成功を収めることはわかっていた。いま必要なのは、酒だ、それと数時間の睡眠だ。

「ちょっと?」ワズワースはとっておきの微笑を投げかけ、もの柔らかな声で言った。

エコノミー・クラスからちょうど戻って来た主任客室乗務員のローラ・ハインズが笑顔を返した。

「はい、先生、どんなご用でしょうか?」

「新聞をお願いできるかね? ランチはたぶんいらない。これからひと眠りするのでね。代わりに、スコッチをダブルでオンザロックにして持ってきてもらえるかな? ジョニー・ウォーカーの黒がいい——もしあったら」

ローラはワズワースをテレビで見ていた。勤務中に有名人に会うことにも慣れていた、にもかかわらず、彼のよくひびく美声にはたちまちまいってしまった。茶目っ気たっぷりのその魅力的な笑顔は、ねだってはいけないことを知っていながら、だだをこねるきかん坊を彷《ほう》彿《ふつ》とさせる。

「PGAにはないものはありませんわ」とローラは笑った。「先生はよい航空会社をお選びになりました」

ローラはうしろの四人に盗み聴きされないように、体を前に乗り出し、わざと陰謀めかした態度を装う。

「巡航高度に達するまでアルコール飲料をお出しするのは禁じられていること、きっと先生はご存じですわね」ほとんど唇を彼の耳にこすりつけんばかりにしてささやいた。「でも、相手が先生ですから、特別に例外を設けますわ。どうかほかのかたに吹聴なさらないでくださいね」そう言ってウィンクした。

「ぼくは信用してくれても大丈夫」彼は含み笑いをする。

ローラは調理室《ギャレー》に消え、すぐに盆にカップをのせて戻って来た。《ロサンゼルス・タイムズ》、《ウォール・ストリート・ジャーナル》、《ニューヨーク・タイムズ》も一緒に持ってきた。

「先生の紅茶をお持ちしました」後部の乗客に聞こえるように言った。

ワズワースは顔を上げた。「ぼくの……」

ローラの眼がいたずらっぽくまたたいた。

「ぼくの頼んだ紅茶ね……そうそう。きみは惚れぼれするようなひとだね、名前は何というの?」

「ローラ・ハインズです」

「すてきな名前だ」

「ありがとうございます、先生。ほかに必要なものがおありでしたら、ご遠慮なくボタンを押してください」

ワズワースはたばこに火をつけて、彼の演説がどんな扱いを受けているかと、《ロサンゼルス・タイムズ》に眼を走らせた。

ヴィトーの予言どおり、彼の写真が第一面を飾っていた。三段抜きの見出しと小見出しは、平凡だが記憶に残る新キャンペーンスローガンワズワース上院議員のヒット三つの〝W〟
〝われわれは勝つ《ウィ・ウィル・ウィン》〟
党内分裂を乗り越えて、クリントン支持を誓う

ワズワースはにっこりして、スコッチをなめながら記事を読み進んだ。ボタンを押してローラを呼ぶ。

「紅茶をもう少し所望したいのだが」そう言ってカップを返した。

ずいぶん飲みっぷりのいいこと、とローラは思った。カップを受け取ると調理室に戻る。

しかしワズワースはついに二杯目をもらえなかった。

氷を入れているとき、ローラは旅客機が減速して左旋回に移っているのにとつぜん気づいた。

コクピットに電話を入れてどうしたのか訊いた。ほかの客室乗務員や、旅慣れた乗客のなかには、旅客機の様子がおかしいことに感づいてきっと質問してくるものがいるだろう。

「天候のために針路を変更していると伝えてくれ――たいしたことじゃないんだ――追って機長から説明があるとね……それからローラ」とハドレー機長はことばをついだ、「放送を終わりしだい、ちょっとコクピットまで来てほしい」

めったにないことだが、ハドレーの声が緊張しているように思われた。しかしローラはすぐ手際よく処理をした。彼女の落ち着いた声が客室内のスピーカーから流れる。

「乗客の皆さま、こちらは主任客室乗務員のローラ・ハインズです。バートン・ハドレー機長に代わりまして、皆さまにお知らせいたします。機は予想外の天候事情により、減速して針路を変更するようただいま指示を受けました。少しもご心配には及びません。追って機長からくわしくご説明申し上げます。飲み物と昼食をお出ししますので、どうか席にお着きのまま、ごゆっくりご旅行をお楽しみくださいませ。おたばこはけっこうですが、シートベルトは、巡航高度に達するまではおはずしにならないようお願いいたします。ありがとうございました」

ハドレーはローラのアナウンスを聞いて、沈着ぶりに感心した。これまでに何度かこの女性と飛んだことがある。冷静で有能だというだけではない、すごい美人のブロンド娘でもあった。

ワズワース上院議員は《ニューヨーク・タイムズ》に眼を通していたが、そのときエンジンの異常とも言える出力低下を感じた。するとローラのアナウンスだ。

第六感で何かあったとにらんだ。しゃべっているのを聞けば、ごまかしているかどうかの見分けはつく。ローラが彼の飲み物を持ってこないで、ファースト・クラスの客室のラウンジを抜けてコクピットに通じるらせん階段を足早に登ってゆくのを、眼の隅に捕えた。

稲妻のようなすばやさで、ワズワースはシートベルトをはずし、ローラのあとを追ってゆこうとしたが、そこではたと立ちすくんだ。例の四人の男が彼のほうを凝視しているではないか。不安な表情をして。

ここはさりげなく装わなくてはと思い直して、笑顔をつくり、大きなあくびをするふりをして両手を思いきり伸ばした。連中にはあいそよく手を振り、何くわぬ顔をして階段のほうに歩きながら、ラウンジで昼寝でもするかとつぶやいた。それで男たちも安心したらしかった。

ワズワースが上にあがったときには、ローラの姿はもう見えなかった。コクピットの扉をあけようとしたが、ロックしてある。

「機長、どんなご用でしょうか？」

ハドレーが水平儀から眼を離して首をまわすと、うしろにローラが立っていた。人差し指を唇に当てて、マイクのスイッチが切ってあることを確かめるようベソーに合図した。

「問題が起こったのだ、ローラ」とハドレーは言った。「機のうしろにジェット戦闘機が食らいついているが、そいつにハイジャックされた。相手が何者なのか、何を求めているのか、さっぱり見当がつかない。とうぶんここで旋回することを要求していること以外はね」

ローラの美しい顔に輝いていた微笑が、ハドレーの説明が進むにつれて、褪《あ》せていった。

「わたくしは何をしたらよろしいでしょうか、機長？」

「きみにしてもらえることはたいしてない――さしあたっては。このことをほかの客室乗務員に話しておいたほうがいい。航空会社のサービスで、乗客に何でも好きな飲み物を配るように、指示しなさい。みんなにアルコール飲料を出してもよろしい。ただし、カートは持ち出さないように。思いきった手段を強行しなくてはならないかもしれないし、そのときに怪我人を出したくない。しばらくは、あくまで天候による遅延で押し通すことだ。暇を見つけてひんぱんにここへ顔を出したまえ。様子を知らせる。敵さんが真意を打ち明けてくれしだい、乗客にはわたしから事実を知らせる」

ローラは機長のことばを懸命に頭に刻み込み、わかったとうなずいて、客室に向かおうとした。

ローラはコクピットの扉のうしろに立っているワズワースを見つけて、身がすくむほど驚いた。急いで扉を閉めようとしたが、議員は足を差し入れてつっかえ棒にした。彼の顔から笑いは消えていた。

「機長に会いたい」普通はワシントンの事務所の下っぱにしか使わないような口調で、むすっとして言った。

「申し訳ありませんが、先生」ローラはこわばった笑いを浮かべ、ワズワースを中へ入れまいと両手で把手《とって》を引っ張りながら、断わった。「どなたも操縦室の中にはお入りになれません、ご存じと思いますが」

「規則などはどうでもよい。何かあったのはわかっている。それが何か知りたいのだ。さあ、おとなしく言うことをきいて、そこをどきたまえ」

そのことばと同時にワズワースはローラを押しのけた。ローラが議員をラウンジに連れ戻そうとして、むなしく袖を取ったとき、彼はすでにハドレーの隣に立っていた。

「機長、わたしは上院議員のフェルトン・ワズワースだ。何があったのかね？」

ハドレーは計器盤の目盛りの読み取りに忙殺されていた、そこへいきなり聞き慣れない声が降ってきて彼の精神の集中をかき乱した。肩ごしに振り向いて長身の闖入者《ちんにゅうしゃ》をにらみつけた、すると、ローラが途方にくれて議員のうしろに立っているのが眼に入る。

機長は激昂《げっこう》していた。

「上院議員が何だっていうんだ？　あんたなんかの知ったことじゃない」と彼はどなった。「その時が来たら、ほかの乗客にもあんたにも知らせる。とっとと出て行って自分の席に戻ってくれ」と命令した。

「機長」とローラが口をはさむ、「お引き止めしようと……」

「即刻、ここから追い出せ」とハドレーはさえぎった。

ワズワースの顔にさっと血が昇る。彼はこのような仕打ちに慣れていなかった。すんでのところで癇癪玉《かんしゃくだま》を破裂させるところだった、そのとき副操縦士が険悪な顔をして席から立ち上がるのが眼にとまる。ワズワースは即座に外交的駆け引きに戻った。

「諸君」彼をなおも引っ張り続けているローラには気づかないふりをして、おだやかに言った、「じつは何かお役に立てるのではないかと思ってね。向こうには心配している客がたくさんいる。わたしだったらみんなの気を鎮めることができるかもしれない。こういったむずかしい情況を何度か切り抜けた経験もあるし、もしどういう事態なのか教えてくれれば、うまく対処できる確信があるのだがね」

「あんたにできることなんかない」とハドレーは頭ごなしに言った。

「お見受けするところ、諸君はこちらのほうで手一杯のようだ」とワズワースはひるまず続ける。「機内の乗客のほとんどはわたしの顔を知っているだろう。あの混雑したエコノミー・クラスにわたしが出て行けば、みんなは安心する、とは思わんかね、機長？」

とっさのあいだだったがありったけの誠意をおもてに表わして行なった短い弁舌は予期していたようにめざましい効果をあげた。

「たしかにその点は言われるとおりかもしれない」とハドレーはしぶしぶ認めた。「手を離してもいいよ、ローラ。向こうへ行って乗客の世話を頼む」

ローラはほっとした。少なくともハドレーはもうローラに腹を立ててはいない。

こんどは開く前に扉の覗《のぞ》き穴から外を確かめた。ラウンジに人の姿はなかった。

「ジェット戦闘機に乗った狂人にあとをつけられている。われわれを吹き飛ばすと脅迫しているのだ」

上院議員の顔はしょげかえる。

ハドレーは手短に経過を説明した。

「なるほど」ワズワースは沈痛な口調で言った。「そうとは知らずさっきは失礼した、お詫《わ》びするよ、機長。しばらくここにいて、一緒に聞いていてもかまわないかね？」

「もう来ているんだから、しかたがないでしょう。ただし、マイクが切れている合図をするまでは、何も言わないでください」

「もちろんだとも、機長、もちろんだ」

グラントの声が割り込んできた。

「ロサンゼルス管制塔とこれから話をする。ハドレー、おまえも一緒に聞け。が、その前に、二、三はっきりさせておきたい。あんたなり、乗員《クルー》の誰かなりに、妙な考えを起こされると困るのでね。おれを撒《ま》こうとしてもそれは不可能だぞ。あんたのボーイングのまわりをまわることもおれにはできる——だから、それは忘れたほうが利口《りこう》だ。天候が変わって、雲のなかにまぎれこむという案だが、こっちの火器には赤外線追尾装置がついている。たとえおまえを見失っても——そんなことはありえないとは思うが、というのは、げすなことばで失礼だが、おれはおまえのけつの上に乗っかってるも同然だからな——だが万一そうなっても、すべての火器をそっちのほうへ向けて発射すればいいのさ。必ず当たることになっている。もう一つ。急に機械が故障したなどというばかげた作り話はしないことだ。おれが空にいるかぎり、あんたも飛び続ける。これでよく理解し合えたかね?」

ハドレーの声は心持ち震えていた。

「了解——こちらPGA81便」

「けっこう。落ち着くんだな、ハドレー。おまえもだぞ、ベソー。気を鎮めろ。長い飛行になる予定だ。せいぜい楽しんだほうがいい。ロサンゼルス管制塔——ブレイガン——聞いたか?」

「はっきり聞いた——ロサンゼルス管制塔」

「シャドー81――こちらＰＧＡ81だ。一つ質問がある」

「何だね、ハドレー？」

「乗客に事実を話してもいいか？　当然みんなは何が起こったのかいぶかっている。それから、食事も出したいのだが？」

「管制塔がこちらの指示に従うかぎり、反対する理由はない。これでも教養ある人間のつもりだ。だが、まずロサンゼルスに確かめてみたほうが無難ではないか？　あっちでいいと言うのならおれはいっこうかまわん。ロサンゼルス、わかったか？」

「よろしい――しばらく待て」とブレイガンは応答した。「乗客に関して最善の対策を決定するために、ＰＧＡのロサンゼルス運航管理事務所長と連邦航空局をいまこちらに呼び出した。二、三分そのまま待ってくれるか、ＰＧＡ81？」

「それならしばらく食事は差し止める――こちらハドレー」

「ではそのあいだに、ブレイガン」とグラントが入ってきた。「仕事に取りかかるとしようか。二、三揃えてもらいたい買い物のリストがある。用意はいいか？」

「用意はいい――こちらブレイガン」と主任は事務的に答えた。彼が苛立ってきていることはすぐそばにいるものにしかわからない。

「金塊で二千万ドルを要求する――繰り返す――金《きん》で二千万ドルだ。ただちにロサンゼルス国際空港に運ぶこと。一千万ドルは五キロの延棒《インゴット》にする、それが一千本。あとの一千万ドルは、一キロの延棒《インゴット》にして、五千本だ。どんなに遅くても西海岸時間で十七時までに全部揃えること。いまは十三時四十六分だ」

747機のコクピットでは、桁《けた》はずれな要求額にあぜんとして、四人の男が信じられないというように顔を見合わせた。

「二千万ドル、金塊でだって？」ブレイガンの声はかすれている。「そんな短時間にどこで見つかると思っているんだ？」

「それはそっちで考えることだ」とグラントは苛立った。「フォート・ノックス（ケンタッキーにある軍用地。米国保有の金塊が保管してある）に当たったらどうなんだ？　国が破産しないかぎり、当然あそこにはあるはずだ。ところで、向こうの連中には、破格の値引きをしていると伝えてくれてかまわないぞ。現在の公定相場《レート》どころか、自由金市場の相場で計算してある。一オンス当たり七十ドル近く、すなわち六十六パーセントの割引きだ」

ブレイガンはことばにつまった。

「しばらく待ってくれ」と言って、助言を求めるように副主任のほうを向いた。

エイノは、駆けつけたＰＧＡのロサンゼルス運航管理事務所長、連邦航空局ロサンゼルス支所長、ＦＢＩロサンゼルス部長と一緒に脇に立っていた。かれらと手短かに相談をしてマイクに戻る。

「シャドー81――こちらブレイガン」

「どうぞ、ブレイガン」

「二、三当たった結果、これなら確実に約束できると思うのだが、同額をここで現金で調達できる見込みだ、そして……」

「現金はだめだ」とグラントはさえぎる。「繰り返して言うが、現金はだめだ。それは絶対だぞ」

「かりにフォート・ノックスの金塊が手に入るとしても、どうやってケンタッキーからロサンゼルスまで運び、しかも約束の時間に間に合わせることができるのかね？　千八百マイル以上もあるのだ」とブレイガンは反駁《はんばく》した。

「おいおい、ブレイガン、おれを引っかける気か？　空軍には超音速戦闘機というものがあることを知らないほどあんたはばかじゃないはずだ。フォート・ノックスにはゴッドマン空軍基地があって、たくさん置いてある。もしなかったら、よそからゴッドマンか、ルイヴィルのスタンディフォード空港に急遽《きゅうきょ》派遣することは造作ないことだ。スタンディフォードはフォート・ノックスから北へ三十マイルばかりのところだから、あそこでもかまわん」

「どうもよく理解しかねるが」

「ではおまえの答えを教えてやろう、ブレイガン。おれの試算によると、二万二千ポンドの金塊を分担して運ぶには十機いる。爆弾格納室に収納するのだ。これらの戦闘機はマッハ2に近い速度で飛ぶ。したがって、約九十分でそこまでの距離をこなすから、十七時までには楽に間に合う。いざという時に、どのくらい迅速な緊急発進《スクランブル》ができるか試してみる、いい訓練の機会だぜ。これでどうやるか頭に入ったかな？」

「了解。これから空軍と連絡を取らなくてはならない」

「そのとおりだ、ブレイガン。超音速機はまっすぐ東から進入させるように言え。サンバーナディーノの上空にさしかかったら、二百ノット（時速約三百七十キロ）に減速し、二千フィート以下に高度を下げること。くどいようだが、ブレイガン、十機だけだぞ。さあ、取りかかれ」

「できるだけやってみよう」とブレイガンは言った。それから、ふと思いついたように、「どうやってそれを回収するつもりだ？」

「よけいな気をまわすな」とグラントはつき放すように答えた。「その時になったら教える」

「結果は判明しだい折り返して報告する」

「ぐずぐずするなよ。あまり残り時間はないんだからな。いまちょうど十三時五十四分、スクリーンの影はすっかり消えたようだ。たいへんけっこう。いまを基準に金塊輸送の時間読みを開始する。いまが……目標時刻まで三時間と五分、読みに入る」

「了解――目標時刻まで三時間と五分、読みに入る――こちらロサンゼルス管制塔」

第十六章

ロサンゼルス国際空港の記者室で、バーニー・オールコットは机にすわって雑誌の《タイム》を読んでいる。うしろのテレックスはなりをひそめていた。何も報告することはなく、誰からも情報はない。

　その日の唯一の出来事らしいものは、午後二時にパンナム便でやってくる小人数の日本の貿易代表団一行の到着くらいのものだろう。あの大騒ぎにはどうもついてゆけない。

　まだ六十五歳にもなっていないというのに、四カ月後にはいやでも退職しなくてはならないという現実に逆らうこともできず、バーニーはずっと鬱憤《うっぷん》をくすぶらせていた。《ロサンゼルス・タイムズ》の社会部長の椅子から五年前にうまいことおろされてしまったのである。彼を慰撫《いぶ》するために会社は〝航空担当編集主幹〟の肩書きをおくって、旧弊な老馬を空港という草地に追い出し、要人の到着や出発、その他もろもろのくだらない出来事の取材に当たらせた。

　社会部は、かつて彼のもとにいた記者で、バーニーが大嫌いなテリー・フランスデールという三十代の若造に引き継がれた。テリーは南カリフォルニア大学のジャーナリズム学科の卒業生で、バーニーは信用していなかった。バーニーの持論では、新聞記者というのは生まれつきのもので、学校教育で仕込むことはできないのである。これが偏見であることは自分でもわかっていた。彼は《サンフランシスコ・クロニクル》紙でまず給仕として見習いの修業をした。そのときの主要な仕事といったら、表にサンドイッチやコーヒーを買いに行くのも面倒くさがる部長や記者のために、階段を降り、通りを横切って走り使いをすることだった。けれど、机のあいだを駆けまわっているうちに、抜け目なく気を配って、役に立つたくさんのヒントをかき集めた。それらのなかで、彼が最初に学んだことの一つは、ひとかどの記者というものは、読者には造作なく書き流したように見える記事を書くけれど、それをまとめるにはいつも血のにじむような苦心をしているということである。

ずっと前の話になるが、ある老記者が、酔って気が滅入っていたのか、こんなことを洩らしたことがある、「どの記事も難産でないものはない——まるで帝王切開だ」このことばは彼の心に突きささった。

それから三十年後、バーニーが《ロサンゼルス・タイムズ》の社会部長になったときでもなお、タイプライターにはさんだ白紙に向かうといつもきまって、一瞬身の凍る思いをした。

バーニーは、自分がピューリッツァ賞受賞者でないことはよくわきまえていた、しかし、空港の取材などはばかでもできる仕事だ。《タイムズ》の首脳陣は、この苦い丸薬を飲みやすくするために、希望するところがあれば他社に記事を売ってもかまわない、と告げたものだ。が、かえってそれによって、バーニーの記事が何の重要性ももたないこと、裏ページの埋め草にすぎないことを確認したことになる。

最近、会社では彼にとどめの一撃を加えてきた。やがて彼の仕事を引き継ぐことになる二十二歳の見習いをつけてよこしたのだ。しかもこの新入りのハーヴェイ・ダッブスがジャーナリズム学科出身というから、まさに踏んだり蹴ったりだ。

バーニーはそれでも、彼の知っている空港関係者にダッブスを引き合わせてやろうと親切に言ってやると、生意気な若い記者は、友だちは自分で作るからいいとにべもなく断わった。

あまりのことに老人は自分が卒倒してしまうのではないかと思ったが、やっとのことで気を落ち着けた。もし何か突発事件があったら、そのときこそ、彼の経験がものを言うことを、この青二才に見せてやるのだ。

バーニーは時間を見た。もうすぐ午後二時だ。記者室の超短波受信機を管制塔の周波数に合わせる。管制官がパンナム便に着陸許可を与えるのを聞いてから、例の日本の代表団を迎えに出かける支度をするつもりだった。

金塊か何かの輸送うんぬんという話が飛び込んできたので、超短波受信機のダイアルを見たが針の位置はまちがっていない。

いったいぜんたい何の話をしているのだ？　ブレイガンの声がしていたが。それは異例なことだ。最近は、訓練のため以外は、ブレイガンがマイクを操作することはめったにない。何かあったのだ、とバーニーはピンときた。

あのダッブスのがきはどこをうろついているのだ？　管制塔にやって何があったのか調べてこさせたいのだが。尊大な小僧っ子はいつも遅刻していた。

受話器を取って管制塔の番号をまわした。


完全に自由を奪われたジャンボ・ジェット機と尾行機は三万六千フィートの上空を旋回しながら、いまは鳴りをひそめて、ブレイガンから知らせのあるのを待っている。

主任はしばしコンソールに腰かけたまま、眼やひたい、首筋をこすって、緊張を揉《も》みほぐそうとした。やっと立ち上がると、管制官の一人を手まねきしてマイクのそばにすわらせる。

「ここで待機していろ。何か言ってきたら、おれを呼べ」

自分の部屋に向かいながら眼をやると、別の周波数では、旅客機と管制官のあいだの交信が同時にいくつか行なわれている。

事態に気づかない機長が、方向転換させられて、管制塔に異議を申し立てていた。説明を要求してくるのもある。

初めてブレイガンは怒りを表に出した。たまたま人のいない一台のコンソールの前に立ち止まると、パネルの上に一列に並んだセレクター・スイッチを即座にパチパチと〝オン〟に切り換え、マイクを取り上げた。

「当該周波数使用の全航空機に告ぐ、ただちに発信をやめよ」命令者の立場にみじんも疑いをさしはさませない頑とした口調だった。「こちらは主任管制官だ。文句を言わないで指示どおりに行動されたい。情況を説明しておくが、諸君の空域にいて、別の周波数を使っている747旅客機が、正体不明の戦闘機に追跡され、撃ち落とすと脅迫されている。その航空機を危険に陥れることを望まないなら、あるいは、自機が同じ目にあう危険を冒したくないなら、即刻、言うとおりにしてもらいたい。この通信確認の応答は必要ない。着陸するように命じられたところへ、ただちに降りたまえ。地上にいるなら、順次誘導路を引き返し、一刻も早く出発スポットに戻られたい」

ブレイガンは管制塔のガラスごしに外を見た。

誘導路に並んでいた機も、滑走路で待機していた機もみなゆっくり方向転換して、ターミナルに戻りつつあった。

ブレイガンは管制塔の中央部の四面ガラス張りの主任室に向かった。あとから、エイノ、PGAロサンゼルス運航管理事務所長、連邦航空局支所長、FBIロサンゼルス支部長が続いた。ブレイガンは机にすわって、たばこに火をつける。

「エイノ、ご苦労だが、スポットに駐機中の全旅客機とターミナル内に繰り返しアナウンスをさせるよう手配を頼む。ほかの航空会社のカウンターに先を争って押し寄せたりしないようにな。そんなことをしても始まらないことを、搭乗待ちの乗客にも、すでに搭乗している客にも徹底する必要がある。いっさいの飛行便は欠航になっているから、ほかの便に変更しようとしても無駄だということを知らせてほしい。また警察に要請して、空港の進入口にはすべてバリケードを築かせろ。飛行機の乗客を乗せてくる自動車を全部追い返さなくてはならない。来たってどこへも行けないのだからな」

「承知しました。すぐに手配しましょう。国防総省にも話をつけました。全面的に協力してくれるそうです。空軍は待機していますが、主任の承諾がなければ、一機の戦闘機も飛び立たないようになっています。国防長官が主任とお話ししたいそうです。おつなぎしましょうか？」

「ありがとう。十機の超音速戦闘機のことを話さなくてはな。財務長官もなんとかつかまえてくれ。フォート・ノックスの金塊について相談したい。正式の権限を持っているのは長官だけだからね。一刻の猶予も許されないことを強調しろ」

いましもフェニックスに向けて飛び立とうとしていたアメリカン航空トライジェットDC－10の混み合った機内の光景は、ロサンゼルス国際空港や四百マイル以内のその他の空港で、地上に釘づけになっていたあらゆる旅客機内で起こっていたことの典型的例である。

乗客たちは座席で苛立ち、なぜ離陸がこんなに手間どっているのかいぶかり、客室の係員にありとあらゆる質問を浴びせるが、彼女らにも答えられるわけがない。機は出発ゲートに戻る、という操縦室からの放送に、声高な抗議が一度に爆発する。

大半の乗客は、他の航空会社に変更を書き入れてもらおうと思って航空券を探しはじめる。しかし出発が取り消されたのはこの便だけでなく、さらに通告があるまで空港そのものが閉鎖されたことを機長から知らされて、やっと騒ぎはおさまった。

マイケル・エイノがブレイガンの部屋に入って来て電話を指差した。

「バーニー・オールコットが電話してきています」

「なんだって!? 食いとめろ。おれは忙しくて手が離せないと言え」

「超短波で傍聴していたのです。何が起こったか知っているらしいです」

「それなら、電話に出るしかあるまいな」ブレイガンは受話器を取り上げた。「やあ、バーニー」

「忙しいのはわかってるよ、トム、だけど、この問題は、生半可に聞きかじったままで突っ走るよりも、正しい情報によって処置を誤らないようにするのがいちばん良いと思ってね」

「バーニー、もうしばらくこの話が広まらないでくれると助かるんだがな。当分、伏せておけるかい？」

「どうだかなあ。超短波受信機の持ち主だったら盗聴できるものな。現におれが聞いたし、ほかにもその可能性のあるやつは大勢いる。それより、おれの言いたいのは、報道関係者として何か打つ手はないかということなんだ」

「報道担当者には空港内をうろついてもらいたくない、それだけだ。何でもかじったら最後、すぐラジオで報道される。それはこっちの手の内を乗っ取り犯人に教えるようなものだよ、向こうでも聞いてるからな」

「それはやむをえないよ、トム。ここはアメリカだ、世界で最も迅速な情報組織を持っている。どんなこともそう長くは隠しおおせない。それに、新米記者あたりが早飲み込みをして大げさに取り上げたらどうなる？　それこそ百害あって一利なしだぜ」

「バーニー、おれたちは古くからのつき合いだ。緊急事態やこれまでの乗っ取り事件ではいつもあんたに協力した。どうかちょっとのあいだだけ押さえておいてくれ。態勢を整える時間がほしいのだ。おっつけ連絡するよ」

「トム、おれはつねに正しい事実だけを報道し、あんたらの顔も立ててきた。が、これはなんといってもおれの特ダネなんだから、見のがすわけにはいかないんだ。どうかそれをわかってくれ。いずれニュースは洩れる。おれがやらなければ、だれかほかのやつらがやるだけだ」

「あんたの提案は？」

「取引をしよう」

「どういうんだね？」

「事実を教えてくれたら、それをおれの新聞と通信社に流す。そうすれば、公式発表という形を取れる。憶測なしだ。当分、名前などは秘しておく。あんたは信頼できる当局筋ということにしておくよ」

「同業他社の連中はどうする？　おれたちにうるさくつきまとってくるぜ」

「それは、トム、じつに簡単だ。管制塔はいまそれどころじゃないからと言って、全部おれのほうに差し向ければいい。よかったら、非公式のスポークスマンになってやってもいいぜ。そうすれば、あんたはたった一人の人間、すなわちおれに話をするだけですむんだ。あんたの報道担当官兼広報係になるわけだ。トム、信じてくれ、関係者全員にとって多大な時間の節約になり、また苛立ちの原因を取り除くことにもなる、それは請け合う」

「どんなものかな」

「おれの報道は事実に限る。誓ってもいい。エイノに言っておれに情報を流させろ、おれがセンターになって中継する。プレス・センターさ。それがいやなら、トム、おれは勝手にやるし、そっちも好きなようにやればよい」

ブレイガンはエイノを見た。会話の流れから、エイノにもバーニーの望むことは推測できた。エイノは主任にうなずいた。

「よしわかった、バーニー。エイノの回線をあんたのためにあけておこう。だが、頼むから、しばらくは控え目にやってくれよ」

「できるだけ努力する。しかしいったん通信社に流せば、あとはそこから多くの社の編集デスクを経て放送されたり新聞に載ったりするんだってことは忘れないでくれ。慎重に扱うように言ってはおくがね。ありがとうよ、トム」

「じゃあな、バーニー」

エイノは机の角に腰をおろし、たばこを一本差し出した。ブレイガンはそれを取る。

「上出来だと思いますよ」とエイノはブレイガンに火を持ってゆきながら言った。「バーニーは老練なプロです。少なくとも、何をやらかすか訳のわからない連中とは違います」

「こっちに裁量の余地はあまり与えてくれなかったがね」

ガラスのドアを外から管制官がノックした。

「緊急事態発生直後に着陸したユナイテッドの機長がお話ししたいそうです」

「苦情を聞いている暇はないと言ってくれ」

「差し迫ったことだそうですが」

ブレイガンは煙をふうっと吐き出すと、たばこを押しつぶして、受話器を取った。

「どなたですか？……もう一度お名前を……」彼はメモ帳に手を伸ばした。「どこで？……それは確かですか？……あなたに連絡を取りたいときはどこに？……わかりました、書き取りました。しばらくは誰にも言わないでください。どうもありがとう、機長。たいへん役に立ちますよ」

ブレイガンの気分は心持ち明るくなっていた。

「いまの機長が、PGA81のあとを追って上昇中の戦闘機を目撃したらしい。機の認識標示はすっかり消してある。だけど、機長には、それがTX75Eだってことがはっきりわかったらしい。やっこさん、予備役の大佐なんだな、エドワーズ空軍基地で、すぐそばに寄って見たことが何度かあるんだ」

「いずれにせよ、手がかりになります」

「マイク、国防総省に電話だ。基地から行方不明になったTX75Eを追跡調査できるはずだし、そうすれば、それを盗んだパイロットの正体も割れる」


交換手の女性がバーニー・オールコットからの電話だと告げたとき、テリー・フランスデールは顔をしかめた。

《ロサンゼルス・タイムズ》のニュース編集室は猫の手も借りたい忙しさだった。社会部デスクには、零落した老記者が取材した、ろくでもない到着者のニュースのほかにも、片づけなくてはならない仕事は山ほどある。

「スタッフの女性に口述するか、テレックスに入れとくように言ってくれ。おれが出ることはない」

「あのひとは言ってましたよ、部長はたぶんそういう態度に出るだろうが、いま聞いておかないと後悔することになるとお伝えするようにって」交換手はしつこかった。「六七一二番におつなぎしてあります」

「わかった、わかった」フランスデールはランプが明滅している外線のボタンを押した。「もしもし、バーニー？……なんだ、ハイジャックですか。毎日どこかしらでやってることでね。それがどうしたんです？　そんなくだらないことでわたしの邪魔をしないでくださいよ。いまじゃ、ニュースにもならないし。急ぐことじゃありません、テレタイプに打っといてくれれば……」

「テリー」とバーニーはどなった。「どうやら情況が飲み込めてないようだな。はなからおれのことを疑ってかかってるようだが、もう一度だけチャンスをやる、それでだめなら、まず通信社にまわすだけだ。さあ、聞く気があるのかないのか？」

最後通牒《つうちょう》をつきつけたバーニーの語調から、フランスデールもただならぬ事件であることを悟った。

「よろしい、聞きましょう……そうか」フランスデールは興奮して叫んだ、「なぜそれを早く……？」彼は夢中になってメモを取った。「それから？……それはもう控えた……それで？……ようし、さしあたりそれだけで充分。また電話をください……ダッブスはどこですか？……また遅刻なのかい、え？……あとでわたしが話があると言っといてください。いいかい、バーニー、すべて第一報はこっちだよ。そのあとで、通信サービス網にまわすのはご随意に。新しい知らせを待ってますからね」

フランスデールは大声でアシスタントを呼んだ。わっと数名飛んできた。

「誰か一人、組版室に駆けて行って、最終版を押さえとくように伝えろ。緊急の挿入記事が一つある。いまタイプしている。見出しの下に一行、航空担当編集主幹、バーニー・オールコット発と入れる必要があるな」


ハーヴェイ・ダッブスは相変わらず横柄《おうへい》な顔をして、ぶらっと記者室に入ってきた。

「やあ、オールコットのだんな、日本人の一行は無事到着かい？」

「だんな呼ばわりはやめろ」とバーニーは雷を落とした。「さっさとテレックスの前に坐って、これから口述することをタイプするんだ、間抜けめ！」


サンディエゴにある海軍司令部の通信センターはさながら無線通信の洪水だった。そこから、海上のすべての艦船にたいして、乗っ取り犯人の指定海域から立ち退くよう勧告が出される。指令を受け取った旨《むね》確認し、ただちに従うことを応答してくる艦隊もぼつぼつある。

ロングビーチでは、沿岸警備隊本部が同じようにあわただしい空気に包まれていた。すべての商船や遊覧船の類いは港内にとどまるか、もし洋上に出ている場合は、乗っ取り犯人が指示した境界線内に入らないように命じられた。シアトルから南カリフォルニアまでのあらゆるヨット・ハーバーに連絡を取り、追って指示があるまで、一隻たりとも繫留《けいりゅう》をほどかないように伝える。

ロサンゼルス国際空港から四百マイル以内にあるすべての自家用飛行場には連邦航空局が連絡を取った。役員専用航空機、エア・タクシー、自家用機を含めて、いっさいの空の飛行が差し止められた。

ロサンゼルスの南東七十マイルにある、エルジノア湖畔のスカイラーク飛行場では、完全装備した十五名のスカイダイバーたちが、集団降下のため五機の単発セスナ機に分乗して、いざ飛び立とうという矢先に中止させられた。軍当局の命令で、当日の飛行活動はいっさい取り消しになった、ということだけで、理由について何の説明もなかった。いずれも空中を落下するスリルに取り憑《つ》かれた者ばかりで、意気込みをくじかれた落胆はひとしおだった。ましてこの絶好の天候だ。個人の都合を踏みにじることなど屁《へ》とも思わない軍や当局にたいする抗議の叫びが一度に爆発した。

国防総省では軍情報局のレイモンド・プロミノー将軍が、調査を担当することになった。プロミノーは五十代の、もの静かで激することのない、好男子だった。彼がまかされた仕事はハイジャック事件とPGA747機の安全救出に関連するすべての活動の調整である。

統合参謀本部からは、ロサンゼルス管制塔のトム・ブレイガンと緊密な連携をとるように言い渡されていた。ただし、ブレイガンの行動に口をはさむことはできるかぎり差し控えるように。何と言っても民間航空機のことだから、軍当局はいまのところ目立たないほうがよい。

プロミノーは腹心の部下フレッド・スカラータ大尉を呼び出した。無邪気な顔にうっかりするとだまされてしまうが、どうしてコンピュータにかけてはひとかどの専門家である。すぐに彼は現われる。

「やあ、スカラータ。いま入った電話で、乗っ取り犯人が乗っている飛行機はTX75Eだと知らせてきた。この型の戦闘機をコンピュータで洗い出してみてくれないかね。世界じゅうのアメリカ空軍基地に散らばっているのを全部だ。ドイツ、韓国、日本、ベトナム、グアム、それにもちろん本国も含めて」

「お安いご用です」

「だがそれだけじゃないんだよ、スカラータ。万一、TX75Eじゃない場合も想定して、あらゆる国籍のすべての型の戦闘機に関する数字を出してもらいたいのだ——不要になった旧式のやつも最新のも含めて洗いざらいだ。どこかに行方不明の戦闘機があるはずだ」

「それは多少時間がかかりますが、できるだけやってみます」

「もう一つあるんだ、スカラータ。ロサンゼルス管制塔に電話をして、戦闘機のパイロット、旅客機、地上との交信録音テープのコピーを取り寄せるんだ。声紋から正体が割り出せるかどうかやってみたまえ」

「結果が出しだいご報告にあがります、閣下」

ロサンゼルスの、あるキー・テレビ局のニュース編集室で、ニューススキャスターのジョシュ・プレンティスがテレタイプからたたき出されてくるありふれたニュースを気がなさそうに読んでいた。

時刻は午後二時を少しまわったところで、東海岸から生《なま》放送中のフットボールの試合がハーフタイムに入ったときにはさむ三分間の総括ニュースは二時五十五分からだから、準備の時間は充分あった。

カメラの連中からそう呼び慣らわされている〝だて男ジョシュ〟は、一台のテレタイプが静止したのに気づいた。そしてけたたましいベルが鳴りだした。

彼はテレタイプの近くに寄って眼をこらした。高速度でことばが飛び出しはじめた。

速報
ハイジャック――ロサンゼルス
本日、西海岸標準時午後一時三十分ゴロ、パシフィック・グローバル航空ジャンボ・ジェット機ガ乗ッ取ラレタ。ハワイノホノルルニ向ケロサンゼルス国際空港ヲ離陸直後ノコトデアル。

（ツヅク）
緊急
ハイジャック事件――前文――バーニー・オールコット記者――ロサンゼルス
乗ッ取リ犯人ハ武装ジェット戦闘機ヲ操縦。乗客一八七名、乗員一四名ヲ乗セタＰＧＡ八十一便ノボーイング747ノ背後ニ機ヲツケル。身代金トシテ金塊二千万（繰リ返ス、二千万）ドルヲ要求シ、三時間以内ニ支払ワレナイトキハ、旅客機ヲ撃墜スルト脅迫シタ。
（ツヅク）

プレンティスは打ち出されたニュースの紙片をテレタイプから引きちぎり、ブザーを押してプロデューサーにフットボール試合の中断許可を求め、テレビ・カメラの前のデスクに駆けだした。

「仕事だぞ」彼はコーヒーを飲みながらだべっていたカメラマンたちに叫んだ。「速報が入ったんだ。タイトル用スライドの準備を頼む」

〝だて男ジョシュ〟は念入りにネクタイを直した。つぎに、机の引出しからすばやく鏡を取り出し、顔を映して惚れぼれと見つめた。眉毛を均《な》らし、頭髪をなでつけ、前歯の四本を人差し指でこすり、ちらっと例の魅力的な微笑をつくった。それからやっとフロア・マネジャーにオーケーを出した。

プレンティスはスタジオのモニター・テレビに注意を注ぐ。

フットボールの試合が中断された。ニュース速報の文字が画面に出る。

ニュースキャスターの顔がモニター・スクリーンいっぱいに拡がった。内容にふさわしい沈んだ面持ちに変わっている。

「正規の番組を中断して、これからニュース速報をお知らせします。前代未聞の航空機乗っ取り事件が発生しました……」


ロサンゼルスのダウンタウンのバーでビールを飲んでいた白人労働者がいきまいている。

「こんなくだらねえ報道のために、フットボールの試合を映さねえとは、ふてえやろうだ。あの試合に大金を賭けてんだぞ」

男はわめき続けた。

「ハワイで休暇を過ごすだと？　笑わせるねえ！　そんなこと誰が知るか？　おまけにあのアナウンサーの野郎が気にくわねえんだ」

バーには彼のことばに耳を貸すものは一人もいなかった。そこで男の速射攻撃は直接テレビの受像機に向けられた。

「おい、ばかやろう、早く試合を映せ、こんちくしょう！」

第十七章

ロサンゼルス国際空港のパシフィック《P》・グローバル《G》航空《A》カウンターには八十一便の乗客の身寄りや友人たちが殺到していた。見送りに来て帰宅の途中、カー・ラジオでニュースを聞き、すぐさま空港にとって返したのだ。情況の説明を求めて口々に叫んでいた。

電話で応答する航空会社の職員も楽ではなかった。家族や知人たちからの電話に、空港へ来ないように懇願している。空港に来てもおそらく役に立つことは何もできないだろうし、むしろ混乱を助長するのが関の山だと同じことを何度も繰り返した。

テレビ班はすでに到着し、カメラや録音装置を据え付けて撮影の準備にかかっていた。やがてそこにいくつかのラジオ局の放送記者がテープレコーダをかついで加わり、さらに新聞記者も集まってきた。

カメラがまわりはじめた。記者たちは走り寄って乗客の家族の顔にマイクを突きつけ感想を求めた。

「現在どういうお気持ですか、お嬢さまが乳飲み児のお孫さんをかかえて機内に閉じこめられ、殺人鬼の思いのまま、手も足も出ないという情況にあるわけですが？」とテレビ放送記者が訊いた。テレビに向けた顔にはそつなく憂慮の表情を浮かべている。

「このわしに何を言えというのかね、え？　嬉しいとでも言えばいいのかい？」と五十がらみの男が半分ヒステリックに叫んだ。「こんな無分別で愚か者……」

しまの入った薄地のスーツを着て麦わら帽をかぶった、肉親だという小男が人を押しのけてマイクのところへしゃしゃり出た。

「あんたら報道関係者にしゃべれることは、政府は何か手を打つべきだってことだけだ。罪もない市民が冷血な犯人によって撃ち落とされるのを黙って見ている法はない。われわれは保護される権利がある。そのことを、おまえさん、報道してもらおうじゃないか」

誰もが険しい顔つきをして記者のまわりに人垣をつくりはじめた。リンチをされるのではないかと恐れた記者は、ほうほうのていで引き上げた。

空港ターミナルの前はひどい交通渋滞で収拾のつけようがない。両親や妻や子供を案ずるあまり、道路のまん中に車を乗り捨てたまま航空会社のカウンターに駆け出していくのだ。

警官はかんかんになり、笛を吹き鳴らしながらやっきになって自動車を停めないように指図をするが、なんの効果もない。レッカー車の出動が要請された。

ロサンゼルス国際空港から百三十五マイル北西にあるヴァンデンバーグ空軍基地では、十二名のジェット戦闘機のパイロットが、ヘルメットと酸素マスクを着用して、飛行機に乗り込み、閉鎖されていない滑走路の入口に待機している。

ポール・フリグーズ空軍大将は神経質で、のべつ鼻から眼鏡がずり落ちそうになっているが、いましも管制塔のなかを行きつ戻りつしながら、ときおり立ち止まって、右手の中指で眼鏡を押し上げ、定位置に翼をつらねている戦闘機のほうを眺めやった。

膚の色つやもあせた痩《や》せぎすの退役間近のフリグーズは国防総省からの電話で、不安にかられていた。乗っ取り犯人の計画をくじくための西海岸全域にわたる軍事行動の調整役が、あろうことか彼にまわってきてうろたえているのだ。

ヴァンデンバーグはまた人工衛星発射基地でもあったので、大気圏外から747機とそれを追う戦闘機を探知すべしという要請も受けた。気象観測用の筒《つつ》型宇宙衛星が現在当該地域上空の軌道をおよそ九十分間隔で通過している。そこから解像度の高い写真を撮ることができた。

フリグーズはこのような局面にいまだかつて直面したことはなかったので、なおさら落ち着かなかった。縦に接近して並んだ二機の航空機という微小な標的に照準を合わせられるほど、衛星操作は厳密にいかない。そのくらいのことは国防総省でも承知していてしかるべきなのだ。

衛星を自転させながら同時に大洋を指すように傾斜をつけなくてはならないだろう。ときどき気まぐれな動きをする姿勢制御装置が、リモート・コントロールの信号によって、うまく働いてくれることを神に祈るしかない。いずれにせよ、万事うまくいったとしても、写真はこれから二回の通過時にしか撮れない。三回目を通過するころには雲も出てきて暗くなっているからだ。

しかしフリグーズには一つの目算があった。頃合いを見計らって部下に乗っ取り犯人を追跡させ、強制的にヴァンデンバーグに着陸させる。そのあと自ら犯人を尋問するという段取りだ。

配下の戦闘機を発進させてもよい時期が来るまでは、いちいちトム・ブレイガンに伺いを立てることになっている。なぜ一介の市民にこのような絶大な権限を委《ゆだ》ねたのか理解に苦しむところだったが、国防総省のレイモンド・プロミノー将軍はこの点に関しては一歩も譲らなかった。ブレイガンの同意なしには何もできないのだ。そのあいだ待機している戦闘機はいたずらに燃料を消費するだけだった。

一人の大佐がフリグーズに近寄って耳打ちした。超音速戦闘機を海面すれすれに飛行させればたぶん乗っ取り犯人の探知機には引っかからないだろう。747機と戦闘機の滞空地点まで十五分かそこらで達する。そこから時を移さず高度三万六千フィートまで急上昇し、やつに対応する隙を与えずに仕留める。

フリグーズの顔は紫色になった。もう一度眼鏡を直すと、眼を大きく見開いて管制塔内の全将校を見つめた。

高っ調子の声を張り上げて彼は言った。

「諸君にはっきりさせておきたいことがある。危険な橋を渡るようなことは厳につつしんでもらいたい。国防総省から犯人機撃墜の許可が出るまでは、どんな行動も起こさないようくれぐれも言っておく。このような向こう見ずな計画の提案は二度と聞きたくない。わかったな」

747機のコクピットでは、ほとんど平常の巡航時の状態に落ち着いていた。

ハドレー、ベソー、ファウスト、ワズワース上院議員が代わる代わる脇の窓から戦闘機の姿を見ようと首を伸ばすが、視角は極度に狭い。

「たぶんこっちの真うしろにぴったりくっついているのだろう」とハドレーは言った。「そういうふうにすればこちらからはちらとも見えないことを知ってやがるんだ。さしあたってどうということはないが、なんとかやつの機種を知っておきたいものだな」

「わたしが気をつけて見張ってますよ」とベソーが申し出た。「向こうもそのうちうっかりして、旋回コースをはみ出すんじゃないですか？　ちょっとで見えるんですがねえ」

「そんな隙を見せるかどうか」とハドレーは溜息《ためいき》をもらした。ファウストに向かって、「ハーブ、ローラを呼び出して、客室の様子を訊いてくれ」

ローラは八名の客室乗務員を二組に分けて四名ずつ目立たないように調理室《ギャレー》に呼び込み、一方に情況をかいつまんで説明しているあいだ、他方の組には客席の巡回を続けさせた。さらに、交代要員としてホノルルに向かう非番の二人の客室乗務員も呼んで協力を頼んだ。

魅力的な美貌と気立てのいい性格の持ち主ではあるが、部下に対する押さえはしっかりしたものだ。事実を知らされて恐怖で身を固くする女の子もいたが、立ち直る時間を少し置いたのち、彼女たちに絶対に不安を表に出してはならないことをやさしく注意した。

「取り乱したところではじまりませんよ」と威厳をもって言った。「乗客の方がたにお手本を示さなくてはなりません。どのような方針を取るかはハドレー機長が決定します。わたしたちは客席で根も葉もない噂《うわさ》が広まらないように気を配らなくてはね。だれか一人でも極度に興奮して平静さを失ったりすると乗客全員にパニック状態が感染します。手に余る人が出たらすぐわたしに知らせなさい。わたしがなんとかします。お客さまを手持ちぶさたにしないことね。お飲み物は何でも差し上げていいわ、お金はいただかないで。数量の点検や伝票の処理はあとでやりましょう」

ローラはビー・アジーを脇に呼んだ。ミス・アメリカ・コンテストに出たことのあるすごい美人で、この便ではローラに次ぐ古参だった。

「わたしはときどきコクピットに行って、機長の指示を仰がなくてはならないの。あなた、わたしの姿が見えないときは、頼むわわね？」

「大丈夫よ、ローラ。ぬかりなくやるから、心配しないで」

ビーは、コンテスト開催地のアトランティック・シティをパレードしているように、美の女王の悠揚《ゆうよう》迫らぬ態度で右に左に温かい微笑を振りまきながら、エコノミー・クラスの客室を奥へ遠ざかっていった。

客室内はほとんど話をするものもなく、笑い声は一つも聞こえてこない。乗客は誰もがただならぬ気配を察知している。いつまでも繰り返される旋回に苦情を申し立て、吐き気をもよおして袋を要求するものも出ていた。二、三の客はビーに弱々しく笑いかけ、本当のことを教えてくれとでもいうように眉を上げた。

ゆっくり後部に向かって進んでいると、ホノルルの会議に出席するという派手な服装をした家庭器具のセールスマンの二人連れに引きとめられた。かれらだけで一列を占領してすわっている。

「やあ、ぼくはブルース」とビーの手をつかんだ恰幅《かっぷく》のいいほうの男が言った。「こっちはディック」やせっぽちのイタチのような顔をした仲間を指差して、ビーにウィンクした。

「ぼくら、どこかで会ったことないかい？」

「かもわかりませんわね」古くさい接近の常套《じょうとう》手段に思わず顔をしかめそうになるのを我慢して愛想よく答えた。「ずっとこの路線の乗務ですから」

「いや、そういう意味じゃないんだ」ブルースは握った彼女の手にいっそう力を加えてきた。「二、三カ月前にロスのパーティで会わなかったかい？　ほら、ボスのところの乱痴気騒ぎさ、みんな素っ裸になってプールに跳び込んだじゃないか？　ほんとにあの晩は誰もが正気の沙汰じゃなかった」

「誰かほかのかたと混同なさってらっしゃるようですわ」ビーは辟易《へきえき》して手を振りほどこうとする。

「だけどこのディックの言うには……」

「もしお友だちのディックも酔ってらしたとしたら、はっきり覚えていらっしゃらないんじゃないんですか？　さあさあ、おとなしくして、ほかのお客さまにもご挨拶に行かせてくださいな」

「また戻ってきてくれるね？」

「少ししたら」

「ようし、待ってるよ。ここにいる相棒のディックね、ちょっとばかし内気なんだが、じつはあんたにいかれちまったらしい。やつをがっかりさせないでほしいな」とブルースは腹をゆすって笑った。「ところでぼく自身もあんたと一緒に飛べるのは願ってもない幸せだよ。名前は何ていうの？」

「わたし、ビーです。この便ではお望みのどんなスリルでも満喫することができますわ。誓って保証いたします」自分の手を引き抜きながら、笑って言ったが、立ち去りぎわにこの捨てぜりふを残してゆきたいという衝動は押さえきれなかった。

ブルースがディックのほうを見ると、彼は友だちの厚顔無恥に恥ずかしそうな笑いを浮かべている。

「何を恥ずかしがっているんだい？」とブルースはむかっとして訊いた。「あの女は自分を誰だと思ってるんだ、シバの女王然として気取っちゃってるけど？　おれは誰にでもちょっかいを出すような男かよ？　何を隠そう、これでなかなか女にはうるさいんだぜ。彼女はその辺がよく飲みこめていないようだ」

「そうカッカするなよ、ブルース。きみの魂胆は向こうにはお見通しさ。毎日大勢の男を見慣れてるんだから。彼女、そうとうに品が良いようだなあ。別の手を考えたほうがいいんじゃないか？」

「なんだ、おれが品が悪いみたいな口ぶりだな、え？　パーティで会ったことがあるかどうかご婦人に訊いてどこがいけないんだ？　きみも知ってのとおり、おれはまわりくどいのはきらいなんだ」

「だけど乱痴気騒ぎ、それも低級な人種のそういった騒ぎで会ったことがあるとは普通言わないものだ。彼女はおれたちのような人間には縁なき人って感じだな。階級が違うよ」

「へえ、そう思うかね？　つぎにおれさまのやる手口をよく見とけよ。参考になるかもしれないからな」

別の客室乗務員がとりどりのカクテルを盆に載せてやってきた。

「みなさま」と笑顔で言う、「お飲み物は、ブラディ・メアリー、ウオツカ・マティーニ、マンハッタン、ウィスキー・サワー……」

「ぼくはウオツカ・マティーニ」とブルースは言った。「きみは何にする、ディック？」

「同じものでいい」

彼女は飲み物とナプキンをそれぞれ二人に手渡した。

「いくらだい？」と、ポケットに手を突っ込みながらブルースが訊いた。

「お代はけっこうです。会社からのご挨拶代わりですわ。それに、天候のために予想外に遅れているお詫《わ》びのしるしです。機長のおごりですわ」

「なるほど、それなら」とブルースは言った、「ぼくたちにお代わりの分も置いてってくれないか？　何度も足を運ばせるのは気の毒だからね」

「よろしゅうございますとも。さあどうぞ」

客室乗務員が先へ進むとすぐブルースはディックを振り向き、肘《ひじ》で横腹をつついた。

「こいつを飲みほしたら、きみがお代わりを頼めよ。ふるまい酒で満タンにしないという手はないぜ。どういう風の吹きまわしか知らんが、やっこさんたち今日は気前がいい。近ごろの航空運賃はべらぼうだからな、このくらいのことはやってあたり前だ」

ローラはそっとコクピットに入り、ワズワースとファウストのそばを黙って通り抜け、前部に行った。軽くハドレーの肩をたたく。

「機長、客室内は平静です。飲み物をお出ししていますが、お客さまのなかには不安に思いはじめてるかたもあります。離陸して四十五分になるのにまだ旋回しているのが納得がいかないんですわ」

ハドレーは物思いに沈んだ眼ざしをローラから上院議員、航空機関士、副操縦士と一巡させ、ヘッドホンをはずした。

「そうだ！　どう見ても長いな。うちのお嬢さんたちはみんな知ってるのかね？」

ローラはうなずいた。「いまはビーがあとを見てくれてます」

「するとそろそろいやな知らせを発表する頃合いかな」とハドレーは嘆息した。

客室に通じるマイクを手に取り、咳払いをする。

「乗客の皆さん、こんにちは。こちらはバートン・ハドレー機長です。皆さんのご搭乗を心から歓迎いたします」と快活に切り出した。「ただいまロサンゼルスの南西約百六十マイル、高度三万六千フィートの位置を、ご承知のように、旋回中です」ここで息をついだ。

客席は水を打ったように静まりかえっていた。客室乗務員たちも身じろぎもせずそれぞれの場所で立っている。一人残らず耳に全神経を集中している。調整盤のそばにいたビー・アジーは音量を上げた。

「これから多少おだやかでないことをお知らせしなくてはならないかと思います。現在一機の軍用機にわたしたちは監視されていますが、その命令によって、正規のコースをそれています。つぎの指示があるまでこの場を動くことができません。わたしたちを解放するのと引き換えに身代金を要求しています」ふたたび息を入れた。

乗客はスピーカーに向かって耳をそばだてていた。大部分のものは驚愕《きょうがく》のあまりぽかんとした顔をしている。まるで茫然自失のていだった。

例のセールスマンのブルースは一杯目のウオッカ・マティーニを夢中で飲みほし、二杯目に手をつけた。相棒のディックは化石のように前方を凝視している。

「乗っ取り犯人が機内にいないため、膝詰《ひざづめ》で交渉する道は閉ざされています。したがって無線通話に頼るしかありません……」

ちょうどそのとき、乗っていた三人の赤子の一人が、空腹のため火のついたような泣き声をあげたので、一同は血の凍る思いをする。

「こんなときに赤ん坊を泣かすな。わからんのか」前のほうにすわっていた客が叫ぶ。

赤子は甲高い声でわめき続け、乗客の苛立ちをつのらせるばかりだ。母親の近くの客たちは、すべて母親がいけないのだと言わんばかりににらみつける。

おびえきった婦人は子供を黙らせようと機械的にたたくことしかしない。さっぱり効き目がなく、おかげで機長のことばがよく聞き取れない。

「ミルクか何か飲ませてみたらどうなの？」うしろのほうから女の声が叫んだ。

一人の客室乗務員が駆け寄って、赤ん坊を抱き上げてあやす。母親はあわてて小物入れの中を引っかきまわしおしゃぶりを探す。やっと見つけて子供の口に入れた。

そのあいだにビーは操縦室を呼び出して、ハドレーに最後の部分をもう一度繰り返してくれるように頼んだ。

「皆さん、先ほども申し上げましたように」とハドレーは落ち着いた力強い調子でふたたび始めた。「乗っ取り犯人とは超短波を使って交信しています。犯人の要求は受け入れられ、当局はできるだけすみやかに要求を満たすため最大限の努力をしているところです。いままでのところわかっているのはこれだけですが、この点に関しては何もご心配には及びません」

ほっとして緊張を弛《ゆる》めにかかるものもあったが、その安堵《あんど》もつかの間だった。

「しかしながら、悪い話も小出しにしないで、率直に申し上げたほうがいいでしょう。わたしたちは言わば運命を共にしているわけですから」とハドレーは続けた。「少し困った問題があるのです。戦闘機に乗ってわたしどものあとを追っているその男は二千万ドルの支払いを金塊で要求しました。それだけのものを当地で調達することは不可能ですので、ケンタッキー州フォート・ノックスからロサンゼルスまですぐにも空輸される運びとなるでしょう。ですから……皆さん……どうかのんびり構えていただきたいのです。地上に戻れるまでにはもう少々時間がかかる見込みです」

乗客は皆いっせいに本能的に身を乗り出して、747機を尾行している飛行機を窓からのぞこうとした。乗員の場合と同じことで一人も成功したものはないが。

「この連続旋回のためにしまいには気分が悪くなられる方が出ることはわかっていますが、残念ながら、いかんともしがたいのです。乗物酔い防止の薬なり気軽にお申しつけください。そのほか何でも必要なものはご遠慮なくどうぞおっしゃってください。できるだけのことはいたします。不測の事態さえ起こらなければ、三、四時間以内にはロサンゼルスに向けて帰路についているはずです。途中経過については定期的に逐一お知らせします。以上です」

操縦室かららせん階段を降りてくるローラの耳にはげしい怒声が飛び込んできた。ファースト・クラスの客室にいた四名の役員たちのあいだですごい剣幕のやりとりが交わされている。主任客室乗務員は入口の脇に慎ましく控えて、口をはさんだものかどうか思案しながら、成行きを見守った。

相互信用金融証券会社の副社長であるホレス・J・トランスコームは憤慨していた。彼は、離陸のときからさかんに書類をくっていた、年下の市場アナリストのブレント・ギルモアを難詰している。ほかの二人はとばっちりを受けないように用心深く身構えていた。

長身の痩せこけたトランスコームは通路のまん中に立って、すくんでいるギルモアに骨張った指を突きつけた。

「〝不測の事態さえ起こらなければ〟とはいったいどういう意味なんだ、それに〝三、四時間以内にロサンゼルスに向けて帰路についているはずです〟だと？　パイロットの心には何か疑念があるにちがいない——われわれに隠していることが。戦闘機が理由もなくあとをつけているはずはないんだ。もし誰かが妙な行動を取ったら、われわれを撃墜する気なんだ」

「どうか、H・J、落ち着いてください。みんなに聞こえますよ。わたしはそんな深刻なことじゃないと確信しています。それに、血圧のこともお考えにならなくては」

「血圧がなんだ。わしは夜の便にしたほうがいいと言ったのに、この便を予約するように言い張ったのは誰だい？　ばかめが。自分がしたことの結果を見るがいい」

「ですが、副社長、ハイジャックされるとどうして前もって知ることができますか？　だいいち、あなたご自身、出立が早くなって喜んでおいでだったではないですか、夕食前にホテルのゴルフ・コースでパットの練習ができるとおっしゃって？」

「ゴルフだって？　何も覚えちゃおらんな。そんなことを言ったとしたら、おまえを喜ばせようとして上の空で言ったことだろう、自分はダメなやつだと思いこまれても困るからな」

ギルモアはひどく興奮し、つかえながら話した。

「いいえ、それは違いますよ、副社長。四時発の便は満員だったのです。で、乗るとしたら、この便か午後十一時発の便かだった。あなたがこちらに決められたのです」

「わしは何も決めなかった」とトランスコームはきんきん声を張り上げた。「おまえのやることなすこと、ろくなことにならない。おかげで、会社はこれまでどれだけ損をしたか知ってるかね？」

「その話はやめましょう。大豆と豚の腹肉の先物買いは警告したはずです。市場相場はゆるんでいた。なのにあなたは耳を貸そうともしなかったのです。会社を丸ハダカにしたのはあなたです。あのときあなたが言われたことは愚鈍さの見本そのものでしたよ、H・J」

「おまえなんか馘《くび》だ。初めから疫病神だってわかってたんだ――おまえとそのばかげた統計がな。飛行機が離陸するのも待ちきれず統計資料を引っ張り出してわしを攻め立てた。せめて地上に戻るまではもうやめてほしいもんだな」

ギルモアは助勢を哀願する眼でほかの二人を見た。しかし二人は視線を避けている。と、突然ローラが立っているのに気づいて、彼は人前で子供のように叱られたことに深い屈辱感を覚えた。

ギルモアは座席の下から書類かばんを取り出し、トランスコームとほかの二人を嫌悪をみなぎらせた眼でにらみつけた。

「地上に戻れるとは思えませんがね、H・J」彼は低い笑い声を無理に押し出した。「おつむの出来のいいあなたのことだから、当局が事態をうまく処理しているなんていうでたらめな話を信じているわけではありますまい？　ことに政府当局の指導的地位にいる連中ときたら、あなたみたいに言うことばかり大きなろくでなし揃いですからな」

トランスコームは卒中でも起こしかねない気配だった。虫けらにすぎなかったギルモアが反撃に転じたのだ。トランスコームは一言も発することができない。

ギルモアは自分が優位に立ったことを感じとる。急にトランスコームが六十二歳よりもずっと老けて、ひどく哀れっぽく見えた。

「トランスコームさん」とギルモアはほとんど同情に近い口調で言った、「興奮なさると体に毒ですよ。いつもの六時より早いですが、お酒を召し上がって、すぐにぐっすりお休みになることですね。わたしは別の客室に移ります。あなたと同席することに耐えられませんかられ。じっさい、あなたがたはそろいもそろって胸くその悪い人たちだ」

トランスコームはしばらく立ちすくんだまま、ギルモアがローラに案内されて後部客席に行くのを見送っていた。しかし、しだいに落ち着きを取り戻すと、並んですわってお互いの話に夢中になっている様子のほかの二人に向き直り、じろりとにらみつける。

「へえそうかね。いまのやりとりが聞こえなかったふりをしたってわかってるぞ。ところで上院議員はどこだ？」

二人は顔を上げて、トランスコームに首を振った。

「最後にお見かけしたのは、階段を登っていかれるところでしたが」と一人が答える。

「われわれと一緒にここにいるべきだ。たぶん、特別待遇でも受けているのだろうが、どうしてそんな必要があるのか？　どっちか探しに行ってきたまえ。話がある。この窮地から脱け出す方法が何かあるにちがいない」

一人の男が立ち上がって階段のほうへ歩いていった。

「それから客室乗務員に来るように言ってくれ」とトランスコームはうしろからどなった。

「オールド・ファッションド・カクテルが飲みたいんだ」

スピーカーからハドレー機長の声が流れてきた。

「乗っ取り犯人がわれわれを解放してくれるまでかなり待たなくてはなりませんから、どうかできるだけ楽にしてくださいさい。客席内を歩きまわってもけっこうですが、必要が生じたらすぐに席に戻って、シートベルトを着用できるようにお願いします。予定どおり、まもなく昼食をお出しします。そのあとで映画を上映します。もちろん、今回はそのための料金はいただきません。皆さんにお渡しするイヤホンで、録音されているいろなプログラムを聞くことも可能です。チャンネルの選択スイッチはひじ掛けについています。以上です」

威勢のいいセールスマンのブルースは立ち上がると格子縞の上着を脱いで、座席の上に放り投げる。

「処刑前の死刑囚最後の食事ってわけかい？　おまけに映画も無料《ただ》ときてる。いや驚いたね。ハドレー機長、あんたはたいしたやつだ。大盤振舞いには気に入ったぜ」ブルースは笑い飛ばそうとしたが、おもしろがるものは一人もいなかった。ディックに眼を移し、それから客室乗務員に合図をする。「昼めしや映画なんかどうだっていい。じゃんじゃん酒を持ってきな。どんなことが起こっているかなんざ忘れちまいたいんだ」

肩まで髪を伸ばし、ひげをたくわえ、サングラスをかけて、二列うしろの席にすわっていた奇抜な格好の男が立ち上がった。洗いざらしのジーパンに、一切れのアップルパイがカラー・プリントしてあるTシャツ、それに、つばの広い褐色の帽子といういでたちだ。

「おい、あんた！」

ブルースは振り向いた。

「そうだ、あんただよ。まったくそのとおり。あんたの超絶主義は本物だ。あんたが気に入った。おれの考えも同じだよ。平和《ピース》だ、きょうだい！」

ブルースは初めは共鳴者が現われたぐらいに思っていたが、やがて、びっくり仰天した。男はマリファナを器用に巻いている。紙をうまそうになめて、ブルースにも一本作ってやろうという身ぶりをするが、ブルースは首を振って断わった。

男はにっこり笑って火をつけ、ぐーっと深く一息吸い込む。通路をはさんで向かい側にすわっているずんぐりした建設作業員タイプの男の、便秘症に悩んでいるような顔にまともに煙を吹きつけた。

「もしこれがマリファナの最後の旅《トリップ》だってんなら、思う存分桃源郷をさまよってやるぜ、なあ、おい。あにき、一緒に陶酔《オービット》の旅に出かけようじゃないか？」

男は嫌悪をあらわにしてぶつくさ言った。「チンピラめ。近ごろはどこもかしこもチンピラだらけだ。風呂くらい入って、人間らしいにおいをさせたらどうだ」男は立ち上がってブルースの脇を通り抜け、別の座席を探しにいった。

「議論は無用だ、少佐。これは頼んでいるのではなく、命令なのだ」とレイモンド・プロミノー将軍は電話に向かってがみがみ言っている。「おれの言うとおりに、超音速機十機をフォート・ノックスのゴッドマン空軍基地かルイヴィルのスタンディフォード空港に三十分以内に配置しておけ、燃料をいっぱい詰めて、すぐ離陸できる態勢にしてだぞ。それだけだ。

正規の手順を踏んでいないことはわかっている……それでと……基地司令官はいまどこだね？……訓練飛行中だろうとかまわん。即刻連絡をつけて、基地に戻るように伝えろ。そのあいだに、いま言った戦闘機の出発準備をまちがいなく整えておくんだ、わかったな？　大佐にはおれがそう言ったと言え、それから、おれはここにいるから連絡を取るようにとな。さあ、すぐにかかれ」

ワシントンでは夕闇が迫り、財務長官はいま全神経を集中している。

バーニング・ツリー・ゴルフ・コース十八番ホールの簡単な二フィートのパットを打つところだった。ここでバーディを決めれば、優勝して百ドルの賭け金はいただきだ。相手《パートナー》は口を固く結び、そのパットを手に汗して見守っている。パターのボールが球に触れようとした瞬間、長官に緊急電話が入っていることを知らせるために、クラブハウスから息せき切って駆けてきたキャディのあえぐ声が耳に入った。

長官はし損じ、相棒はにやっと笑った。同点では賭けはご破算だ。長官ははずれたボールをていねいに打って穴に沈めたあと、口惜《くや》しがってパターをほうり投げた。彼はキャディに向かってすさまじい剣幕で言う。

「こんどはいったい何だ？」

「申し訳ございません、先生」とキャディは詫《わ》びた。「ロサンゼルスからの長距離電話なんです。人の生死にかかわる重大問題だとお伝えするようにとのことですが」

「いつからインフレがパットを打ち終わる間も待てない大事件になったんだ？」と長官はゴ

ルフ・カートに跳び乗りながらぼやいた。

クラブハウスで電話に出た長官の眼は話を聞くうちにますます丸く見開かれ、しばしば電話の相手をさえぎった。

「二千万ドル？……わたしにそんな権限はないことくらいよく知ってるではないか！……フォート・ノックス？……どうかしてるんじゃないだろうね？……わたしをかついでるんじゃないのか？……誰が乗ってるって？……ワズワース上院議員？……まずホワイトハウスの了解を取らなくては……いや、この決定はわたしが単独で下すことはできない……なぜかだって？……わたしの理解をはるかに越える問題だからだ……ああ、わかった。ロサンゼルス管制塔のブレイガンかエイノだな？　折り返し返事をする。むろん一刻を争うことはよくわかっている」


フレッド・スカラータ大尉が案内されてプロミノー将軍の部屋に入ってきた。スカラータはコンピュータが打ち出した書類で分厚くふくらんだホルダーを脇にかかえて、不動の姿勢を取った。

「大尉、固苦しい儀礼はこのさい抜きにしよう。ファイルを机の上に置いて椅子にかけたまえ。さて何かわかったかな？」

「閣下、第一回の調査では、説明のつかない航空機は一機も出てきませんでした。現在北ベトナム上空で作戦行動中のものは除外してありますが」

「納得できんね、スカラータ。この戦闘機はどこかで盗まれたにちがいないのだ」

スカラータはファイルに眼を通した。

「閣下、最近の三十日間、つまり昨夜までのということですが、その期間に絞って検索したところでは、実戦以外で行方不明になった航空機もパイロットもありません。TX75Eに限って申し上げますと、東南アジアでの戦闘のエスカレートにともなって、この三年間で六十七機が失われています。しかし、このなかには、合衆国、ドイツ、日本、韓国での飛行訓練中に破壊したものも含まれています」

「この戦闘機を操縦する資格を持つパイロットは何人いるのかね？」

「記録によりますと、五千二百三十六名がこのタイプの飛行機について指導を受けています。もちろん、戦死者もありますし、捕虜になったと想定されるものもあります。またそれ以後空軍を除隊したものもいます。それに多くのものが他の任務に移っています。ですが、閣下、わたくしの考えでは、同じような可変翼型超音速機を扱ったことのある正規のパイロットでしたら、おそらくあの航空機を盗むことはできたでしょう。そのものにとっては、専門の整備士による事前点検を受けないで飛ばす危険を冒すくらいは、不可能ではないと思われます」

「とすると、対象は相当に拡がるわけだな？」

「残念ながらそういうことになります。ですが、洗いざらい再検索をいま行なっていますから、三十分以内にもっといろいろなデータをお持ちできるはずです」

「よしわかった。声紋のほうはどうかね？」

「いままでのところ何も結果は出ていません。うちのコンピュータをもってしてもこれは大仕事です。次に数字のデータをお見せするときには、そのほうももっとわかっているはずです」

「ありがとう、スカラータ。なかなかよくやってくれているぞ」

ワシントンでは午後五時を少しまわった時刻で、ホワイトハウスの大統領執務室オーバル・オフィスでは明かりが煌々《こうこう》とともっていた。

大統領は非常に興奮している様子だった。机に向かって、椅子のへりに浅く腰かけ、電話で財務長官と話をしている。側近の一人がかたわらに立って、別の電話で二人のやりとりを聞いている。

「あまり長話をしている暇はない。ちょうど重要な外交政策を決定する会議の最中なのでね、しかしよく電話をしてくれたな、アンドルー。いや。金塊を渡すことが憲法に抵触するかどうか検討している時間はない。法律的な問題はあとで解決策を考えるとしよう。わたしが全責任を負うよ、アンドルー。全面的にきみを支持《バックアップ》する。かまわんからフォート・ノックスに金塊搬出の認可を出したまえ。今後この問題はわたしのスタッフに処理させることにしよう。いや、ありがとう、アンドルー」

大統領は補佐官のほうを向いた。

「いま聞いてのとおりだが、きみがわたしの立場だったら、どうするね、ホフマン？」

補佐官はじっと考え込んだ。考えながら、何事か口に出してつぶやいている。

「大統領閣下、情況の分析とさしあたって選ぶことのできる方策についてざっと考えてみました。このような途方もない要求に屈服することは、弱味を見せるようなものだとわたくしは思います」

大統領は眼を見張った。

「金塊だけが要求のすべてではありませんよ、閣下。身代金をなんとか回収しなくてはならないのですから、ほかにも出してくるでしょう。一方、恐喝《きょうかつ》犯の最後通牒《つうちょう》に応じないとすると、ほんとうに旅客機を撃ち落としかねないわけです。その可能性も一応考えてみました。つけ加えさせていただくなら、そのような悲惨な結末も、上院議員を葬るにはまたとないうまい方法だということです」

大統領はあぜんとした顔をする。

ホフマンは続けた。

「しかしながら、大統領閣下、ことしは選挙の年ですから、まず、表面的にはあらゆる手を打ったあとでなければ、旅客機を破壊させるわけにはいかないでしょう」

大統領はうなずいた。

「いずれにしても、閣下、結果のいかんにかかわらず、閣下が対策決定の過程に、直接的にも間接的にも、どの程度関与しておられたかということは、誰にも知られてはなりません。

それに、閣下のご出馬を仰ぐまでもなく、わが国にはこれだけの軍事力があるのですから、たった一人の人間のこのような恐喝に引っかきまわされて全機構がまひしてしまうとはとても信じられないと申し上げたいのです」

「今回だけは、ホフマン、どうやらわたしはきみと意見を異にするようだな」と大統領は浮かぬ顔で言った。

補佐官はおどろきの表情を見せる。

大統領はことばを続けた。「非武装のアメリカ民間旅客機に対するかかる冷酷無残な脅迫には、相応の関心を示すべきだとわたしは信ずる。最善の対応策について各方面からの提案に耳を傾けたうえで、決断をくだしたいと思う。このような重大事件ではわたしが采配をふるうことを期待する権利を国民は持っているのだよ」

ホフマンは大統領の論拠にはかくべつ感心した様子もなく、無感動に押し黙っている。

「上院議員の問題に話を戻すと、もし旅客機が無事に戻ってこなかったら、故意に彼を死に陥《おとしい》れたのだと、政敵どもは情容赦なく非難をあびせてくるだろう。おまけに、きみもよく知ってのとおり、現在でもすでに、スキャンダルは充分あるのだからね。しかし、もし旅客機が無傷で地上に戻れば、選挙の年にもかかわらず、あらゆる政治的配慮を度外視して、積極的に指導力を発揮したとして、その方面でのわたしの資質があらためて見直されることになる」

補佐官は大統領の心がすでに決まっていることを理解した。いまはこれ以上論じたところでむだだろう。ホフマンは同意を示してうなずいた。

「あらためて知らせるまで、面会の約束は全部取り消してくれ」

「ソ連大使もですか？」

「そうだ」

「もう来ておられますが。このことを快く思われないでしょう」

「気の毒だがやむをえない」

「わたくしがじかにお話ししましょう」

「そうしてくれたまえ。済みしだいここに帰ってきてほしい。国防総省では誰が総指揮を取っているか調べて、その男に連絡を取るように伝えてくれ。それから、この部屋にすぐ無線機を据えつけさせたまえ。ロサンゼルス国際空港から中継させるんだ。戦闘機と空港のやりとりを直接聞きたい」

「すぐにかかります」

「それからと、ロサンゼルス管制塔の主任と話をしたい。誰かに言って電話に呼び出してくれないか？　じゃ、頼むぞ、ホフマン」

第十八章

グラントはレーダー・スコープをのぞいていた。

スクリーンには、眼前の旅客機を除いて、影像は一つもなく、グラントは指示が徹底したことに満足した。脚のあいだに置いたナップザックを探って、魔法びんからコーヒーを注いだ。まだ熱い。心ゆくまで味わって飲み、それから、缶入りオレンジジュースをあけ、ぼそぼそするクラッカーを二、三枚ぱくついた。もっと腹にこたえる食事はあとまわしだ。

午後二時を少し過ぎている。ハイジャックのニュースはもう知れ渡っているにちがいない。グラントは、当局がどのように反応し、どういう対抗策を取るつもりでいるのか聞いてみようと思って、低周波受信機の一つをロサンゼルスのKFWB放送局に合わせた。

ニュース専門局のアナウンサーが大づかみに第一報を報じているところだった。さしあたり、81便の乗客の安全を第一に考え、なんらの対抗措置も考慮されていない。アナウンサーはさらにつけ足して言う、ほどなくまた新しいニュースを知らせるが、そのさいに、乗っ取り犯人の〝屈折した心理〟についての専門家である高名な精神科医に、この卑劣な新形式のゆすりに関して意見を聞いてみると。

グラントは苦笑した。

「それでは、皆さまのハピー・パピー・ドッグ・フードの会社よりお知らせをひとこと」とアナウンサーは陽気に続けた。

何人かの管制官が指示を受けるためにブレイガンの部屋に押し寄せていた。FBIの部長、

PGAの代表者、連邦航空局の支所長もその場にいる。急遽《きゆうきよ》派遣された空軍大佐と制服を着た警察の分署長《キャプテン》の姿も見える。ブレイガンは管制官に椅子を補充するよう依頼した。

マイケル・エイノが自分の部屋から駆け込み、人びとをかき分けて進み出た。

「主任、大統領が電話に出ておられます」

ブレイガンは眼をしばたたいた。

部屋のなかのものは一人残らず息をこらして、主任管制官のことばに耳をすます。

ブレイガンはたばこを揉《も》み消しながら受話器を取った。

「はい、大統領閣下……わたくしが掌握に当たっております……ブレイガンです、閣下、トム・ブレイガンといいます……さしあたり、たいして打つ手はなさそうです……向こうのやることにはまるで危なげがありません、よく心得ていますし、こちらの手の内も熟知しています……いつも先手、先手と打ってきます……はい、閣下、このままお待ちします……」

オーバル・オフィスの大統領は手で送話口を押さえて、ホフマンと二言三言相談した。

ブレイガンを取り囲んでいる人びとは耳をそばだてて待っていた。ブレイガンが話を開始すると同時に、彼の顔にいっせいに視線が集まる。

「いいえ、閣下。どうやって金塊を回収するつもりか、かいもくわかりません。それに関してはいままでのところ何も触れていません。こちらに対応策を練る機会を与えないように、一時に少しずつしか指示を出さないのです……いいえ、ワズワース上院議員のことは何も。関係はなさそうです……じじつ、上院議員は別の航空機にお乗りになるはずでした。出発の数時間前に予約が変更されたのです。ですから、乗っ取り犯人には知りようがなかったでしょう……はい、このままお待ちします……」

大統領はまた補佐官と相談した。

「はい、大統領閣下、ここにおります。わたくしも賛成です。ぜったいに敵対行動を取るべきではないと思います……ええ、ほかにもハイジャック事件を直接扱ったり、関係したりしたことはいくらもありますが、いずれも犯人が機内にいるというケースばかりで——それだと、乗員が状況判断をすることもできますが。これはまるで幽霊を相手にしているようなものです……はい、閣下、切らないでお待ちしますが、どうか急いでください。相手はわたくし以外のものと話したがらないのです、いつまた呼び出してくるかわかりませんから……」

ブレイガンは受話器を耳にあてたまま、たばこを取ってくれというしぐさをした。誰かがフィルターつき紙巻を手渡そうとするが、ブレイガンは首を横に振る。エイノが火のついたキングサイズを差し出したのを受け取る。

「はい、ここにおります、閣下……そうですね、航続時間は八時間程度です——少なくとも、それだけの燃料しか積んでいません……」

ブレイガンは深く息を吸い込む。大統領のことばにはげしい動揺を示した。こぶしを固くにぎりしめたが、礼儀正しい態度は崩さなかった。

「たしかに、これまでたいていの場合、こけおどしが多かったようです、ですが、大統領、こいつは違うと思います……閣下、二百一名の人間が乗っているのです。それに不幸な前例もないわけではありません。一九五六年にエル・アル・イスラエル航空の旅客機がブルガリア上空でミグ戦闘機に撃ち落とされています……ミュンヘン・オリンピックのときの軍用飛行場での大量虐殺の例もありますし……また最近ではイスラエルのジェット機によってリビアの727型機がシナイ砂漠上空で撃墜されました……わたくしたちがそういう事実を知っているということも計算ずみにちがいありません。はあ、お待ちしますが、呼び出しが入ったら、そちらへ出なくてはならないかもしれません……」

ブレイガンはだんだん苛立ってきている。気持を鎮めるために必死の努力をしていた。

「はい、同じく、ブレイガンですが、大統領……パレスチナ・ゲリラが糸を引いているかどうかはわかりません……閣下のおっしゃる電話は頭のおかしな連中のしわざにちがいないとは思いますが、FBIの長官に調べてもらいましょう。ちょうどいますぐそばに立っていますから……けっこうです、閣下。軍に関係する部分は閣下のスタッフと国防総省におまかせします。もう一度名前をおっしゃっていただけませんか？　プロミノー将軍ですね、わかりました。……いいえ、綴りはけっこうです、すぐ調べられますから。閣下、くどいようですが、軍がわたくしの了解を取らないで勝手に動くことのないよう、くれぐれもお願いします。ばらばらに行動することは断じて許されません……それでよろしいです。どうか周知徹底させてください、特にヴァンデンバーグに……ありがとうございます……承知しました、副主任にたえず連絡を取らせましょう……マイク・エイノという名前です……変わった姓ですが、エイゴのエ、イロハのイ、ノハラのノです。ええ、どうぞ、切らないでお待ちします……」

ブレイガンは溜息《ためいき》をつき、じりじりして首を振った。

「もしもし。はい、わたくしです……不要になった旧式戦闘機をこの目的のために改造したものではないかとおっしゃるのですか？　わたくしはそうは思いません。それでしたら、747機の航続時間に太刀打ちできないでしょう。それに、どうやらユナイテッド航空のパイロットがTX75Eであることをかなり自信をもって確認しているようです。最大飛行時間はどのくらいかは知りませんが——わたくしの理解するところでは、機密事項になっているはずですから——ですが、閣下は国防総省でお訊きになれますし、わたくしどもに教えてくださることも可能です。そうすれば、ある程度、相手について見当もつけられます……とんでもありません、閣下、もう一度申し上げますが、どうしてはったりだとお考えになるのかわたくしにはほんとうに理解できません……わかりました、ご命令とあれば、探りを入れてみましょう……はあ、もちろん、結果はすぐお知らせします。ありがとうございました、大統領閣下……わたくしどもは全員最大限の努力をしております」

大統領が、〝シャドー81〟のパイロットを試す、あるいは、大統領の表現によれば「慎重にそれとなく打診してみる」ことに固執したので、ブレイガンは困惑した。

周囲の人間がいずれも黙って見守るなかで、ブレイガンは新しいたばこに火をつけ、しばらく考え込んだ。結局外交的な駆け引きによるのがいちばんだろうと決断する。

主任管制官は部屋から出て、空いているコンソールに腰をおろした。全員もすぐあとに続いて移動する。

ブレイガンはスイッチをパチパチと入れ、マイクのボタンを押して戦闘機を呼び出した。

「シャドー81――こちらロサンゼルス管制塔」

「やあ、ブレイガン――シャドー81だ。何か用かね？」

747機のコクピットでは、ハドレーと他の三人がただちに話をやめた。

「シャドー81」とブレイガンは、しっかりした口調で言った。「これまでのところ、指示は一字一句たがわず実行されている。すべての航空機はロサンゼルス国際空港から四百マイル以上のところへ退避させたし、超音速機はやがてこちらに向けて発進する手はずになっている」

「よろしい、ブレイガン、あんたはよくやっている。ところで、まさかそれだけのことを言うために呼び出したのではあるまい。ほかに何があるんだ？」

「それなんだが、シャドー81、お互いプロとして、おれはあんたが頭の切れる人間だということはよくわかる。そこでこういうお願いをする気持もご賢察いただきたいのだが――あんたの言うのが単なるおどしではないということを知る方法はないものだろうか？」

グラントはすぐには答えないで、じっくり気を揉ませることにした。時間の経過を待った。

ハドレー機長はブレイガンがなぜ今ごろになって追跡者を刺激するようなことを言うのかわからず不安に襲われた。いったい何だってあんなことを訊いたりするのか？　ハドレーはベソー、ファウスト、上院議員を順ぐりに見た。誰もが息を殺している。

ブレイガンは脈が速くなるのを感じた。待つことは神経を苛立たせる。ブレイガンはコールする。

「シャドー81、おれの言ったことが通じたのか？」

「はっきり大きな声で聞こえたよ。もっともな質問だな、ブレイガン」

グラントは短い軋《きし》むような笑い声をたてた。

「たしかにそれを知る権利はあると思う。だから、おれにはじつに不愉快なことだが、諸君の好奇心を満足させることにする。いいかな、ブレイガン、ただ説明するのではつまらんから、おもしろい実験をしてみせてやろう。伊達《だて》や粋狂じゃないことをハドレーの口から保証してもらおうというのだがね？　それだったら納得してもらえるかな？」

ブレイガンは冷汗をじっとりかいていた。乗っ取り犯人に挑戦したのはまちがいだったことを悟った。故意に挑発した結果になってしまった。まずいことが起これば、その結果は彼が責を負わなくてはなるまい。彼は即座に前言を撤回する決心をする。つとめて平静を装い、愛想よく快活に切り出す。

「やあ、あんたを侮辱する気はなかったんだよ、シャドー81。ほんとにこれっぽっちも悪気はないんだ。もし気を悪くしたのなら、あやまる。水に流してくれ。お願いだ……ばかなことはしないでくれ。取り返しのつかないことになったら元も子もなくなるぞ」

「ブレイガン、おれをあほうだと思っているんでなかったら、なだめるようなことを言うのはやめるんだな。おまえが相手にしているのはプロだ、そうなんだろう？　自分の口からそう言ったはずだ。だから落ち着け、ブレイガン。ほんの二、三分のあいだおとなしくひっこんで、操縦のことはおれたちにまかせろ。ハドレー、いまの話を聞いたか?」

「聞いていた――こちらPGA81」ハドレーは弱味を見せないように落ち着きはらった声で答えた。

「よろしい。旅客の昼食は一時おあずけだ。それからブレイガンに言っとくが、これから数分間は口出しをしないでもらいたい。二人ともいいいな?」

「こちらPGA81――承知した」

ブレイガンは周囲の者をひと渡り見まわし、諦《あきら》めたように首を振りながら、マイクをカチッと入れる。

「承知した――ロサンゼルス管制塔」

「ようし、さあ行くぞ」

まるで痛快ないたずらにでも取りかかろうとするように、グラントの声ははずんでさえいた。

「いいか、ハドレー。出力を押さえてただちに五百フィートまで降下せよ」それから、先ほどのブレイガンのなだめるような口調をわざとまねて、「急降下することはないんだよ……そうっとな……すぐうしろにはおれがついている。乗客を驚かしたくない……だろう?」

「了解。下降開始――こちらPGA81」

「ハドレー。高度計を点検して、二九・九二インチの標準セットに調節しろ。そうすればお互いの読みが一致する。五百フィートに達したら――断わっとくが五百フィート以上でも以下でもないきっかりだぞ――どうするのが身のためかわかっているだろうが――そこで〇一〇度の方角に水平飛行で直進せよ。いいな？」

「わかった。二九コンマ九二インチ、五百フィート、磁気羅針儀〇一〇度」

「よし。毎分三千六百フィートの割合いで降下。旋回は続行。十分で五百フィートに達する。その時が来たら、こちらからコールする」

「了解。降下率毎分三千六百フィート」

ハドレーは客室に通じるマイクを取り上げた。

「皆さん、こちらは機長です。ただちに席に戻って、シートベルトをお着け願います。ただいま、乗っ取り犯人は低空でなにやら演習飛行を行なうことを要求してきました。何か理由のあることだと思われますので、抗議してもむだでしょう。しかしご心配には及びません。どうか冷静を保ってください。昼食はほんのしばらく遅れます。その間、緊急なことでもないかぎり、客室乗務員に用を言いつけることはご遠慮ください。乗務員にも着席してシートベルトを締めさせたいと思います。以上です」

どう見ても慰めになるアナウンスでないことはわかっていたが、あらかじめ頭の中で念入りにことばを選んで組立ててみる暇は与えられていなかった。

乗客は恥も外聞もなくうろたえている。自分の座席に駆け戻り、ベルトを締めると本能的に椅子の両肘にしがみつくものもいた。

ハドレーは機内電話《インターホン》でローラを呼び出す。

「そっちは重苦しい空気に包まれているだろうな、わかってるよ、ローラ。きみとビーだけが頼りだ、お客が恐慌を来《きた》さないように頼む。やつが何を考えているのかさっぱり見当がつかないんだ。いましゃべったことしかこちらにもわかっていない。新しいことがわかりしだい知らせるよ」

「機長《キャプテン》、わたしたちのことは心配なさらないでください。大丈夫ちゃんとやります。機長には、ほかに気を配らなくてはならないことがたくさんおありですわ」

管制塔のブレイガンの顔は緊張した。まわりにいるエイノやほかの連中も心が緊迫の度を加えるのをひしひしと感ずる。誰も一言も発しない。

主任管制官はコンソールに腰をおろしたまま考え込んでいた。パネル上のデジタル時計に眼をやる。十四時十二分だ。ハイジャックが始まってから正確に五十分経過したことになる。そのあいだに、いちどきにいろいろなことが起こっていた。

ブレイガンはエイノのほうに顔を向ける。

「マイク、二時二十分になるまでは何が起こるかわかるまい。沿岸警備隊に電話をして、監視艇をすぐ現場に急行できるよう準備させろ——万一にそなえてな」

二、三メートル離れたところで電話番をしていた管制官がブレイガンに手を振った。

「主任、また大統領からです」

ブレイガンは顔をしかめたが、すぐに周囲の注目の視線を浴びているのに気づいた。またもや邪魔されることを憤りながらも、コンソールのそばの受話器を取る。

「はい、大統領閣下」と彼は無感動な声で言った。

「ブレイガンかね。わしの机の上に無線機を置かせたのでね、きみらがしゃべってることが傍受できるんだが、犯人はいったい何をするつもりなのかね？」

「正直言ってわかりません。閣下は探りを入れろとおっしゃいました。ところが、やつは悪魔のような心の持ち主とみえて、こんな結果になってしまったのです」

「軽はずみなことをしそうなやつだとは思わんだろうね？」

「閣下にそれを請け合うことができればいいんですが、いまのところ何も申し上げられません。ひやひやしながら、成行きを見守るしかないでしょう。じつは、乗っ取り犯人とハドレーとわたくしとのあいだには一種の親近感——プロ同士の理解——のようなものが生まれていたことを、おわかりいただこうとしたのですがね。願わくば、わたくしたち三人のあいだの相互信頼と尊敬の細い糸がまだ切れないでいてほしいものです。特に心配なのはハドレー機長です。わたくしの能力に対する彼の信頼がゆらぐことになっては一大事ですから」

「よし、ブレイガン。きみの言うことはわかった。今後は口出ししないよ。きみにまかせる。無線で傍聴するにとどめるが、無視されるのは困るよ」

「わかりました、閣下。まだ手遅れでないことを神に祈りましょう」

バーニー・オールコットはすっかり名士になっていた。国じゅうのいたるところから電話がかかってくる。新聞社、ラジオ局、テレビ局、いずれもが〝独占〟情報を求めてきた。いまや《ロサンゼルス・タイムズ》の〝航空担当編集主幹〟は、〝航空業界と高度なレベルでの接触〟を持ち、肝心な事実を熟知している〝その道のベテラン〟として津々浦々にいたるまで知れ渡った。

ロサンゼルス国際空港の記者室に通じる回線はすべてふさがっている。記者たちが我勝ちに殺到してくるのを防ぐためにバーニーは扉に鍵をかけ、同時に二台の電話に向かって話すという活躍ぶりだ。

記事を口述するにあたって、短い前置きを述べたものだ。

電話をかけてくる編集部員にあらかじめこう警告した。バーニーが取材した内容や、個人的状況判断やら所見やらは先方がテープに録《と》るわけだが、料金はごく安い〝標準〟料金率、すなわちテープに入れた一分、または一分の何分の一かにつき五十ドルを申し受けると。バーニーはその条件が受け入れられたうえで、おもむろに記事を語りだした。

電話をしてきた相手は忘れないようにノートに記録しておいた。

とはいえ、バーニー・オールコットは優秀な記者で、彼から買った時間は充分それだけの値打ちのあるものだった。ヘッドホンに直結したマイクに向かってしゃべりながら、バーニーは同時にタイプをたたく。そのタイプ原稿をダッブスが受け取って、契約を結んでいる報道機関宛《あて》にテレックスで打つという寸法になっていたが、この見習いはもたもたしてバーニーのペースになかなかついていけない。南カリフォルニア大学では、〝緊急時のニュース取材〃の訓練はしなかったとみえる。

　午後二時二十二分、グラントの声がジャンボ・ジェット機の操縦室の沈黙を破った。

「ハドレー。そろそろ五百フィートだ。右旋回して〇一〇度に針路を取れ。高度を五百に維持し、対空速度を百六十ノット（時速約三百キロ）を超えないようにせよ。いいか？」

「了解――PGA81」ハドレーの声はかすれていた。操縦輪を握っている手がかすかに震えているのに気づき、ベソーを見た。彼も同じように緊張していた。ワズワースはまだ二人のうしろに立っている。ファウストは計器盤の前で計器をにらんでいる。

「ハル、おれたち二人して操縦にかかる必要が生じないとも限らないから、待機していてくれ」とハドレーは言った。

　グラントがコールしてきた。「PGA81。こっちから見たかぎりでは申し分ないようだ。対空速度をそのまま持続しろ」

「何をするつもりなんだ？」

「いいから、黙って言うとおりにすればよい。眼下の海原に眼を向けろ――まっすぐ前方、三マイルほど先だ。そのとおりにしたら知らせろ」

「いいぞ、見ている。いったい何を探したらいいのだ？」

　ふたたび長い沈黙が流れた。管制塔のブレイガンや他の人びとにとって、それはほとんど耐えがたいまでになりはじめた。

グラントは機の位置をきっかり高度一千フィート、747型機の尾翼の二マイル後方に置いた。約三十秒ばかり旅客機のあとにつき、両機のあいだの距離がせばまりも遠ざかりもせず一定に保たれていることを確認する。

グラントは注意深く狙いを定め、引金をゆっくり絞り、右翼の下に装着されたロケット弾を一発発射した。

ジャンボ・ジェット機の鼻先を誘導弾が燃える尾を棚引かせて稲妻のように大洋に向かって走りぬけるのを、ハドレーと他の三人は目撃した。

巨大な閃光《せんこう》にかれらの眼は一瞬くらんだ。とその直後に太平洋上から空に向けてきのこ状の見上げるような水柱が吹き出した。

荘厳な水柱は千フィート以上の高さにまで立ち昇り、そのまましばらく中空にとどまるかに見えた。

ボーイングは戦闘機パイロットの命じた針路を進み続け、山のような水の中を通過した。落下してくる何トンもの海水が風防ガラスに当たってくだけ散り、ハドレーと三人は思わず首をすくめた。

一方客席では、胴体や翼をたたく滝の音を聞いて乗客があげるヒステリックな悲鳴が、静寂をつんざいた。

「くそっ、あのゲス野郎め」ハドレーは歯ぎしりして叫びながら、安定を失った機を立て直すために、昇降舵《だ》や方向舵、姿勢制御補助翼と格闘した。しかもそれは果てしなく続くように思われた。

　いきなりグラントの声が飛びこんでくる。

「ハドレー、いまの有様をブレイガンに話せ」と手短に命令した。

「ロサンゼルス管制塔――こちらはＰＧＡ81」ハドレーはかんかんだ。「尾行機がたったいま、ミサイルだかロケット弾だかを――どっちかわからないが――旅客機の眼前の大洋にぶっぱなした。ほんの眼と鼻のさきだ。もろにしぶきをくらった。彼が火器を搭載していることは明白だ。いまそれを思い知らされたわけだ。二度と同じようなことをされたら、乗客は……」

「もういい、ハドレー、充分だ」とグラントがさえぎる。「ブレイガン、そこにいるか？」

　主任管制官は眼を閉じていた。その情景を想像し、まったく手も足も出せないだけに怒りで心は煮えたぎっている。

「ここにいる」と彼はむかむかする気持を押さえて答えた。

　グラントは皮肉を押し隠そうとはしない。

「ブレイガン、これで完全にご満足いただけたかな？」

　主任管制官は一言もなかった。

「了解。なにも罪のないものの度肝を抜くことはなかったんだ」

「さて、お楽しみもゲームも終わったところで、こんどはそっちの出番だな」とグラントは辛辣《しんらつ》に言った。「例の金塊はどうなっているか聞こう」

「現在、積み込み中で、すぐにもこちらに向かって発進するだろう。ロサンゼルス国際空港到着予定時刻はいまから約二時間二十分後だ」

「嘘をついても、飛ぶのはおまえさんの首でおれのではないのだぞ」とグラントは釘《くぎ》をさした。さらに続けて、「ハドレー、高度三万六千フィートに戻れ。旋回しながら上昇する。その高度に達したら、前と同じ要領で飛び続けろ。チェックポイントも同じ。旋回半径も変更なし。乗客に食事を出してもよろしい。ブレイガン君も当分はわれわれの邪魔をしないでいてくれるだろう」

「了解。三六〇まで上昇――こちらPGA81」ハドレーの声にはほっとした様子がうかがわれる。

グラントはほくそ笑んだ。

ローラが操縦室に入ってくる。

「機長《キャプテン》、機は上昇していますわね。これから何をいたしましょう?」

ハドレーはローラにちらっと笑ってみせた。

「ちょうどいいところへ来てくれて助かった。電話をしようと思っていたのだ。やつの狙いはこっちの肝を冷やすことだったわけだが、みごとに成功したと認めざるをえない。ところで、昼食を出す支度をしてくれたまえ。乗客にはもう何も心配することはないと伝えても大丈夫だ。二、三分したらわたしが放送しよう」

「すぐほかの客室乗務員たちに知らせますわ。こんどはいつごろ連絡にまいりましょうか？」

「もう急がなくてもよい。しばらくはそっちもてんてこ舞いだろうしね。何かあったら、機内電話で呼び出すよ」

「では失礼します」

客室乗務員たちはいっせいに食事を載せたカートをころがしはじめた。が、ほんとうに食欲のあるものは一人もいない。

グラントは管制塔を呼んだ。

「ブレイガン――シャドー81だ。上昇しているあいだに、ひとつ記録の用意をしてもらおうか。いま、西海岸時間で……十四時二十八分、目標時刻まで二時間三十二分、計時続行中」

「記録準備よし……こちらブレイガン」

「その一、十名の武装警官を乗せた大型の四人護送車を用意すること。それを十四時四十分、すなわちいまから十二分後に、ロサンゼルス市ダウンタウンの《ロサンゼルス・タイムズ》ビルディングの前に置いておく。制服を着用したロサンゼルス市警本部長も一緒に乗り組むこと。聞き取れたか？」

「聞き取れた。シャドー81、そのまま、ちょっと待ってくれ」

ブレイガンは隣に立っていた分署長に尋ねるような視線を向ける。署長は承諾のしるしにうなずいて、電話に手を伸ばす。

「どうぞ、シャドー81――ブレイガンだ」

「その二、超音速機が金塊を積んでロサンゼルス国際空港に着く前に、双発のウィッジョン水陸両用機に燃料を満タンにして持ってきておくこと。すぐ離陸できるようにして開いている滑走路の端に置いておく。わかったか？」

「シャドー81――こちらブレイガン。警察の囚人護送車と本部長に関する件はオーケーだ。さっそく取りかかっている。だが、双発のウィッジョン水陸両用機はどこを探したらあると言うのかね？　三十年も昔の骨董品《こっとうひん》的しろものだ。この空港内は言わずもがな、カリフォルニア州内にすらあるかどうか怪しいもんだ。ほかのものでは間に合わないのか？」

「だめだ。ウィッジョンがいる。ブレイガン、何から何まで教えてやらなくてはできないのかね。周辺の自家用機用飛行場に電話で当たってみればわけないことさ。ついでに水上飛行機の基地にも問い合わせてみるといい。簡単に見つかること請け合いだ」

「よろしい。最善の努力はしよう――こちらブレイガン」

「それでは困るのだな。ぜがひでもウィッジョンがいるのだ」とグラントは苛立ってあくまで主張する。「ブレイガン、手がかりをやろう。お互いに大いに時間の節約になることだからな。ヴァン・ナイズ空港に当たってみたまえ。たかだか三、四十分のところだ。誰かを見にやらせればいい。調べてみることだ、いいか、調べてみるんだな」

　ブレイガンは憤怒にぎりぎりする思いだった。

「わかった、調べてみる」と彼はむかっとして乱暴に叫んだ。「待機してろ。こっちから連絡を取る」

「そうこなくちゃ。ずっといいぞ、ブレイガン」とグラントはからかうように言った。

コロラド・スプリングスの北アメリカ防空司令部（NORAD《ノーラッド》）では、ハーマン・サンドライン空軍大将が電話が鳴るのを自室でいらいらして待っている。

北アメリカ防空司令部長官として、十分ほど前にホワイトハウスに電話を入れ、ハイジャック事件の解決策があるから大統領に取り次いでくれるように申し込んだのだ。何だってこんなに手間どるのか彼には心外だった。なにしろ、彼はシャイアン・マウンテンの岩山をくりぬいて作ったピカ一のすばらしい探知機構を掌握しているのだ。

合衆国、ソ連、中国、ヨーロッパのさまざまな国によって打ち上げられた人工衛星や数多くの宇宙の有象無象をすべてNORADで監視している。くもの巣状に張りめぐらした網の目によって北アメリカ大陸は一フィート間隔に覆われていて、理論上は、合衆国上空のいかなる航空機も飛行物体も正確につきとめることが可能であるNORADは敵の大陸間弾道ミサイルを防ぐ盾のかなめだった。

最近、キューバ発進のミグ戦闘機が、NORADの探知をまぬがれるという事件が起きた。パイロットはじつは逃亡者だったのだが、まっすぐフロリダの空軍基地に向かって飛び、そこに着陸した。そのあいだどこからも怪しまれなかった。

迷惑な出来事だった。もしそのミグに原子兵器が搭載してあったらどういうことになったか、という議論が報道機関からかまびすしく起こった。

不完全な説明しかなされないまま、事件の全容は、すぐに大衆の眼から隠されてしまった。レーダー・ステーションの欠陥とパイロットの僥倖《ぎようこう》によるものだというのだ。探知網を避けるためにパイロットは、まかりまちがえばどこかに激突しかねないほど危険な低空飛行をしたとのことだった。

やっとサンドライン将軍の電話が鳴った。彼は受話器をひったくる。

大統領補佐官のホフマンだった。

サンドラインは内心おだやかではなかったが、補佐官に自分の考えを述べた。補佐官は彼を待たせて大統領に取り次いだ。

「大統領は考えてみたいとおっしゃっています。決定したら、こちらから電話をさしあげるそうです」とホフマンは言った。

「悠長なことは言っていられないのです。どうかじかに話をさせてください。三十秒とはかかりませんよ」とサンドラインは懇願した。

大統領は別の電話でそれを聞いていて、割り込んできた。

「将軍、いまのところ、あんたのプランには興味がないのだ。ホフマン君が伝えてくれたように、わたしの心はまだ決まっていない」

「大統領閣下、どうかお聞きください。わたくしの申し上げたミサイルはわが軍が所有するもっとも精巧な兵器です。高度二十万フィート、射程三百マイルの範囲内でしたら蚊一匹にも命中させることができます。旅客機にはかすり傷一つ与えないで戦闘機を撃ち落とせると確信しています」

「将軍、あんたの熱意はよくわかる。だがね、何パーセントの命中率をあんたは保証できるのかね？……だめだな、サンドライン将軍、それではまずい。もっと確率が高くないとねえ。……あんたの言いたいことはわかるよ、将軍。……しかしだね、もし乗っ取り犯人が、現在の旋回半径とか高度、速度などを、とつぜん変える気になったら、どういうことが起こるね？」

「ですが……その……大統領閣下……つねに危険はつきものです……それはやむをえないと思います。それに、われわれの兵器の性能が仕様書どおりかどうか試してみる絶好の機会ではないでしょうか？　あらゆる予防措置を講ずることは請け合います……」

「将軍」と大統領はさえぎった、「わたしはよく覚えているが、ハノイ市内および周辺の軍事施設しか爆撃しないと軍は保証したのだよ。軍の〝スマート爆弾〟は自転車と米俵の違いも見分けられるとね。ところがいざ蓋をあけてみたらどうだ、フランス公使館は粉みじんになり、公使は死に、バクマイ病院は吹き飛ばされるという始末だ。それでもあんたは蚊を撃ち落とすことのできるミサイルを持っていると言うのかね？　将軍、これだけは、はっきりしておきたい。総司令官としてわたしは、くだんの旅客機あるいは戦闘機の方角に、いかなる火器を発射することも断じて禁ずる。それだけだ、サンドライン将軍。では失礼する」

サンドラインはすっかりしょげかえって、いつまでも黙りこくっていた。

大統領は補佐官を見た。

「なあ、ホフマン、こういうあほうどもにわたしは国防をまかせておるのだ。将軍のくせして、蚊を狙うようなことしか頭にないんだからな」

「閣下、そうむきになられなくとも」

「むきになるだと！　わたしはすでに国じゅうのハト派からは、血に飢えた残忍な男と非難されているのだぞ。それなのに、やっこさんは自国の旅客機を撃ち落とすかもしれない危険を冒すことをわたしにすすめているのだ——それも選挙の直前にな。まさに深慮遠謀とはこのことさ。わたしにとってはとどめの一撃にもなりかねないのだぞ！」

「まあまあ、大統領、閣下がこの不運な事態に最善を尽くそうとされたからといって、閣下を責めることは誰にもできませんよ」

「ホフマン、この金塊に関する問題は、きわめて慎重に、しかもうまく運ばなくてはならないぞ。ベトナムの現状はどうだ、破綻《はたん》にひんした経済、猛威をふるっているインフレ、政府部内の腐敗や汚職を考えると、これはわたしを困惑させるために反対派がたくらんだ陰謀とみることだってできるのだ」

「閣下、どうかそのようなことは人前で口になさらないようお気をつけください。でないと、また閣下の感情的な過剰反応と解されて非難を招きかねません」

「ばかな心配をするな、ホフマン。やつらは隙あらばとわたしを狙っている。そんなことはよく承知しているさ。敵の手にはまるようなわたしではない！」

大統領の顔面にさっと血が昇るのを見て、ホフマンは話題を変えたほうがいいと判断した。

「閣下、ホワイトハウスでの午後の定例記者会見はハイジャックのために余儀なく遅れております。記者連中は、ソ連との戦略兵器削減交渉と、閣下の来《きた》るヨーロッパ外遊についても質問があるようですが、スポークスマンにはどう言わせましょうか？」

「ハイジャックについてはノー・コメントだ。それから、大統領は差し迫った問題で手が離せないから、本日の予定された行動は発効せずとしておきたまえ」

「発効せずですって？　それはどういうことですか、閣下？」

「わたしにもよくわからないね。解釈は記者諸君にまかせるさ」


ロサンゼルスではちょうど午後二時三十五分、囚人護送車がけたたましいサイレンの音に囲まれてダウンタウンを狂気に駆られたように走っていた。

護送車は六台のパトロール・カーが護衛して、サイレンを鳴らしながら赤信号をつっ切ろうとやっきになっているが、かえって交通を混乱に陥れている。

乗っ取り犯人の命令どおり、二時四十分に、護送車は《ロサンゼルス・タイムズ》ビルディングの正面にタイヤを軋《きし》ませてぴたりと停まった。いったい何事が起こったのかとビルの上階から記者たちが見に降りてきて、メモを取りはじめる。

囚人護送車のうしろの扉から跳び降りた警官らはパトロール・カーの警察官と協力してあたりの交通を遮断《しゃだん》し、迂回《うかい》させる。

折しも街にやって来ていたリングリング兄弟バーナム・アンド・ベイリー・サーカスが警

察官の交通整理を多少複雑にした。楽隊や象や熊、駅馬車やぶらんこ乗りや踊りまわる道化師からなるパレードがスポーツ・センター目指して進んでいた。そのため《ロサンゼルス・タイムズ》ビルディングの前は子供やおとなの黒山のような人だかりができていたのである。

制服に身を固めたウォルター・J・カウラン本部長は護送車内のベンチの、運転席とのしきりに接した場所に落ち着いてすわっていた。パイプをくゆらせ、膝《ひざ》の上にのせた超短波のポータブル受信機を聞きながら、外の情景を眺めている。かたわらのベンチの上ではウォーキー・トーキーがガーガー鳴っていた。

カウランは護送車の外で番をして立っているパトロール警官の一人を呼んだ。

「サーカス団に、このブロックの途中で右に折れて、平行しているもう一つの通りでパレードをするように言いたまえ。群集もそっちへ移動させろ。誰にも文句を言わせるんじゃないぞ。必要なだけほかの警官の手を借りるがよい。即刻移動させろ！」


フォート・ノックスでは、銃を構えた憲兵が周囲をものものしく警戒している〝合衆国金塊保管庫〟の裏門脇に、警備隊長が立っていた。軍の作業服を着た特別任務の兵隊たちが、やがて乗っ取り犯人の手に渡る金塊を、けげんそうな顔をして運搬用トロッコに積んでいる、それを隊長は監督していた。

隊長は腕時計をちらっと見た。四十一分過ぎだ。金塊を空港に送り出せば、彼の任務も終わるが、それまで九分しかないのはつらい。

金塊の保管場所までたどりつき、さらにそれをえり分ける仕事は隊長にとってなまやさしいことではなかった。総計一万四千七百万オンス、時価にして六十億ドルを上回る、肝をつぶすような量の金塊が保管庫にはある。金庫室は二十トン以上もある大扉によって保護され、扉の組み合わせ番号のすべてを知っている人間はいない。数名の職員が、それぞれ自分しか知らない厖大《ぼうだい》な組み合わせを、人払いをして別々にまわす必要がある。したがって、このように予告もなしにさまざまな関係者を全員かき集めるとなると並大抵ではなかった。

隊長は照合伝票を見た。ありがたいことに、あと百本で、五キログラムの延棒《インゴット》千本分がすべて完了する。乗っ取り犯人が要求している一キログラムの延棒五千本のほうは扱いやすかったのがせめてもの慰めだ。

隊長がおそろしくせきたてるものだから、兵隊たちはぼやいている。

「たいていは搬入の仕事だけで、しかも、ゆっくりやるのになあ」と一人が言った。「運び出したのはおれの知るかぎり初めてだよ」と、重いほうの金塊延棒六本をいちばん上に積み上げながら、ぶつくさ言っている。

別の一人が立ち止まって額の汗を拭く。

「ちぇっ」と吐き出すように言う。「このトロッコ全部でべらぼうな数だぜ。それにしても、何だってこう急ぐんだい？　どうしてこんなにあわてるんだ？」

彼はついに好奇心に負けた。

「隊長、この金塊は全部どこへ持って行くんですか？」と監督している男に尋ねる。

「よけいなことに気を遣うな、二等兵」と警備隊長は無愛想に答えた。「知らないにこしたことはない。さっさとやったやった」

憲兵を乗せた四台の装甲トラックが到着した。マシンガンを前後に装備したジープがまわりを固めている。

「ようし、みんな、トロッコをトラックに載せるんだ。急げ」と隊長は命令した。

またたくまに貴重な積荷はトラックの上におさまった。

隊長は時間を見た。まだ四十八分過ぎである。二分のゆとりをもってやりとげたわけだ。

二台のジープに先導されて、四台のトラックは一団となってゆっくり金塊保管庫道路を走り、鋼鉄製の外周フェンスに向かった。残りの二台のジープはしんがりをつとめた。

ゲートを通過し保管庫の域外に出ると、右折して、フォート・ノックスをぬける金塊大通りに入った。それからもう一度右折して、国道西三十一号線に乗り、ゴッドマン空軍基地目指して驀進《ばくしん》した。

どこのテレビ局もラジオ局もいまや特別のニュース放送を組んでいる。

ニュース解説者にとって、興味津々《しんしん》のサスペンス物語を作り上げる道具立ては揃《そろ》っていた。刻々と迫る時間、航空機、身代金の要求、金塊、非常事態、トップレベルでの即決。加うるに、機上にワズワース上院議員がいることも、興趣を添える。さらに見落とすことのできないのは、〝人間的興味〟に訴える高空でのドラマや地上で気を揉んで待っている家族や親戚《しんせき》のことである。

　科学担当の編集委員がスタジオに呼ばれる。乗っ取り犯人の要求が時間までに充たされ、悲劇が回避できる見通しについて、〝専門的見地からの推測〟を立てるように求められる。

　フォート・ノックスに関する古い記録映画が掘り出される。ボーイング747機についての短い紹介用の映画が放映される。それによって、大きさ、航続距離、航続時間といった航空機の特徴や、とうぜん、二千五百万ドルを上回る製作費のことなどが明らかにされる。

　これまでのところ、乗っ取り犯人の飛行機についての詳細はわかっていなかった。国防総省は非協力的で、具体的な発表を拒んだ。スポークスマンはただ、〝国籍も型も不明な戦闘機〟であることを確認しただけだった。

　とりたてて新しい報道が入らない閑散とした時間には、正規のニュースを早目に始めて、そこにハイジャックの報道をおりまぜた。

　ベトナム戦争のいくつかのシーンがまず画面に出た。つぎに、それと対比して、衛星中継によりあらかじめ録画してあったパリの和平交渉の模様が映される。

　フランスの首都から特派員の声が伝える。たいへん〝楽観的な〟空気に終始し、和平交渉は大詰めを迎えた。会議場から出てくる代表団は笑顔を見せ、互いに握手を交わしている。

　捕虜が釈放されて帰国するのも間近いことだろう、とその通信員は結んだ。

　乗っ取り犯人、ＰＧＡ81便、ロサンゼルス管制塔相互の交信に使われている周波数をつきとめることに成功したと、ある局のニュース解説者が発表した。いまや系列局のテレビ視聴者やラジオ聴取者は、ロサンゼルス南西百六十マイルの太平洋上で繰り広げられている〝前代未聞の冒険談〟を〝生《なま》で〟聞くことができる。ほどなく他の二つのネットもこの発信の傍受に成功した。

ウィッジョンが見つかったかどうかというグラントの短い問い合わせの声が入った。それに対してブレイガンは、やはりヴァン・ナイズ飛行場に一機あるらしいと答えている。

ウィッジョンとはどういうものか知らない視聴者のために、ニュースキャスターが解説を加える。戦闘機パイロットと主任管制官とが言っているのは、古めかしい双発プロペラ機で、地上でも水上でも使える水陸両用機である。ついで解説者は、ウィッジョンは乗っ取り犯人があとで逃亡するときに用いるものと思われる、というわかりきった結論を引き出す。

ロサンゼルス国際空港のバーニー・オールコットにかかってくる電話は目に見えて減ってきた。かれこれ二時間近く天下に君臨したわけだが、その栄光の瞬間も去ったとみえる。どの局も直接介入するようになったので、背景的資料を求める以外バーニーの必要性はなくなった。

バーニーは諦め顔で苦笑いした。またもや現代科学技術のおかげで彼は時代から取り残されようとしていた。

第十九章

グラントはハムの缶詰をあけ、薄くくさびの形に切って、メルバ・トーストのあいだに挟むと、この〝美味なるオードヴル〟にがぶりと食らいついた。

「おい、ハドレー？——シャドー81だ」

「こちらPGA81——どうぞ」

「機内の様子はどうだね？　乗客はおとなしくしているかな？」

「おかげで、みんな冷静だ」とハドレーはそっけない返事をする。

「おやおや、おれにつんけんすることはないだろう、機長。仲良くしようとしているだけなのに。あんな綱渡りみたいなことをするのはおれの本意じゃなかったんだ。それはわかってるはずだ」

「こんどは何の用だね、シャドー81？」

「たいしたことじゃない。こんな高い所に一人でいると淋《さび》しくなってくるもんだ。で、ちょっとご機嫌をうかがってみたいと思ったのさ……昼食はもうすんだのか？」

「いま出している最中だ」

「どんなメニューだね？——なに、ただの好奇心からだ」

乗っ取り犯人の慰撫《いぶ》するような態度にハドレーはおやっと思った。とうてい無駄口をたたくような心境ではなかったが、にもかかわらず、おしゃべりしてみようという気を起こす。

「そうさな……おきまりの〝ハワイ料理ルアウ〟か、それとも子豚のロースト……たぶん伊勢えびの鬼殻焼きもあったな……それから好みに合わせたステーキというところだ」

グラントは思わず舌なめずりをし、それから、乾燥したメルバ・トースト製の代用サンドイッチを見下ろしてげんなりした。

「生つばが出てくるな、機長。同席できないのが残念だ」

「航空券を買って、次の便に席の予約をすることをぜひおすすめする」とハドレーは笑った。

「なかなか仕事熱心だな、セールスマンとしてもたいしたものだよ、ハドレー。おことばに甘えて、その節はコクピットのなかも案内していただこうかな？」

「いいとも、お安いご用だ」

「近いうちに乗客として乗せてもらうよ。約束する。もっともあんたはおれだということはわからないだろうが。なんとも残念だな。嘘じゃなく、一度お会いしたいもんだ」

「わたしにはどうもそんな気持になれないね」

「そいつはどんなもんかな、ハドレー。これを根にもたれては困るよ。おれにとっては、そっちの飛行機も乗客も純粋に抽象物――目的のための手段なのだ。もっとも、白状すると、あんたが機長であってくれて喜んでいる。すぐにうろたえ騒ぐ、プロ根性のないやつを相手にするのがいちばんやりきれんからな」

「おほめいただいて恐縮だ、しかし、おせじを使っても何の足しにもならないぞ」とハドレーは含み笑いをした。「ところで、失礼だが、シャドー81、わたしには無駄話をしている暇はないのだ。乗客に伝えることがあるのでね」

「もっともだ、機長。問題はもはやあんたやおれの手から離れて、地上の連中の出方いかんにかかっている、そしてわれわれ二人はいまは協力しあっている、と言うんだな。そうすれば少しは安心するだろう。地上でてきぱき片づけてくれれば、みんなもそれだけ早く帰れる。じゃあな。ハドレー、ごちそうを楽しみたまえ」

「その時間はない。あんたのおかげでこっちはてんてこ舞いだ」

「そいつはすまなかったな、ほんとに」

グラントはハムをまた一口かじって、なまぬるい缶入りグレープジュースで流し込んだ。

ワズワース上院議員は相変わらずハドレーとベソーのあいだに立っている。

「マイクは切ってあるかね？」と機長の耳もとでささやく。

ハドレーはうなずく。

「やっこさんいまのところ上機嫌のようだな。ハドレー機長、やつと話をさせてくれないかね？　相手の気持を動かすことができるかもしれない。わたしの調停はたぶん功を奏すると思うが」

「先生、そんなことをしても時間の無駄だと思いますね。いまは彼は大ばくちを打っているわけで、ここまできた以上、引き返せと言っても無理ですよ。それに、相手は決してばかではありません。われわれなど及びもつかないほど細心で優秀なパイロットです。あらゆる局面を想定して二重にも三重にも手を打っています。彼にとっては、三次元の空中チェスのゲームをしているようなもので、このようにうしろに食いつかれているかぎり、われわれは王手をかけられたも同然です」

「むこうも人間だ。へまをやることだってあるさ」とワズワースは引き退らない。

「これまでは一つもやっていませんよ。考え直してください。あなたは彼がなぜよりによってこの便に白羽の矢を立てたかおわかりですか？」

「さあ、さっぱりだな」

「パイロットにとっては初歩的なことなんですよ。内陸航空路を飛ぶ飛行機ではだめなんです。空軍基地やらミサイルやら何やらが多すぎますからね。まず、妨害されないためには大洋上を飛ぶ航空便であること。それがわれわれです。フォート・ノックスから金塊を運ぶ時間を捻出《ねんしゅつ》するためには脚の長い航空機であること。われわれがそうです。人質にする乗客は多いに越したことはない。としたら、747型ジャンボ機に勝るものはありません。さいごに、おあつらえ向きの時間ということがあります。われわれを見つけるには日中がいいし、逃げるには暗闇がいい――その間隔は八時間たらず。出発は午後一時少し過ぎでしたから、まさに願ったりかなったりだったのです。おそらく長い時間をかけてこの計画を練り、われわれを待ち構えていたのでしょう。たったいまも言っていたように、彼にとってわれわれはとるに足りないチェスのポーンにすぎない、というのは本当だと思いますね。その現実に目をつぶってはならないでしょう。夜になるまでに解放してくれる気づかいはまずありませんね。ただ、このパズルにうまくあてはまらないことが二つだけあります、ウィッジョンと囚人護送車です。この二つをどうするつもりなのか、いまのところ手がかりはありませんが、いずれわかりますよ」

「とにかく話をさせてくれないかね？　べつにそれで損になることはあるまい？」とワズワースはあくまでも譲らない。

「誰がやっても、思いとどまるように説き伏せられるかどうか怪しいもんですね。いずれにしても、もしわたしが彼の立場だったら、いまはおそろしく神経がたかぶっている時だと思いますよ。何かまちがいをしでかしてくれないかと誰もが待ち望んでいることはわかっていますからね。いたずらに刺激しないほうが賢明だとわたしは確信します」

「それでも話をしてみたいのだよ、機長。どうかね？」

ハドレーは副操縦士と航空機関士を見た。二人は何も言わなかったが、顔つきからみると、上院議員に賛成のようだった。ちらっとワズワースに眼を向け、それから肩をすくめて、

「どうしてもとおっしゃるならやむをえないでしょう。でもどうか慎重に願いますよ」

ワズワースは礼を言うように軽く頭を下げると、副操縦士のマイクを取った。その声はいくぶんおずおずしていた。

「シャドー81かね？……こちらはＰＧＡ81便に搭乗しているワズワース上院議員だ。ちょっと話をしてもよろしいかな？」

グラントはびっくりしたが、ひるむところはいささかもない。

「やあ。これはＣ・フェルトン・ワズワース上院議員じきじきのお出ましとは！　まことに

光栄しごくですな」とグラントは楽しそうに言った。「ホノルルにお出向きとは存じませんでした。いまごろは時期的にたいへんよろしいのでは？　これは失礼、よけいなことに時間を取って。どうぞ何なりと」

ロサンゼルス管制塔ではブレイガンがいきまいていた。

「ろくでなしめ」と彼は叫んだ。「何だってまた口を出さないではいられないんだ？」

執務室《オーバル・ルーム》では大統領が聞き耳を立て、机の上にすえた傍聴用受信機のほうに体を乗り出した。

大統領は、補佐官のホフマン同様、眼を丸くした。

「こいつは特別にテープに録《と》っておく値打ちがあるぞ」と大統領は聞き入りながら、息をのむ。「ホフマン、新しいカセットをかけてくれ――早く……急げ。ワズワースの言うことを録音するんだ」

747機のコクピットでは上院議員が眼を輝やかし、嬉しそうに笑っている。自分の名前が乗っ取り犯人に与えた効果にどうやら満足したらしく、乗員にウィンクをする。

戦闘機のコクピットでは、グラントがくつろいだ姿勢を取ってにっこりする。これからの会話を楽しもうという寸法だ。

「シャドー81」とワズワースは続けた。「きみがいま非常な緊張を強いられていることはよくわかるが、そこを曲げて、お互いに共通の理解に達する可能性について、話し合いたいと思うのだがね」

「遠慮はいらんよ、ワズワース。言いたいことがあったら、おれの鼻息をうかがおうなどとせずに、どんどん言いたまえ」とグラントはつっけんどんに答えた。

不意にがらりと調子が変わり、礼を失した態度が歴然としたことにワズワースは意表をつかれた。ワズワースがハドレーのほうを見ると、ハドレーは、慎重にやるようにという身ぶりをして見せた。

「シャドー81、きみはむろんこの機上の人びとがたいへんおびえていることをよく知っている。それからおそらく、これがうまくゆく見込みはきわめて薄いこともわかっているだろう」

「先を続けたまえ。それから、噛《か》んで含めるようなものの言い方はやめてほしいね、でないとこの討議は打ち切るぞ」

一瞬当惑の沈黙が流れた。ワズワースはことばに詰まった。

「もしもし」と、ほかに適当な呼びかけの形式が見つからずに、言った、「きみはアメリカ軍の一員、あるいは一員だったものにちがいない。だから、最後にはどうしても義務感や忠誠心が頭を持ち上げてくるということが、心の奥底ではよくわかっている、とわたしは信じている」

「さっきも言ったはずだぞ、ワズワース。お説教はたくさんだ」

上院議員は咳《せき》払いをした。

「シャドー81、わたしは次のことを提案したい。もしきみがこの旅客機を釈放してくれれば、きみを起訴することなく、罪を全面的に免除し特赦にあずかれるよう取り計らうがね。即答しなくてもよい。少し考えてみたまえ」

「誰に任命されてあんたはおれに条件を提示するスポークスマンになったのかね、ワズワース？　いかなる権限で免罪だの特赦だのを与えることができるのかうかがいたいものだな」

「わたしが働きかければ、きみの罪科をＰＧＡ航空恐喝《きょうかつ》未遂に軽減できると確信する。そうすれば、初犯ということで軽い罪ですむ」

「そうさな、あんたは何でもそうやって取り繕《つくろ》ってきたわけだな、上院議員？　ところで、おれは航空会社をゆすっているんじゃないってことは、あんたのおつむには浸透しなかったのかい？　アメリカ政府を脅迫しているんだぜ」

「どうか聞いてくれ……」

「よく聞こえているよ。ワズワース、あんたじゃなかったのかい、空の海賊的行為には例外なく死刑を与えるべきだという法案上程を上院でうるさく要求していたのは？」

議員は一瞬ためらった。

「そのう……そのとおりだ。だがいまの場合は違う」

「なぜだね？　あんたが乗ってるからかね、先生？　あんたは将来大統領になるひとだからかね？」とグラントはふてぶてしい笑い声をたてた。「図星だろう？」

「そうじゃない。公職に選ばれたものとして、わたしはここの乗客乗員に責任を負っているからだ。自分のことなど考えてはいない」

「とんでもない。あんたはいかさま師だよ、ワズワース。おまけに、聖人君子ぶってやがる。あいた口がふさがらんよ」

「ちょっと待ってくれ……」と上院議員は抗議した。

「ワズワース」とグラントはそれをさえぎる。「ごらんのとおり、おれは金を稼ぐのに生命を張っているが、あんたについては、あまり模範的とも言えないいくつかのエピソードがあったのを覚えているような気がするな。それらが明るみに出たら、いいことはあるまいと思うような。そのあんたがなんだっておれに教え諭《さと》す権利があるのかね？」

議員の顔は紅潮した。

「わたしは自分の生活について話をしているのでもないし、お説教をしようとしているのでもない。いまのこの問題について話し合う余地はないのかね？」

ホワイトハウスでは大統領が一語も聞き洩らすまいと熱心に耳を傾けている。

東海岸から西海岸までの何百万という人びとが、ラジオを通じてこのやりとりを傍聴していた。

「ワズワース」とグラントはせせら笑った。「おまえさんはこの事態を利用してうまい汁を吸おうとしている偽善者にすぎない。あんたの話を聞いていると、いまにも演説が始まりそうな具合だよ、例の〝わが同胞諸君〟とかいう出だしの胸くその悪いやつがな。この瞬間、地上ではあらゆる人が聞いているのをあんたは知っていて、それを最大限に活用しようという魂胆なんだ」

上院議員は思わず癇癪玉《かんしゃくだま》を破裂させそうになる。が、ハドレーがじっと見ているので、ぐっとこらえた。

「シャドー81、きみはなぜそのようにひねくれて物を見たがるのか、理解に苦しむ。戦争のせいかもしれないな。ところで、なんらやましく思う必要のない正当な免罪の便宜を取り計らうという件だがね、ねえきみ……」

「そんな親しげな口をきいていいのかね、こんなことをしているおれに向かって？　よりによってあんたみたいな人間が、よくも愛国者づらをしていられるもんだ。戦争終結のために上院であんたが必要だったとき、どこにいたんだね？　おれたちはお互い売国奴ってわけだが、セールスマンとしてはあんたのほうが数等ワルなんだぜ。かつぐのもいいが、相手を見てやってもらいたいもんだ。おれはあんたの言うことなんか信用しやしないよ」

「これは手きびしいお言葉だが、わたしの提案は、だからといって引っ込めはしない。よく考えたまえ」とワズワースは最後の望みをたくして、おだやかに言った。

「あんたに相談するようなことは何一つないってことがわからないのかい？　退屈しのぎに、おれのほうから助言をさせてもらえば、あんたの株がさがりきらないうちに、手を引いたほうが賢明だと思うな。言いたいことは充分言っただろう。あんたが有利なうちに引っ込んだほうが得だぜ」

「どういうことだね？」

「おれは冷血非情なひと殺しはやってないってことさ——少なくとも、これまでのところはな」

「誤解を招くような言い方はやめてほしいな」とワズワースはかすれた声で言った。

「べつに？　みんなが疑ってることをはっきり言ってるまでだ。おまえは友人を葬った、友人の奥さんをたらしこんでいたからな。友人はおまえにストップをかけようとしていたんだ、おまえの政治生命を断ち切ろうとな」

「何を血迷ったことを言ってるんだ」上院議員は息が詰まった。

「もうマイクを切ったらどうだ、ワズワース。お体裁屋の破廉恥漢めが」

執務室で、補佐官のほうを向いた大統領の顔には笑みの跡がたゆたっていた。

「ホフマン、わたしはこの男が気に入ったよ。ワズワースの正体を見抜いている。度胸があるし、おとなしく引き退がっていない。このような無謀な道を選んだのはいかにも残念だよ。おっと、大統領の身でありながら、乗っ取り犯人に共感するとは……矛盾した話だな？　しかし、彼を追いつめようとやっきになっている誰よりも切れるやつだ。こういう頭の持ち主がここにもほしいもんだ」

「たしかにどっちかと言うと魅力のある人物ですね、閣下。先ほどは、この事件に巻き込まれないようにと申し上げましたが、いま、閣下は彼と話をしてもいいとお考えですか、国民が聞いていることでもありますし？」

「いいや、ホフマン。いまは時期がまずいだろうな。それに、誰に対しても敵意をいだいているんじゃないかな。わたしに対してどう出てくるかは予断を許さない。ピオリア（イリノイ州中部。

米国の平均的で保守的な町と考えられている）ではあまり歓迎されそうもないしね。国家元首としての威信を保つ必要もある」

　PGA81便のコクピット内は無気味なほどしんとしていた。ハドレーもベソーもファウストも落ち着かなかった。ワズワースは下唇を震わせている。徹底的にやっつけられ、茫然《ぼうぜん》として床に眼を落としていた。

　スピーカーを通して入ってきたグラントの声に沈黙が破られる。

「ハドレー？——そこにいるか？」

「聞いているぞ、シャドー81」

「二度と山師みたいな人間をマイクに出さないでくれ。くれぐれも注意しとくぞ」

「了解。申し訳なかった。上院議員があんまりがんばるもんで」

「ハドレー、あんたとおれは同業だ。同じことばを話し、お互いに理解しあえる。二人ともまだまだ飛行を続けなきゃならんのだし、邪魔されないに越したことはない」

「同感だ。よくわかった。こちらPGA81」

　ハドレーはワズワースのほうを向いた。

「先生、だからご注意したでしょう。あなたは客席に戻られたほうがよろしいのでは？　じつのところ、初めにおっしゃっていただいたように、乗客を少しでも力づけていただけると、とても助かるのですがね」

　ワズワースはすっかり控え目になり、ほとんど言うがままだった。

「いいよ、機長。きみの望むとおりにしよう。わかってるだろうが……あれは嘘八百だ……わたしについて言ってたことは……」

「いまはそんなこと問題じゃありませんよ、議員」出て行くワズワースにハドレーはやさしく言った。

グラントは時計を見てマイクのボタンを押す。

「ロサンゼルス管制塔——こちらシャドー81だ。記録の用意はいいか？」

「シャドー81——こちらブレイガン。どうぞ」

「現在、西海岸時間十四時四十三分、残り時間二時間と十七分、カウントダウン続行中、時間調整せよ」

「調整——ロサンゼルス管制塔」

「よろしい。あと二分以内に、警察の囚人護送車のところに一人の男が現われるはずだ。男は武装している。おまけに体にダイナマイトが仕掛けてあって、首から足首までのどこでも触ると爆発するようになっている。移動爆弾のようなものだ。本部長は男の命令に厳密に従うこと。男には絶対に手を触れないこと。捕えようとしたり、何らかの妨害をしようとしたりしてはならない。いいか？」

「承知した——こちらブレイガン。ただちに関係者全員にその旨《むね》連絡する」

囚人護送車の中にいたウォルター・J・カウラン本部長は超短波受信機でグラントの指示を聞いていた。

「もう一つ言っておくが、おれは誰にも知られていない別の周波数で、あらかじめ打ち合わせてある時間に、男と無線連絡を取ることになっている」とグラントは続けた。「もしきっかり予定の時間に男から無線が入らなければ、おれは発砲する。撃ち損じはないものと思え。ブレイガン、以上を本部長に伝達したら、折り返し知らせろ」

カウランは時を移さず行動した。市警本部に波長を合わせてあるウォーキー・トーキーを取り上げる。

「こちらは本部長だ。繰り返す必要はない。ブレイガン氏に伝言を受け取ったことを告げ、あらためて承諾の旨を相手に通報してもらってくれ」

ゴッドマン空軍基地では、グラントが要求した超音速戦闘機十機の爆弾格納室に最後の金塊を積み終わったところだ。

ハッチを閉める。円蓋《キャノピー》をいっぱいに引くとカチッとロックがかかる。エンジン始動。

ジェット機は一列に並んで滑走路の手前で一時停止し、管制塔から許可がおりると、つぎつぎに飛び立った。

上昇しながら編隊を組み、西のロサンゼルスに機首を向ける。

国防総省では、フレッド・スカラータ大尉が山のような統計資料をかかえてレイモンド・プロミノー将軍のオフィスに入って来た。

「何かわかったかい、スカラータ？」

「閣下、戦闘機についても、パイロットについても、行方不明になったものでこれといって怪しいものはまだはっきり突きとめておりません」

「声紋のほうはどうかね？」

「乗っ取り犯人、ＰＧＡ81、ロサンゼルス管制塔相互の会話のテープをコピーしてコンピュータにかけてみました。だめです。声の正体が割り出せないのです」

「ハドレーとブレイガンの声のサンプルを同時に別のコンピュータにかけて試してみたのか？」

「もちろんです、閣下。装置には異常ありません。元のテープとコピーをコンピュータにかけてみました。ハドレーもブレイガンも戦闘機パイロットもめいめいの声は何度やっても寸分たがわず一致します。ところが、記憶装置には乗っ取り犯人の声と一致するものが入ってないのです」

「それをどう説明するかね、スカラータ？　機密装備を操作できるパイロットの声紋は全部とってあるはずだ」

「それなんですが、閣下、乗っ取り犯人の声には特有の金属的なひびきがあります。一種の反響効果《エコー》が出ています。明らかに声に電子的な変造を加えているものと思われます。おそらく、声紋割り出しを妨害するために、なんらかの振動数変調器を備えているに相違ありません」

「なるほど」

「わたくしの推測では、電子装置を持っていますね。それをマイクに接続しているのです。それによって声音の高さや抑揚をゆがめるか、振動数をひずませるかして、声を変えてしまうにちがいありません。閣下、この相手はこっちがどう出るかを正確に読んで、正体をくらますためにあらゆる予防措置を取っていますよ。こんなことは言いたくないのですが、こちらの土俵で相撲をとっても、われわれのほうがたじたじです」

「きみがそんなことを言うとは驚いたな、スカラータ。降参するのはまだ早いぞ。この戦闘機の行動半径は八時間から十時間を超えることはありえまい。だから、もしきみが言うように念入りに計画したものだとしたら、ネバダかアリゾナ、ユタ、オレゴン、ワシントンなどの州内のどこか、あるいはメキシコか、もしかしたらカナダあたりから飛び立ったことも考えられる。ここ三時間のあいだに、これらの地点からロサンゼルス方面に向かった未確認飛行機があるかもしれないから、報告書を調べてみたまえ。こいつのおかげでこっちがまるで初心者の集団に見えるなんてことにはさせないぞ」

「たぶんおっしゃるとおりだと思います、が、いずれにしても、レーダー探知を避けるために低空を飛んだにちがいありません。ちらっと頭をかすめたことが、じつは、一つあるんです、閣下。ひょっとしてあの航空機はベトナムで盗まれたのではないでしょうか？　損傷程度がはっきり確認されていない機のなかにまぎれているということも考えられるのではないかと」

プロミノー将軍はほほえんだ。

「たくましい想像力だな、スカラータ。だけど、どうやって、誰の眼にもとまらずに、それに乗って太平洋を飛び越せると思うのかね？　それに十時間分の燃料を満タンにしても、必要な飛行距離には足りないだろう。かりに燃料を補給しないで太平洋を渡りきったとしても、いったいどこで、誰にも知られずに着陸して、ハイジャック実行のために再度ガソリンを詰めたのかね？　この考えはちょっといただけないね、スカラータ」

「おっしゃるとおりです、閣下」と大尉は尊敬をこめて言った。「ほんの思いつきでして。たぶん船にでも積んでいったのでしょうが」

プロミノーはまた笑った。

「きみはミステリでも書くといい。船だって？　お話にならないね。もしそうだとしたら、航空機を取り扱ったり、船を動かしたり等々にどれだけ多くの人間が関与するかしれない。そうなれば、途中で誰かがそのことをしゃべるに決まってるし、とうぜん、われわれの耳にも入っていただろう。国内での訓練飛行中にネバダの砂漠上空で行方不明になってそれっきりのがあったが、そのうちの一機じゃないかという気がする。一年か二年、好機を窺《うかが》っているあいだ、うまく隠しておいたのだろう」

「そうだと思います、閣下。コンピュータに戻って調査を続けます。ハイジャック発生までの二時間に探知された未確認飛行機に関しては北アメリカ防空司令部に当たってみます」

「もう一つある、スカラータ。戦闘機がTX75Eだということを空軍は秘密にしておきたいのだ。統合参謀本部もそのことに異論はない。航続時間は最高機密だからね。あの戦闘機が十時間も飛んでいられるということは敵国に知られるとまずい。ソ連は諜報活動を通じて、五、六時間しか空にとどまれないと考えているのでね。だから、国防総省の方針としては、うっかり秘密がばれてしまうと困るので、ハイジャック事件はできるだけ無視して、あまり大げさに騒ぎたてたくないのだ」

「わかりました、閣下。できるかぎり早くご報告にあがります」

サンディエゴの海軍司令部では、アルフレッド・P・キャスターズ海軍大将がやっとホワイトハウスに通じたところだった。関門のホフマンを通過することに成功し、早く大統領にニュースを伝えたくて待ちきれない。

「大統領閣下、まったくの偶然なのですが、二機の飛行機のほとんど真下のあたりに、中距離弾道弾ポラリスを装備したわが原子力潜水艦がおります。真珠湾《パール・ハーバー》からサンフランシスコに帰港途中のバラクーダ号です」

執務室の大統領はホフマンを見、それから天井を見上げて疑わしそうに首を横に振った。

「またおいでなすったぞ！」

キャスターズ提督はまだ意見も述べないうちから、大統領の感想を聞かされてとまどった。

「閣下……わたくしにおっしゃったのでしょうか？」

「気にするな、提督。説明すると大変だ。バラクーダ号がどうしたって？」

「そのう、申すまでもないことですが、この型の潜水艦は、ハイジャック犯人機に照準を合わせてミサイルを発射するのに浮上する必要はありません。すべて慣性装置がやってくれます……何ですって、大統領？　北アメリカ防空司令部から同じような話をお聞きになったのですか？……反対なさるお気持はわかります、閣下、ですが、潜水艦の場合、射程距離はきわめて至近ですし、直接、眼でとらえることができます。バラクーダ号の潜望鏡の中には精巧な鮮明度の高い望遠鏡が組み込まれています。それは垂直方向にも自由自在に動かすことができ、たちどころに戦闘機をつかまえられます。乗っ取り犯人のふところにもぐりこんでいるも同然です、閣下……」

「そんな話はたくさんだよ、提督。どうしたわけか知らないが、こういった類いの玩具《おもちゃ》ときたら、肝心のときにうまく働いたためしがない」

「しかし、大統領閣下、せめてその実行可能性について説明する機会ぐらいはお与えください……はい、もちろんです、事前に承認をとらないでは何もいたしません。お約束します……潜水艦の艦長に現場を観測させ、その所見をご報告します。いいえ、閣下、潜水艦が戦闘機に気づかれる危険性はぜったいにありません……このような機会を得られたことを感謝いたします、大統領閣下」

ワズワース上院議員は上のラウンジでしばらく一人ですわったまま、平静を取り戻そうとつとめた。ファースト・クラスの客室に通じるらせん階段を降りていくときにはまだ気落ちした様子は覆うべくもなかった。

ホレス・J・トランスコームが階段の下で待っていた。ワズワースはいきなり呼びかけられ、物思いからさめる。

「上院議員」とトランスコームはワズワースの袖をひっつかみ、割れるような声で言う。「税金を納め、法律を遵守している市民として、わしには何がじっさいに起こっているのか知る権利がある」

ワズワースは冷ややかなうつろな視線を向け、その手を押しのけた。

「どこのどなたか知らんが」と上院議員は言った、「冷静になられたほうがいい。機長がすでにわかるかぎりのことは話している。ヒステリックになるのはもうたくさんだ」

他の二人はと見ると、後部の座席でむっつりと顔を伏せてすわっているので、自席に戻らないほうが賢明だと判断し、トランスコームのそばをすり抜けると、ローラを探しにエコノミー・クラスに入っていった。

《ロサンゼルス・タイムズ》ビルディングの周辺は非常警戒線が敷かれた。その一区画は警官や私服が完全に包囲し、怪しいやつはいないかと通行人の様子をうかがっている。

白バイとパトロール警官とが、よってたかってサーカス・パレードの順路を変更するのに大わらわだ。群集を近くの道路に追いやるために、お互いに負けじとばかり呼び子を吹き鳴らしている。

いまにも爆弾が破裂するかのような噂《うわさ》が流れた。人びとはわっと叫び声をあげる。警官はそれを鎮めようとしてハンドマイクでどなるが、パニックをつのらせるばかりだ。母親は子供の手を引っ張って逃げようとする。子供はわめき散らし動こうとしない。中には歩道にしゃがみこんで火がついたように泣きだす子供もいる——そこに残ってサーカスの道化師を見たいのだ。

「ねえ、ママ!」と小さな男の子が叫んだ。「待ってよ。サンタクロースを見たいんだよ」

「サンタクロースって何の? ばかなことお言いでないよ」母親は群集をかき分けながら、いらいらして言った。「まだクリスマスなんかじゃないでしょ。さあ、行きますよ。来ないとほんとに置いていくわよ。パレードはもう一つ向こうの通りであるのよ、さあ、良い子だから、そっちへ行って見ましょう」とおどしたり、すかしたりしながら引きずって行こうとする。

「違うよ、ママ……ほら見て……見てったら……象さんの前だよ……サンタクロースがいるでしょ?……」

「わかったわ、わかったわ——じゃあ、あの角のところで待ってて見ましょう。約束するわ。だから、さあいらっしゃい」

たしかにサンタクロースがいた。三百ポンドもあろうかという巨体を振りまわし、大きなしんちゅうの鈴をチリンチリン鳴らしながら、象の列の先頭で楽しそうに浮かれさわいでいる。

くるくる旋回し、子供に手を振り、そのまま踊りながら見物人のなかを通りぬけていく。

人びとを誘導するのに気を取られている警官たちはサンタクロースにはほとんど目もくれない。そのうち彼は囚人護送車のうしろの扉口から中に入り込もうとした。

とつぜん警官たちはハッとする。サンタクロースが近づきすぎているではないか。三人の警官が彼を取り巻き、なぜほかのサーカス団員と一緒に歩かないのか訊《き》こうとする。

車の中に乗っていたカウラン本部長は思わずパイプを落とし、飛び上がって叫んだ。

「いいからやつに手を触れるんじゃないぞ！」

サンタクロースは太い黒い帯から電線を突き出していた。

彼は警官を無視して、護送車に入る段を登り、扉のすぐそばにすわった。鈴を床の上に置き、落ち着きはらったしぐさでサングラスを取り出してかけ、人差し指で本部長を招き寄せた。

「どこかにテープレコーダが据えつけてないだろうな？」とカウランの耳にささやいた。

「大丈夫だ」

「ほんとうだな？　警官が隠しマイクの装置を持っているようなことは？」

「ない。誓って約束する」とカウランは静かに言った。

「よし。部下をなかに乗り込ませろ。出発だ」とサンタクロースは命じた。

カウランは外の警官に手を振った。護送車で来た十人の警官が急いで乗り込み、黙って後部にすわった。

サンタクロースは扉を指差した。本部長がそれをバタンと閉める。

護送車は陽気な太っちょの指示に従って、ゆっくり通りを走りだす。

ロサンゼルス北西のヴァン・ナイズ飛行場では、六人のFBI捜査官を乗せた黒塗りのリムジンが滑走路をつっ走っていた。芝の上に駐機中のウィッジョン水陸両用機の前にくると土埃《つちぼこり》を舞い上げて急停車する。

だらしのない服装をした四人の男が、明らかに最高のご機嫌で、離陸準備完了の機に釣道具を積み込んでいる。かれらはすべての飛行活動が一時中止されていることをまだ知らなかった。

FBIグループの責任者が一行に近寄って、バッジをちらつかせた。

「この飛行機の持ち主と話がしたいのだが」そう言っているあいだにも、五人の同僚が飛行機を取り囲む。

いかにもアウトドア好きと見える四人の中の一人が前に進み出た。四十がらみの頭のはげかかった、背が低く丸まっこい小男で、イギリス空軍パイロットをまねた天神ひげを生やして得意がっている。油だらけのTシャツに、すり切れたデニムの作業ズボンとサンダルをはき、頭にかぶった釣り用の帽子のぐるりにはさまざまな釣針がひっかけてある。

「あんたは誰だい？」と持ち主は尋ねた。

「特別捜査官カーメン・チャールズ・マーシ――FBIのものだ。ちょっと二人だけで話ができないかね？　あなたのお名前は？」とマーシは男のひじを取って、他の者に聞こえないところまでそっと連れ出しながら尋ねた。

「ネイトン――ラス・ネイトンだよ」とウィッジョンの所有主はもぐもぐと口のなかで言った。きつねにつままれたような顔とはこのことだろう。仲間のほうを見た。「すぐ戻ってくるからな」と叫ぶ。「おれが何をしたんだい？」とマーシに尋ねる。「飛行機の定期点検のことだったら、少し遅れているのはわかってるが、充分納得のいく説明ができる……耐空性能証明書の更新にＦＢＩがからんでるとは知らなかったんだ、それに……」

「いや、いや、そんなことじゃないんですよ」とマーシはネイトンに請け合う。「どこか静かなところに行きませんか？　お手間はとらせません」

ＦＢＩ捜査官と何やら相談しているのを見守っていた仲間の眼にとつぜんネイトンがインディアンの戦勝の踊り《ウォー・ダンス》を始めるのが映った。足を踏み鳴らし、両腕を振りまわしながら、がんとして首を横に振り続けている。

ウィッジョンの持ち主が動転しているのはわかるが、昔なじみにもその理由は見当がつかない。かれらも飛行機を警護している他の五名のＦＢＩ捜査官もいぜんとして石のように押し黙ったままだ。

ネイトンが苦悶《くもん》してわめいているのが聞こえる、しかし何を言っているのか意味はわからない。マーシ特別捜査官がなだめようとして肩をたたいていた。

「なぜよりによっておれのところへ来るんだい？」とマーシに嚙《か》みついていた。「おれにはなんの関係もないことじゃないか。おれの知ったことじゃないぜ。どんなに前からこの休暇を計画していたか知ってるかい？　二年もだぜ！　おい聞いてるのか？　四人の都合を合わせるのに二年かかったんだ」

「どうかネイトンさん、情況をご賢察のうえ……」

「ご賢察だと？　おれがこんど一週間カナダの釣り旅行に女房を置いて出かけるにつけいちゃ、どれだけ女房の説得に苦労したか、ちっとでも理解してるかね？　配管材料の店番を女房一人にまかせてきたんだ。そのためにどんな約束をさせられたかとても信じちゃもらえまい。いやだね！　これはおれの飛行機だ、誰にも持っていかせないぞ。もうこれ以上何を言っても無駄だ！」

「お気持はわかります、ネイトンさん。ですがこれは国家的な非常事態なのです。乗っ取り犯人はあなたがお持ちの型の飛行機を指定しています。この地域で、飛行可能なこの種の飛行機を持っている人はあなたしかいません。旅客機に乗っている二百一名の人命があなたの決断一つにかかっているというのに、知らん顔してカナダくんだりの湖まで釣りに行くことがよくできますね？　それに、追って連絡があるまでは飛行場は閉鎖ですよ」

ラス・ネイトンはいささかも納得したような顔はしていなかった。ＦＢＩ捜査官に首を振った。

「あんたの話から察すると、禁止はあと二、三時間で解除になるはずだ、つまり両方の飛行機の燃料が切れしだいにな。そしたら、おれは出発できる。いいか、おれにだって、愛国心とやらはあるし、冷酷なやつだと思われたくはない、だけど、これはおれの責任じゃないんだぜ。空軍と海軍にはまったく同じような使いみちのが腐るほどある。やつらになんとかさせたらいいじゃないか？　おれもお役に立ちたいとは思っている、これはほんとうだ、しかしここにいる友だちにそんな仕打ちはできないからな。この計画はやっとのことで実現したんだ」

「われわれは戦闘機パイロットに反論できるような立場ではないのです、ネイトンさん。やつはあなたの飛行機をほしがっているのです。明らかにその飛行機のことにくわしいからですよ。ところで、こんなことは申し上げたくないのだが、もし協力を拒まれるなら、国としてはやむをえず徴発という手段を取ることになります。貴重な時間をもうだいぶ無駄にしました……」

「ちょっと待ってくれ、あんた。平時に強制的にものを取り立てる権利は国にはないぜ、それに、小ぜり合いてのか交戦てのか知らねえが、いまベトナムでやってることは、戦争じゃないということになってる。かさにかかって権柄《けんぺい》ずくで取り上げようったってそうは問屋がおろさねえ。それに、もし、かりに、もし、おれの飛行機を貸してやるとしていつ返してもらえるのかね、しかもどういう状態で返してくれるつもりなのかね？」

　マーシは困惑の表情を浮かべた。

「その点については、白状しますが、何もわかりません。いいですか、わたしは乗っ取り犯人じゃないですからね。あなたの飛行機をやつがどうするつもりなのか、また、いったい返してくれるものやら、さっぱり見当がつきません」

ラス・ネイトンは激昂《げっこう》した。またもや気が転倒して踊り狂いはじめた。

「それじゃなんだね、あんたの頼みというのは結局、おれの飛行機をどこかのいかれた野郎に寄贈してこっぱみじんにしてもらってくれというようなものじゃないか。おれを間抜けだと思ってやがる。そんなことはまっぴらだよ！」

ＦＢＩ捜査官は絶望的な気持になってきた。

「ねえ、ネイトンさん。もしそれで気が済むのだったら、国が弁償は保証しますよ、損害賠償するとか即金で買いあげるとか。いかがですか？　時間があまりないのです。このとおり頭を下げてお願いします」

ネイトンはあごをかき、落ち着きなく口ひげをひねる。

「あんたらＦＢＩだっていうけど、信用していいのかどうかわからねえな……ところで名前は何てったっけ？」

「マーシだ、カーメン・チャールズ・マーシ」

「カーメン？　それは女の名前じゃないのかい？」

「女も男もありますよ。それがどういう関係があるんですかね？」マーシはだんだん腹が立ってくる。

「それにマーシだと？　何ちゅう名前だ？　あんたはなに系だ？　スペイン系？　メキシコ系？　プエルトリコ？　それともイタリア系？　おれはまたアングロサクソン系でなくちゃＦＢＩ捜査官にはなれないんだと思ってたよ」

「そんなに知りたければ教えるが、イタリア人の血を引いてます。念のために言っときますけど、イタリア系が全部マフィアとは限らないから誤解のないように」とマーシはひどくじりじりして言う。

「そうかい、おれは半分アイルランド、半分ポーランドの血が混じってるが、ちっとも恥ずかしいと思っちゃいねえよ。どういう相手と取引してるのか知りたかっただけさ」

「取引の相手はＦＢＩ――アメリカ合衆国連邦政府です。それなら満足ですか？　さあ、本題からそれないでもらいたいですね」

「おれの飛行機は売り物じゃないんだ。ちょっと考えさせてくれよ。おれの独断では決められない。仲間と相談してみなくちゃ」

「よろしい。早くしてください」

ウィッジョンの持ち主は飛行機のところへ歩いて行き、五人のＦＢＩ捜査官が見守るなかで、三人の相棒と密談に入った。

マーシはそわそわといったり来たりしている。


午後二時五十五分、警察の囚人護送車は、一番街とメイン大通りの角にあるアメリカ銀行の大きな支店の前に停まった。

脇で指示を耳うちするサンタクロースと一緒にカウラン本部長は制服警官の一隊をひきいて銀行に入った。

警備員たちは何が何だかわからず途方にくれて、ただ眼をぱちくりさせているだけ。サンタクロースが指揮する警官に武装解除されながら、てれ笑いを浮かべている。

窓口に並んでいる客も、あちこちのカウンターで伝票に記入している客もこの情況をどう考えたらいいのかさっぱりわからない。クリスマス・プレゼント用の積立預金口座を作るように顧客にすすめる宣伝なのかとちらっと思ったものもいた。銀行強盗であるはずはない。法律を守らせるのが警官の役目なのだから。

本部長は支店長を呼び寄せた。一階の中央に立って、カウランはときどきサンタクロースのほうを指差しながら、ひそひそ声でいきさつを説明した。

事の重大さが理解されてくるにつれて、支店長の顔は蒼白《そうはく》になった。両手をラッパのように口に当てると、扉を閉ざし、全員——警備員も行員も顧客も——その場から一歩も動かないようにとどなった。それから、三名の男性行員にズックの現金輸送袋をカウンターまで持ってくるように命じた。

二人の警官に監視されながら、三人は地下に駆けおり、すぐに袋を持って戻ってきた。

カウラン本部長と支店長は、警官の手を借りて、すぐさま出納係のところに出ていた金を洗いざらい袋に詰めはじめる。

茫然《ぼうぜん》として立ちすくんでいる人びとの見張りに四人の警官を残して、カウランと警官の小隊は地下金庫におりていった。支店長は扉をあけさせられる。サンタクロースが見守るなかで、あらゆる金額の紙幣の束を袋の中に投げ込む。

金庫の隅で一人で作業をしている警官などは、濡れ手に粟のこの金をどさくさにまぎれて少しばかりくすねたい誘惑にかられる。うしろを盗み見て誰も見ていないのを確かめると、百ドル紙幣を数枚わしづかみにして、シャツのポケットに突っ込もうとした。

ちょうどそのとき、カウラン本部長が短い注意を与えた。

「警告しておくが、これが終わったら身体検査をするぞ」

くだんの警官は本部長が自分の部下を信用しないのにあきれた顔をしたが、考え直して、ひとつかみの紙幣を不承不承、袋の中にほうり込んだ。

サンタクロースは腕時計を見た。三時十分になるところだ。

「ようし、諸君、それでいいだろう。見事な仕事ぶりだった、プロ並みだ」とにこりともせずに言った。「これを全部護送車に積み込んでくれ」

重たい現金輸送袋を背中にかつぎ、縦に一列になって護送車に進む。

通行人たちが群がって、あっけにとられたような顔をして眺めている。カウラン本部長はうらめしげな視線をサンタに投げる。

カウランの部下たちは、警察が銀行強盗の護衛をしていることがひどく決まりが悪く、自分たちが間抜けに思えてくるが、しかたなくせっせと袋を護送車の中に積み上げる。

毛皮でふち取りした真紅の衣裳の深いポケットから、サンタクロースは遠距離用のウォーキー・トーキーを取り出す。

アンテナを伸ばし、マイクを口に当てて、発信機のボタンを押し、『サンタが町にやって来る』の最初の数小節を口笛で吹く。

数秒後に、受信機のスピーカーを通して、『ペニーズ・フロム・ヘブン』の出だしを口笛で吹くのが聞こえる。

サンタクロースはウォーキー・トーキーをポケットにしまいながら、カウランににこっとした。

これは戦闘機パイロットとサンタクロースのあいだで示し合わせてあった暗号にちがいないと本部長は判断した。この曲の種類や、またどういう順序でそれらを送信するのかは誰も知るすべはない。また本部長の見るところでは、もしサンタクロースを寄ってたかって捕えようとすれば、周囲のものを残らず巻き添えにして自爆する覚悟でいることは明らかだった。一方、こうして警察の保護下にあるかぎり安全だということをサンタクロースも心得ているのだ。

サンタクロースは全員を囚人護送車に引き上げさせた。

「動きだしてから、次の停車場所を教える」とカウランに言う。

銀行の支店長は電話に飛びつき、ロサンゼルス市警本部の副本部長と話している。

「あまりにも急なことで……紙幣にしるしをつける暇はありませんでした……乗っ取り犯人は現金じゃなく金塊だけを要求しているというお話でしたのでね」と支店長は憤懣《ふんまん》やるかたない。

「みんないっぱいくわされたんです、そうですよ……油断させといて不意をついたんだ」

「どのくらい巻き上げられたんだね？」と副本部長は尋ねた。

「正確なところはわかりません」と支店長は悲惨な声を出した。「千ドル紙幣から百ドル紙幣、一ドル紙幣までひっくるめて少なくとも四、五百万ドルはやられました……何ですって？……もちろん通し番号を控える暇なんかありません……わたしの考えを申し上げましょう……ロサンゼルス市内および周辺の全銀行にすぐ紙幣にしるしをつけるよう勧告することですね……ええ、奪われた総額はわかりしだいご報告しますよ。警察の親玉が銀行強盗をするなんてね、まったく！　そんなことを予想したひとがいるでしょうか？　ではこれで失礼！　いろいろお手数をかけましたな！」


ロサンゼルス管制塔ではブレイガンがＦＢＩと電話で話をしている。

「ええ、たった今、銀行強盗の話は聞きました……わたしに言えることは、小型機ウィッジョンにあれだけの金塊と現金を積むのは無理だということです。それだけの積載能力はありません。おそらく何か考えあってのことでしょう……どういうことかはわかりませんが……ほんとうに見当がつきません……成行きを見守るしかないでしょう……ヴァン・ナイズでウィッジョンが見つかったんですか？　それはよかった！　何としてでも譲り受けてください。ではまたお知らせ願います」

ラス・ネイトンは両手をポケットに突っ込んだまま、ゆっくりカーメン・マーシのほうへ歩いて来た。少しもあわてず、満足げな表情すら浮かべている。ネイトンの態度は根本的に変わっていた。じじつ、機嫌を伺《うかが》おうとする素振りさえ見える。うしろの飛行機のかたわらでは仲間がにたにたしていた。

「マーシ、国家的な非常事態だって言うんだな？　それならちょっとした提案がある」ネイトンは口ひげをていねいになでつけながら言う。

FBI捜査官は微笑して、ほっと肩の荷をおろした。

「それを伺いましょう、ネイトンさん。わたしたちはたいへん物わかりもよく、協力的なつもりです。そのことは請け合いますよ」

「よろしい。それでな、おれの年来の夢は双発のゲーツ・リアジェット機を持つことなんだ。世界じゅうでこんなかっこいい小型機はないもんな。ほら、マーシ、こういうやつだ」

ネイトンは尻のポケットから航空雑誌を引っ張り出し、中央の折り畳んだところを開いてFBI特別捜査官に見せた。

「すごいだろう？」ネイトンは訊く。

マーシはうなずいた。

「なるほど、そうですね、だけどそれが何か……」

「いいかね、マーシ。この写真に出ているのとそっくりの25D型とおれのウィッジョンを交換してやるよ」

マーシは落胆に打ちのめされた。こんどはマーシがカッカする番だ。

「なんだと、これじゃまるで恐喝《きょうかつ》じゃないか、ネイトン。あの乗っ取り犯人とちっとも変わらない。あんなふうにアメリカ政府からゆすり取ることができると思ってるんだな？」

「そう言うけど、それをやってるのは空の上のやっこさんのほうだぜ、しかも誰も手も足も出せねえときている。おれのほうは人を殺すとかなんとか脅迫してるわけじゃなし……これは純然たる商取引だ。応じるか応じないかそれだけのことさ」

「図々しいにもほどがある、二束三文の値打ちもない不様なポンコツ……こんな……こんなくそったれの鳩《ピジョン》だか何だかと引き換えに、百万ドルもするジェット機を要求するとはな」

ネイトンはとがめるような眼でマーシを見、やがて眼に涙をいっぱいためて首を横に振った。

「ピジョンじゃない、ウィッジョンだ。あんたはひとの神経を逆なでするようなことを言う。こいつは骨董《こっとう》的な値打ちもんなんだ……アメリカの歴史の一部なんだぜ……先祖伝来の家宝だ……この型はこれしかない貴重なしろものだ。どれだけ大きな犠牲を払うことになるか理解していないようだな。取引をするのかしないのか？」

「わかったよ、こせがれ。弱味につけこみやがって……」

「おい、おい、マーシ、そうむきになるなよ。あんまり時間がないんだろ？　で、よかったら、一筆書いてほしいんだがな。気分を害したらごめんよ、そんなつもりじゃないんだから。誰かワシントンで権威のある人間——公証人かなんかにそれを承認してもらいたいんだ、おきまりの手続きさ。あんたを信用しないっていうんじゃない、わかるだろ、だけど、おれのジェット機は優先扱いにして来週までに間に合わせてほしいな。政府は何でも引き延ばすのが得意だからねえ。さあ、もしおれだったら、電話をしてみるぜ」

あまりのことにマーシの眼はほとんど飛び出さんばかりだった。

「あ、ところで」とネイトンはつけ加えた。「ついでに言っとくが、標準装備以外のオプションも全部揃えてもらうぜ。オール・トランジスタの無線機、レーダー装置——航空電子機器のすべて、いっさいの付属品もだ。それから、この型の航空機の操縦資格を取るまでのおれの訓練費用もそっちで持ってもらう。以上を全部書類にしてくれ、そうすれば、ウィッジョンはあんたのものだ」

「ろくでなしのくそったれめ！」マーシは電話に向かって駆けだしながらののしった。


囚人護送車はビバリー・ヒルズのティファニー宝石店に横付けした。

サンタクロースの指示に従って、警官は陳列されている物を洗いざらい奪った。それから金庫に行き、支配人がわざわざ出してくれた袋に中身を詰める。

カウラン本部長は別だが、警官たちはどうやらこの役目を楽しんでいるようだった。完全に合法的な盗賊となり、どんな常軌を逸した気まぐれでも思いのままに実行することができる。強奪されている人びとのあっけにとられた顔に、にこにこ笑いかけながら大はしゃぎで仕事をし、人生にまたとないような楽しみを味わっていた。

一同が護送車に戻ると、サンタクロースはカウランをそばに呼び寄せた。

「本部長、次の停車地点では、われわれが仕事をしているあいだ、数名の警官を車に残して見張らせといたほうがいいな。せっかく奪ったものを逆に強奪されてはたまらん。人目につきはじめたせいか、うさん臭い人相の男たちが、自動車であとをつけているようだ」とこっそり耳打ちした。

カウランは眼をむいた。サンタクロースの息の根を止められたらどんなにかせいせいするだろう。

市警本部では、副本部長が電話に出て、FBIと調整をつけようとしている。FBI捜査官がきりなく質問してくるので、副本部長はだんだん苛立ってくる。

「金額にして五百万ドルほどの宝石を奪ったんだ……わかってるのはそれだけだ」と副本部長はむっとして言う。「……いや。なんら一定した傾向は見出せない……こいつらはチェス選手みたいなものだ……次の手が予測できない……だめだね、町じゅうの銀行と宝石店を護衛させるだけの人員はない。それに何の役に立つね？　このサンタクロースには続けて二度も同じような店を襲う意図なんかないのは火を見るより明らかだ。やつの変装は完璧《かんぺき》だ。体重すら推測できない。いまのところ、完全に首根っこを押さえられている」

「やつのほうの首根っこを押さえて、暗号の節《ふし》を口笛で吹かせたらどうだい？」とFBI捜査官は尋ねた。

「無駄だね。やつは本部長と十人の警官を吹き飛ばしてしまうだけだ。それに、たとえうまく捕えたとしても、違った口笛を吹いたらどうなるね？　乗っ取り犯人は747機をこっぱみじんにしてしまうだろう。おれたちにその責任を取ることはできない。大統領がこういう話に耳を貸すはずはない。われわれはどんな危険を冒すことも禁じられているんだ。大統領の言うとおりにするしかない。いいか、おい、おれが消極的だなんて言わないでもらいたい。あんたの態度は気に入らんね……おれはあんたの仕事の指図はしていない、だからおれの仕事の指図もしないでくれ！」

ワズワース上院議員は、ボーイング747のエコノミー・クラスとファースト・クラスを隔てる仕切りのところに立って、客席に放送するためにマイクを握っている。H・J・トランスコームと二人の仲間はファースト・クラスの客席からワズワースのうしろに忍び寄って肩ごしにのぞき見ようとしている。

「皆さん、わたしはフェルトン・ワズワースです、おそらく大多数の方はわたしの名前を覚えておられるでしょう」と上院議員は切り出した。「さきほどまでコクピットにあがって機長と情勢を討議していました。また、乗っ取り犯人とも話をしました。皆さんに保証しますが、ご心配になることは一つもありません。身代金は現在搬送中です。犯人も理性的な男で、わたしたちに危害を加える意図はもうとう持っていないようです。無事に落着するとわたしは確信しています」ワズワースは一息入れて、聴衆を見まわし、反応をうかがった。乗客は一心に聞き入っている。ワズワースは乗客の心を掌握していた。短い演説を続ける。

「しかしながら、ご承知のように、わたしどもの特色、と言っていいかどうかわかりませんが、それは前代未聞のこのハイジャックに遭遇した当事者だということです。これは当局にとっても未経験なことで、とうぜん、態勢を整えるのに多少時間がかかるでしょう。地上に戻るには、あと三、四時間はかかるでしょうが、戻ったあかつきには、わたしはこの事件の徹底的な調査を行なうつもりです。どうか皆さんのご協力をお願いします」

「あんたは良いひとだ、上院議員」とセールスマンのブルースが後部座席から立ち上がりながら叫んだ。「大統領選に出たら、一票を投じますよ。一杯やってください、ワズワースさん、愉快にやりましょうや！」

　控え目な賛成の声援が二つ三つ客席からあがった。

「けっこうですな」とワズワースは微笑を浮かべて言った。

「おうい、お嬢さんたち、上院議員に一杯差し上げてくれ」とブルースはどなった。


　アメリカ海軍バラクーダ号の艦長が潜望鏡をのぞいている。ボーイング747と戦闘機が頭上にはっきり見える。潜水中の原子力潜水艦は、二機の航空機が描く円のちょうど中心の水面下に停止していた。彼は副官を呼んだ。

「盗聴防止装置《スクランブラー》のスイッチを入れ、キャスターズ提督を呼び出して、マイクをくれ」

「了解《アイ・アイ・サー》、艦長。提督がお出になりました。スクランブラーはセットしてあります」

「提督、みごと仕留めるにはまたとない位置にいます。しかし、申し上げておかなくてはなりませんが、戦闘機は旅客機のすぐうしろにくっついています——半マイルそこそこです。747機に当たらないようにやっつけることはできますが、破裂するとき、こっちのミサイルと戦闘機搭載の火器の爆発が重なって、PGA81に損害を与えることは免れられないかもしれません。私見ですが、その確率は五分五分です。わたくし個人としては、とてもそれだけの責任を負うことはできません」

「ありがとう、艦長。そのまま待機し、知らせるまで、何もするな」

「かしこまりました、提督」

ロサンゼルス管制塔のスピーカーからグラントの声が流れた。

「ブレイガン、いま現地時間十五時三十分、あるいは、目標時間まで一時間三十分だが、どんな情況だな？」

「あんたの相棒があちこちで強盗を働いているよ。超音速機は約一時間十五分後に到着の予定だ」

「ウィッジョンはどうした？」

「ヴァン・ナイズで一機見つけたが、持ち主に少々手こずった。ゲーツ・リアジェット25D型の新造機との交換を要求してきたんだ。それで、ワシントンから承認を取るまでのあいだ停滞してしまった。いずれにしても、まもなく離陸し、一時間以内には着くはずだ」

グラントは思わず愉快そうな笑い声をたてた。

「やましさのかけらも持たない人間が世の中にはいるもんだな……おい、ブレイガン、ウィッジョンは持ち主に操縦させてロサンゼルス国際空港まで運ばせろ。おれの同僚が着いたら、コツを伝授してもらいたいんだ。こういったしろものは古いから、それぞれに癖があるもんだ。離陸中に〝不運な事故〟などに見舞われてほしくない。だから必ずやつを引き留めて、装置の働き具合を説明させてくれ」

「了解。そのように計らう——ロサンゼルス管制塔」

「ブレイガン、それから耐久力のある丈夫なビニール袋をたくさんウィッジョンのそばに置いといてくれ。もう一つ。電子信号音発信装置や自動誘導装置、時限爆弾、その他の新式装置を飛行機に積むなよ。探せばわかることだからな。もしおれの仲間が、時間になってもおれのそばに飛んでこなかったら、そのときは後悔しても遅いんだぞ」

「了解——こちらブレイガン」

アルフレッド・P・キャスターズ提督はふたたびホワイトハウスに電話をしていた。

「もしやつが旅客機からもう少し離れてくれさえすれば、かなりの見込みがあると潜水艦の艦長は思っているようです……わかりました、大統領閣下、残念ですが、閣下が拒絶された旨《むね》すぐに伝えます……おっしゃるとおりです。もし失敗したら、大惨事となるでしょう……はい、閣下。深く潜航して予定どおりサンフランシスコに直進するよう命じます……」

ロサンゼルス管制塔では、マイケル・エイノがブレイガンの肩をたたいていた。

「主任、フランスの外務大臣が電話に出てますよ」

「何の用だい？」

「国際会議でこっちに来ていたのです。エールフランスの特別機が二時半に出発して、北まわりで大臣を乗せて帰ることになっていたんですがね。大臣の言うには、どうしても明朝にはパリにいなくてはならないので、どうして離陸できないのか知りたいということです」

「皆と同じように待機していてもらわなくてはならないと言え」

エイノは電話を取り、すぐまたブレイガンのところに戻った。

「主任、フランスは待てないと言ってますよ」

「フランスといえど待つしかない、そう言え」


ヴァン・ナイズ飛行場では、FBIが何をしているのかと、好奇心にかられたパイロットや整備士の小さな群れがウィッジョンのまわりに集まっていた。

カーメン・マーシが空港ターミナルから走ってくるのが見える。ネクタイは解けて首からひらひら舞っている。息を切らし、滝のように汗をかいていた。マーシはラス・ネイトンに険悪な視線を放つ。

「そら、書類だ、公証人の正式な認証も取ってある、このくたばりぞこないめが」

ネイトンはマーシににっこり笑った。見物人は、いまやすっかり脚光を浴びてしまった二人のやりとりを楽しみ、せっかくの見世物を台無しにしないように落ち着いて構えていた。

「やあ、ありがとう！　おれの愛機がお役に立って光栄だ」

「ああ」とマーシはまだあえぎながら言った、「それで、こいつをロサンゼルス国際空港まであんたが操縦して運んでもらわなくちゃならない。みんなが向こうで待ってるんだ。このポンコツを操縦する男にコツを教えてもらわないとな」

ＦＢＩ特別捜査官は、翼が上についた古色蒼然《そうぜん》たるおんぼろ飛行機を軽蔑《けいべつ》の眼でにらみつけた。どう見ても整備不良のひどい状態だ。左の支柱が低いため、翼が垂れ下がり、左右が不均衡に見える。塗装ははげかかっている。あちこちに不体裁な継ぎ目の跡や継ぎはぎがある。プラスチックの風防のひびに貼《は》り付けた幾本ものテープははがれている。それらがぶらさがった様子は、さながら風にはためくほうたいといったところだ。

「待ってくれ、マーシ！」ネイトンは驚いて息を詰まらせながら叫んだ。「そんなことはおれたちの契約の中には入ってなかったぜ。あんたの要求してることは、自力輸送のパイロットとおまけに教官になるってことだ。乗っ取り犯人に近づくのはまっぴらだよ。ぜったいごめんだ」

「このおんぼろを飛ばせるのはおまえしかいないんだ。どうしてもやってもらうぞ」とマーシは声を張り上げた。

「いやだと言ったらいやだ！」

「それならいい。契約はご破算だ。べつのウィッジョンを見つける。コンプトン飛行場に一機あるはずだ。これでおまえのゲーツ・リアジェットも夢と消えたな」

「ちょっとちょっと、マーシ。気が変わったよ。自力輸送パイロットと教官の手当、それから、情勢を考慮するなら、危険手当の支払いも受ける権利があると思うな。おまけに、ここへ帰ってくるのは遅くなる。ここを出発した時点からこの飛行場に戻るまで、時間給二百ドルの標準レートでがまんするが、それでいいかい？」

「この卑劣な、恥知らずの……」

「行ってほしいのか、ほしくないのか？」ネイトンは眼を貪欲に輝かせ、強要の手を弛《ゆる》めない。

「わかったよ。だけどこの事件が片づいたらみてろよ、引っ捕えてやるからな」

「これは完全に合法的なんだぜ、マーシ。で、もう一つだけ、さっきのこと書類に書き込んどいてくれよ、おれは飛行機を調べて、離陸前の点検をやっておくからな」


巡回を続けている囚人護送車はビルの一階にある外国通貨両替店の前に停まった。警官が飛び出し、店を襲い、紙幣という紙幣を奪った。日本円、ドイツ・マルク、フランス・フラン、英国ポンド、スイス・フランをはしゃぎまわって布袋に詰め込む、それをサンタクロースが濃いサングラスごしに見守っている。

「ようし、諸君、もういい」すっからかんになったのを見定めると、サンタクロースは言った。「行くぞ」

れた。市警本部長の顔は打ちひしがれた惨《みじ》めさを絵に画いたようだった。カウランの面目は丸潰《まるつぶ》れだ。いまにも血管が破裂し、脳卒中で倒れそうに見えた。

護送車が走り去ったあとになってやっと、物見高い群集が荒された外貨両替店の前に集まりはじめ、何事が起こったのかと首を伸ばしてのぞき込んでいた。誰にも、そこで働いている者にすら、はっきりしたことはわからない。それほどあっという間の出来事だった。

市警本部の自室で、副本部長はまた電話でＦＢＩとやり合っていた。

「ペレラ両替店でまた一仕事やった……概算で二百五十万ドルを少し上回る外国紙幣が持っていかれたらしい……目印も、通し番号もない……次はどこをやりそうかなんてどうしてわたしにわかるかね？……警察は直感に従って動くところじゃないんだ。われわれは信用できる情報に基づいて活動している……くだらない質問ばかりしないでもらいたい。情況の把握《はあく》がまず肝心だ」

第二十章

グラントは旅客機の尾部が視界からそれないように機を保ちながら、コーヒーの最後の一滴をすすり、ＫＦＷＢニュースに波長を合わせた無線を聞いていた。

アナウンサーのおかげで、サンタクロースの進行について知りたいと思うことはすべてわかった。また、国内各所の民間と軍当局の動きに関して最新の情報が入手できた。

このような性質の事件で報道管制を敷くことができるような法律を制定するために、政府がこれまでなんら積極的な手を打たなかったというのはグラントには不思議だった。

ニュースキャスターが提供する情報が、乗っ取り犯人を利するという結論は何度か出されたことがあった。犯人が作戦をたてる助けになることは明らかである、しかし誰もそれをなんとかしようという気はなかったようだ。言論の自由はけっこうだが、限度があるとグラントは思った。だいいち、不合理だ。追う者はガラス張りの中で行動し、追われる者はまったく秘密裡《り》に動き続けるというのでは。

「ハイジャックはかれこれ三時間近くも続いています」とニュースキャスターがしゃべっている。「前もって予告しておきましたように、ここに著名な専門家の方がたにお集まりいただきましたので、円卓を囲んで自由な討議をお願いいたしたいと思います。このような大それたことをしでかす動機は何か、また、事件の決着がつくまで、またそのあとどういうことが起こるかについて、それぞれの講師の見解をうかがうことができるでしょう。まずサミュエル・ブラックストーン博士をご紹介します。博士は名高い精神科医でして、これまで五十例以上の病歴を研究なさり、警察に捕まった自称乗っ取り犯人約三十名とのインタビューの経験もおありです。最近のベストセラー、『ハイジャックとその解決策』の著者でもあります。ちなみに、この本はハードカバーで七ドル九十五セント、ペーパーバックでは一ドル七十五セントでどこの書店でもおもとめになれます。レナード・ヴェグナー師にもご出席いただいております。刑務所づき牧師として長い経験をお持ちです。さらに、第五十一地区代表のリベラルな女性下院議員ドナ・ツァプニックさん、そして、分析と解説には、ニュースキャスターのノーマン・スターンフェルドがあたります。その前に、お知らせをどうぞ、スポンサーは皆さまの生命保険代理店……」

グラントは音量を上げた。これは絶対に聞きのがしたくない話だ。

「ではまずブラックストーン博士」とキャスターのスターンフェルドが言った。「このような行動……異常……としか言いようがないこういう無責任な行為には何か予測のつく傾向といったものがあるのでしょうか？」

「いまの質問のお答えになるかと思うが、わたしはこういう事実を発見した。たいていの乗っ取り犯人は――あるいは、その点では、どんなタイプのテロリストでも同じことだが――かれらは同性愛者であり、しかも潜在的な同性愛者であることが非常に多い。ちょっとでも世間の注視の的になるような、人をあっと言わせることをやって、欲求なり幻想なりを昇華させる。通常、金《かね》はその行動の主目的ではなく、自己宣伝癖によるものですな。自分には卓越した知能があると思い込んでいて、それを認めてもらおうとする。少数の例外を除いて、多くは子供時代に母親によって欲求不満に陥《おとしい》れられたとみられる。〝抑圧された幼児本能〟という名称をわたしはそれに用いている。ついでながら、くわしいことは拙著をごらんいただきたい。たしか、あなたは、この本が現在書店に出ているとさっき言われたようだが。

もっとも在庫は残り少ないということだがね」

「たしかに先生のご本に触れました、ブラックストーン博士。ですが、話を乗っ取り犯人に戻していただいて……」

「ああ、そうね、どこまでお話ししたかな。それでだね、わたしは、これらの人間は自殺を求めているという結論に達した。しかし、自己破壊を志向しているが、自ら手を下す勇気はない。したがって、かれらの自由にならない何かえたいの知れない力――たとえば警察力のようなものによって抹殺《まっさつ》されようとするんだな」

「ブラックストーン博士」とスターンフェルドが質問した、「特にこの場合に限っては、乗っ取り犯人は自己宣伝癖の持ち主ではないように思われませんか？　じっさい、正体を隠すためにたいへんな努力をしています。どう見ても人に認められたがっているとは思えません。まるで声だけの存在ですからね」

「おいでなすったね」とブラックストーンは勝ち誇ったように答えた。「まさしくそれが肝心な点なのだな。そういう例外があってはじめて原則が成立する」

「どうも充分納得がいったという気がしないのですが、ブラックストーン博士、またすぐあとで先生のお話はうかがうとして、その前に講師の方がた全員のご意見をひとまず聞かせていただきましょう。ヴェグナー師、あなたはどうお考えですか？　師は刑務所の囚人の心理に分け入って広く研究なさったとか」

「そのとおりです。わたしは有名なブラックストーン博士のおっしゃることに全面的に賛成はいたしかねます。わたしは教戒師にすぎませんが、刑務所でのわたしの経験では、そのような人間は現に同情や賞賛を熱望し、また楽しんでそれを受け入れさえもします。現在の境遇を憎むものもいますし、逆にそこを母親の胎内のように感じ、投獄されて家庭には欠如していた規律というものに従うことを心から喜ぶ連中もいます。なかには少数ですが、戦争反対だから徴兵逃れに監獄に避難したのだと考えるものもいますが、でもかれらは複雑です。平和主義者の仮面をかぶっていますが、その実、社会やいわゆる体制に復讐をしようとしているのです。基本的には、わたしに言わせれば、これらは性的な問題とは無関係です。ブラックストーン博士はそっちのほうをお信じになりたいようですが。かれらはすべて貧しく、誤って導かれたものたちで、世の中に自分たちの場所を見つけることができなかったのです。わたしたちは親切にし、同情と理解を示し……」

「こんな世迷《よま》いごとは聞いたことがない！」とブラックストーン博士はさえぎった。「ここの牧師どのが宣伝しようとしておられる甘やかしの哲学には真っ向から反対する。牧師には宗教に専念していただいて、この問題は精神分析の分野の有能な人たちに取り組んでもらいたいものだ……」

「あなたがた精神分析屋が、うちの囚人たちが耳にしたこともない性的倒錯という考えを吹き込んでくれたおかげで、むしろ害毒が流されましたよ。あなたがたにかかったら、わからないことはないんですからな」とヴェグナー師は反駁《はんばく》した。「どうしてあなたは同性愛だの露出症だのに関してそのような大家におなりなんです、ブラックストーン？　ほんとに理解するには自分もそうでなくては不可能だとわたしは考えますがね……」

「おい、祈《き》禱屋《とうや》……」ブラックストーン博士は口をはさんだ。「おまえは賛美歌を歌ってればいいんだ、何もわからないことに鼻を突っ込むな……」

グラントは笑いの発作が止まらなかった。

「まあ、まあ、皆さん」とキャスターのスターンフェルドが割って入った。「もっと高次元での討論をお願いしたいですね。この問題解明への皆さんがたの意気込みはわかりますし、感謝申し上げますが、侮蔑《ぶべつ》をぶつけ合うことによって実のある討論は生まれません。皆さん……お願いです！……ここでちょっと放送局名のお知らせと……」

「こちらはロサンゼルスKFWBニュースです。二十分で、世界のニュースを」とアナウンサーの声。「それではスポンサーからの……」

ロサンゼルス管制塔がグラントのスピーカーに飛び込んできた。

「シャドー81――こちらブレイガン」

グラントは無念そうにラジオ局の音量を下げる。

「ロサンゼルス管制塔――こちらシャドー81。どうぞ」

「まもなくウィッジョンがヴァン・ナイズから飛び立つ。だからそちらのレーダー・スコープに影が映るはずだ。十機の超音速機についても同様だ。怪しい飛行機ではないことを承知してもらうために、これらの機の動静をお知らせしておく」

「了解――シャドー81」

グラントは待ちかねたようにまたKFWBの音を大きくする。婦人代議士のドナ・ツァプニックがしゃべっていた。そのトレードマークである耳ざわりなつぶれた大声に覚えがある。例のいつはてるとも知れない長広舌をふるっている。

「……ベトナム戦争によってかもし出された害意に充ちた空気は、国じゅうのあらゆるものに影響を及ぼしていますわ。ベトナムでの没道徳は気品の感覚を犯しています。この問題についてのわたしの見解は簡単明瞭です。政府と軍の支配層における指導力の明らかな欠如によるものです。ひと握りの不良中年が国を牛耳っているときに、何が期待できるでしょう？

──上が上なら下も下……」

「ええ……そうですね、ツァプニックさん」とキャスターのスターンフェルドがさえぎった、「ですが、わたしたちはハイジャックの話をしているのでして、話題が横道にそれているようですが……」

「どうか終わりまで言わせてくれませんか、スターンフェルドさん」とドナ・ツァプニックは声をきしらせて言った。「ハイジャックの話をしているのはわかっていますが、現時点では、あの男の問題が性的なものだろうと宗教的なものだろうと、どっちにしても、わたしたちにできることはあまりありませんわ。わたしの言いたいのは、わたしたちの指導者が示してくれた腐敗や汚職の見本によってこの男は作り出されたのだということだけです。元知事が公金横領のために縄目《なわめ》を受け、地方検事は裁判官を抱き込んだかどで裁かれ、州最高裁判事は私腹を肥やしたというので弾劾《だんがい》されて資格を剝奪《はくだつ》され、警察庁の刑事は殺人や麻薬密売の罪で獄舎につながれ、政府高官は偽証罪で告訴される、まだまだいくらでも例を挙げられますよ。でもこれだけは約束できます、この事件が片づいたら、議会の調査委員会を作ることを断固要求しますわ。福祉や教育、住宅、交通などを犠牲にして、防衛に何十億というお金をつぎ込んできたのに、どのようにして、なぜこのようなことが起きるのか究明したいのです。法案を上程して……」

「恐れ入りますが、議員、もう時間がありません。あと要約して論評を加える時間がたった三十秒しかありません。ありがとうございました、ツァプニックさん」とスターンフェルドは言った。「すべての事実が出揃いもしないうちから〝かるがるしい分析〟をするともちろん非難されたくはありませんが、これは明らかにどこかがまちがっていると考えます。わたしたちには、侵入から保護される権利があります、しかし指導者たちはわたしたちの期待を裏切ったのです、ベトナムでそうしてきたと同じように。このことを近いうちに選挙に打って出ようとしている人びとは肝に銘じてほしいものです。ノーマン・スターンフェルドでした。ご清聴ありがとうございます、このあとも引き続き当放送局に合わせて事件の進展をお聴きください」

囚人護送車はロサンゼルスのダウンタウンにあるダンカン・オズボーン・フィンチ・アンド・ピータースという証券会社の前に停まった。

おきまりの仕事にすっかり慣れた警官たちは、自分らの役目を正確にわきまえていた。奥の部屋に進み、そこで金庫が開かれる。サンタクロースの指揮で、譲渡可能の有価証券を山のように集めた。

「ようし、諸君、今日のところはこんなもんでいいだろう」とサンタクロースは言って、それでよし、とうなずいた。

課長連に取り巻かれあっけにとられている支店長の鼻先で、サンタクロース、本部長、部下の警官は護送車に乗り込んだ。車内はドル紙幣や外国通貨、宝石の詰まった袋類が山と積まれ、ほとんど身動きする余地もなかった。

カウラン本部長は扉を閉めた。

「よろしい。空港に向かうぞ」とサンタクロースは言う。

途中、赤信号で停止していたブリンクス通運の現金輸送装甲車に追いついた。サンタクロースは後部の窓からそれを目撃した。

「待て、本部長。運転手に停車させろ。あのブリンクス現金輸送車を空港までついてこさせよう。街で取りそこなったものがあるといけないから、あれはおまけだ」

「これだけあってもまだ足りないのかね？」とカウランは顔をしかめた。

「文句を言うな」サンタクロースはベルトから飛び出しているコードに手を伸ばしながら、むっとして言った。「あの輸送車を捕獲しろ。乗り組んでいる人間を放り出し、数名の部下と交替させて、ついてこさせるんだ。早くしろ！」

カウランは大きく諦《あきら》めの溜息《ためいき》を肩でつき、護送車の運転手に指示を与えた。

ブリンクスの警備員は何に襲われたのかさっぱりわかるまい。かれらを仰天させる道具立ては完璧《かんぺき》だった。

まず護送車はブリンクス輸送車に左側を追い越させた。それからやにわにサイレンを鳴らして、装甲輸送車に追いつき、道路の中央からはじき出して縁石に追いつめた。

輸送車の中の警備員たちは本能的に応戦態勢をとった。ショットガンに手を伸ばし、車の前、後部、側面の銃眼から銃身を突き出した。

カウラン本部長は両手を頭の上に置き、四人の部下に守られて、ブリンクスの運転手のところへ駆け寄り、身分を告げた。これが強盗のまねごとではなく本物の強盗だということを護衛に納得させるのに五分近くかかった。

運転手は、このたわけた話はいったいどういうことなのか会社に問い合わせてはっきりさせたいと執拗《しつよう》にねばった。ブリンクス本社は警察に照会した。あきれたことに、副本部長は、かまわないからカウランの言うとおりにしろと言った。

四人のブリンクスのガードマンは歩道の上に置き去りにされた。ショットガンを握りしめ、とんまな、ばつの悪い思いをして立ったまま、びっくりしている通行人にはにかみ笑いを浮かべていた。

カウランの部下が二人、装甲車に飛び乗り、四人護送車のあとを追った。

サンタクロースは護送車の後部にすわり、ときおり窓から外をちらっと見て、現金輸送車がすぐうしろについてきているかどうか確かめた。

ラス・ネイトンはウィッジョンのコクピットに乗り込んでいる。気が触れたように、あちこちのスイッチを押したり、気化器にガソリンを送り込むポンプをあおったり、燃料混合調整レバーやスロットルを押したり引いたりして、いつもながらエンジンをかけるのに苦労させられるのをさかんに罵倒《ばとう》していた。

何回か試みたのち、左エンジンがか細い泣き声をあげ、ぜえぜえと息をし、それが咳《せき》に変わり、やがて力強くほとばしり、バッテリーが切れる寸前に、かかった。

ネイトンは、感謝の祈りを捧げるかのように、眼を閉じ、それからスロットルを元に戻して毎分八〇〇回転でアイドリングさせた。第二エンジンに取りかかり、必死になって試みるが、右プロペラは、まるで凍りついたように、いっかな回転しようとしない。

左エンジンをアイドリングさせたまま、小型のアルミ製脚立を持って飛行機から跳びおりると、がんとして動かないプロペラのそばに駆け寄り外から点検する。

どこも悪いところは見つからなかった。ネイトンは頭をかきむしり、足を踏み鳴らし、痛罵し、憤懣《ふんまん》やるかたなく、右車輪のタイヤを蹴《け》とばす。つま先を強く打って思わず叫び声をあげ、またもやはしごを登って、プロペラの羽の先を握り、ひっかかりをほぐすつもりで、左から右へと猛然と振りまわした。

ネイトンは痛くないほうの足でピョンピョン跳びながら、汗まみれになって機上に駆け戻り、一方、ＦＢＩ捜査官たちと仲間は、ウィッジョンが破裂してしまうのではないかと心配して、離れたところから疑わしげに見守っている。

ふたたび右エンジン始動の手続きをはじめから繰り返し、ガソリンを送り直し、スロットルをはげしくあおった。プロペラはしぶしぶ一、二回回転し、止まり、それからやっとまわりはじめた。

ネイトンは操縦席の窓から嬉しそうに外を見、それから得意げにカーメン・マーシにほほえんだ。

頭上のスロットルを押し込んで、ブレーキを弛《ゆる》める。

ウィッジョンは足の悪いアヒルのようによたよたと芝から出、向きを変えて誘導路に入ると、ゆっくり滑走路のほうへ進んでいった。

「あのオンボロの飛行機のなかで首の骨でも折るがいいんだ」とマーシはぼやいた。

滑走路の入口に達すると、マグネット発電機の調子を調べ、キャブレターの過熱を点検するため、回転数を一気に一八〇〇回転まで持っていく。エンジンは何度かバックファイアを起こし、翼からもぎとれてしまうかと思われた。

管制塔からいつでも離陸してよいと許可してきた。飛行機はその空港をまったくひとり占めにしている。

全長八千フィートある三四番左滑走路を使用すべきか、それに平行して走っている四千フィートの三四番右滑走路を使用すべきかでちょっともめた。ネイトンは普通いつも使っている短いほうの滑走路の端にいた。それでも十分すぎるほどだったし、だいたいにおいて、機械のほうはうまく働いているように思われたから、ネイトンとしては時間を無駄にしたくなかった。

ウィッジョンは三四番右滑走路に向かって慎重に位置を正し、長い鼻を北に向けてスタートラインについた。

ネイトンは出力を上げ、機は走りだしたが、加速するのをためらっているように見える。滑走路の半ばまで来たとき、ときおりエンジンがとぎれるような音を出し、ウィッジョンが離陸するのは絶望的に見えた。やっと尾部を持ち上げ、片翼を下げたままおずおずと浮上したが、すぐに浮力を失ってコンクリートの滑走路にたたきつけられた。轟音《ごうおん》を発しタイヤをきしませながら横すべりした拍子に斜めからの風にあおられ、はずみをつけてまた浮き上がるが、ふたたび滑走路に落下する。と見る間に、鼻高の姿勢のまま急角度上昇を始め、ついに空中に浮かんだ。失速寸前にまで達し、頼みの綱はプロペラだけとなったが、滑走路が切れる前にかろうじてうまくいった。

ネイトンは車輪を引っ込め、徐々に高度を取りながら、偏向風に対して機を横すべりさせ、やがて水平に姿勢を制御した。

飛行場の半マイル北、高度約五百フィートのところで一八〇度旋回して滑走路の上に舞い戻った。

急降下して、マーシや他のＦＢＩ捜査官、仲間や見物人の頭上すれすれに飛び、コクピットの窓からうっとりした顔をして下を見おろす。ネイトンは座席で有頂天になって喜んでいる。

青息吐息で高度を増し、機を傾け、ロサンゼルス国際空港めざして上昇していくウィッジョンの後尾に向かって、マーシはこぶしを振りまわした。

ロサンゼルスのダウンタウンでは、テレビの取材班がアメリカ銀行の店先の場面を撮っている。マイクを手にした局の報道部員たちが〝街頭〟インタビューをしていた。五十年輩の独身らしい女性に質問をしている記者のまわりに人だかりがしている。

「奥様、ちょっと失礼します。お名前とご職業をうかがわせていただきたいのですが。それから、いま起こっている事件についてのご感想をできましたら……」

「エドナ・ザコビッチ、小学校教師です。四学年を担当しています。わたしは恥知らずな行為だと思いますわ。この恐るべき狂暴な男、この……この……ひどい男が、子供たちの英雄になろうとしています。授業中にトランジスタ・ラジオで聞いていたのですね。なげかわしいことですわ、テレビのくだらない漫画に出てくるスーパーマンや、そういった主人公になぞらえていますのよ。あの男をなんとかすべきです。わたしのクラスの小さな男の子が、たったいまも授業が終わる前に、わたしにこう言うんですよ……」

「……えー……ありがとうございます、ザコビッチさん……どんなにショックを受けられたかよくわかります」と記者は別の通行人に見当をつけながら言った。「失礼ですが、あなたはいかがですか?」と、純白のとっぴな服を着た革命家タイプのいやに落ち着きはらった男性にマイクを向けた。背の高い痩せぎすのこの男はふちの広い帽子をかぶり、あごの先にとがったヴァンダイクひげをひけらかしていた。大きなメダルをつけた鎖を首から垂らしている。右手に持った銀色のステッキをつっぱってそっくり返ったり、前かがみに寄りかかったり交互に繰り返しながら、口にくわえたちびた葉巻をふかしていた。

「おれの名前はリロイ・ヘイスティングス。独立の実業家……自由な立場の企業家みたいなものだな……おれの言う意味がわかるかい？……これを少しやり、あれも少しやる」と葉巻を記者の鼻先で振りまわす。「何でもプロモートするエージェントと言ってもいいな……全資産を一つの事業に投じるようなまねはしないんだよ……おれの言う意味がわかるかい？」

記者はこの男を選んだことを後悔した。

「ええ、まあだいたい……」

「ヘイスティングスだよ……リーロイ・ヘイスティングス、リロイってのはフランス語で〝王様〟という意味なんだ」カメラをまっすぐのぞき込み、金の前歯を光らせていんぎん無礼な笑いを浮かべた。「ところで、お尋ねについてだが、あのやっこさん、べつにかまわんと思うね……おれの言う意味がわかるかい？……誰の圧力にも屈しない毅然《きぜん》たるところを体制側に見せてるんだ……わかるかい？」

ヘイスティングスは記者の手からマイクをもぎとった。

「おい、やれやれ！」と男は叫んだ。「もし聞いてるなら、おれはおまえの味方だぜ……おれの言う意味がわかるか？……」

「もちろんあなたのおっしゃる意味は皆さんもよくおわかりと思います」と記者は言いながら、マイクを取り戻そうと強引に引っ張る。「……あの……どうか離してください……あのう……ありがとうございました……どうか……離して……そのう……ヘイスティングスさん」

通りの反対側では別の局の放送記者が中年のでっぷりした汗っかきの男をつかまえていた。

「失礼ですが、あなたのご意見は?」

「わしはミルトン・フェルツァというものですが、公認会計士で、税務の代理人もやっとります。ニューヨークの出身でしてな。これはナマ放送ですか、それとも録音してあとで編集するんですかな?」

「とんでもありません。うちのはナマですよ」と放送記者は誇らしげに言った。

「けっこう。誤って引用されるのはかなわんですからな」

「その恐れはご無用です、フェルツァさん」

「わしの知りたいのは」とフェルツァは嚙《か》みつくような声で言った、「このツケがどこへまわってくるかということです。飛びまわっている二機の航空機……金塊も二千万ドルはくだらない……警察当局による白昼の強盗……この損害は誰が払うんです?……PGAですか?……政府ですか?……保険会社ですか?……それとも納税者ですか?」

「そうですね……ふうむ……わたしにはわかりかねます、フェルツァさん……それに……」

「そうでしょうな。期待はしていませんよ。現在この事件のために何人の警官が時間外勤務をさせられているかわかりますか？　軍隊も、アメリカ全土と言わないまでも、西海岸一帯では非常警戒態勢に入っていますよ。これらがどれだけの金につくか見当がつきますか？　そして誰がその勘定を支払うか知ってますか？」とフェルツァは甲高《かんだか》い声で叫んだ。

「……そのう……いいえ……よくは……」

「納税者ですぞ！　この愚劣な行為の尻ぬぐいをするのは納税者ですぞ。わしは経験豊かな公認会計士兼税理士として、この問題がはっきりするまで、次のことをするようおすすめします。確定申告を拒否するか、でなかったら財務省から盗まれた額に按分《あんぶん》比例して収入から差し引くかすることとです。さもないと、見ててごらんなさい、例によって一般市民がこの負担をさせられるということになりますな。わしの思うに……」

「……ええと……そうですね……ごもっともです……」自分の声に聞きほれているフェルツァを記者は打ち切った。「どうも貴重なご意見をありがとうございました……」

「あんた、おれの考えを聞いてくれんのかね？」とぼろぼろのシャツとズボンをまとった男が、人だかりのうしろのほうから声をあげた。

六十歳前後のホームレス風の男が、茶色の紙袋ごしに〝瓶首《びんくび》〟をわしづかみにし、カメラのほうに向かってくるのを見て、放送記者は眼を丸くした。

男は一口ぐいとあおって、手の甲で口を拭い、記者の眼をまともにのぞき込んで、ウィンクをした。

「おれの考えを知りたいかい？」と言ってげっぷを出す。「こいつはアカの陰謀だよ、かげで糸を引いてるのがCIAさ……それがおれの考えだ」ともつれた口調で言うと、くるりと振り向き、見物人に得意そうに笑う。

ウィッジョンはロサンゼルス国際空港の二五番右滑走路にお粗末な着陸をした。

ブレイガンはマイクを取って、ネイトンに誘導路を使うには及ばないと言った。滑走路そのものの上でUターンをして発進ラインまで戻るように指示した。そこに達したら、もう一度一八〇度方向転換をして風に向かい、一万二千フィート滑走路の離陸位置に機をすえるようにつけ加えた。

プロペラの回転が止まるやいなや、ウィッジョンはあっという間に警官と空港保安警備員に取り囲まれた。侵入者を寄せつけないように厳命を受けていたのだ。かれらは飛行機に手を触れることも、またサンタクロースが到着した場合、どのような手出しをすることもいっさい禁じられている。

ウィッジョンの燃料タンクをいっぱいにするためにタンクローリーがやって来た。そしてネイトンは飛行機からおり、世にも珍しい歓迎団に迎えられたわけである。

PGA81便のエコノミー・クラスで、C・フェルトン・ワズワース上院議員は六杯目のスコッチを手にしていた。酩酊《めいてい》してすっかりご機嫌である。ホレス・J・トランスコームと残った二人の忠実な僕《しもべ》を含めて、他のほとんどの乗客も同様だった。

上院議員は通路の中央に立って、にわか合唱団の指揮をしている。かれらは酔った声を張り上げて、『楽しかりし夏の時』を歌った。

セールスマンのブルースと相棒のディックは、気の利いた陽気な若者を二人乗客のなかから引き抜いてきて男声四重唱団を編成し、ワズワースのためにバックのハーモニーを受け持った。

乗客は通路に立って肩を組み、手にしたグラスを振りまわして、お代わりを要求する。ローラやビーやその他の客室乗務員は酒を盆に載せて駆けずりまわっている。

幼児を連れた三人の婦人客を除いては、気にしているものはもう一人もいないようだった。子供のほうは周囲の喧噪《けんそう》にもかかわらずよく眠っていた。母親たちはお互いに体を寄せ合って心の支えにしていた。

ブレイガンがグラントを呼んだ。

「シャドー81——こちらロサンゼルス管制塔」

「どうぞ、ブレイガン」とグラントは答えたが、舌が少しもつれている。

「ウィッジョンが着いた。サンタクロースはまだ影も形も見えないぞ」

「じきに着くはずだ。到着したら、指示するまで待機していろ」何か痛みをがまんしているように、またグラントの舌がもつれる。

「了解——ブレイガン」

主任管制官はマイケル・エイノを見た。

「どこかおかしいところに気づいたかい、それともおれの気のせいかな？」

「声が疲れてるようでしたね。もしかしたら、旋回のせいか何かじゃないですか？」

「いや、違うだろう。やっかいなことが起こってるような気がするよ、マイク。大丈夫かどうか心配になってきた」

「わたしに関するかぎり、ぽっくり逝《い》ってもらってけっこう。心臓まひでも起こしてくれないですかね」

「そうじゃないんだよ、マイク。この声はハドレー機長も聞いてるわけだ。おれたちと同じようにおかしいと感じて、好機到来とばかり脱出を試みるんじゃないかとそれが心配なんだ。そんなことはしないでほしいもんだが。もし乗っ取り犯人にほんとに何か起こっているとしたら、ここで変なまねをすると、ＰＧＡ81を道連れにしてやれという気にならないとも限らない。常軌を逸してると思われるかもしれないが、やつが無事であることを祈るよ」

グラントは用を足したいという押さえがたい衝動に悩まされていたのだ。

計画では、ハイジャック作戦を続行しているあいだはもつはずだった。ソリチュード号で太平洋横断中に何度かテストを行ない、八時間までは苦労しないでもがまんできるとわかった。

しかし、いまふと思いついたことだが、あの時はそれほど緊張状態にはなかったし、それに実験は海上で行なわれたのだ。いまは南カリフォルニアを出発してから、四時間以上飛行機のなかにすわりづめだった。

用を足す必要性が切迫して、支障をきたすほどに精神の集中が妨害されはじめた。眼がくらみ、そのうち頭がぼうっとして眠くなってくる。呼吸は速くなり、眼の前がかすんできた。

「たかが尿意一つのために、台無しにしてたまるか」と腹を立ててぶつぶつ言う。なすべきことはただ一つ。コーヒーがからになった魔法びんに取って、蓋をきっちり締めておくことだった。これで少なくともあと数時間は大丈夫だろう。

しかし眠気は去らなかった。じじつ一種の陶酔感すら覚えはじめた。敗血症に冒されたのかと思ったくらいだ。呼吸をしたり、はっきり物を考えることがますます困難になってくる。

酸素マスクを調べた。どこも悪いところはない。脂汗《あぶらあせ》がにじみ、いまにも気が遠くなりそうだ。いったいどうしたというのだろう。

そのとき、酸素調整用計器に眼がいった。ゼロ目盛りに近いところで針が揺れている。差しこむような痛みをみぞおちに感じた。どこかで漏れているのだ。離陸したときには、八時間分はあることを確認していたのだから。

頭ががんがん鳴っていた。急いで決断しなくてはならない。しかし、とりわけ、この苦境を声で気取られないようにしなくては。

「ハドレー――シャドー81だ」できるだけしっかりした口調を心がけて言った。

「PGA81——どうぞ」

「降下せよ……」発音が不明瞭になる、「降下せよ……」とゆっくり言った、「ただちに一万フィートまで降下せよ」

どこかおかしいということは、もはやハドレーにも明らかだった。

「シャドー81、気分は大丈夫か？」

グラントは歯をくいしばり、鼻孔をひくつかせ、残ったわずかな酸素をありったけ吸い込もうとした。眼の玉はほとんど飛び出さんばかりだったが、その瞬間は妙に頭が冴《さ》えていた。もちろん長続きするはずもないが。

「即刻、急下降せよ、さもないと」とかろうじて彼は叫んだ。「引き金に指が触れていることを忘れるなよ、ハドレー。こんどこそは本気だぞ！」

ハドレーは逡巡《しゅんじゅん》したとしてもそれは何分の一秒かだった。すぐに一か八かの冒険は無理だと決意した。出力を落として、急下降に入った。

グラントはあとを追いながら、水を離れた魚が生きのびようともがくように、必死に酸素をむさぼった。計器類はぼんやりかすんでよく見えない。旅客機の尾翼を参照点として見のがさないようにするのが精一杯だった。

客席では合唱がやみ、代わりに、乗客たちが通路に投げ出されないうちに何かにつかまろうとしてうろたえ騒ぐ悲鳴で充たされた。盆が宙に舞い、グラスがみじんに砕ける。耳ががんがんし、人びとの顔は土気色になる。

副操縦士はインターホンのスイッチを入れ、情況を説明しようとするが、その声は混乱にかき消されてしまう。

三分たたないうちに、747機は三万六千フィートから二万フィートに降下した。グラントのほおにはしだいに赤味がさしてきたが、まだ青ざめて、むかつきもとれない。

一万五千フィートで酸素マスクをはずし、正常な呼吸に移った。計器の目盛りは、はっきり見えるようになったが、いぜん息遣いは荒かった。

高度一万二千フィートを通過したときには、ふたたび正常な感覚を取り戻しはじめた。グラントはひたいをこすり、耳鳴りをなおすために生つばを一生けんめい飲みこみ、唇を湿した。

「ハドレー、一万フィートで水平姿勢をとり、前と同じように旋回を続けろ」

「了解」とハドレーはつとめて平静な声で言った。「シャドー81」と彼はことばをついだ。「この高度だとずっと多くの燃料を消費することは知ってるはずだ。あまり長くは持たないぞ。その限りでは、そっちも同じことだ」

「自分のことだけ心配してればいい。おれのことにそう気を遣うことはないぞ。百六十ノット（時速約三百キロ）だとあと何時間飛べるか？」

ハドレーはファウストを見た。彼は三本の指を挙げ、それからもう一本挙げ、次に、それは怪しいことを示すために首を振った。

「シャドー81、三時間だ――よくても四時間だな」

「それだけもてば充分だよ、ハドレー、われわれを失速させようと地上の連中が画策しなければな。ブレイガン？　そこにいるか？」

「聞いている——こちらブレイガン」

「話はわかったか？」

「意味はよく通じた。精一杯努力する」

「よろしい！」

グラントは深々と息を吸った。


ブリンクス現金輸送装甲車を従えた囚人護送車が滑走路に駐機中のウィッジョンに横づけした。

サンタクロースは、グラントがブレイガンに用意するよう命じた耐久性のある丈夫なビニールの大袋に、護送車の袋類をすべて移すよう警官に指令した。それから、装甲車内の現金袋を調べるから、全部滑走路に広げるように言った。

警官の手を借りてサンタクロースはブリンクス現金輸送袋を選り分けた。硬貨が入っている袋は捨てた。高額紙幣が入っている十五袋を選び出してビニール袋のなかに入れた。

囚人護送車で運んで来たものと一緒に、ブリンクスの戦利品もウィッジョンの胴体のそばに山積みし、フォート・ノックスからの金塊が到着したらすぐ積み込めるようにした。

ネイトンは足もとにころがっている金《かね》のとてつもない額を頭のなかで計算してみて、眼をまわし、口をぽかんとあけたまま、その光景を眺めた。

ウィッジョンを取り巻いている警官と空港警備員のなかから機の持ち主は一歩前に出ろとサンタクロースに命令されて、ネイトンは夢想から醒《さ》める。

ネイトンは手のなかで釣り用の帽子をもみくしゃにしながら、おどおどと進み出る。

「おまえがこいつを操縦してきたのか？　名前は？」サンタクロースはぶっきらぼうに尋ねた。

「ネイトンです——ラス・ネイトンていいます。飛行機はおれのです。ヴァン・ナイズからおれがたったいま運んできたんです」ネイトンはかしこまって、生つばをごくりと飲みくだした。

サンタクロースは隣に立っているカウラン本部長に体を向けた。

「こいつに事情を説明してやってくれ」

「この人は体じゅうにダイナマイトを巻きつけているから、手を触れるんじゃないぞ。言われたとおりにしろ」

ネイトンの帽子が手から落ちた。

「ダ……ダ……ダ？……」とつかえながら声をあげ、頭のてっぺんから足の先までがたがた震えだし、眼をむき、のどぼとけが上下した。

「落ち着くんだ、ネイトン」とサンタクロースは安心させようとして言う。「協力さえしてくれれば、怖がることはない。ヴァン・ナイズの空港では電子信号発信装置や爆弾を機内に仕掛けなかったか?」

「とんでもない。ほんとです。誰も飛行機には近寄ったりしませんでしたよ。手を触れたのはおれだけです」

「ここではどうだった? 誰か包みを持って乗ったものは?」

「ぜったいにねえです。信じておくんなさい。タンクローリーが来てガソリンを詰めてっただけです。あんたが来る二、三分前におれはここに着いて、この場所は動いてねえですから。飛行機から一度も眼を離さなかったです」

「嘘をつくとためにならんぞ」

「ほんとですよ、誓って、ほんとですよ」とネイトンは涙声だ。「お互いパイロット仲間として、だますようなことはしませんよ、それに……」

「つべこべ言わんと、コクピットに入れ。計器の説明をしてもらう」

「あんたひとりじゃだめなんですかい?」ネイトンはサンタクロースのベルトから飛び出しているコードを食い入るように見つめて、懇願した。「あんたの知りたいことは何でも外から窓ごしに説明してあげられますよ……」

「コクピットに乗るんだ」とサンタクロースはどなった。

サンタクロースが先に乗って左の座席にすわった。ネイトンは右にもぐり込んだ。

「よし。このオンボロの悪いところを教えろ」

「そんなあ、調子は上々ですよ……日曜日の天気のいいとき、釣りに行くのに使ってるだけなんですから」とネイトンは、中古車セールスマンのように、どこか自信なさそうに言った。「二、三細かい点があるだけで……しかし、太鼓判押しますよ、いったん空に浮かんだら、爆弾みたいにすっ飛んでいきますから……」

サンタクロースはネイトンを苛立った眼で睨《にら》みつけた。

「……そのつまり、稲妻ってことで……ヘッヘ！……たんなるもののたとえでして……どうもこんなときに、爆弾なんてことばを口にしたのは気がきかねえことでした……ヘヘッ！……ヘヘッ！……」

「口から出まかせを言うな。この型の飛行機には乗ったことがあるんだ。もう一度繰り返すが、心得ておくべきことは何だ？」

「そのう、あれです、右エンジンの左のマグネット発電機がちっとばかし苦労です。離着陸装置も完璧《かんぺき》とは言えません……だから……離陸のとき方向舵を左にうんと切らねえと。けど、水の上じゃ、文句なしです、ほんとに……文句のつけようがねえです……」

「どうしておれが水の上を走ると思うんだ？」サンタクロースは顔をしかめる。

「べつに、何でもありません、何でもないんです」とネイトンは小さくなる。「ウィッジョンを要求してるってんで、ただ憶測で……」

「憶測はやめて、先を続けろ」

「はい、ただいま、それであの……無線機ですが、ちっと古くなってます。もし超短波無線機が聞こえなくなったら、頭の右のところを、こんなふうに二、三回、もちろん軽くですが、たたいてやっておくんなさい、でも、そんなことになるのはほんのたまにですから……」

「超短波全方向標識受信機《オムニレンジ》と自動方向探知機はどうだ？」

「かなりいけます。方角が二、三度ずれることはあるかもしれねえけんど。針が動かなくなったり、不安定になったりしたら、一本指でそっと目盛盤をたたいてやってください。ひっかかってるのがはずれます」

「動力関係は？」

「毎分二四五〇回転で時速約百二十マイルで巡航します。こいつは、着陸で出力を落とすと、急激に下降する癖がありましてね。だからおれはスロットルをものすごくゆっくりゆっくり戻すことにしてます。左のフロートが気持ばかり曲がってますさあ。けど、それ以外は文句なし……ほんとです。離陸のとき対気速度に気をつけなさったほうがいい……特にこれだけの荷物じゃ……もちろん、おれの知ったことじゃないですがね……時速九十マイルあたりになるまで待って浮上したほうが賢明というもんです……だけど……うまくいきますよ……」

「ほかには？」

「ありませんです。そんなところです」

「確かか？　途中で何かあったら困るから、おまえを一緒に連れてってもいいんだぜ」

「まさか、とんでもねえです。そんなこと考えねえことです。邪魔になるだけですから……何せこの目方じゃ……ヒッヒッ！……ヒッヒッ！……」ネイトンは甲高《かんだか》い裏声でヒステリックに笑った。「大丈夫ですよ……ほんと！……保証します……」

「じゃ外で待ってろ。こいつのエンジンがなかなかかからなかったら、おまえが必要になるからな。よし降りろ」

ネイトンは安堵《あんど》のあまり、思わず口もとがゆるみそうになる。

「へえっ！……ありがとうございます、だんな……どうか楽しいご旅行を……」

「さっさと降りて、口に蓋をしとけ、とうへんぼく！　おまえは口数が多すぎるぞ」

サンタクロースはネイトンが立ち去るのを待った。ついで、外まわりを調べる前に、操縦席や客室《キャビン》の点検を始めた。飛行機の持ち主が嘘をつかず、電子追跡装置のようなものを隠したり、機の表面にテープでとめたりしてないと信ずるほかはなかった。

フォート・ノックスからの十機の超音速機《スーパーソニック》がたて続けに二五番左滑走路に着地した。ただちに二五番右滑走路入口に機を移動し、ウィッジョンに並べて停めるよう指示が出された。

スーパーソニックはハッチを開き、積み込まれたピカピカの金塊が現われた。

サンタクロースはカウラン本部長の隣に立って、積荷を降ろすのを見守る。

「部下に一キロの金塊を千本だけ数えさせてくれ。それをビニールの袋に入れて、飛行機の床の端から端まで並べてもらいたい。次に、別のビニール袋に入った現金袋を金塊の上に置く。重さが均等に行き渡るように注意させろ。けつが重くならないようにな」

「残りの金塊はどうするんだね？」とカウランは知りたがった。

「今回はこれが限度だ。残りもビニールの袋に入れて用意させといてくれ。またそれを取りに戻ってくる。さあ、急いでかかれ！」

グラントの声がロサンゼルス管制塔のスピーカーから流れた。

「ブレイガン――シャドー81だ。現地時間十六時五十分、残り時間十分だぞ。状況報告をしてくれ」

「サンタクロースは着いた。スーパーソニックもだ。ウィッジョンに搭載中。完了までもう少しかかるだろう」

「オーケー。次にこっちから呼び出すまで、無線機を使うな」

「了解――こちらブレイガン」

グラントは無線機の一つの波長を調節して、マイクを唇に当て、『ゴールドフィンガー』を口笛で吹きはじめた。

サンタクロースはそれを聞き、ウォーキー・トーキーを取り出して、『幸せはふたたびここに』を吹いて応じた。


記者室のバーニー・オールコットにとって、仕事は暇になりつつあった。乗っ取り犯人とブレイガンの交信もほとんど途絶えている。何か新しい情報を収集するために管制塔に顔を出してみることにした。直接、主任管制官の部屋に赴く。

当てにもしていないオールコットの姿を見て、ブレイガンは冷ややかに挨拶をする。

「何か新しいネタはないかい、トム？」

「気の毒だが、バーニー、ラジオで聞いたとおりさ。ほかに補足することは何もないよ」

「人間的興味という側面はどうだね？　全国民に一挙一動をきびしく見つめられながら、こういった緊張に耐えていくあんたの気持とか、そういった類いのことは？　顧客を失望させたくないんでね、わかるだろ？」とオールコットはつとめて打ち解けた口調で言った。

「それだけしゃべればたくさんだろ、バーニー。いまは個人的なインタビューに応ずる暇はないよ。約束どおり、必要とあれば、その都度情報を提供する。さて、失礼なやつだと思われると困るのだが、記者室に戻って、ラジオを聞いててくれるとありがたいな。例によって、ここにはよけいな人間が多すぎる」

　このことばはオールコットに痛烈にこたえた。彼はもはやブレイガンの世界では好ましい人物ではなかった。何か言おうとしたが、ことばが出てこない。扉口のほうに帰りかけた、そのとき、マイケル・エイノが、手に持った一枚の紙片に眼を奪われたまま、ブレイガンのほかに誰がいるか確かめようともせずに、入ってきた。

「主任、たったいま大統領がTX75Eのデータをくれましたよ。どうやら……」

「マイク！」とブレイガンがとめた。

　エイノは顔を上げてオールコットを見た。彼の顔は紅潮した。

「またな、トム。じゃ、マイク」とオールコットは何も聞かなかったふりをして言った。
　二、三分もしないうちにオールコットは自分の机に戻っていた。積み上げた航空宇宙専門誌《エイヴィエーション・ウィーク》を片端からめくりはじめる。

PGA81のコクピットでハル・ベソーが何やら一心に考え込んでいた。燃料計を見まわしては眉をひそめ、唇を噛《か》んでいる。

ハドレーは副操縦士の緊迫した様子に気づいた。ファウストのほうにちらっと視線を向けると、航空機関士は計器盤に向かって、たばこを吸いながら、同じようにむずかしい顔をしている。

「何が気になってるんだい、きみたち？　おれの知らないことが何かあるのか？」

「あと二時間ほどで燃料がなくなりそうなんです、機長。それなのにロサンゼルスまで戻るには、百六十マイルばかり飛ばなくてはなりません」とベソーが言った。「やつは弾を撃つ必要すらないんですよ。おれたちをガス欠にして、大洋に墜落させればいいんですから。なんとかこいつから逃げ出す方法を考え出さなくては」

「たとえば何があるね、ハル？」

「ええ、機長、いま一万フィートの高度を維持させられていますが、やつのほうも燃料の点ではかんばしくないはずです。三万六千フィートではひどく苦しそうだったのが、いまは何ともないみたいですから、明らかに、酸素がなくなったからなんですよ。まだ上にいるうちに、やつがくたばらなかったのが、かえすがえすも残念です」

「おれもそのことは推測がついた。急いで降下するように命令してきたときにな。しかし、そこで冒険することはできなかったんだ。こんなに長時間飛んでいられる戦闘機があったとは夢にも思わなかったよ、だけど、おれたちより長く飛べるということはないと思うな。そこで、きみの提案は？」

「やつの不意を襲って急上昇をかけ上空に逃げるとしたら、見込みがあるとお考えですか？」

ハドレーはベソーを見、それからファウストに視線を移し、そして首を横に振った。

「やっこさんが初めに言ったように、そのことは忘れるんだな。弾を発射するだけの度胸がほんとにあるかどうかはわからない。しかし、一万二千フィートも行かないうちに、おれたちは捕まることはまちがいない。酸素がなくても、二、三分間なら、二万フィートまでつけてくることだって不可能じゃない。だめだな。唯一の望みは、何か機械の故障でやつが計画の断念を余儀なくされることだけだな。これまでの様子では、その可能性も望み薄だがね。それにもし何かでうまくいかなかった場合、ただの腹いせに、危害を加えることがないとは言いきれないしな」

「機長、もう一つ提案があります」とファウストが言った。「暗くなりはじめたときに、不時着水させたらどうでしょう。救命いかだに乗ってるものまでも冷酷に撃ち殺すとは信じられません」

「いよいよとなったらな、ハーブ」とハドレーはおだやかに言った。

ウィッジョンへの積載は終わった。

サンタクロースは腕時計を見る。午後六時を過ぎたばかりだ。カウラン本部長のひじを取って、飛行機のまわりの連中に聞こえないところまで連れ出す。

「部下を一人、管制塔まで走らせろ。おれは飛んでから無線機でコールはしないから、かれらもおれに連絡を取ろうとしないように伝えさせるんだ。おまえはここにいて眼を光らせていろ。約一時間で残りの金塊を取りに戻ってくる。それまで空港の封鎖は続けること。戻ってきたときは、この同じ滑走路を使う。わかったな？」

カウランはうなずいた。

サンタクロースはウィッジョンに乗り込んで扉を閉める。狭い客室にぎっしり詰まっている袋を、乗り越えたり、よけて通ったり、苦労しながらコクピットに到達した。

約十分かけて、さんざんののしったあげく、やっとエンジンが始動した。ラス・ネイトンは機首の前方に立って、サンタクロースにスロットルをあおり続けるよう身ぶりで合図しながら祈っていた。

午後六時十五分、サンタクロースはウォーキー・トーキーを引っ張り出して、左窓からアンテナを突き出し、口笛で『いかりを揚げて』を吹いた。

グラントの応答の口笛は『幸福の絶頂にあり』だった。

サンタクロースはマグネット発電機の調子を調べるために、毎分一八〇〇回転にあげた。

グラントはブレイガンを呼んだ。

「ウィッジョンを尾行させるようなまねはするなよ、たとえ低空でもな。ここからは全部レーダーに映るんだからな」

「了解。誰も妨害はしない——ブレイガン」

「よろしい」

ウィッジョンは積載量をはるかに上回っていたので、一万二千フィートの滑走路の一万フィート以上を使ってやっと離陸した。洋上に向けてゆっくり高度を上げて行く。高度約一千フィートのあたりで、ゆるやかに左傾斜して、南西の戦闘機と旅客機の方角をめざした。まもなく機影はスモッグの中に消えた。

ブレイガンはエイノのほうを向いた。

「マイク、主レーダーで追跡しろ。ウィッジョンの行先をつきとめるんだ」

「いまそれをやっています」とそばで聞いていた管制官の一人が叫んだ。「現在地、約五マイル先。信号がだんだん弱くなっていきます。すでに高度を下げたとみえます。かなり低く飛んでますね」

グラントがまたコールしてきた。

「ブレイガン——シャドー81だ。まだ聞いていないといけないので念のため。おれの友人はじきに戻る。全部いまのままの状態にしておくことだ。時間は追って知らせる。ハドレー、そっちは旋回を続けろ」

「オーケー——ロサンゼルス管制塔」

「了解——こちらPGA81」

「マイク」とブレイガンは言った、「こんどこそおれたちをだましているんだと思うな。〃戻ってくる〃としきりに繰り返しているだろう。戦闘機にはもうあまり燃料は残っていないはずだ。それに、ウィッジョンにしても、あのていたらくでは、これだけの大仕事をもう一度というのは無理だろうよ。もし海岸の近くにウィッジョンの積荷を受け取る船を用意していないのだったら——そんなことをしているとはとうてい考えられない——やつらがずらかるのも間近だぞ。じじつ、おれには確信がある」

「あとに残したこれだけの金塊はどうなるんですか？　たかだか二、三千ポンドしか持っていってないんですよ」とエイノは疑わしげに言った。

「やつらのやったことがわからないのか？　おれたちをはめたんだよ。そもそも金塊なんかはじめからほしくはなかったんだ。サンタクロースはあれをついでにいくらか持ってったようなものさ。一ポンドが約三千ドルとして、あれだけだって六百万ドル以上になる。そのほかに、現金と宝石類ですでにひと財産あるんだからな」

「どうもよくのみこめませんがね」

「おれの推測では、みんなをまくために、金塊を要求したんだ。つまりおとりだったんだよ——軍隊のすぐれた伝統に従えば、牽制《けんせい》をしたわけだ。大統領をはじめとして、あらゆる人間をパニック状態に陥《おとしい》れた。盗まれた紙幣に目印をつけたり、通し番号をひかえたりする機会を銀行に与えなかった」

「なるほど聞いてみると、いちいちもっともですな。で、これからどうします？」

「超音速機の積載物は完全にからにして、燃料の補給をさせろ。フリグーズ将軍に電話するんだ。その時が来たら、これらの戦闘機にも追跡に参加してもらいたいからな。適切なルートを通じて承認をとり、至急おれに許可をくれるよう要請してくれ。また、人工衛星が、戦闘機か747機かウィッジョン、とくにウィッジョンについて何かとらえていないか尋いてみてほしい」

「承知しました」

「待て、マイク。管制官とほかのものも全員待機させておけ。じきに暗くなるし、この一帯は雲が出てくる。迅速な行動が必要なのだ。サンタクロースは超短波で話すことはあるまい。そこはぬかりがないからな。交信をテープに録《と》って声紋を照合し、身元を割り出すかもしれないくらいのことは心得ている。だから、本部長への命令はいつもささやき声を使ったし、ウォーキー・トーキーでは口笛を吹いたのだ」

「そうなんです。警察から聞いた話では、ずっと厚い手袋をはめっぱなしで、濃いサングラスをかけていたということです」

「こいつらは新米じゃないな、マイク。戦闘機のやつは、通話だけでありかがつきとめられることを知っている。サンタクロースと連絡がついて、無線機がなりをひそめた時こそ、やつらが逃亡の時だ。耳をすまして気をつけていろよ、マイク。その機を逸するな」

ハドレー機長は気が気じゃなく、ベソーとファウストを見て溜息をつく。

「もうじき真っ暗になる。ハーブ、燃料はあとどのくらい残っているか？」

ファウストは計器盤の目盛りをちらっと見る。

「約一時間十五分、よくても一時間三十分というとこです」

「くそっ」とハドレーは吐き捨てるように言った。「それに見ろ、あっちに入道雲のやつが出てきたぞ。このまま変化がないとすると、きみの海上不時着計画を真剣に考えなくてはならなくなりそうだぞ、ハーブ。きみら、非常時チェックリストに従って点検しておいてくれ。ローラを呼んで含ませておいたほうがいい、万一のためにな」

ウィッジョン機内でサンタクロースは自動方向探知機をCBSの系列局KNXニュースに合わせてニュースを聞いていた。

「このたびのサンタクロースは贈り物をするためではなく、巻き上げるためにやって来ました。高価な贈り物をたくさんかすめていったもようです」とアナウンサーが前置きを述べていた。「現時点で判定できる最も正確な情報として、いまなお進行中のハイジャックに関する最新の事実をお知らせいたします。サンタクロースに扮《ふん》した男は総額五千二百万ドルに及ぶ金塊やアメリカおよび外国通貨、宝石、有価証券類を強奪しました。そのうち金塊の大部分はロサンゼルス国際空港に残して行きました。これは金の延棒《インゴット》には刻印があって足がつきやすいため、金の溶解設備をもつその道のプロにさえも売り捌《さば》くことはむずかしいという事情によるものと思われます。しかしながら犯人は残りを取りに戻ると言っています。いずれにしても、推定では二千四百万ドル前後の額のものを水陸両用機に積んで飛んでいることになります。ただ今入りましたニュースをお伝えします。航空専門記者バーニー・オールコットによれば、広範な調査の結果、このハイジャックを実行できる戦闘機は一機種だけであることをつきとめたということです。それはTX75Eです。と申し上げても、一般のかたにはなんの意味も持たないかもわかりませんが、オールコット記者は次のようにつけ加えています。これは軍の最高機密機で、国防総省ではたいへんな騒ぎになっているそうです。空軍当局は航続時間はたった五時間だと、公式には主張していたもようです。アメリカ合衆国に対して非友好的な外国政権にも、いまやその二倍近くも飛び続けられることが完全に知れ渡りました。次のお知らせをはさんで、引き続きこの時々刻々移り変わる事件の詳報をお伝えします……」

PGA81のコクピットの沈黙がとつぜんグラントの声によって破られた。

「ハドレー、高度五十フィートに下げよ。繰り返す、五〇《ゴー・マル》フィートだ。旋回はやめないで続行。着陸灯をつけるな」

「海面に近づきすぎるんじゃないか？」

「議論は無用だ、ハドレー。五十フィートに降下しろ」

「了解——五十フィート」と確認したハドレーの声はかすかに震えていた。

ロサンゼルス管制塔では、ブレイガンがエイノを呼んだ。

「おいでなすったぞ、マイク。旅客機を手放す準備をしているんだ。ウィッジョンはどこにいった？」

「見失いました。着陸したか、海面すれすれに飛んでいるか。フリグーズ将軍からですが、超音速機の件、よろしいそうです。ＴＸ75Ｅの正体漏洩《ろうえい》について国防総省のプロミノー将軍から大目玉をくらったとおっしゃってました」

「オールコットの役立たずのろくでなしのことは、あとで事情を説明するとしよう。人工衛星のほうは？」

「人工衛星は何もキャッチしてないということです。どこか故障してるんですよ、きっと」

「折り返し電話して、ヴァンデンバーグの戦闘機に準備態勢を取らせるように伝えてくれ。こっちの超音速機にはエンジンに点火させろ」

「かしこまりました」


グラントをあとに従え、ボーイング747は少しずつ下降している。ハドレー、ベソー、ファウストの三人は、海面までの距離の見当をつけるために、一心に眼をこらして白い波頭を見つけようとした。とても高度計だけに頼っていられるものではない。

ハドレーは客室用マイクを取った。

「乗客の皆さん、こちらは機長のハドレーです。どうやら問題の結末に近づいたようです。

乗っ取り犯人の要求は満たされました。いま海面すれすれの高さまで降下することをわれわれに求めていますが、どうか怖がらないでください。犯人が逃げ出すとき、レーダーに探知されないために、できるだけ低空に下がることが必要なのだと思われます。しばらくは海面をかすめて飛ぶことになるでしょうが、それから高度を立て直して、ロサンゼルスに帰ります。どうか座席に戻って、シートベルトを締めてください。たばこもしばらくご遠慮願います。以上です」

これまで酒をがぶ飲みしていた乗客も大半はこのアナウンスで酔いが吹っ飛んでしまった。客席はしんと静まりかえった。

ワズワース上院議員はここで何か言う必要を感じた。ローラのマイクを取る。

「いまハドレー機長の言ったことは信用して大丈夫です。彼は立派な機長で、自分のやることはよくわかっています。わたしたちはもう安心です、わたしが保証します。ただもうちょっとのあいだの辛抱です」

グラントがハドレーを呼んだ。

「PGA81、百フィートに達するところだ。徐々に水平飛行に移れ。旋回をやめろ。真西、すなわち二七〇度の方角に直進せよ」

「了解——二七〇——ハドレー」

グラントはぐるりと見まわして他の機影のないことを確かめる。この高度では彼自身のレーダーも当てにならない。旅客機は減速して西に飛び続けている。グラントは急角度に一八

○度旋回をして東に機首を取り、出力をあげて時速七百マイル近くのスピードでカリフォルニア沿岸に向かった。

「いまの方角を正しく維持せよ、ハドレー、なかなかうまいぞ。おれはすぐうしろについてるからな」グラントはますます遠ざかりながら、嘘をついた。

この最後の通信から五分ばかり経過したころ、ブレイガンは心配になってきた。非常に危険なほど海面に接近して飛んでいるから、どちらかの航空機に何か起こったとしても不思議はないという気がしてくる。

「シャドー81――こちらロサンゼルス管制塔」とブレイガンが呼んだ。

応答はない。

「シャドー81――こちらはブレイガンだ」

いぜん応答なし。

「PGA81――ロサンゼルス管制塔だ」

「どうぞ――こちらPGA81」

「そちらは大丈夫か、ハドレー?」

「ご安心を。だけど海面に近すぎて快適とは言えない」

「そのまま待ってくれ、ハドレー。すぐ戻る」

ブレイガンはエイノを見た。

「これだぞ、マイク。ヴァンデンバーグに連絡して戦闘機を発進させろ。超音速機も送り出せ」

エイノは待ち構えていた。ヴァンデンバーグに電話をつないだままにしておいたのだ。戦闘機編隊は乗っ取り犯人のいたことがわかっている最終地点に向かって緊急発進した。超音速機も追跡に離昇していった。

ブレイガンの声がジャンボ・ジェット機のコクピットのスピーカーから伝わった。

「PGA81――ブレイガンだ。どうやらおたくの尾行機《シャドー》は姿を消したらしい。ロサンゼルスに引き返してもよろしい」

ハドレーの顔は安堵《あんど》と喜びで急にほころんだ。

「了解、了解。尾行機なし。一万七千五百フィートに上昇し、空港に直進の許可を頼む。もし風向きが良ければ、直線進入をしたい」

「よし、許可する。顔を見るのももうじきだな――こちらブレイガン」

「そうとも――こちらハドレー」

乗客は機が上昇を始めるのに気がついた。

セールスマンのブルースは歓喜の叫びをあげた。友だちのディックの背中を一発どやしつけ、ワズワース上院議員のもとに駆け寄ってその手を握った。

「お嬢さんがた」とブルースはありったけの声を張り上げてどなった。「酒を出せ、じゃんじゃん持ってこい。おれたちは帰るんだ！」

第三部

第二十一章

陸から数マイルの海上に、プロペラを回転させたままウィッジョン水陸両用機が浮かんでいる。あたりはほとんど漆黒の闇だ。

戦闘爆撃機がまるで波の上を舐《な》めるようにしてゆっくり接近した。ウィッジョンの鼻先で瞬間、宙に停止し、それから飛び過ぎた。

ウィッジョンからほぼ二百ヤードのところで、グラントはふたたび空中に停止し、円蓋《キャノピー》を開いた。離着陸装置は引っ込めたまま、静かに戦闘爆撃機を水面に降ろし、エンジンを切った。

焼けた排気装置が大洋の表面に触れたとき、シューッという大きな音がして蒸気がもくもくと立ち昇る。

機の腹部に水がたまりはじめたころ、グラントは立ち上がった。ゴムボートを引っ張り出し、胴体の左側面に押し当てて、炭酸ガス・カートリッジの栓をはずす。ゴムボートは見る間にふくらんだ。ボートは、グラントがあらかじめ入手しておいたロープで円蓋《キャノピー》の取っ手に引き結びにしてゆわえつけておく。

計器盤の下にテープでとめた小型電子装置《ブラック・ボックス》をはがし、接続コードと航空機のマイクロホンもろとも海中に投げ捨てた。

グラントは左の翼に乗った。

左手で風防の枠《わく》をつかみ、右手でコクピットのなかを手探りする。小型船外モーター、防水ナップザック、オールを順次に手早く取り出し、ゴムボートのなかに降ろす。

燃料がから同然になっている両翼は航空機に浮力を与えるので、沈み方は緩慢である。ナップザックのなかをやっきになってかきまわし、やっと斧《おの》を引っ張り出すと、それで左翼と胴体の左側面をめった打ちにして穴をあけた。どっと水が浸入する。機は鉛のようにぐんぐん沈みはじめた。

グラントはロープを引きほどき、ボートのなかに滑り込む。はめ込み式のオールの片方を即座につなぎ合わせ、ウィッジョンに向かって全力で漕いだ。

ウィッジョンの横腹の広いドアが開いていた。ボートのロープを口にくわえて、そこからよじ登り、ゴムボートを引き上げて、ドアを締める。身につけていたヘルメット、救命具、飛行靴、びしょ濡れの飛行服をかなぐり捨て、まとめてボートのなかに入れた。

ジョッキーのブリーフ一枚になったグラントは、戦利品の詰まった山積みのビニール袋の上を背中をかがめ、難渋しながら右座席のほうへ進む。山の一つには脱ぎ捨てたサンタの衣裳が広げてあった。

左座席の男はグラントに背を向けていた。差し上げた右手は頭上のスロットルにかかっている。機は水上をゆっくり進んでいた。

グラントは体をよじって足から副操縦士席に滑り込む。

〝ザック〟・R・エンコ将軍が彼のほうを振り向いた。

「やあ、来たな。どうだった？」

グラントはちらっと誇らしげな笑みを見せた。

「かなり順調にいきましたよ、将軍、あれだけの……そちらはいかがです？」

「おとなしいもんさ、このポンコツ機の持ち主ののろま野郎を除いてはな。リアジェットなんか代わりに要求しやがるから、危うくおじゃんになるところだった。近ごろは市民道徳も地に落ちたもんだ」とエンコは笑った。「うしろを見てみろ、おれたちの戦果だ」

将軍はスロットルをわずかに押し込んで、目的地への速度を速めた。彼もジョッキーのブリーフ一枚で、むき出しの膝《ひざ》に一挺の拳銃をのせている。

「第二次大戦中の楽しかった日々を思い出すなあ。アラスカでこのウィッジョンの操縦訓練を受けたんだ」

グラントはうしろを振り向き、手を伸ばしてかさばったビニール袋をぎゅっと押さえつけ、低く長い口笛を発する。

「何も見えないな。暗すぎるよ。手触りじゃわからない。だいたいいくらぐらいここにはあるんですか？」

「ラジオで言ってたが、いずれも手がかりのつかめないものばかりで、いろいろ含めて二千四百万ドルはくだらないそうだ。これで当分はなんとかなるな」

「もちろんですとも！　ほんとにやりましたね」

「ところで、グラント、おれの服は持ってきてくれただろうな。女どもの口癖じゃないが、なんにも着るものがないんだぜ」

「将軍のはナップザックにわたしのと一緒に入っています」

「よしよし」

「二千四百万ドル……」グラントはうっとりして言った、「二千四百万……すごい……まったくすごいぞ……しかも一滴の血も流れなかった……ほんとにみごとだ……」

「そうさ、グラント――戦闘爆撃機一機またはボーイング747の価格とだいたい同じだ。おれの飛行機を葬り去ろうというからには、代償は覚悟してもらわなくちゃ。国防費全体から見れば、大海の一滴にすぎんよ。チクリとも感じないだろう。それでもこっちの受けた打撃が充分償われたかどうか怪しいもんだ」

将軍は口を真一文字に結んでいる。気持が高ぶって、こきざみに震えていた。グラントの楽しい気分はしぼんでいった。急に不安になってくる。グラントは話題を変えた。

「将軍、ダナンのほうはうまくいきましたか？」

「ああ。まだおまえを探しているよ。十回以上も捜索救助隊を繰り出した。もちろん、何も見つからず帰ってきて、おれはがっかりする。留守のあいだはマクスネアにまかせてある。いまだに探しまわってる」

「マクスネア？　あのとんまですか？」

「あいつはもったいをつけた道化役者だな。パイロットとしてはなっちゃいない。なんであんなやつと係わりあうようになったのか、どうしても解《げ》せんよ。誰かに押しつけられたのかもしれんな。しかし良いこともある。完全なアリバイ工作にはうってつけの間抜けだってことだ。おまえを失ったとき、おれは発狂せんばかりだったとあっちこっちで断言してまわるだろう。少し責任を持たせてやって以来、おれのペットの小犬になった。ビル・キーガンがそばにいて補佐してくれるので助かるよ。やつは頭が切れる。ビルがいなかったら、マクスネアのやつは倉庫の毛布の員数も合わせられないだろう——あの飲んだくれめ！」

「どのぐらいで陸が見えてくるんですか？」

「まだ十マイルほどある。海面をゆっくり滑走していくほうがいいのだ。おれだって空をひとっ飛びしたいのは山々だが、レーダーにつかまる危険があるからそこまでの冒険はできない。この速度だと、そうだな、あと三十分ぐらいかかるだろう。時間の余裕はたっぷりあるんだ。あせることはないぞ、グラント」

「国防総省《ペンタゴン》のほうはどうなりました？」

「ハーモンと長官にひどい目にあわされたよ。おれもはでに芝居をしてやった——部下の生命が心配だのなんだのとな——言ってみれば、お涙頂戴《ちょうだい》のメロドラマさ。聞くも涙、語るも涙ってやつだ。たぶん効果はあっただろう。それはそれとして、はっきり言えることが一つある。かれらに関するかぎり、おれの将来は見込みがない。おれはもう終わりだよ」

「それはお気の毒です、将軍。だけど確かですか？」

「まちがいない」とエンコは溜息《ためいき》をもらした。「戦闘爆撃機計画が不手際のために挫折《ざせつ》した責任を転嫁する相手が必要なんだ。おれがそれさ。おれをそこへ追いつめようとしている」

「なんとか打つ手はないんですか？」

「反撃することはできる、がどっちみち、どうでもいいんだ」とエンコは苦虫を嚙《か》みつぶしたような顔で言った。「もう興味はない。明後日には国防総省に戻らなくちゃならんが、そのときには爆撃再開計画を持っていく。それは採用されるだろう。こんな良い計画はちょっと見当たらないからな——エンコ将軍の最後の作品というわけさ」

「奥様はどうされました？　どこに出かけると言って出てきたんですか？」

「このほうはもっとてこずったよ。家を飛び出す口実を見つけるために、けんかをしかけるしかなかった。だから、家内は自分でもどうしてあんな気を起こしたかわからないはずだ。かわいそうなことをした。なあ、グラント、おれは今でも心から愛してるんだ——二十二年間連れ添った古女房だけどな。家内はそれを信じていないんだ。おれが気むずかしやで、うさ晴らしにどこかへ行ってアルコール漬けにでもなってると思っているんだ。この償いはしなくてはな。家内も水に流してくれるだろう」

グラントはエンコの感情の起伏のはげしさに気をとられて、ちょっと黙りこくっていた。

「もう一つ質問したいと思ってたことがあります。ワズワースはあの飛行機で何をしていたんですか?」

「ただの偶然の一致だよ。遊説だか何だかでホノルルへ行く途中だったんだ。だけど、手きびしくやっつけてたじゃないか――しかし、みごとだった。おまえを待ってるあいだに、ラジオの再放送で聞いたが、おれは鼻が高いよ」

「ですが、将軍、やつはあのまま引っ込んじゃいませんよ。あそこに乗っていた以上、大がかりな調査を組織するでしょうし、前途は多難です。これからひどい目にあわされますね」

「わかってる。そのことなんだがね、ほかにもいくつかあるんだ。グラント、おまえにはこれはあまりいい知らせじゃないと思うんだが、――といって手に余るような大変なことじゃない」

グラントはまぶたを閉じた。とても疲れている。深呼吸を一つした。

「いいですよ、将軍、うかがいましょう」

「最初のプランを少し手直ししなくてはならない。おまえは北ベトナムの捕虜になるんだ」

グラントは電気ショックをかけられたように椅子の中で跳ね上がった。

「まさか本気じゃないんでしょう? わたしはカンボジアの密林地帯を通り抜けてサイゴンまで帰り着くということで折り合いがついていたはずですが」

「わかってるよ」エンコはおだやかに言った。「しかし、おまえは三週間以上も航海していたんだ、そのあいだにおまえの知らないことがたくさん起こった。和平交渉は一進一退を続けている。目下はどっちかというと膠着状態《こうちゃく》だ。しかし、そういつまでも続くまい。いつなんどき戦争が終わるかわからない。大統領選挙が迫っているから、それまでにはぜひとも妥結をみなくてはならない。時計の針と競走でやっきになっている。昨日、国防総省へ行って知ったことだが、やっこさんたち、つまりパリにいるわれわれの代表は、和平協定をすぐにも調印する気なんだ。だから、北爆再開によって圧力を加えようというわけだ」

「それがこのわたしといったいどういう関係があるんですか？」

「それは単純なことだ、ジャングルのなかをずっとほっつき歩いていたというアリバイが成り立たないんだよ、もしまだカンボジアのあたりにいるうちに協定が締結されてしまうとな。一方、捕虜になった場合は、どうせすぐに釈放される、よしんばそれが協定調印後であってもだ。そしたらもうおれたちは大威張りで歩ける、そうだろう？　それにおまえは英雄になって帰ってくるんだ——ほかのみんなと同じようにな。要するに数週間ハノイ・ヒルトンに泊まってくるだけのことさ。おれの理解するところでは、クリスマス前にも帰国は可能だ」

「口で言うのは簡単ですよ。捕虜になるまでに殺されたらどうします？」

「あいにくだが、おれたちとしては、それだけの危険率は計算に入れとく必要がある」

「おれたちですって？　計算に入れるですって？　それでその計算は誰がしたんです？——あなたじゃないですか、将軍？　冗談じゃありませんよ。わたしはお断わりです。最初の計画どおりにやるだけです」

　エンコはスロットルを引き戻した。機は水面にほとんど完全に停止した。エンジンのアイドリングの唸《うな》りを除いては、コクピットはほとんど死のような沈黙に包まれた。

将軍の体は激怒でわなわなと震えている。彼はグラントに顔を向けてにらみ据えた。ジョッキーのブリーフしか身につけていないエンコはこのときだけはいかめしくも何ともなかった。冷静になろうと努めるが、口調に怒りが表われるのはいかんともしがたい。

「グラント、おまえの健忘症にもあきれたな。そもそもこれは誰の発案だ？」

「あなたのです」とこんどはグラントが守勢に立たされて神妙に答える。

「よし。誰がいっさいの段取りを考えたんだ？　全部の計画を練ったのは誰だ？」

「あなたです、将軍」とグラントはおとなしく答えたが、だんだん腹が立ってくる。

「よし。誰がこの仕事の資金を調達したんだ？　二隻の船の購入代金十八万ドルとその他の備品代五千ドルが香港《ホンコン》でかかったが、その金をつくるために首がまわらなくなるほど借金をしたのは誰だい？　誰だ、言ってみろ」とエンコはありったけの声でどなった。

「あなたですよ、そうですとも、あなたです」とグラントは叫び返した。「だけどホアビンで、それにいまは747機を相手に生命を張ってうまくやりとげたのはいったい誰なんです？　わたしですよ」とグラントはしゃがれるほどの大声を張り上げた。「まさかお忘れじゃないでしょうね、将軍、わたしがしたんですよ。あなたじゃありません」

二人の顔は六インチとは離れていなかった。狭いコクピットで汗をびっしょりかき、下着一枚で口論している二人はなんともこっけいに見えた。

エンコは顔を離してグラントを上から下まで眺めた。薄眼でじっと見据える。ふだんの声音を取り戻した。

「わかった、おまえはたしかに一役を果たした」と鋭く言い放つ。「しかし自分が雇われている身にすぎないことを認識していないようだな」

グラントはひるんだ。

「それでいいんだ、グラント。いつまでもお山の大将でいるんじゃない。指令を遂行しただけだってことを忘れるな。おれのことを考えてみろ。サンタクロースの服装の下にあれだけのダイナマイトをかかえて、いつ吹っ飛ぶかわからない危険を冒したんだ。おれも自分の役割を果たした。おまえは決して立役者なんかじゃないぞ。おれがアリバイ工作をしているあいだ、おまえはのんびり太平洋を巡航していた。あとはただ赤子も同然の747機のあとにくっついて、空を飛びまわってただけじゃないか。風向きが怪しくなれば、おまえには逃げるチャンスがあった。おれは地上にいて、ヘナチョコ警官に囲まれていた。一人でもうろたえ騒ぐものが出たりしたら、おれたちはいまここにいないだろう。収拾がつかなくなってしまわないように、うまく統制を取ってきたのはおれだ。それが将官たるゆえんだよ。さあ、おまえは命令に従うんだ。それだけだ」

グラントは土色の顔をしている。唇を噛み、コクピットの窓からまっすぐ前の夜の闇をにらんでいた。まだプロペラのアイドリングを続けているウィッジョン機はあてもなく漂っている。グラントは口を開いたとき、自分の声の低い単調なひびきに驚いた。

「将軍、あなたはアリバイ工作をなさったけれど、どういうおつもりだったかということははじめて知りましたよ。わたしにはあなたのように冷酷にはなれませんね——いまのところは。初めからむだとわかっている捜索にあれだけ多くの人間を繰り出す度胸はわたしにはなかったでしょう。ありもしない飛行機を探すために、敵に殺《や》られる危険を冒してまでもね。救助隊が皆殺しにならなかったのは、ひとえに雨季のおかげです。そうでなかったら、あなたは眉一つ動かさずかれらを死地に追いやったことになりますね」

エンコはほおをゆがめて笑った。

「おまえにはまだまだ学ぶことがたくさんある。人間は犬のようなものだ。訓練をし、しつけるのだ。そうすれば命令に従うようになる。そんなに複雑なことじゃないんだ」

「あなたにとっては、復讐なんですね、将軍、わたしはそれを知らなかった。ハーモンや国防総省やあなたを追い越していったすべてのひと、飛行機という玩具をあてがって、あなたを道端に置き去りにしていったすべてのひとたちに対するあだ討ちだった。わたしにとっては、将軍、これは平凡さの美徳という足枷《あしかせ》からのがれる道だったんです。利用されることにはうんざりでしたから」

「そんな哲学者ぶったたわごとはけっこうだ」とエンコは皮肉った。「いまになってぐちるのはやめてほしいな。ごたくは聞きたくない」

「将軍」といぜんコクピットの風防ごしに外を見つめながらグラントは言った。「戦争というやつからぬけ出したいと思ったのは、自分がプログラムに組み込まれ、宣伝の材料にされ、操られていると感じたからですよ。あなたはわたしに自由を約束しました。しかしどうです、いまはあなたがわたしを操っている。何も変わらないんじゃ、こんなことをして何の意味があったのか？　国防総省のために働く代わりに、いまはあなたのために働いている。自分が完全に自由だと一瞬なりとも信じたのはばかでした」

「そいつはおかしい。たんまり金が入るんだぞ、おい。金持ちになるんだよ。そうなれば女だって選りどり見どりさ。もはや終生煩《わずら》うことはない。それでも努力の甲斐がなかったというのかね？」

「もうわからなくなりましたよ」とグラントは平静な声で言った。「やはりいっぱいくわされたような気がしますね」

「わかってるのさ、もちろん。ただそれを自分で認めたくないだけなんだ。良心など存在しない、何もやましい気持になる必要など毛頭ないとおまえに得心させてやったのは誰だと思うかね？」

「あなたです。だけど捕虜の問題を利用して自分だけ良い子になるなんてことはできません。アメリカ政府も北ベトナムも捕虜を取引の材料として利用しています。将軍、あなたもわたしを同じように利用したがっている。かれらの不幸につけ入るようなもんですよ」

エンコは烈火のごとく怒った。またもや、つかみかからんばかりの勢いで、ことばをぶつけた。

「このお人好しが！　おあいにくさまだが、おれはちっとも胸にじんときたりはしないな。捕まるようなヘマな弱虫の捕虜にはこれっぽっちも同情しない。やつらはプロなんだ。それくらいの心構えはできてるはずなんだ。おまえはハノイ・ヒルトンに収容されたら、苦境にもへこたれない辛抱強いアメリカ人の輝かしい模範を示してやれ。いいな、計画どおりやってくれるな」

「捕虜になるのはごめんです、将軍。自分の分担はすでに果たしました」

エンコは最後の説得を試みた。

「なあ、グラント」となだめるように言う、「誰が何をしたと言い合ったところで、何にもならない。なぜけんかなんかしているのかね？　史上またとない大成功をおさめたというのに、こうしていがみ合っている。ちょっと考えてみてくれ……頼む。おまえが北ベトナムに行かなくてはならないしごくもっともな理由がいくつかあるのだ」

「行きませんよ、たとえ槍が降っても」

「黙って聞け。TX75Eだってことがばれたのだ。どうしてかは訊《き》かんでくれ。ラジオでそう言ってた。誰かが見たのかもしれない。国防総省の誰かにそれとなく当たってみるがね。六時間でこの仕事を切り上げられるとよかったんだが、八時間かかってしまった。それで、TX75Eしかないということになったのじゃないかな」

「ほかには？」

「和平協定の調印は目前に迫っている。それからワズワースのやつも忘れちゃいけない。おれの知ってるあいつなら、上院調査委員会の委員長になってやるだろう――新聞の見出しを飾るためだけにでもな。それに徹底的に調べてくると思わなくちゃならない。信じてくれ、グラント、もしできることなら、おれが北ベトナムに行きたいくらいだ。しかし、それはできない相談だ。二人が姿を消せば、おれたちを守るものがいなくなってしまう」

「何か別の案を考えてください、将軍。何度も言ってるように、わたしは行きませんから」

「それでは代案を出そう。おまえは死んだことにするんだ。正体を変えて別人になるんだな、終生アメリカには帰れないだろうが。ほかには解決の方法はない」

「わたしはまっぴらですよ、将軍。あくまでも最初の計画に従います」

エンコは膝《ひざ》の上に置いてあった拳銃をつかみ、グラントにつきつけた。エンコの眼は怪しく光っていた。

「いいか、小僧。おれのほうが古いからよく知ってるが、国防総省の連中もまるっきりののろまじゃないんだぞ。言っとくが、おまえは戦闘行為中の行方不明者だ。おれは違う。国防総省に関するかぎりでは、おまえがベトナムじゃなくていまここで行方不明になったって同じことだ。だから、良い子になっておやじの言うことを聞け。そりゃおまえは飛行機の操縦はピカ一かもしれないが、頭脳の点では、おれは将官、おまえはまだ青二才の大尉にすぎない」

グラントはエンコの眼をまっすぐ見つめた。

「その拳銃をしまってください、将軍」と静かに言った。「わたしは銀行の金庫に封印した手紙を預けてありますがね、それはわたしが正式に死んだことになってから一年後に開封することになっています。わたしはなるほどただの大尉にすぎないかもしれませんが、それほど抜け作ではないつもりです」

エンコは拳銃を膝の上に戻した。

「技ありだな、グラント」とエンコは認めた。「すると遺言状を書いたってわけか？　おれを信用してないとは思いもしなかった」

「すみません、将軍。あなたがすぐれたお手本なんです。あなたに限らず誰ももう信用しないことにしています」

エンコは愉快そうに大笑いした。

「それはおまえの言うとおりだ、グラント。しかし、そうは言ってもおれの作戦が絶対確実であることに変わりはない。ちょっと聞くだけでもいいから聞いてくれ」

「いいでしょう。うかがいましょう」とグラントは気落ちして言った。

ＰＧＡ81は午後九時少し前にやっとロサンゼルス国際空港に近づいた。どこへも行かない長い飛行だった。

広い空港がまるでハドレーのもののようだ。ブレイガンは747機が無事に地上に戻るのを確認するまで封鎖を続けることにした。

ブレイガンは管制塔の窓をあけた。飛行場はひっそり静まりかえっている。ジャンボ・ジェットの爆音が聞こえないかと耳をすます。数秒後、滑走路の一直線上を航空機の着陸灯が接近してくるのを認めた。747機のエンジンが轟然《ごうぜん》と赤い炎を逆噴射するのを見守り、主車輪のタイヤがコンクリートにきしる音を聞いたとき、ブレイガンの顔は大きくほころんだ。彼はハドレーを呼んだ。

「PGA81、滑走路を出たらまっすぐ会社のターミナルに向かってよし。ご苦労さん」

「了解」ハドレーは通常の着陸と少しも変わりないように、応答を返した。

ブレイガンはエイノに顔を向けた。

「正常の業務を再開していいぞ。すべての関係者に連絡してくれ。マイク、ありがとう。きみがいてくれたので助かった」

「みんなよくやりましたよ、主任。あとで夕飯でもおごりましょうか？」

「じゃきみが食事、おれがシャンペンといこう」

「けっこうですね」とエイノは言って、それぞれのコンソールのそばにひかえて立っている管制官たちに、親指を突き立ててオーケーの合図を送った。

コクピットにすわってエンジン始動を待ちかねていたパイロットと管制塔のあいだのいつものおしゃべりがたちまち部屋に充満する。ロサンゼルス国際空港のふだんの活動がふたたび始まったのだ。

PGA81の到着ゲートは身内のものや友人たちでごった返していた。全国の主要ネット・テレビ局や地方局から放送記者が集まり、所属のテレビ・カメラマンたちは良い場所を狙って渡り合っている。ラジオ放送記者はテープレコーダーのテストをして準備していた。いくつかの有名新聞や雑誌の記者とカメラマンたちが場所の良いところを争っている。誰もが空港保安警察の警備ラインをすり抜けようと揉《も》み合っていた。野次馬も加わって人だかりはふくらみ、混乱にいっそう拍車がかかった。

人質にとられていた人びとがゆっくりターミナルに姿を現わし、待ち焦がれていた腕の中に駆け寄ると、安堵《あんど》の溜息《ためいき》と喜びの涙がかれらを迎える。

カメラがさかんにまわる。インタビュー記者が茫然《ぼうぜん》としている人びとの鼻先にマイクを突きつける。命が助かって嬉しいか、などとたいそう気のきいた質問をしている。ふたたび地上に戻ってどんな気持か、航空運賃の払いもどしを要求するつもりか、航空会社を訴える意思はあるかということも知りたがった。

記者たちはワズワース上院議員の姿を認めると、さっぱり要領を得ない餌食をあっさり見放し、議員のまわりに群がった。これこそかっこうのネタになるだろう。

「議員」と一人の記者が質問した、「乗っ取り犯人との無線の会話についてもう少しご説明願えませんか？　犯人はどういうつもりであんなことを……」

「何も言うことはない」ワズワースはぎらぎらした眼でにらみつけると、男を押しのけ、人ごみの中にヴィトー・ディ・ステファノは来ていないかとわらをもつかむ思いで探し求めた。助けが必要なのに、ヴィトーはいなかった。その意味は疑う余地はない。戦闘機パイロットの告発が全国に知れ渡ってしまったため、まるで石炭の燃え殻のように、ワズワースは捨てられてしまったのだ。

つきまとって離れない放送記者やカメラマンを振り切るようにして、急いで出口に向かいタクシーに飛びこんだ。スーツケースをそのままにしてきたことなど気にしてはいられなかった。あとで誰かを取りに行かせよう。タクシーが空港の外に出て、あとをつけてくる記者がいないことを確認したうえで、やっと運転手に行先を告げた。

「ビバリー・ヒルトンへやってくれ」ワズワースはそのあと急にすすり泣きを始めた。

ハドレー機長はヘッドホンをはずし、深呼吸をし、そのまま操縦席にすわっていた。憂鬱な気分で、しばらくじっとしていたい気持だった。ベソーとファウストに、すぐあとから行くから先に運航管理事務所に行っているように告げた。静かに航空日誌をつけはじめる。〝摘要〟の項にはこう記した。〝正体不明の航空機に脅迫され、目的地への飛行をはばまれる——詳細はロサンゼルス管制センターとの交信テープ参照〟。サインをすると、最後に機を降りた。

ターミナル・ビルに入ったハドレーを見て、十数名の記者たちが警備員を押しのけ飛びついて来た。カメラの放列と照明が四方からハドレーを狙った。あまりの大騒ぎにムッとなったが、それは悟られないように抑える。

スーツケースとフライトケースで人びとをかき分けながら、正式の報告を終えるまでは何も言うことはないと言ってさっさと逃げ出した。

午後九時三十分ごろ、ハドレーはエレベーターを降りてガラスで四方を囲まれた管制塔の中に入った。トム・ブレイガンはどこにいるかと、管制官の一人に訊《き》く。男は部屋の中央を指差した。

ハドレーが入っていったとき、ブレイガンは両脚を机の上に投げ出し、コーヒーをすっていたが、立ち上がって歩み寄る。

「ブレイガン？」とハドレーは訊いた。

主任管制官はうなずく。「ハドレーだね？」

二人の男は黙って握手をした。

「会えて嬉しい、機長《キャプテン》。これでもうあんたは声だけの存在ではなくなった」

「こちらこそ。あなたのおかげで命拾いしましたよ、ブレイガン。一同大いに感謝してます。あなたや皆さんにお礼を言います」

「こっちもみんなはらはらさせられたが、それでも空の上のあんたがたよりはましだった。副主任のマイク・エイノと三人で夕食でもどうですか？」

「それは願ってもないことです。が、まず社の運航管理事務所に行き、それから二、三電話をかけるところもあるし。うるさい記者連中をまくために背広に着替えないことにはね。一時間ほどのちに、レストランで落ち合うことにしましょう。飲み物はわたしに持たせてください」

「お気の毒だが、ハドレー」とブレイガンは悲しそうな顔をして首を大きく横に振った。

ハドレーは主任管制官にびっくりしたような視線を投げる。

「それはわたしのほうが先口でね」とブレイガンは破顔一笑した。「わたしがシャンペンをおごることになっている。あんたは次回ってとこだな」

「次回など二度とないように願いたいものですな。こんな目には、誰だろうと出会ってほしくない、たとえ世界じゅうのシャンペンをもらえるとしてもね」とハドレーは疲れたような笑いを浮かべた。

ヴァンデンバーグ空軍基地の管制塔は重苦しい空気に包まれていた。乗っ取り犯人と共犯者の空の追跡を統轄しているのだ。

空、海軍と海兵隊の航空機合わせて六十二機が飛んでいた。超音速戦闘機や速度の遅い双発輸送機、ヘリコプターなどが参加している。カリフォルニア沿岸の八基地から急派されたこれらの飛行機は何か見つけたらただちにヴァンデンバーグ基地に報告するように命令されている。が、いまのところスピーカーから入ってくる報告はかんばしくない。

トム・ブレイガンがロサンゼルス国際空港から許可を出した瞬間から記録的短時間のうちに広大な領域をしらみつぶしに探索する計画だった。戦闘爆撃機の犯人が海岸に向かって飛びはじめて十分とは遅れをとっていないはずだった。

捜索区域はちょうど長方形の形をしている。大洋上に二百マイルばかり突き出たかっこうになる――それはＰＧＡ81の尻についていたＴＸ75Ｅがレーダーにとらえられた最も遠い地点をさらに三十マイル超えた距離である。海岸線沿いの境界は、ロサンゼルス国際空港を中心に南北に約四百マイルの広がりを持つ。それはサンフランシスコから、サンディエゴの二百五十マイル東南にあるカリフォルニア半島沿岸のロザリオにまで及んでいた。

各航空機はそれぞれ区分を割り当てられ、指定の高度で直線に飛んだり円を描いて飛んだり相互に重複させながら丹念にくまなく探した。

航空機の通路が異なった高度でお互いに交差するようにし、それによって理論的には、空に浮かんでいるものはすべて逃れようのないレーダー探知網を編成した。

捜索に参加している航空機からひっきりなしに入る報告は悲観的なものばかりだった。

どの区分からの知らせもほとんど申し合わせたように同じものばかりだ。月がなく、真っ暗闇である。雲が広がり、レーダーには感応なし。戦闘爆撃機もウィッジョンも痕跡《こんせき》は見られず。

探索を指揮していたポール・フリグーズ将軍は連邦航空局に電話をした。あらためて指示するまで太平洋上の運航は除いて、その他の民間営業便の再開に同意を与えた。また、個人所有の滑走路や水上飛行機用の施設も含めて、アメリカ、カナダ、メキシコにあるいっさいの空港に、戦闘爆撃機とウィッジョンに気をつけるよう指示をしてくれと連邦航空局に依頼した。

午後十時までには、はるか洋上の低空でエンジンを全開にして飛びまわっていた戦闘機から燃料が残り少なくなったという報告が入りだした。

それらのジェット機には、発進基地に戻り、燃料を補給して待機するようにという指令が出た。

フリグーズ将軍は国防総省に電話を入れ、レイモンド・プロミノー将軍につないでもらった。

「これまでのところでは、どうやら、からクジを引かされたらしいです。これじゃまるで山アラシの皮膚のシミを探すようなものですな」とフリグーズはいまいましげに言った。

「何が起こったのだと思うかね？　きみの現時点での情勢判断では？」

「PGA81が行く手をさえぎられたのが約九時間前です。あれほど低空を飛びながら、こんなに長時間空にとどまれる戦闘機は世界じゅうどこを探してもありません。わたしの勘では、犯人は飛行機を海中に不時着させたにちがいありません。いかだか救命ボートに乗って洋上を漂流しているんですよ、きっと、もし第三の共犯者に拾われたのでないとしたら。ウィッジョンと戦闘機が海上でランデブーを試みたとは思われませんね」

「そうだろうな。やつらも暗闇でそんな離れ技を試みるほど気が触れてはおるまい。ほかに考えられることは？」

「もちろん、跡をつけられずに海岸のどこかへうまくたどり着いた可能性もあります。が、わたしはそれは怪しいと思います。これだけのレーダー網をくぐり抜けられたとは信じられません」

「ウィッジョン機のほうはどうなったね？」

「やつは六時半ごろにロサンゼルス空港を飛び立って、数分後にはレーダースコープから消えました。われわれに出動許可がくだるまでに、ゆうに九十分は余裕がありました」

「航続時間は――三、四時間くらいのものかね？」

「そんなところです。ですが、低空で時速百二十マイルの巡航速度で飛行したとすれば、われわれの追跡が開始されるまでには、ロサンゼルス空港から百八十マイル以内のところならどこにでも達していたわけです。わたしの推測ですが、われわれをまくために、戦闘機とウィッジョンは別方向に飛んだのではないでしょうか。ウィッジョンは、レーダーから完全に消えたと確信できるところまで行って、同じ道をこんどは海上を滑走して海岸に戻ったとしても、いまごろは目的地に達しているでしょう。でももしかしたら、あんなオンボロに詰め込みすぎたために、墜落してこっぱみじんになったかもしれませんな。それとも、両方ともほんの少々の無理がたたって、同じように、別々に事故にあったかもしれません」

「まことに気に入らん結果だな、フリグーズ。西海岸のような防備の堅固な地域で、一機ならず二機までもうまく姿をくらまされてしまったという事実は、いったいどう説明したらいいのかね？」

「しかたがありません。戦闘機が747機を解放するまでは手を出すなというホワイトハウスの命令でしたから」

「いつまでもホワイトハウスに責任をなすりつけているわけにはいかんぞ、フリグーズ。もっとましな答えは思いつかないのかね――たとえば、技術的にみても、罪のない乗客の生命を危険に陥れるような冒険はできなかったわけで、その辺に問題はなかったかな？　われわれは中庸を旨とすべきでね」

「改善策については追って考えてみます。さしあたりいまはどうしますか？」

「このまま暗闇での捜査続行は時間と金と労力の無駄のようだな？　夜間は一時中止しろ。夜明けとともにまた空に送り出すんだ。なにかの残骸が見つかるかもしれん。これからも連絡を怠るなよ」

「はい、かしこまりました」

フリグーズ将軍は命令をしかるべき方面に伝達した。

第二十二章

ヴァンデンバーグが捜索を打ち切ろうとしていたちょうどそのころ、ウィッジョン機は北東に向かって海上をかたつむりの歩みよろしく、のろのろ進んでいた。

午後十時十五分ごろ、グラントは遠く真東の方角に明滅するかすかな明かりを認めた。彼はエンコを見る。

「サンタ・カタリナ島に接近しています、将軍。ほぼ二時（六〇度）の方角に明かりが見えますが？」

「わかってる」とエンコは言った。「目的地まであと三、四マイルだ。超短波全方向標識受信機《オムニレンジ》と低周波自動方向探知機を使って位置の確定を始めたほうがいい。操縦はおれに任せておけ」

「わかりました」とグラントは引き受けた。

エンコ将軍は座席の下を探った。引っ張り出した小さな紙袋は、最初サンタクロースの服装の下に隠しておいたものだ。海図、小型懐中電灯、鉛筆、小さな物指《ものさし》が入っている。それらをグラントに手渡す。

「これが必要なものだ。島の北西の突端から二マイルのところへ来たら教えてくれ。本土からみた次の二本の線の交点上に機の位置を定めたい。つまりロサンゼルス国際空港の西南きっかり三十五マイル、そしてラグーナ・ビーチの真西五十マイルのところだ」

グラントは地図を開き、懐中電灯を掌《てのひら》で覆う。超短波全方向標識受信機をロサンゼルス国際空港に合わせ、つぎにサンタ・カタリナ島に合わせ、低周波自動方向探知機をラグーナ・ビーチの地方ラジオ局に合わせた。

「いまのコースをそのまま行ってください。無線標識受信機の上では完全に空港ともサンタ・カタリナ島とも一直線上にあります。地図の上に二本の線を引きますよ……うん……これでよしと……自動方向探知機のラグーナはどうかな……よし……キャッチしたぞ……あんまりはっきり入ってこないな……この飛行機はじつにオンボロだ……ちゃんと動くものは一つとしてないぜ……針は少しぶれるし……いま合わせるから待ってください……百パーセントというわけにはいかないが、まあこんなところだろう……」

「現在位置はどこだ？」とエンコが口をはさんだ。

「まだ目標地点には来ていません。二〇度の方角を保ってください。あと五分もしたら、あなたの言う場所に達するでしょう。そしたらもう一度調べてみます」

「よしわかった。おれのウォーキー・トーキーがうしろにあるから、投げ捨ててくれ。ダイナマイトはもう処分しておいた。斧《おの》をかせ。いまのうちにほかのものも準備しておけ」

グラントは座席からぬけ出し、ビニール袋のあいだを這《は》って客席のうしろへ行く。

ゴムボートの中に斧を見つけた。エンコに渡すまえに、それで飛行帽《フライト・ヘルメット》を細かく砕いた。

それから斧の刃をつかんで、山積みの袋ごしに柄をエンコのほうに突き出す。

ナップザックから取り出した鋭利なナイフで、サンタクロースの衣裳、飛行服、飛行靴を切り刻む。

客席の扉をあけて、ウォーキー・トーキーや細切れにした衣類やヘルメットを少しずつ捨てた。それらはプロペラが巻き起こす風に運び去られ、前進を続ける飛行機のはるか後方に散らばった。ゴムボートのロープの片端を引き結びにして扉の取っ手にゆわえ、小型船外モーターを船尾の張出しに取りつける。

「終わったか？」とエンコがどなる。

「すぐ終わります」

グラントは副操縦士席まで這い戻り、あらためて位置の確認をする。

「一〇度右に直してください。三〇度の方向です。このあたりは潮の流れが速いようですね」

「よし。あとどのくらいだ？　少し急いだほうがいいな。危《あやう》い冒険はしたくない。低空の捜索機がまだこの辺をうろついているかもしれない。もっとも超短波での交信は何も聞こえないがね。現在のスピードでは航跡もそんなに広がらないだろうが、それでも燐光の跡を見つかったらことだ」

「最後の船位確認をやってます、将軍。すぐにもその位置に達します。ラグーナが方向探知機にはっきり入ってきました。ようし……サンタ・カタリナの北西部先端から正確に二マイルのところに来ました……あ、ちょうどここです」

「よし。ボートの用意。おれもすぐ行く」

グラントはふたたび客室の後部にいった。

エンコはスロットルを引き戻し、混合レバーをアイドリング遮断《しやだん》位置に持っていった。エンジンはパタパタッとあえいでとまる。ウィッジョンは数秒間身震いし、それから流されはじめた。

エンコ将軍は斧を取って、プラスチックの風防やコクピットの舷窓めがけて打ち込んだ。それらはたたかれてひび割れ、裂け、砕け、粉々《こなごな》になる。つぎは、胴体に力まかせに振りおろし、吃水線《きつすいせん》上の金属板に大きな穴をいくつもえぐる。さいごにエンコはコクピットの床をめった打ちにし、やがて刃が機体を貫き、すき間から水が吹き出した。

「ほら、取ってくれ」エンコは大急ぎで袋のあいだを這い抜けてうしろに来ながら、斧をグラントに差し出して叫んだ。

グラントは救命具を身にまとい、客席の扉口からゴムボートを海におろし、斧をつかんだ。こんどはグラントがそれで客席後部の床に切れ目を入れた。海水が噴出する。つぎに尾部の横腹に打ち込む。ウィッジョンは徐々に沈んでゆく。

「ここで待っていてください。すぐ戻ります」そう叫ぶと右手に斧を持って足から海に飛び込んだ。左翼の下のフロートまで数フィート泳いでその上に登る。

左手で支柱につかまって、翼の下面を斧でたたき、燃料タンクをみじんにし、おかげで頭からガソリンをかぶる。それからこんどは腰をかがめてフロートの吃水線の下に斧をふるう。

グラントは海中に戻り、機の鼻先をまわって急いで反対側に行く。右のフロートによじ登り、翼に大穴をぶち抜き、ついでフロートに穴を穿《うが》つ。

支柱につかまったまま、斧を思いきり遠くまで投げる。それが海中に没すると、グラントは沈みゆく飛行機の尻をまわってボートに泳ぎ着き、よじ登る。

「いいですよ、飛び込んでください」とグラントはエンコに叫んだ。エンコは半分海水に浸ったウィッジョンの扉のそばにしゃがんでいた。

将軍はゴムボートの頭部をつかむつもりで両腕を広げて突っ込んだ。失敗した。エンコが水の下に沈んでいくのをちらっとグラントは見た。すぐに海面に顔を出すだろうから、そしたら手を貸してボートに引き上げる構えで、数秒間待った。何も起こらない。

グラントは胸騒ぎがした。どうなってるのか理解できなかった。

「将軍……将軍……どこですか？」とグラントは呼んだ。「何がなんだかさっぱりわかりません……急いでください……飛行機の沈下は早まってますよ」

エンコからは何の応答もない。

「いったいどこなんです？」グラントは不安にかられ、甲高《かんだか》い声で叫んだ。ボートは沈没してゆくウィッジョン機にまだ縛ったままだったが、船べりから体を乗り出し、周囲の海面をすかしてみた。

返事はない。

とてつもない想像がグラントの頭をかけめぐる。ボートは飛行機から十フィートとは離れていないけれど、ひとかき、ふたかき泳いだ拍子にエンコは発作でも起こしたのだろうか？いったいどこでおかしなことになったのか？

ウィッジョンの高くそり上がった尾部がもう半分海中に没している。

ぐずぐずしている暇はない。ボートの船首と客席の扉をつないであるロープをほどかないと、沈む飛行機もろとも海底に引き込まれてしまう。

ロープをつかんでボートから滑りおり、引き結びを解くために綱をたぐり寄せながら飛行機に向かう。

半分ほど進んだとき、グラントは足の下に何か触れるのを感じた。ロープにつかまったまま水の下を手探りする。右手に一房の頭髪を握っていた。

グラントはもっと深く探って片腕を捕えた。全身の力をこめて引っ張ると、将軍の胴が浮かび上がった。

水中にいたのは一分たらずだったが、エンコはぐったりし、かろうじて意識を保っていた。「おれの足のやつが」とエンコはつばを吐き、咳き込みながら唸《うな》った。「おれの足が……」彼は一息入れようとして息を詰まらせる、「ロープに引っかかってるんだ……からみついてる……どうにもうまく泳げない……」

ウィッジョンが深く沈むにつれロープのたわみがなくなり、ピンと張ってくるのをグラントは感じた。こんどこそ永久に将軍は引きずり込まれようとしていた。

グラントは反射的に救命具を脱いでそれをエンコの胴のまわりに巻きつける。尾翼のてっぺんもすでに没していた。将軍とボートもまもなくあとを追うだろう。

グラントは必死の思いですばやく頭をめぐらせた。ボートの船首の固い複雑な結び目を、暗闇で手探りでほどくとしたら、けっこう時間がかかるだろう。ボートに取って返し、ナップザックのナイフを探し出してロープを切るのもいまとなっては間に合わないだろう。すでに水の中にいるのだから、引き結びをさっと引っ張るだけで、エンコとボートの両方を助けるほうが簡単かもしれない。それには客席の扉のところに、急いで、行かなくてはならない。

グラントは深呼吸して水にもぐり、ロープを伝って、沈んでいくウィッジョンに到達した。扉に達するまでの水中での短い距離は、悪魔にのしかかられて窒息しそうな夢を見ている思いだった。扉はと見れば、早く水が入るように故意にあけ放たれている。

グラントの指が手探りで引き結びの短い端を探り当てたとき、飛行機は六フィート近くも海面下にあった。グラントはロープの端をぐいと引き、ロープはすぐにゆるんだ。

ゴムボートまでの帰り道を見失わないように、綱を口にくわえ、満身の力で海面に向かって蹴った。

エンコは半分死んだようになっていたが、本能的にボートのそばまではたどり着いていた。片腕をだらんと舷側《げんそく》にかけてつかまり、飲み込んだ大量の海水を吐き出した。

事実上、疲労困憊《こんぱい》の極に達していたグラントは、残っている意志力のすべてをふりしぼってやっとボートによじ登った。二、三度深呼吸をするあいだ休んでから、エンコをボートの上に引き上げる。

二人の男は疲れきって身動きもならず、たっぷり三十分は荒い息づかいのまますわっていた。一方、ボートはゆっくり漂っていく。

グラントはナップザックをあけて、ジンの小びんを取り出し、エンコに渡す。

「さあこれを。元気が出ますよ」

エンコは一口ぐっとあおった。頭の先からつま先までブルブルッと身震いが来た。びんをグラントに返す。

「おまえはたしかにすべてに気のまわるやつだ。こいつは役に立ったよ、まったく」

グラントもごくごくと飲んだ。

「祝杯をあげるつもりで入れておいたのですがね。生き延びるために必要になったようです。

なぜ救命具を着けなかったんですか？」

「ランデブー地点でおまえを待っているとき、探したんだよ。飛行機の持ち主のとんまめ、一つも備えてないんだ。あきれた話だ。水陸両用機に救命胴衣がないなんてな。ロサンゼルス空港でやつが引き渡したとき、そのことを確かめる必要があるとは思ってもみなかった。それに、おれが救命胴衣を使うつもりかもしれないと、やつに教えるのは問題だからな。たかが数フィート泳ぐくらい何でもないと思っていたよ。しかし、ロープのやつが足にからまるとは予想していなかったな、正直言うと」

「そいつのことは沿岸警備隊に報告しなくちゃいけませんね」とグラントはくすくす笑った。

「ひとに迷惑を及ぼす。パイロット免許は取り消しにすべきです」

「教えてくれ、グラント」とエンコはいぶかしげな口調で尋ねた。「船首のロープを切ってボートを離すだけでよかったのに、なぜおれを探しに来たんだね？　簡単におれを土左衛門にすることができたんだ。全部ひとり占めにできたのにな」

「なんですって？　ほっといたらその土左衛門がサンタ・カタリナ島まで漂っていくのにですか？　ワシントンにいるはずのあなたがそれでは、まぎれもない証拠を残すことになるじゃないですか？　あなたこそ正しい考え方ができない人ですね、将軍――もしそう言ってよければ」とグラントは笑った。

「まさか本気でそう思ってるんじゃあるまいな」とエンコはまじめくさって言う。「たぶんサメがおれの面倒はみてくれただろうよ。いずれにしても、ありがとうよ」

「どういたしまして、将軍。それに、ウィッジョンの扉の取っ手にあの引き結びを残しておきたくなかったんです。誰かが飛行機を発見したとしたらどうなります？　ボートを先端にゆわえてあったかもしれないロープだということが、知られていいはずはないでしょう？　安全の鉄則ですよ。いかなる手がかりも残すな、がね」

「ウィッジョンは決して見つかるまい。なぜおまえにも黙ってこの場所を選んだかわかるかね？　いま、あれは水深が正確に八十フィートの海底に沈んでいる。飛行機が飛び立ったロサンゼルス空港から三十五マイルしかない眼と鼻の先に沈んでいるなどとは、連中の頭には絶対に浮かばないだろうよ。おそらくカナダかメキシコに飛んでいったと思っているさ」

「認めるのはくやしいですが、将軍、あなたはまさに天才ですね」

「わかってるよ。軍人の心がどう働くかもおれにはお見通しだ」

「何か食べるものはいりませんか？　持って来た缶詰などからにしてしまいたいですね」

「すばらしい。墓場から戻ったとなると、腹が猛烈にすいてきた」

「何がいいですか？　ここにあるのはミート・ローフに……ハムに……チキン……」

「チキンがいまの気分にぴったりだ……その……ジンと一緒にな」

「すぐに食事をお出しします」とグラントはナップザックから缶切りを取り出しながらにやっと笑った。

いまや真夜中、サンタ・カタリナ島に向から時刻だった。

グラントはちっぽけな船外モーターの始動コードを引っ張り、ボートを遠くの明かりの方角に向けた。

島に向かう途中で、まだナップザックに入っている不要物は全部処分した。残っていた食べ物と飲み物の缶詰、缶切り、からになったジンの瓶、双眼鏡、細かく引き裂いた海図、それから物指《ものさし》、鉛筆、円形計算尺ももちろんボートの外に投げ捨てた。ナイフだけ取っておいた。

ナップザックのなかをさいごにもう一度探って、拳銃を見つけた。それも海底に送り込む。

「ところで、将軍、いま思い出したのですが、あなたの拳銃は？　それも片づけたほうがいいですよ。もう必要ないでしょう？」

エンコはジョッキーのブリーフのまたぐらから拳銃を引き抜いて、海にぽんとほうり投げる。

「これで衣類を除いて全部処分しました。救命具が一つしかありませんから、あなたをナップザックと一緒にまず降ろしてから、沖に引き返してボートを沈めます」

「よかろう」

目的地まで五百ヤードばかりのところで、グラントはモーターを切り、船尾からはずして、水に沈める。二人はかいを漕《こ》いでサンタ・カタリナ島の南西岸まで進む。

エンコは砂と砂利まじりの浜辺に飛び降り、ボートを引き上げる。エスコンディド通りから半マイルたらずのセンチネル・ロックスのすぐ近くに上陸したのである。エスコンディド通りはアヴァロンに達する主要な山間道路であるオールド・ステージ街道に通じている。

二人はそこに十分ほどじっと息を殺してうずくまり、何か物音が聞こえないかと耳をすました。

エンコは腕時計の蛍光文字盤を見た。午前二時をまわったところだ。エンコは救命具をはずしてグラントに渡した。

「町からは約十マイル離れている。ここら辺のいなかの人間はぐっすり眠っているよ。おまえはすぐいったほうがいいだろう。おれはそのあいだに着替えておく」とエンコは声をひそめて言った。

グラントは救命具を着ける。船首から濡れたロープを苦労してほどき、ボートのなかに投げ入れ、舟を沖に押し出す。

たっぷり十分間は漕ぎ、海岸から半マイルは離れたと推定する。オールを継ぎ目からはずし、ロープとともに、ほうり投げる。

ナイフでゴムボートに切りつけ、足で踏みつけ揉《も》みくしゃにして沈め、岸に泳ぎ帰る。

エンコは着替えを終わってナップザックのそばにすわっていた。グラントはスポーツシャツとブルージーンズをまとった。

二人は、砂上のボートの跡を消すために、手で砂をならした。それから靴下をはき、靴は手にぶらさげたまま、島の南東岸に位置するアヴァロンめざして曲がりくねった道を進んだ。

文明への長い道のりを歩みはじめたのは午前三時だった。

エンコは道路の右側を歩いた。グラントは二、三歩遅れて左側を歩き、誰かが飛びかかってくるかもしれない不測の事態にそなえて、将軍を護衛した。

綿のように疲れてさえいなかったら、そのハイキングは楽しかっただろう。夜は曇ってはいたが、暖かく静かだった。月は出ていなかったけれど、道をたどるのに骨は折れなかった。

グラントにはもう一つしなければならない仕事が残っていた。歩きながら、救命具とナップザックをナイフで細長く切り裂いた。そのくずを誰にも見つからない道端や断崖《だんがい》に投げ捨てた。さいごにナイフも始末した。

将軍とグラントは空が白みはじめるころアヴァロンの町はずれに到達した。

エンコは首にかけた鎖をはずす。二個の鍵がそこにぶらさがっていた。一個をグラントに与え、もう一つは自分のポケットにおさめた。

二人の男は道路ぎわでしばらくひそひそ打ち合わせをしていたが、やがて右左に分かれた。

エンコはフェリー発着所に行き、本土のロング・ビーチに向かう一番の船で島を去った。

グラントは水上飛行機を使う空のタクシー・サービス会社に行き、同じくロング・ビーチまでの切符を買った。

向こうに着くと、いずれもロサンゼルス国際空港までタクシーを飛ばした。

グラントのほうが先だった。エンコに渡された鍵でロッカーをあけると、そこには衣類、金、パスポート、航空券の入ったスーツケースがあった。洗面所に行ってひげを剃《そ》り、それからトイレに入った。人に見られないで着替えをし、時間まで待つことができるからである。

午前十一時、グラントはビートルズのヒット曲の一つ『ア・ハード・デイズ・ナイト』の口笛を聞いた。トイレのドアをあける。

エンコがやはりスーツケースを持って、ひとり洗面所で、口笛を吹いていた。帽子をかぶり、サングラスをかけている。

「無事だったな」とエンコは言った。「ニュースを聞いたか？」

「ええ、朝食をとった食堂で。新聞も読みましたよ」

「まるで混乱してるな」とエンコはささやいてにっこりした。「何が何だか手がかり一つつかめていないな。おれの飛行機がもうじき出るんだ。十一時半発ニューヨーク直行便だ――機内で眠るよ。ケネディ空港で接続便がある。直接ワシントンに戻らないほうが賢明だと思うんだ――万一にそなえてな。そうすれば、ニューヨークでラジオを聞いて、経過を知る機会もあるだろう」

「どこの航空会社を利用なさいますか？」

「むろん、ＰＧＡさ。たいへん信用のおける優秀な連中が揃ってる」とエンコは笑った。

「わたしはバンコク行きのパンナム便が出るまであと一時間あります。搭乗手続きをして待合室で待っているとしましょう。では二、三日後にまた。さよなら、サンタクロース」

エンコは手を差し出した。

「そのベレーをかぶって、白いひげを生やしたところはよく似合うし堂々たるもんだよ。じゃあな……デントナーさん」

第二十三章

ウィルフード・スプレイグという変名でエンコ将軍は、水曜日、東部標準時間午後八時過ぎにニューヨークに到着した。

ワシントン行きの接続便の出発を待つあいだ、《ニューヨーク・タイムズ》、《ポスト》、《デイリー・ニューズ》の翌日の早朝版を買いこんだ。

事件以来かれこれ二十四時間は経過しているのに、いまだにハイジャックの記事はかなりのスペースを占めている。

「乗客乗員ともに無事」と《ポスト》の見出し。〝サンタクロースとジェット・パイロット史上最大の強盗劇を演出〟と《デイリー・ニューズ》は絶叫している。《タイムズ》は第一面の一段全部をその記事にあてていた。さらにその裏面では、〝悲しむべき現象〟を嘆く社説を載せている。

《タイムズ》はもったいぶった調子で、当局の〝ある面では事態処理の慎重さ〟を賞賛している。しかし、〝反面、この種の脅威にそなえる警戒と準備の不足〟を非難していた。

新聞が何を言わんとしているのかエンコにはよく理解できなかった。例によって、混乱し、曖昧模糊《あいまいもこ》とした思考だ、とエンコは思った。

ともかく、調査の進展に関するどの新聞の詳報もありきたりのもので、何らの新味もなかった。

エンコは小型トランジスタ・ラジオでWINSとWCBSを聞いた。誰もかもまったく困惑している。

エンコは搭乗し、ワシントン・ナショナル空港に着いたのが午後十時前、それからタクシーでシェラトン・ホテルに向かった。

水曜日の夜十一時、憤慨して家を飛び出してから五十三時間後、エンコはホテルの部屋でシャワーを浴びていた。

一人で飲み物を作り、葉巻に火をつけた。ベッドに入ってシーツや枕をしわくちゃにし、カーペットとバスルームのタイルの上にたばこの灰を落とした。

エンコは軍服を着て、妻に電話をした。

「スーザン？」

「ザックなの？　いまどこ？」

「シェラトン・ホテルにいる。報告書を書き終わったところで、いまはしらふだ。ずっときみのことを考えていたよ、スーザン」

「わたしもよ、ザッキー……」

「愛してるよ、スーザン。あの家のことだが……どうしてもほしいのだったら、もう少し話し合ってもいいと思っている……」

「家のことなんかどうでもいいの。あなたのほうが心配だわ、ザック……わたしもあなたを愛してるわ」

「家の手続きはやはりぼくがすべきことだと思う。明朝、銀行ローンのほうをあたってみるよ。頭金はどれだけいるんだね？」

「一万五千ドルもあれば充分だわ。でも、そのことでお困りなのだったら、ザック、急がなくてもいいのよ」

「なんとかするよ。あさって出発するまでに必要な書類を揃えておいておくれ」

「ザッキー……」

「うん？……」

「帰ってらしたら？……」スーザンはやさしくささやいた。

「でも、帰らないほうがいいんじゃないのか……」

「お願い、ザック……とっても……あなたに会いたいの……」

「ほんとかい？……」

「ええ、どうかお帰りになって……」

「よし三十分もしたら着いてるよ」

エンコはホテルの勘定をすませ、タクシーで家に帰った。

夜が更けるころ、まるで新婚当時のような気分で、エンコは妻を抱いていた。

木曜日の午前十一時半、エンコはローレンス・F・ハーモン大将の会議に出席した。会議はあっという間に終わった。ハーモンは十四名の出席者から報告書を集め、質問はないかと訊いた。

一つも出なかった。

「諸君の報告書は今日のうちに眼を通しておく」とハーモンは言った。「明日九時にもう一度お集まりいただきたい。十一時までには終わる。会議終了後すぐにベトナムに戻れるよう飛行便の手はずは整えておくようお願いする。では、諸君、ご苦労でした」

空陸海の将官たちが立ち上がってぞろぞろ出て行きはじめた。ハーモンがエンコの腕に手を置いて、ちょっと話があると言った。

「昨日電話したんだが、留守だったね？」

「家内とちょっとあってね。シェラトンに泊まってた。あんたの計画を練るのに少し落ち着いた静かなところが必要だったからね」

「訊いたりして悪かったな」

「いやかまわんさ。そっちだって家庭内の問題はいろいろあるだろう」

「そうなんだ。ニュースは見たと思うが。あんたの航空機がどうやらまた面倒を起こしたらしい」

「ああ、あのハイジャックのことかね？　TX75Eだってどうして知れたのだろう？」

「ユナイテッド航空のパイロットが目撃したんだ。標識も番号もなかったそうだ。ロサンゼルスの管制塔をうろついていた記者がそれを盗み聞きしてね。こっちから洩れたんじゃないんだ。いまではソ連も中国もあの航空機の航続距離についてはすっかり知ったわけだ」

「そうとも言いきれないな。必要なら、あと二時間は飛んでいられたよ。約八時間であれはけりがついてしまったからね。たぶんやつらはいまでもいろいろ憶測しているはずだ。二時間といえばばかにならないからね。やつらがどんなのを作ったって、かないっこないさ」

「だろうな」

「少なくともあの飛行機には欠陥がなく、ハイジャック程度にせよ、何かの役には立つことを立証してくれた」とエンコは皮肉を言った。「パイロットが誰かわかったのかな？　飛行機の出所について何か見当は？」

「これまでのところまるっきり五里霧中だ。レイモンド・プロミノー将軍が調査を指揮しているがね。知ってるかい？」

「いや」

「いずれ彼があんたの助けを必要とすることがあるかもしれない。専門家たるあんたに技術的な細かい点なんかを訊くとかね」

「もちろん、喜んでお手伝いさせてもらうよ」

「今夜、一緒にめしを食わないか、ザック？　キャリーが、スーザンとあんたに会いたがっていてね。仲直りはしたのかい？」

「ああ」

「じゃ、七時に迎えに来てくれないか？」

「いいとも」

「ではまたあとで、ザック」


エンコは取引銀行に行き、一万五千ドルのローンの手続きを済ませ、必要書類をスーザンに渡した。午後、二人揃ってシルヴァ・スプリングの家を見にいった。エンコは気に入ったと口では言ったものの、実のところまるで関心はなかった。

一流のフランス料理レストランでのハーモン夫妻との晩餐《ばんさん》はとても楽しかった。エンコはほんの少ししか飲まなかったが、最高の気分だった。何もかも申し分なくいっている。


エンコは金曜日の朝スーザンに別れのキスをし、国防総省に九時二、三分前に着いた。ハーモンは会議の参加者が提出した計画に満足の意を表明し、提案に感謝した。近々締結される和平交渉の観点から、さらにくわしく検討されることになろうとつけ足した。近い将来、あらためて命令が出されるだろうが、それまでは、出席者がベトナムに帰任したらただちに全面的北爆を再開し続行するように。

「さいごに一つだけ」とハーモン大将は言った。「捕虜が帰国したときには、都合がつけられるようにしておいていただきたい。捕虜がフィリピンのクラーク空軍基地から帰還したとき、すべての司令官はじきじきに部下を出迎えて叙勲すべし、という大統領のご指示です。

歓迎祝賀会は捕虜の故郷に最も近い空軍基地か海軍基地で挙行する」

一人の提督が手を挙げた。

「何だね？」とハーモンは訊いた。

「とすると基地から基地へ飛びまわることになりますが、ハーモン将軍」

「それに合わせてスケジュールを立てる。同じ日に何人もの帰還者があった場合でもすみやかに移動できるように、特別機を諸君のために配備する。テレビやラジオも大々的に報道するだろう。このことだけは忘れないでほしい。捕虜の一人一人が英雄なのだ。これは大統領が統合参謀本部と合議の結果、決定されたことだ。これが〝名誉ある和平〟計画の最終段階を飾ることになる」

海兵隊の将軍が質問があるようなそぶりを示す。

「何かね？」とハーモンはそれに気づいた。

「捕虜期間中に敵方と仲良くしたり、敵に協力したりした連中はどうなるんですか？」

「かれらといえども英雄だ。このことははっきりしておきたい。捕虜は一人残らず英雄なのだ。繰り返して言うが、それが大統領命令なのだ。いまや政府の正式な政策である。けちをつけたりしてかれらの帰還をそこなうことのないよう大統領は望んでおられる。愛国者にふさわしい行事にしなくてはならない。諸君は、それに花を添え、大いに引き立てる役を果たしていただきたい」

エンコは笑いを嚙《か》み殺すのに苦労した。

午後三時、エンコ将軍はベトナムに帰るためにアンドルーズ空軍基地からC－141ジェット輸送機に乗り込んだ。

往復に費やした四十八時間近い時間と時差、といってもこれは往復ではお互いに相殺《そうさい》されてしまうが、それらを計算に入れると、エンコは出発後ちょうど八日たってダナンに戻ったことになる。

バーニー・マクスネア大佐とウィリアム・キーガン大尉の出迎えを受けた。

マクスネアはだまされた気がした。彼が二週間代わりをつとめることをエンコは約束していたからである。キーガンはマクスネアを厄介払いできるだけでも、エンコが帰ってくれて嬉しかった。いそいそと将軍のかばんを持った。

エンコはただちに司令官室に向かい、マクスネアと二人だけになる。

「大佐、留守中はどうだったね？」

「順調でした。死傷者数ゼロです。天候に関しては二、三問題がありましたが、それだけです」

「国防総省から新しい指令が出た。明朝八時に参謀会議を召集してくれ。隊長は全員出席させろ」

「かしこまりました、閣下」

エンコは爆撃再開についてマクスネアに簡単に説明した。

「会議のあと、タイに出かけてくる。飛行機の便を手配してくれ。ウドンにいるB－52の連中と戦闘機の護衛について調整しなくてはならないのだ。遅くとも十六時までには向こうの基地に着いている必要がある。そのことを忘れないでくれ」

「わかりました、閣下」

「フィールディングの件で何か新事実が出たかな？」

「残念ながら、ありません、閣下。行方不明になってから全部で十五回も捜索隊を出しました。もはや絶望の色が濃厚です。死んだか捕虜になったとしか考えられません」

エンコ将軍は悲しげに首を振った。

「腹立たしいかぎりだな、マクスネア。いいやつだったのに。命じたとおり、捜査の範囲を半径五十マイルまで拡げてくれたのか？」

「わたしの裁量で、お留守のあいだに、ホアビン周辺百マイルまでも拡大してみたのですが、良い結果は得られませんでした」

「それでもどうも釈然としないな、大佐。すっきり気持を整理するには、自分で航空機を探しに出かけるしかないようだ――もしまだそこにあるものならな。何事も立派にやりとげたければ、ひとまかせにするな、が鉄則だ」

「失礼ですが、閣下のような偉いお方が敵地の上空を飛ぶという危険を冒すのは好ましくないとはお考えになりませんか？」

「もちろん、マクスネア、きみの言うとおりだよ。だけどなあ、きみ、どうも肝心の所を探さなかったんじゃないかという気がしてしかたがないんだ。あの航空機がこわれているのを確認したいだけなんだ。それに、あいつが好きだったしな」

「そのお気持には打たれますが、しかし……」

「自分の眼で確かめたいのだよ。そうすれば、自分以外の誰も責めることはできなくなるだろう」

「それはおっしゃるとおりですが、閣下」

「マクスネア、いいことを思いついたぞ。タイに行く飛行便のことだが、取り消しだ。あす参謀会議後、十時に離陸できるように、完全装備したOV‐10を準備しといてくれ。自分でウドンまで操縦していく。ナコン・ファノムに電話を頼む。途中で立ち寄って、サンディとジョリー・グリーンで探索した区域を教えてもらうからな。そのあと自分で見てみる。たいして遠まわりにはならないだろう。ウドンまで行く時間はたっぷりある」

「OV‐10をお望みですか、閣下？　単座ジェット機——何でしたらTX75E——のほうがいいのではないんですか？」

「いや、大佐。OV‐10がわしの必要にはぴったり合っている。わしがやろうと思っている捜索活動にはおあつらえ向きなんだよ」

「後席の副操縦士は誰にいたしましょうか？」

「いらんよ。一人で操縦する。これはわしの問題なのだ。この時点でフィールディングを探しに行くのに、もはやほかの人間の生命を危険にさらすわけにはいかないよ。ウドンで一泊して翌日帰る——帰途もう一度見てくるかもしれん。以上だ、大佐。ご苦労だった」
「はい、閣下」

翌朝エンコはてきぱきと説明を片づけた。ハーモン大将の命令を伝え、選ばれた攻撃目標を具体的に挙げた。ハーモンの指令を無視し、司令官としての権限の枠《わく》を越えて、エンコは、これらの懲罰攻撃は反復爆撃によって敵を悩ませる心理的意味合いの強いものであることを編隊長に教えた。したがって、エンコの見るところでは、人命にしろ装備にしろ、不必要な危険を冒すことを正当化するものは何一つないことを強調した。

九時四十五分、エンコ将軍は宿舎に行って、飛行服とヘルメットを着用する。それからブルーのズックの大型かばんと書類かばんを取る。

外で待っていたマクスネアは、将軍が出かけるのを見て、荷物を持とうとする。

重いかさばったかばんのほうは待っているジープまで自分で運ぶからと譲らなかったが、書類かばんは大佐にあずけた。

午前十時、将軍はOV‐10の後席に持ち物をほうり込み、複座機の前席に乗った。

第二次大戦のあの有名なP‐38〝稲妻《ライトニング》〟と似た美しい線形をしたOV‐10は〝野生馬《ブロンコ》〟または〝役馬《ワークホース》〟という呼び名で知られている。しゃれた感じの、翼が上についた双発双胴機で、操縦は前後両方の席でできるし、それぞれ円蓋《キャノピー》も扉も別々になっている。いずれの席にも射出装置がある。この複座機は短距離離着陸を可能にするためみごとな設計をほどこされている。低速で六十五ノット（時速約百二十キロ）、高速で二百四十ノット（時速約四百五十キロ）以上という速度幅を持ち、起伏のはげしい地形でさまざまな任務を遂行するのに理想的な万能型だった。

十時十五分にはエンコは上空にいた。一時間後タイのナコン・ファノムに着き、燃料を補給しているあいだに、作戦伝達室に行く。

パイロットの報告と、救助隊がしらみつぶしに探索した地域のくわしい地図を含むフィールディングのファイルを見せられる。将軍はほとんど口をきかず、気がかりな表情で、深刻にうなずいた。

マクスネアは護衛機を出すように手配していた。エンコはひとりで行くと言って、それを取り消した。

十二時三十分、ふたたび離陸した。北東に針路を取る。メコン川を渡り、ラオスを飛び越えて北ベトナムに向かうルートだ。

十マイルばかり飛ぶと、急な左旋回をしながら樹林の梢《こずえ》すれすれまで降下する。いま渡った川をもう一度横切って北西に向きを変え、タイに戻った。

レーダーにかからないように、その地域を撒《ま》いて、メコン川のタイ国側にあり、ラオスの首都ビエンチャンの南に位置するノンカイの町に向かった。

十二時五十五分きっかりに、エンコは曲がりくねったレンガ色の赤土道の上を低くかすめ飛びながら二度ほどＯＶ‐10のエンジンを急激にふかした。道の周囲はゲリラ掃討作戦で爆弾の穴ぼこだらけになり見捨てられた水田が続いている。

タイ政府に反対するテロ活動は最近この地区ではやんでいた。地上砲火の可能性は考慮に入れていなかったが、それでも荒れた田んぼや無人の村を眺望しながら注意を怠らなかった。西五マイル先のノンカイまで続いているそのぬかるみ道は、ナパーム弾で黒焦げになったチークの森のなかに消えていた。

一八〇度の旋回をして、細長い土の帯の上をゆっくり戻ってくる。いぜんとしてハロルド・デントナーに扮装《ふんそう》したままのグラントが森の端から身をかがめて飛び出した。ほんの一瞬、道のまん中で立ち上がって手を振ると、溝《みぞ》のなかに隠れた。

エンコは機の鼻先一マイルのところにグラントの姿を認めた。さらにスピードを落とし、時速七十マイル以下でふわりと着地した。穴ぼこの上をころがしてグラントに接近し、右エンジンを切る。

グラントは後席のドアをあけて飛び乗り、エンコのうしろにすわった。

将軍は右エンジンをかけ、回転をあげ、短距離の軟地離陸をして、一分たらずで地面を離れていた。

「パラシュートはおれのズックのかばんに入ってる」

「ほかのものは？」

「全部かばんのなかだ。苦労したぞ、軽そうに持つのにな」とエンコは笑った。

全速で低空飛行をし、ラオス北部の北ベトナムに近いサムノアに機首を向ける。

コクピットは狭く、大型かばんがかなりのスペースを占めている。グラントは体をよじらせやっとのことで服を脱ぐ。ドアを開いて、一つずつ飛行機から投げ捨てる。ついで、ほおひげと口ひげをはがし、ベレーを脱ぎ、同様に処分してドアを閉めた。

「ランデブー地点に来るまでに困ったことがあったかね？　気分はどうだい？」

「バンコクとビエンチャン経由で三日かかりました。ロサンゼルスを発《た》って以来、いや事実上カリフォルニア半島を飛び立って以来、ほとんど睡眠を取っていませんよ。機内でときどきうたた寝した程度です」

「けっこうだ。疲れてへばった顔をしているな——まさにおあつらえ向きだぞ」

「それはどうも」

「誰かに見つからなかったか？　怪しいやつにあとをつけられたようなことは？」

「その隙は見せませんでした。ビエンチャンに降りたときは、東南アジアについて本を書くため材料を集めに来たれっきとした歴史学者で押し通しましたよ。猫もしゃくしもこの問題で本を書いてるご時世ですから……アジア問題に対する解決策を自分は持ってると思う、と言っても、驚くものはいません。ただにこにこ笑ってるだけで」

「それからどうした？」

「市街に入るとすぐバスで観光ツアーに出かけました。どこかの寺の前で、ガイドが説明をしているあいだに、観光客の一行から離れて、こっそり市をぬけ出しました。結局ホテルの宿泊申し込みもせずじまいです。日が暮れてから、渡し船の男に十ドルのチップを握らせて、こっそりノンカイに渡りました。向こうに着くとすぐ目立たないように町をぬけ出して、あなたが拾って来た所まで歩いて来たわけです」

「よくやったぞ！」

「将軍、あなたのほうは？　ワシントンかダナンで何か変わったことは？」

「いまの様子では、おれたちがどうやってまんまと成功をおさめたかわかりっこないな。いろいろな説が山ほど出ているが、まるで暗中模索なんだ。嘘みたいな話だが、国防総省で調査を指揮している将軍——プロミノーという名前だが——やっこさんがTX75Eのことでおれに知恵を借りたいそうだ。何か手がかりが得られると思ってるんだな。どうだい、愉快じゃないか？」

グラントはエンコのかばんのチャックをはずしながら笑った。なかには、下着、飛行服、飛行靴、ヘルメット、携帯食料、ジャングルでの生活用品一式、ピストル、パラシュートが入っている。それを着用するのに、さんざんののしり、体をひねくりまわし、たっぷり十五分はかかった。

「準備完了かね？」

「あとはパラシュートをとめるだけです、将軍。でもそれはあとにしようと思います。いまから窮屈な思いをすることもないでしょう。あとどのくらいで着きますか？」

「あわてる必要はない。まだ四十五分かそこらある。二百五十マイルとちょっとだ。十四時までには着く。さっさと捕まることだな、そうすれば夕食はハノイ・ヒルトンで好きなものを注文しているだろうよ。この一ヵ月間のてんてこ舞いに較べれば、けっこうな休暇だ。いくらでも睡眠が取れるぞ」

「この方法はどうもまだあまり気乗りがしませんよ、将軍。後悔することにならないよう切に望むのみです。もし戦争が続いたらどうなります？」

「そんなことはありえない。もうすでに密約はできてるのだ。ハーモン将軍がおれに保証したよ、捕虜はクリスマスか、遅くとも新年までには帰国するとね。とにかく、いまとなっては遅すぎる。ほかに取るべき道はない、おまえもおれもな」

「おっしゃることがまちがってたらただじゃすみませんよ、将軍。ところで、このパラシュートはほんとに開くんでしょうね？」

「いまだにおれを信用してないのか、おい、グラント？　銀行の金庫に例の手紙がしまってあるというのに。そんなことにこだわってる場合じゃないぞ。おれたちはお互いに必要なんだ。ウィッジョンからあれを引き上げるのは二人がかりの仕事だよ。一人じゃできないし、かといって、別の相棒はまっぴらだ」

ＯＶ‐10はサムノア上空にさしかかっている。十三時四十六分。エンコは右に方向を転じ、町の十マイル東に進むコースを取る。

「いいか、グラント。支度をしろ。国境を越えるぞ。約十五分でホアビンの南西に達する」

グラントはパラシュートのひもを調節するために、眼を地平線から放してコクピットにかがみこむ。

「頭を引っこめろ」とエンコが叫んだ。「ちくしょう、道連れができたらしい。できるだけ体を低くしてろ。酸素マスクをかぶれ。おまえの顔を見られるところだ」

「何者ですか?」グラントは将軍のうしろで鼻をコクピットの床にすりつけんばかりにしてうずくまり、どなり返した。

「わからん。ファントムらしいが……旧式の単座F-4Cだ。十時(三〇〇度)の方角にいる、距離約三マイル、まっすぐこっちに向かってくる」エンコも自分の顔を隠すために酸素マスクをつけながら、答えた。

「いったい何の用ですかね?」グラントは血液がどっと頭にのぼり、うめくような声で言う。長身を二つ折りにし、頭を膝の間に突っ込んで、できるだけ体を丸くしようとした。

「さっぱり見当もつかん。どこか故障のようだな……翼をふらつかせている。体を小さくしてろよ……イヤホンで聞いててくれ。来たぞ……動くな!」

F-4ファントムは接近して、OV-10の時速二百七十マイルに合わせるために減速し、エンコの左翼側に編隊を組んで並んだ。

ウィスコンシン州ラシーヌ出身の空軍大尉、のろのろしたしゃべり方のひょろ長いスキップ・スペンスはたしかにいろいろな問題をかかえていた。

ファントムは惨憺《さんたん》たる有様だった。明らかに対空砲火の猛攻をくらったのだ。直撃弾が機首のレーダーを打ち砕き、計器盤をほとんどだめにしていた。左翼の先端がもぎとられている。操縦席のうしろから尾部にかけて胴体には曳光弾《えいこうだん》の痕《あと》が何列もついている。翼と離着陸装置から加圧液が洩れ、飛行機の金属外板に赤い跡をつけていた。

スキップは将軍を見て右手の掌で何度もイヤホンを覆い、無線で通話したいということを手まねで示した。顔は酸素マスクで隠れていたが、眼は見ることができた。半分閉じ、涙ぐんでいる。彼が非常な苦痛に耐えていることは明白だった。

エンコは左手をイヤホンにかぶせ、わかったとうなずいた。それからコクピットの横窓のそばで両手を振り、ファントムのパイロットに、どの周波数を使ったらいいかわからないということを知らせた。

スキップはうなずいて、指をまず一本あげ、つぎに二本、それから四本あげた。

エンコは超短波のダイアルを一二四・〇に合わせた。

「ファントム、どうぞ。こちらブロンコ、周波数一二四・〇」

応答がない。

スキップはエンコを見て、首を振り、受信していないことを示し、一二二・五を試すように手ぶりをした。

将軍は二度目の周波数でまた呼んでみる。

こんどはスキップはうなずいてマイクをつかむ。

「やれやれ、いい所で会ってほっとしたよ。すんでのことで諦《あきら》めるところだった。パラシュートで脱出すべきか胴体着陸をすべきか決めかねていたんだ」

「どうしたんだ?」エンコは苛立ちを気取られないようにつとめて言った。

「迷子さ。レーダーと無線機が吹っ飛ばされてしまった。この周波数で通じたってのも運がいいんだ。使えるのはたぶんこれだけだろうから。羅針盤すらない。いったいいまどこにいるのかまるでわからないときてる。西に向かって飛んでることだけだ、見当がつくのは。おまけに右足をやられてる。弾丸なのか弾の破片なのかは判断がつかないけどな。ものすごく痛みやがる。出血もひどい。手当をしなくちゃいけないんだが」

「おれにどうしてほしいんだ?」とエンコはうんざりした声を出さないように気をつけて尋ねた。

「タイはどっちの方角だい?」

「どこへ行くつもりだ?」

「ウドン」

「そいつは無理だ、ファントム。右翼の下から燃料が垂れているぞ。ナコン・ファノムにいったほうがいい。ウドンより近い。そのほうがまだ見込みがある」

「よし。そこまで先導してくれ」

「いまはだめだ。ハノイの南に緊急救助で赴くところだ。正しい方角を教えてやる」

「おまえのもう一つの仕事なんかどうだっていい。おれのほうがもっと緊急だ。輸血が必要なんだぞ。さあ、タイまで連れていってくれ。それがおまえの仕事だ!」

エンコは唇を嚙《か》み、煮えたぎる思いをぐっとこらえた。自分の身分を明かして、ナコン・ファノムに飛ぶよう命令するわけにはいかない。いまの最大の関心事はグラントを降ろすことだ。時間は切迫している。なんとか考えなくてはならない。

「ファントム、おれたちのいまの方向は違う。右一一〇度に旋回するぞ。おまえはおれのあとについてこい」

「なぜいまのままじゃいけないんだ？　おまえの左翼に並んだっていっこうかまわないぜ」

「隣にくっついていられたくないからだ、燃料洩れで爆発されるとかなわんからな。二人とも仲良くあの世に行くこともあるまい。うしろにいてくれたほうが気が安まる」

「力づけてくれて感謝するぜ」とスキップはエンコに憎しみに満ちた眼ざしを投げる。しかし、ブロンコのパイロットの言うことは筋が通っているのを認めざるをえない。ゆっくり速度を落としてＯＶ－10のうしろにまわる。

　エンコは無線機が切ってあるのを確かめて、

「グラント？　聞いたか？　なんていやなやつだ。よりによってこんな時に。泣き言やら哀れっぽい話を並べやがって」

「だけど、なんとか助けてやるべきですよ」

「なぜだね？」

「怪我をしてるし、迷子になってる、それが立派な理由じゃないですか。あなたが理解できません」

「あのばかのろくでなしが！　レーダーと無線機がなけりゃ、道も見つけられないとはな。地図も読めないやつが、ファントムを操縦するなんて聞いてあきれる」

「傷が痛むって言ってましたね。眼がかすんで見えないのかもしれませんよ。あるいは、地図まで手が伸ばせないのかも」

「くそったれ。たかがかすり傷一つで、ばかどもは大騒ぎをする。もう少しでおまえを降ろすというときになって、割り込んできやがって。よりによってついてないよ……」

「将軍、聞いてください。やつをナコン・ファノムまで連れて行って、それから戻ってきたらどうですか？　二、三時間遅れることにはなりますが、それで取り返しのつかないことになるわけでもないし」

「不可能だよ、グラント。そこまで往復して、さらにウドンに行くだけの燃料はない。航続時間は四時間たらずのものだ。おまえを乗せたままナコン・ファノムに着陸して給油するなんて論外だしな。おまけに、十六時にはウドンに行ってなくてはならないのだ。いまからでももう遅れているというのに。おれは何をしているのかと向こうでいぶかりだすだろう。それに、この鼻たれ小僧がおまえを見つけなかったという保証はない。おれはひとりで乗っているはずなんだからな。いいか、グラント、これだけは運を天にまかせてはいられない」

「だったら、どうしようというのですか？」

「わからん――いまはまだな。考えているんだ」

エンコは二、三分黙っていたが、それから無線送信機のスイッチを入れた。

「ファントム？　そこにいるか？」

「すぐうしろにいる」

「よし。あと約一時間だ」

「了解」とスキップは確認の応答をした。

　エンコはマイクが切れているのを確かめて、

「この情況から何か思い出すかい、グラント？」

「もちろん、PGA81をね。ただしこんどはこっちが尾行されてるんだけど」

「グラント、おれの心は決まったぞ」

「どうするんですか？」

「ロケット弾発射準備の電路開閉《トグル》スイッチをいま入れた。やっと話をしているあいだに、加速して、左に三六〇度の急旋回をする。おれは操縦に専念するから、格好の角度になったら横っ腹を狙って撃ち落とせ」

「将軍、気が触れたのですか？」

「敵地だから目撃者は誰もいない。撃つんだぞ。命令だ」

「しかし、丸腰の、しかも味方の人間を、冷酷に殺害することになりますよ」

「かまわんからやっちまえ。だいたい迷子になるのがまちがってる。いいか、撃てよ。議論は無用。さあ、用意」

　エンコはマイクのボタンを押した。

「ファントム、大丈夫か？」

「すこし気分が悪い。まだ出血が止まらないのだ、だが持ちこたえられると思う。あとどのくらいだ？」

「約五十分だ。気を楽に持て。万事うまくいくさ」とエンコはなだめるように言いながら、やにわにスロットルを押して急に左に機を傾け、ジェット戦闘機のまわりを旋回する態勢に入る。

グラントは左翼下面に装着されているロケット弾の発射ボタンに指を当て、将軍の座席の背からかすかに顔をのぞかせる。

とつぜんファントムが視界に飛び込んできた。

何分の一秒間か、グラントは決定打をぶちこむ完璧《かんぺき》な位置にあった。手が震えた。火傷《やけど》をしたように、指をボタンから引っこめ、操縦席の床にまたもぐった。

「おれのまわりをぶんぶん飛びまわって何をしてるんだ？」とスキップがエンコに訊いた。

将軍はグラントを罵倒《ばとう》しながら、すばやく考えをめぐらせる。

「頭上の二時（六〇度）の方角にちらっとミグの影を見たと思ったんだ。おまえの背後を守るのが一番だと考えてな。警告する暇がなくて悪かった」

「まったく肝を冷やしたぜ。その癖、口では気を楽にしろなんて言ってるんだからな」

「これからはおまえのけつにつくことにする。おまえがコースを逸《そ》れたら、必要に応じて訂正してやるよ。こうすれば、おまえに気を配ることもできるし、何かが向かってきてもわかる。さあ、ホー・チ・ミン・ルートの上に出たぞ。おまえも気をつけて見ていろよ」

「わかった。そのつもりだが、こっちも猛烈に忙しいんだ。一つとして満足に動くものはない。とにかくなんとか行き着いてほしいものだ」

将軍はブロンコをファントムの後方やや左寄りにつけた。戦闘機はたえず前後左右に揺れ、スキップが一生懸命制御しようとしている。

グラントはふたたび頭を持ち上げ、エンコの肩ごしにのぞいた。高度一万一千フィートの上空を東南に向かって連山の上を飛んでいる。厚い雲の層が十マイルほど先の行く手をさえぎっていた。

エンコはスキップを呼んだ。

「ファントム、左に約十度訂正せよ。流されてるぞ」

「よしわかった」

スキップは左に傾斜し、機体の横腹をさらした。エンコは、しかし、直進を続ける。

「その調子だ、ファントム。もうちょっと左に曲げろ」スキップは何も知らずに指示に従っているが、エンコは側面攻撃に理想的な位置に自機を据える。

将軍の指は、右翼ロケット発射ボタンの上に置かれていた。撃ち損じは考えられない。

グラントは愕然《がくぜん》として見守っていた。一瞬後にはファントムはみじんに吹き飛んでいるだろう。吐き気を覚えて眼を閉じた。

「ほんのもう少しだ」とエンコはやさしく言う。「そうそう、ファントム、それでいい……ぴったりだ……」

エンコがボタンを押したとき、グラントは後席の操縦桿《かん》を握ってはげしく手元に引き、さらに右にまわした。

ＯＶ‐10は鼻を空に向け、それから右翼を下に落下しはじめ、ロケット弾はファントムの円蓋《キャノピー》のてっぺんをかすり、右翼の先端をすれすれにそれて突き進んだ。

スキップは眼の前の雲の中に消えた。

「いったいぜんたいどうしたんだ、ブロンコ？　何を狙ってるんだい？　おい、どこへいったんだ」

エンコは怒りで体を震わせていた。またもや、すばやく頭をめぐらさなくてはならない。

「例のミグをまた見たんだ。それで熱線追尾誘導弾をぶっぱなした」

「なんだと、すんでのところでおれがやられるところだったぞ、ろくでなしめ。おれにはミグは見えなかったぜ。いまおまえはどこにいるんだ？」

「ミグを見張ってるあいだに、そっちを雲の中に見失ってしまった」

「これからおれはどうすればいい、ブロンコ？」

「九千フィートまで下がれ……おっと忘れてた……高度計もいかれてたんだったたな。じゃこうしよう。雲層の下に出るんだ。そうすれば見晴らしが開ける」とエンコは嘘をついた。

「鋭意おまえを探し出すよう努力する。もしだめだったら、おまえはどこまでも川沿いに行け。そうすればナコン・ファノムに出る。少し馬力をかければ、約二十分で着くはずだ」

「わかった。だが戻ってきて、おれを見つけ出してくれよ？　聞こえたか？」

「最善を尽くす。心配するな」

約一万フィートの高さに山々が峰を連ね、スキップはエンコの指図どおり降下して、危うく尾根にぶつかるところだった。きわどいところで体《たい》をかわし、いつの間にか渓谷に出ていた。メコン川が眼の下にある。川伝いにナコン・ファノムに向かった。

エンコは血眼《ちまなこ》になってファントムを探したが見つからなかった。怒り心頭に発していた。

「さぞかし満足だろうな、グラント。おまえは今日の一善をしたわけだ」

「将軍、あなたが味方を殺すのを黙って見てはいられません。わたし一個人のことより大事な問題ですよ」

「それで自分が得意なんだろう、え？　たわけ！　すでに五万人以上の将兵を失っているのに、一人多かろうが少なかろうが、何の違いがあるというのだ？　あいつがいなくたって痛くも痒《かゆ》くもないのだ。おまえの愚かさのおかげで、どれだけ犠牲を払うことになるか承知しているのか？　二千四百万ドルがふいになるのだぞ。臭い飯を食うのはもちろんな」

「金には代えられませんよ。それだったら、あなたを溺死《できし》させて、全部ひとり占めにしていたでしょうよ。彼を撃ち殺すなんて、あるいは、あなたが殺すのを手をこまねいて見ているなんて、ごめんです。どっちみち、助かる見込みはあまりありませんがね。深い山の中に突っ込ませたんですから。だけど、少なくとも、あなたが最後まで面倒をみるよりは、まだなんとか生きのびる可能性は残されてます」

「何をくだらんことを！」エンコはファントムを追い求めながら、激怒していた。「グラント、おまえがこれほどのばかだとは思わなかったよ。やつはもう川を越えただろう。おれは見つけるぞ。追いかけて、こんどこそ息の根を止めてやる」

「将軍」とグラントは鋭く言った、「あとを追うのはやめていただきます。わたしをすぐ落下地点に連れて行ってください、さもないとこれまでの約束はご破算ですよ。わたしは本気です！」

エンコは一瞬ためらったのち、機を左傾して一八〇度旋回し、ふたたび北ベトナムをめざした。

「わかった。おまえの勝ちだ……しかしばかなやつだ。あとは、あいつがこのことを問題にしようとしたとき、なんとか取り繕《つくろ》えることを望むのみだ。さもないとおれたちはたいへんなことになる」

「わたしの知っているあなたなら、うまく算段できますよ、将軍」

自分で立てた予定より三十分遅れて、十四時三十分に、エンコはホアビンの南西方向を低く這《は》うように飛んでいた。目隠しに格好の雲が出ている。

「よし、グラント、ここだ。用意しろ」

「いますぐパラシュートを着け終わります」グラントは腰をかがめて、パラシュートの締め具を手探りしながら言った。

「じゃあ、また会おう。これこそ本物の休暇なんだ。ゆっくり骨休めをしろよ」

「これがピクニックだなんて考えを吹き込もうとするのはよしてください」

「言ったはずだぞ。和平協定が調印されるのは時間の問題なのだ――たぶん数週間、長くたって一、二カ月ってとこだ」

「用意ができました」

「あの雲の中に入るぞ。約千五百フィートあるからたっぷり時間をかけてのんびり降下できる」

エンコはOV‐10を急上昇させる。完全に雲の中に入り、千八百五十フィートで水平飛行に移り、時速八十マイルまで減速し、右エンジンを停止させる。

グラントはドアをあけ、機体の横腹に取りつけてある小さな手すりの上に足をかけて、翼の上の、止まっているプロペラのうしろに登る。それから胴体の後部に這っていき、二つの尾部のあいだのあんぐり口をあけた空間に飛び降りた。

エンコはエンジンをかけ、後部のドアをしっかり締め、ただちに降下してふたたび地面に接近して飛んだ。グラントのパラシュートがふわふわ降りていくのが見えた。

将軍は三十分遅れてウドンに着いたが、ほかには事件はなかった。

会合に出席し、将校クラブに行って一杯飲みながら夕食をとり、そのあとすぐ床に就いた。

翌朝ダナンに向かって飛び立ち、十一時に到着。マクスネアをオフィスに呼んだ。

「大佐、ひとわたり見てきたよ。おまえの言うとおりだ。ほとんど絶望的のようだ。航空機を破壊してくれたことを祈るしかあるまい。グラント・フィールディング捜索はこれで打ち切る」

スキップ・スペンス大尉は運よくナコン・ファノムまでの道が見つかった。損傷した離着陸装置がどうしてもうまく働かないので、胴体着陸を敢行して成功し、スキップはすぐ病院にかつぎ込まれた。

翌日、ちょうどエンコがウドンからダナンに向かっているころ、スキップは結果を報告するため担当将校にベッドのそばまで出向いてくれるよう求めた。ギルバート・グレリー大尉がすぐやって来た。

「たぶんこの話は信じてもらえないかもしれないが、昨日ＯＶ‐10に関してじつにいまいましいことが起こったんだ」とスキップは言った。

グレリー大尉はずんぐりした体つきのてきぱきした職業軍人で、どっちかというと気短かなほうだった。

「何があったんだい？」

「ＯＶ‐10のパイロットのやつがおれを標的代わりに練習したがってるような無気味な感じだった。誓って嘘はつかない、そいつはおれを亡きものにしたがってると思ったものだ。やつの眼にはあっちにもこっちにもミグが見えるんだな。おれには一機も見えないってのにいいか、こいつめはおれを殺したがってたんだ！」

グレリー大尉は妙な眼つきでスキップ・スペンスを見た。

「どこでそういうことがあったのだ？」

「それがわかれば苦労はない。覚えているのは、ハノイの南か南西のどこかということだけだ。計器盤がめちゃくちゃにやられていたからな。どこを飛んでるのかわからなかった。だからやつに助けを求めたんだ」

「あんたの話してるOV‐10のナンバーは控えてあるのか？」

「ナンバーを書き取ることなど誰が思いつくものかね？　おれは痛みと出血で気が遠くなりそうだったんだぜ」

スキップはグレリーの顔に不信の色を見て、カッと頭に血がのぼる。

「どうしたっていうんだい？」とスキップはわめく。「おれの言うことを信用しないのか？　そいつはおれに向かってロケット弾をぶっぱなしたんだぜ。おれをあの世に送ろうとしたんだ」

「まあ落ち着け」とグレリーは言う。「昨日からあんたの身にはいろいろなことが起こった。出血も相当ひどかった。輸血しなかったら、助からなかったほどだ。何かショックを受けたとしても不思議はない」

「そうさ。気が触れてるとはっきり言ったらどうだ！」

「まあまあ、スペンスス、そんなにカッカするな。興奮すると体に毒だと医者が言ってたぞ」

「興奮するだと？　何をばかな！　やつの言うとおりにしなかったおかげで助かったんだ。さもなかったら、山の土手っ腹に激突して一巻の終わりになっていただろうよ。あん畜生はおれを山頂めがけて突っ込ませたんだ。まったく訳がわからんよ」

グレリーは調子を合わせたほうがよさそうだと判断した。

「男の顔を見たのか？　人相が言えるか？」

「いや。酸素マスクをしていた。その点ではおれも同じことだが」

「それでどこで起こったかまるでわからないんだな?」

「さっきも話したとおりだ。ハノイの南か南西二十分ぐらいのところだよ。おれはファントムに乗っていたんだから、距離は計算できるだろう。起伏のはげしい地形だった。一万フィートの山が並んでいる。そのあとすぐメコン川が見つかった。北ベトナムとラオスの国境沿いのどこかにちがいない」

「何時ごろだった?」

「十四時ごろ」

「OV-10の乗員は一人か二人か?」

「前席に一人いるのを見ただけだ。後席には荷物が積んであったようだな。パラシュートか何かを載せていたようだ」

「よし。調査してみよう。このあたりにはOV-10が大量に入っているんだ、スペンス大尉。その時間にあの地区で作戦行動をしていた飛行機をまず洗い出さなくてはならないが。はっきりこれと断定するのはむずかしい仕事になるだろう」

「あのブロンコに乗っていたやつは殺人鬼なんだぞ……頭のいかれた野郎だ。ぜひとも見つけ出せ。こっぴどくとっちめてやらなくちゃ。誰か人を殺さないうちに、営倉にぶち込んでやるんだ」

グレリーは自分の部屋に戻った。彼の第一の結論は、スペンスは戦争神経症で妄想《もうそう》をいだくようになったということだった。どうみても、傷のために幻覚に悩まされていたのだ。アメリカ空軍の救助隊がスペンスを撃墜しようとしたと幻想しているのだ。ばかばかしい！

グレリーはこの問題を基地の精神科医の手にゆだねることにした。


グラントは一カ月前のホアビン爆撃で姿をくらました地点から一マイルばかりのところに着地した。

すぐパラシュートをまるめて土に埋め、しげみの中に隠れた。

あとはただハノイ・ヒルトンまで護送されるのを待つのみだった。


運よく、グラントがパラシュートで降下するところを見たものはいなかった。グラントは、エンコが言ったように、その晩はヒルトンで夕食とはいかなかった。じっさい、それから五日間は湿気の多い北ベトナムのジャングルのなかで携帯食料を食いつないでしのいだ。しまいには葉緑素の強烈なにおいとジャングルに充満しているいやな腐敗臭に吐き気をもよおしてきた。日に日に衰弱し、蛇に対する恐怖が耐えられないほどにつのってゆく。

グラントは捕まるようにと祈っていたが、誰も探しにこなかった。北ベトナムの巡察隊がはたして来るものやら心配になり、意気込みに燃えた民兵にうっかり射殺されはしないかとびくびくしていた。

六日目になって外に出て行く決心をした。

飢えにやせ衰え、憔悴《しょうすい》しきったひげもじゃのグラントは、ホアビンに向かっておずおずと歩みを進めた。

日没近く、田んぼから物音がするのを聞き、溝に隠れてのぞき見た。農民たちだった！

グラントは両手をあげて農民たちに駆け寄り、その足もとに、力尽きてへなへなと崩れた。

グラントがハノイに到着するまでにはさらに一週間かかった。いかれたトラックに乗せられ、もっぱら夜間の移動だ。舗装されていない穴ぼこだらけの道を走り、舟橋を渡り、にわか仕立てのフェリーで川を横切った。やっとのことで、ハノイ中央部の、ヒルトンと呼び慣らわされている古いハノイ刑務所にたどり着いた。

アーチ形通路を通り、四囲を低い建物で囲まれた中庭に出た。重い鉄の扉が開かれ、もう一つの中庭に案内される。そこは直角に接する二棟の建物で二方を区切られている。そこが捕虜収容所だ。宿舎には六十名から八十名の捕虜が寝起きをし、それは一階にあった。第二の中庭の中央には水飲み場があり、何人かのアメリカ人捕虜が洗濯をしている。グラントは取り調べ将校のところに連れて行かれながら、かれらに手を振った。

しま模様の囚人服を着て、きれいにひげを剃《そ》り、青ざめた顔のグラントはグエン・ヴァン・ダク大佐の前に立った。大佐は上手な英語をしゃべり、ヒルトンの常連たちにはまた、〝ダッキー〟、〝ドナルド・ダック〟あるいは〝間抜け《ダフィー》のダック〟という呼び名で知られている。

「これまでの調べだと、あんたが撃墜されたと称する日からすでにひと月以上もたっている。そのあいだどこにいたのだ？」

「わたしは意識不明になり、そのご数日間は気分がすぐれなかった。誰かがわたしを発見して病院に連れて行ってくれないかと思って、ジャングルのなかで待っていた」

「それで？」

「気分が良くなってきたので、南ベトナムに戻る手だてはないものかと考えはじめた。西に向かって歩き、ラオスに入り、できればタイまで行こうと決心した」

グエン・ヴァン・ダク大佐はアメリカ兵捕虜の尋問にかけては老練である。グラントの話にはたいへん懐疑的だった。

「あんたの飛行機はどこに墜落したのだ？」

「ホアビン南方のどこかだ。自爆装置を仕掛けて射出脱出した」

「その飛行機の型は？」

「それをしゃべることは禁じられている。ジュネーブ協定によると……」

「ジュネーブ協定などとたわけたことをぬかすな。ここ数週間、ホアビン周辺ではたいした戦闘はなかったぞ、フィールディング大尉。航空機の残骸もあまり発見していない。われわれが見つけた飛行機の残片のそばにはパイロットもいた。これまでのところあんたの説明に合致するものは何一つ見つかっていない。あんたをスパイとして銃殺してもいいのだ」

「わたしはスパイなんかじゃない。ホアビン上空で撃ち落とされたのだ」

大佐はなにやら書き留めている。

「フィールディング大尉、あんたが北ベトナムにやって来た正確な情況についてはは次回にくわしく追及する。個人的な興味から、訊いてみたいのだが、いまこうしてわたしのもとに監禁されていてだな、あんたらの胸くその悪い帝国主義戦争についてどう思うかね?」

「政治的な意見は何も持たないよ、大佐。ただ義務を遂行し、国のために尽くす、それだけだ」とグラントは愛国の熱意をこめて言った。

グラントはいささか気張ったばっかりに、護衛の一人にびんたをくらった。

尋問は翌日まわしとなる。

グラントは宿舎を割り当てられ、先住者に最新のニュースを知らせた。グラントは捕虜たるものの鑑《かがみ》となり、他の捕虜の士気をふるい立たせた。またチェスの地区チャンピオンとなった。

第二十四章

グラントは、エンコが約束したように、六週間ばかりの捕虜生活ののち、クリスマスまでには帰国できるものと当てにしていた。

ところが実際は、五カ月以上もハノイ・ヒルトンの客である日が続いた。捕虜になることを計画した将軍を毎日呪《のろ》った。

グラントは尋問に苦しめられたが、立派なアメリカの将校としての姿勢は崩さなかった。アメリカ本国からやって来た平和主義者たちにはがんとして会わなかった。ラジオを通じて祖国にメッセージを送ったり、政治的意見を表明したりすることは丁重に断わった。内心ではそのような行為を侮蔑《ぶべつ》していたのだ。

何週間もたち、相変わらず爆撃が続くと、グラントは戦闘が長期化したのではないかと思って気が気ではなかった。特に気になったのは、エンコに対する自衛手段として銀行の金庫に預けておいた手紙のことである。もし北ベトナムが彼の名前を早く捕虜名簿に載せてくれないと、あと数ヵ月で開封されることになる。グラントの名前がすでに発表されたかどうかを知る手だては、残念ながらなかった。

グラントは望みを失いかけていた。するととつぜん、ついに、〝傷病兵用輸送機〟C－141がハノイに着陸した。一言《ひとこと》の説明もないまま、グラントはハノイ・ヒルトンから連れ出され、バスに乗せられジアラム空港に着いた。

他の六十四名と一緒にフィリピンのクラーク空軍基地に飛んだ。

航空機の前には真紅の絨毯が敷かれ、軍楽隊が行進曲を奏でた。

タラップの下には完全礼装の海軍の士官が立っている。降りて来た捕虜たちが彼の手を握ると熱烈にその挨拶に応えた。

歓迎陣はその基地に配属されている軍人の家族である。かれらは歓呼の声をあげ、テレビ

・カメラが写したそれらの情景が、人工衛星によってアメリカにナマ中継される。
この歴史的な帰還を見んものと、妻や子供、恋人、親、親類、友人、隣人たちがアメリカ全土でテレビのまわりに集まった。

息子の姿がスクリーンに映ると、母親は卒倒し、父親は誇りと喜びで晴れやかにほほえんだ。かれらの気持は、あらかじめ帰還者の家庭にカメラを据え付けておいたテレビ班によって忠実に写しとられる。

グラントは最後のほうに飛行機から出て来た。スタムフォードでテレビを見ていたグラントの母は嬉しさのあまり絶叫した。父は咳払いをした。

グラントはほかの連中と一緒に低い台の上に案内され、そこでマイクに向かって挨拶をする順番を待った。

多くのものが胸を詰まらせて話していた。中には、ハノイで数年間を過ごしたのちふたたび自由を手にした感激で、恥も外聞もなく、おおっぴらに泣きだすものもいた。かれらは割れるような拍手を受けた。

グラントの番がきた。簡単にすませることにする。

「わたしは義務を果たそうとしただけです」と力をこめて言った。「祖国に帰るのが待ち遠しくてなりませんでした。すばらしいことがたくさん待ち構えているのですから」

ふたたび国防総省勤務になっていたエンコ将軍はテレビの画面を食い入るように見つめていたが、やがて計画を練りはじめる。

捕虜は二、三日クラークに留まることになっていた。医学上の手当も惜しみなくほどこされる。ふたたび祖国自由社会の荒波に立ち向かっていくため、〝再調整、社会復帰、再適応〟の精神医学的プログラムが立てられていた。

グラントはすぐアメリカに帰してくれと頼んだ。

グラントを診察した精神科医は面くらった。気分は上々であり、恨むところも、不満もないとグラントが断言して譲らない事実がどうしても納得できなかった。

精神科医の見地からすると、これは異常なことである。グラントに徹底的なテストをするように医師は主張した。

グラントは非常な忍耐とものわかりのよさを医師に示した。たった五ヵ月しか捕われの身でなかったことをくわしく説明した。気にかかる妻子もいない。したがって、情緒的問題は最小限にとどまったのだと保証した。

数時間たらずでグラントはめざましい成績でテストに合格した。精神科医はグラントが示した驚くほどの意志力、スタミナ、決断力に首をひねるばかりだった。

クラーク基地に着いて二日目にグラントは帰還報告に出頭するよう要請された。また、もし希望するなら、その夜カリフォルニアに向けて出発するジェット輸送機に席が取れるという知らせももらった。

グラントはジープに乗せられ司令部に赴いた。飾りけのない気の滅入るような部屋に案内される。

「軍情報部のガイ・クラベル大佐だ。ようこそ、フィールディング大尉」握手をしながら、頭のはげあがった担当官が言った。

「帰還できて嬉しいです、大佐」

「二、三お尋ねしてもかまわないかな、大尉？　もちろん、それほど疲れていないならばだがね？　きみはたいへん元気だという話なのでね。しかし、いまはまだつらくて無理だというのなら、そしてもう二、三日ここにいたいという希望なら、もっとあとにしてもいいのだよ」

グラントは憂鬱になった。

「わたしはけっこうです。どうぞ始めてください」

「きみの航空機のことなんだがね、大尉。きみはホアビンで撃ち落とされたのだが、そのあとTX75Eは北ベトナムでどうなったか調べるように国防総省から命令を受けているのだ」

「航空機は破壊しました」

「どのようにしてだね？」

「わたしが射出脱出に成功する寸前に、自爆装置をなんとかセットしました」

「なぜそのことを編隊長に確認報告しなかったのかね？　きみを呼び続けていたはずだが」

「したのです、大佐。コクピットに火がついて、電線が燃えていました。無線機もきっとそのときだめになったのだと思います」

「それではっきりした。しかし、破壊したことは確かなんだろうね？」

「クラベル大佐、あの機は跡かたもなく消えたことをわたし個人としてはっきり請け合います」

「けっこうけっこう。わたしとしてはそれで充分満足だ。なぜこんなことを訊いたりするのかきみは不思議だろうな？」

「率直に申し上げて、そうなんです」

「まず第一に、あの機が敵の手に渡らなかったことを確認したかった。第二に、きみは半年近く外界から閉ざされていたわけだから、たぶん知らないだろうが、ロサンゼルスからハワイに飛行中のＰＧＡ旅客機の乗っ取りに、ＴＸ75Ｅが使われたのだ」

「ほんとですか？　いつのことです？」

「そうさな、きみが撃墜されて一ヵ月くらいのちだな」

「もっとくわしく聞かせていただけませんか、大佐？」

クラベルからその話を聞いたグラントは、初めは普通に驚いた顔をしていたのが、そのうち心底仰天した様子を見せた。

「そういうわけで、フィールディング大尉、情報部では、北ベトナムが世間の関心を惹《ひ》くための宣伝効果を狙ってきみの飛行機を使ったのではないかと一時は考えた。飛行機を貨物船で運んでカリフォルニア沖で発進させることができるからね。捕虜のなかの裏切り者が北ベトナムのシンパになって、ハノイに対する資金援助にその仕事を買って出たのではないかという説があったのだ」

「まさか。とても信じられない話です」

「むろん、そのためにはきみの航空機がこわれていたのではじまらない。確かに破壊されたことがわかった以上、その点は問題がなくなった」

「じゃ犯人はどこで飛行機を手に入れたんですか?」

「それはまだわかっていない。TX75Eを操縦した経験のあるものは、片端から調べている。そのうち誰か手がかりなり、まったく思ってもみなかったような考え方なり与えてくれるかもしれない」

「そうですか、ご成功を祈ります、クラベル大佐。あ、ところで、金《かね》は見つかったのですか?」

「TX75Eもウィッジョンも金もきれいに消えてしまった。ウィッジョンの持ち主は真新しいゲーツ・リアジェットを自分のものにしたよ、欲の皮のつっ張ったやつだ。一時は共犯じゃないかと疑われたものだが、尋問の結果、あんなおつむの弱い、びくびくした男じゃ話にならないと判明した。ハイジャック犯人はあらかじめヴァン・ナイズを調べてウィッジョンがあることを知っていたようだな。やつらはあらゆることを考えていた。これと同じことができるやつは当分現われないだろう。いやどうもきみを引き止めてしまった。きみはもちろんほかのことで頭がいっぱいだろう。ありがとう、フィールディング大尉、ご協力を感謝する」

「わたしのほうこそお礼申し上げなくては、クラベル大佐。おかげでとてもせいせいした気分です。では失礼します」

「良い旅行を、大尉」


真新しい軍服に身を包み、すばらしいカリフォルニアの太陽を浴びて、グラントは、トラヴィス空軍基地のターミナル前に駐機したC－5Aジャンボ輸送機から降りた。フィリピンからは十一名の捕虜と一緒だった。周辺の住民の歓迎は、二、三日前のクラーク基地での熱狂に勝るとも劣らない。グラントはここでも短いスピーチをさせられる。

「これはわたしたち一同の気持を代弁するものと確信していますが、祖国に帰った感激で胸がいっぱいです。わたしはコネチカットの出身ですが、ここカリフォルニアが大好きです。わたしにとっては豊富な思い出の地なのです。可能になりしだい、舞い戻ってくることを約束します。ここでわたしは心身の疲れをいやしたいと願っているのです。皆さんの歓迎を心から感謝します。われわれ一同にとってこれほどの光栄はありません」

トラヴィスでわかったことだが、捕虜期間中に遡《さかのぼ》って支払われる給料は賞与を含めてもたいした額にはならなかった。たかだか数千ドルである。しかし、わずかながらも、これだけ貯えができることは助かると思った。エンコとのあいだがすっかり片がつくまで食いつないでゆけるだろう。

数年にわたって捕われていたもののなかには、十五万ドル以上手にしたものもいる。しかしグラントはもしまた機会があって、どんなに大金を積まれても、自由と引き換えにするのはまっぴらだと思った。

コネチカット州スタムフォードの故郷の近くには空軍基地はなかった。カリフォルニアに着いて四十八時間後に、グラントは、彼の帰還を祝う正式の歓迎式典はブリッジポート市営空港で挙行されると知らされた。翌日、同方面出身の二人の捕虜と飛ぶことになった。かれらは、途中、ニュージャージーのマクガイア空軍基地とニューヨーク州ニューバーグのスチュワートでそれぞれ降りる。

ブリッジポート空港では、午後遅く着くグラントのために手のこんだ歓迎会が企画されていた。

きれいな小ぢんまりした旅客ターミナル・ビルは旗で飾られた。アメリカ在郷軍人会と海外出兵退役軍人会から集まった約五百名の群集に小旗が行き渡った。子供たちが熱烈にそれを振る。軍楽隊と学校の楽隊が行進曲を奏する。

イェール大学政治連盟の反戦会員がささやかな抗議をした。〝なんの平和か？　なんの名誉か？〟というようなスローガンを記したプラカードを持ってピケを張り、祝典を妨害し粉砕しようとした。二、三いざこざがあった。在郷軍人会のコチコチの国粋主義者の協力によって、警察はすぐに学生たちを空港の外に排除した。

グラントの両親は万感胸に迫って涙ぐんでいる。ハートフォードから出て来たガールフレンドのジェニファがそばに寄りそって立っていた。

グラントは空軍輸送機の後方扉から姿を現わし、にっこりほほえんでタラップの上から手を振ると、軍楽隊が『ゴッド・ブレス・アメリカ』を演奏する。急いでステップを降り、家族の腕のなかに飛び込む。テレビ・カメラのためにジェニファに長い熱烈なキスをする。興奮がおさまったとき、エンコ将軍がターミナルから出て来た。グラントの手を握り、肩をたたく。地方紙のカメラマンがさかんにシャッターをきり、「もう一度」と頼んでいた。

エンコはグラントを即席の壇に案内する。

将軍は帰還英雄の美徳を賞めたたえるスピーチを五分間ほど行なった。演説は割れるような拍手でひっきりなしに中断される。

「アメリカはグラント・フィールディングが払った犠牲に対し、決して十二分に報《むく》いることはできないでしょう」と言って、グラントの胸に勲章をとめ、きびきびした動作で挙手をする。

グラントも挙手の礼を返し、群集の熱狂はその極に達する。

「このことを発表できるのは本官の光栄とするところですが」とエンコはにこやかに言う、「本官の個人的推輓《すいばん》が聞きとどけられ、このたび国防総省は同君の少佐昇進を決定しました。同君のために、本官もこんな喜ばしいことはありません。では続いて、ひと言ご挨拶を、フィールディング少佐」

感極まった顔をして、控え目な慎ましい物腰でグラントはマイクの前に立つ。

「わたしが申し上げたいことは一つだけです。ザッカリ・エンコ将軍のようなすばらしく、頼もしい方がたの指揮のもとで、国のために尽くしてこられたことは、生涯忘れえない経験だったということです。戦争という運命のめぐり合わせによって、エンコ将軍をわが友、わがパートナーとすることができたと考えるのはたいへんな名誉であります。この体験はこの上なく貴重なものであったとわたしは断言いたします」

在郷軍人がまっ先に歓声をあげ、拍手をした。

グラントは両手を高く差しあげてそれを制した。

「しかし、皆さん、遺憾ながら、わたしは軍隊を去る決心をしました。わたしの昇進に努力してくださった方がたには厚くお礼申し上げます。友人の皆さんや、特に将軍のことはいつまでも深い愛着とともにわたしの脳裡《のうり》に留まることでしょう」

失望のつぶやきがさざ波のように人びとのあいだに起こった。エンコはグラントの発表にびっくりし、また悲しそうな表情をした。

「これからどうするつもりか、皆さんに話していただけるかな、少佐？」

「わたしは捕虜になっているあいだに、いろいろ考えました。つねづねしたいと思っていたことをいまこそやるべきだと信じます。法律と犯罪学、それに社会学と心理学も合わせて学びたいと思っています。復員兵援護法案《G・I・ビル》の適用を受けて、ハーバードかイェールに行くつもりです。もし大学が入れてくれればの話ですが」

疑わないよ」

「少佐、貴君のような優秀な人材には、大学の門戸は大きく開かれているとわたしは信じて
「どこまでも信頼を寄せていただいてかたじけないです、将軍」

「貴君を失うことは残念だ。しかし、これによってわたしたちの個人的な友情がそこなわれることのないよう希望する。常時、連絡を絶やさないでほしい。わが国にとって貴君のような人はかけがえがないのだから」

「たえず連絡は取りますよ。そのことは信じていただいてけっこうです、将軍」

エンコは軍楽隊の指揮者に手を振った。楽隊はまた行進曲を奏しはじめ、群集は拍手を送り、やがて散っていった。将軍はグラントの両親と握手を交わしたのち、グラントの腕を取り、じきにエンコをワシントンに乗せて帰るはずの飛行機に向かって歩き、話し声が届かないところで立ち止まる。

「あと二、三日は、もう幾人かの帰還兵の叙勲に赴かなくてはならないのだ、たぶん、サバンナとフロリダのどこかだったと思うが。ここしばらくはおれに電話をしたり、会いに来たりするのは避けたほうがいい。クラークでのおまえの査問に関する報告書は読んだ。トラヴィスからのを待ってるところだ。たいへんうまくやってくれてるが、もしまた訊かれたら、慎重にやれよ。国防総省のほうは何も新しいことをつかんではいない。相変わらず、コンピュータをいじくりまわしている。だが、ＣＩＡに調査に乗り出すよう要請を出した」

「こんど会えるのはいつになりますか？」

「二、三週間後にホワイトハウスの歓迎祝賀パーティで会おう。そのあと二週間ばかり休暇を取って、〝海底〟銀行へ連れて行くよ」

将軍機の乗員が出発準備のために近づいてきた。

「ひとまずさようなら、フィールディング少佐、お元気で」とエンコは普通の声に戻って言った。

グラントは将軍の手を握り、挙手をして、父親の車のほうへ歩き去った。

グラントはスタムフォードで静養しているあいだに、手紙がまだ銀行の金庫にあることを確かめた。懸案のジェニファとの関係に決着をつけ、空白期間の新聞に眼をとおし、秋の学期から入るためにいくつかの大学に願書を出した。

ジェニファと別れるまでには、何度か会って話し合いを重ねたが、いつも大荒れに荒れた。めちゃくちゃに取り乱したはての、痛々しい、涙ながらの別離だった。

戦争に行き、また捕虜になっていたあいだに、そしてそれが原因で、変わってしまったということを理解させようとしたが、ジェニファはそれでもグラントにしがみついて離れたがらなかった。

最後にやっと、グラントの新しい価値観や学問への志は、ジェニファの人生に対するロマンチックな考え方とはまったく相容《い》れないことを納得して、ハートフォードに帰った。

これですべての問題が片づいた。グラントはいまやあらゆる束縛から解放され、エンコを待つばかりとなった。

国防総省のレイモンド・プロミノー将軍の部屋に、フレッド・スカラータ大尉が受付を介して入ってくる。

「なんだね、スカラータ？　何か気になることでも？」

「はい、二つほどあります。ポーター・バンクロフト上院議員のたいへんなご不興をこうむっていることがあります。あの方の選挙区民で、ラシーヌ出身のスキップ・スペンス大尉というものが名誉を毀損されたといきまいているのです。ベトナムでファントムのパイロットをしていたのですが、国防総省が揉《も》み消しに加担しているという非難の手紙をあちこちの新聞社に送っています。どうやら北ベトナムで、戦争終結間近に負傷して精神障害を起こしたか何かそういう理由で地上勤務にまわされたらしいです。スペンスの言い分は、地上砲火でやられたあと、味方の救助機ＯＶ‐10によって攻撃されたというものです」

「それがわれわれとどういう関係があるのかね？　なぜ空軍がそれを調査しないのかね？」

「したのです。しかしスペンスがバンクロフト上院議員に話したところによると、空軍は問題を大きくしたくないものだから、精神の錯乱ということにして取り合ってくれないそうです。上院議員はこの問題が必要以上に大きく拡がらないうちに、徹底的な調査をするよう要求しておられます。ご承知のように、バンクロフト上院議員は軍事委員会の委員ですし…

……」

「わかった、わかった」とプロミノー将軍はいらいらして言い、溜息《ためいき》をつき、首を振る。「いいから、そのファイルを机の上に置いておけ、スカラータ。それに眼を通してから、きみと扱いを協議しよう。ところで、もう一つは何だね？」

「シャドー81ハイジャック事件のファイルのことなんですが」

「そう、何か新事実が出たかね？」

「そうではないんです。TX75E機パイロットのインタビューはまだ続けていますが、これまでのところ、手がかりになるようなものは何もありません」

「それで？」

「将軍、じつは、ハイジャックが発生してからかれこれ七カ月になります。いまでも二人の人員を専門に関係記録の調査分析に当たらせています。一方では中東に対するソ連の武器輸送に関する時々刻々の報告も整理しなくてはなりません。報告は山のようにたまってしまっています。わがほうはソ連の新型地対空ミサイルにひどく悩まされているというのに、それに関する充分な情報収集まで手がまわらない始末です」

「つまり、ハイジャック事件と武器輸送問題とを同時に手がけるだけの人員はない、ということかね？」

「簡単に言うとそうです。将軍に優先順位をつけていただいて、どちらか一つということにいたしませんと」

「目下は中東のほうが大事だ。それが第一だな。ではこうしよう」と将軍はうんざりしたように溜息をもらす。「シャドー81のファイルをはずして机の上に置いていけ。わたしが自分で追跡してみるよ」

それはホワイトハウス始まって以来、最も金に糸目をつけずに催された会の一つである。芝生の上には幾張りものテントが張られた。とびきり上等の料理、すばらしいシャンペン。星空のもとでアメリカ最高の楽士の伴奏で踊るダンス。

大統領は得意の絶頂にあった。タキシードに身を包み、テレビ・カメラを充分計算に入れて、大統領はマイクに近づいた。よく通る、張りのある声で、捕虜だった人たちや妻子やその他の肉親が苦境に耐えた英雄的行為をほめちぎった。かれらの義務に対する献身、勇気、雄々しさ、根性、頑張り、忍耐力、ねばり強さを賛美した。

〝話のついで〟にことよせて、大統領は聴衆の一人一人に、〝優位な立場〟からの調停という彼の政策は、犠牲を払いはしたが、結局は成果があったということを、抜け目なく想起させた。〝最後まで耐え抜く〟という決意は正しかったことが立証された、と主張した。この決断はなまやさしいことではなかったと言って、抑制のきいたすすり泣きで声を曇らせながら、捕虜のつらい境遇を思って幾晩も眠れぬ夜を過ごしたものだとつけ足した。

拍手は大統領の演説に完璧な効果を添えた。

陸、海、空の将軍と提督、それに捕虜になっていた上級将校が入れ替わり話をした。いずれも、捕われの身であった部下の将兵たちの粘り強さを賞揚した。大統領とその卓越した指導力を異口同音にほめそやした。大統領は〝トンネルの彼方《かなた》の光〟を見るだけの先見の明のある数少ない人物の一人だった。

これらのスピーチの最中に、エンコはシャンペンの入ったグラスを二つ持ってグラントを脇の木の下に連れ出し、まわりを見まわして人に聞かれないことを確かめた。

「ロングビーチに船を一隻調達しておいたぞ」とささやいた。「ロサンゼルスでスキューバ・ダイビングの装具を買いもとめることにしよう」

「金の価格が急騰していると新聞で読みましたよ」とグラントはエンコとグラスを鳴らしながら言う。「いつ行きますか？」

「来週だ。家内をドイツのせがれのところに会いに行かせるからな。こっちにいられると都合が悪い。ロサンゼルス国際空港で落ち合おう。前に使ったのと同じ洗面所で、月曜日の午前十時だ」

「首尾よく終わったら、将軍、物件はどうしますか？　どうやって処分する計画なんですか？」

「ひとまずどこか安全なところにしまってから、飛行機を一機買う必要がある。こっそりアメリカをぬけ出して何度かスイスへ行き、そこで金《かね》を少しずつ洗濯に出すんだ。つまり銀行でキレイにしてもらうわけだ」

グラントはシャンペンを一口すすりながら、ちょっと考え込む。

「中国人の洗濯屋でもいいんじゃないんですか?」

「何の話だい、それは、グラント?」

「香港に一軒あるじゃないですか、わが旧友ジミー・フォンの経営する店が」

「おう、そいつは悪くないな。船か飛行機を買って……」

「しーっ、将軍。スピーチが終わりましたよ。みんなこっちのほうに来ます。細かい打ち合わせはあとでしましょう」

補佐官のホフマンを脇に従えて、大統領は芝生の上にできた小人数のさまざまなグループのあいだをまわって歩いた。集まりから集まりへ、笑いを振りまき、捕虜となっていた軍人やその妻と握手しながら、縫うようにして進んだ。

大統領はやっと、エンコと並んでシャンペンを飲んでいるグラントのところへ来た。

エンコは自分たちを紹介した。

「大統領閣下、ザッカリ・エンコ将軍です」とシャンペングラスを手にしたまま、気をつけの姿勢を取って言う。「こちらはフィールディング少佐、わたしの最も優秀な部下の一人です」

「今日はようこそ、少佐」と大統領は手を差し出して言った。「北ベトナムにはどれだけけいたのかね?」

「六カ月そこそこです、ハノイ・ヒルトンにいました、閣下」

「そんなに長いこと苦労をかけたとは気の毒だったな、少佐」

「でも無駄ではありませんでした、大統領閣下」

「あっぱれな根性だぞ、少佐。じつに旺盛《おうせい》な士気だ。昇進はしたのかね？」

「撃墜され、捕まったときは大尉でした、閣下」

「少佐昇進はわたしも満足だ」

「ありがとうございます、閣下」

大統領は隣の男を振り向いた。

「エンコ大将にフィールディング少佐、こちらは大統領補佐官のホフマン氏だ」

「初めまして」とエンコは握手をした。

「お目にかかれて光栄です、ホフマンさん。和平交渉のあいだわたしたちのためにお骨折りいただいたことを感謝します」グラントも握手をしながら、ほほえんだ。

「フィールディング少佐は軍隊を辞《や》めるのですよ、大統領閣下」とエンコは無念そうな声で言う。

「それは残念だな、少佐」と大統領は言った。「きみのような人がいてくれると大いに助かるのだがね——近ごろは、ほんとにやる気のある人間がとんと少なくなった。できれば翻意してもらいたいところだが、ともあれ、いまのきみにはいささかの休養とくつろぎが何より必要だ。充分健康に気をつけてくれたまえよ」

「はい、ありがとうございます、閣下」

「休暇には何をするつもりかね？」

「お尋ねいただいて恐縮です、閣下。フロリダかカリフォルニアに行って、思う存分太陽を浴び、波乗りをし、スキン・ダイビングなども多少楽しみたいと考えています」

「なによりの養生になりそうだね、少佐」

「同感です」とエンコがにこにこして言った。「わたし自身もちょうど気分転換が必要な時期だが、きみに同道したいものだな、フィールディング」

「ご招待しますよ、将軍、ご一緒できれば願ってもない幸せです」

「もしかしたらな」

大統領はやさしい微笑をたたえて、エンコとグラント二人の肩を同時にたたきながら、向こうを向いて立ち去っていく。

「すばらしい思いつきだ。二人とも、思うさま楽しみたまえ。戦争は終わったのだよ!」

謝辞

ダブルデイ社のスタッフの面々、および情報、助言、励まし、そして忍耐心をこのわたしに与えてくれたすべての方々に感謝申し上げたい。

すなわち、
ヴァール・H・ドゥーリン、彼はニュージャージー州テターボロ空港のセイフェア航空所属チーフ・パイロットであり、およそ航空機について彼の知らないことは知るに値しない。

アン・ローリング、心の温かな偉大な女性。有能で率直、批判は手厳しいが常に正しい。

映画シナリオライターのなかでは先生として最高である。

ガス・ネイサン、合衆国の東海岸では最高の熱血漢ビジネスマン。考えることは大きく、しかも決して投げ出さない。

マイヤー・ローゼン、彼のような新聞記者は二度と現われないだろう。

クリフォード・W・サンドバーグ船長、海に関することではまさしく生きた百科事典。無骨ながらチャーミングな熟達した海の男であり、抜群のユーモアのセンスの持ち主。

ウォルター・L・スペス、彼の意見は最も傾聴に値し、かつ卓越した分析力を有することは万人の認めるところ。

わたしが始末に負えなくなったときに、調子を合わせて、うまくあしらってくれた友人や同僚たちに。

つまり、

H・ジェンキンス、N・ゴールドマン、O・ゴールドマン、F・グリーンフィールド、T・ジョセフ、M・レヴィ、E・レヴィ、H・ロイ、M・ストルール。

さらにBA、RB、MC、RC、GC、LD、GD、CD、HF、PF、PL、GG、LH、MH、WK、JLISS、BM、CCM、RPM、IR、PRN、FS、VS、ATの諸氏。

妻のヴェルマ、彼女は世捨て人との暮らしに耐えてくれた。

息子のジェラード、彼は献身的にタイプライターを打ち、運転手役を務め、調べ物をし、批判し、提案をし、懇願し、勝手に放棄して、くびになり、ふたたび雇い入れられ、そして相変わらず報酬はもらえないでいる。

そしてわたしが忘れてしまったかもしれないすべての人たちに。それは意図的ではない。彼らのおかげでわたしは人間性に対する信頼をとりもどした——ともかく、つかの間は。

LN

解説

文芸評論家
関口苑生

日本における海外ミステリの翻訳は、遠く明治・大正の昔から始まっているのはご承知だろうが、現在のような隆盛を築くにいたった土台は、一九五三年（昭和二十八年）にスタートしたハヤカワ・ポケット・ミステリにあるといっても過言ではあるまい。その記念すべき第一冊目は、ミッキー・スピレインの『大いなる殺人』であった。それから続いてダシェル・ハメット『赤い収穫』、コーネル・ウールリッチ『黒衣の花嫁』、ハーバート・ブリーン『ワイルダー一家の失踪』と刊行され、ここから長い歴史が始まっていくわけだが、興味深いのは最初の十数作ですでにハードボイルド、サスペンス、本格、スパイ小説とほとんどのジャンルが網羅されていることだ。

面白いミステリ（小説）にジャンルは関係ないという、日本の読者の貪欲さ……と言って悪ければ、懐《ふところ》の深さを改めて思い知らされる一面がそこにはある。だが、この初期の時代には現在で言うところの冒険活劇小説はほとんど登場してこない。ようやくそれらしき作品が登場するのは一九六六年邦訳のギャビン・ライアル『もっとも危険なゲーム』、アリステア・マクリーン『ナヴァロンの要塞』あたりからだが、しかしこれも『ハヤカワ・ミステリ総解説目録』によると、この両者はサスペンスの扱いになっている。はっきりと冒険小説の名が散見できるようになるのは、翌一九六七年のライアル『深夜プラス1』からである。またマクリーンのほうも『女王陛下のユリシーズ号』『恐怖の関門』（ハヤカワ・ノヴェルズ）などが続々と邦訳され、小林信彦は当時連載していた書評で「イアン・フレミング以後、もっとも迫力のある冒険小説作家として」注目したいと絶賛したものだった（『地獄の読書録』所収）。ここに同じく六七年に邦訳されたディック・フランシス『興奮』とハモンド・イネス『蒼い死闘』、ジョン・ボール『航空救難隊』を加えると、日本での現代海外冒険活劇小説の夜明けがぼんやりと見えてくる。

とはいっても、人口に膾炙《かいしや》するほど圧倒的なファンを獲得するまでには、まだしばらく時間が必要だった。以下、その後に出た傑作冒険活劇小説を思いつくまま列挙してみると（カッコ内は邦訳年）——セシル・スコット・フォレスター『海軍士官候補生』（六九年）、ジェフリー・ハウスホールド『影の監視者』（七〇年）、ハンス＝オットー・マイスナー『アラスカ戦線』（七〇年）、フレデリック・フォーサイス『ジャッカルの日』（七三年）、ロバート・ラドラム『スカーラッチ家の遺産』（七四年）、デズモンド・バグリイ『高い砦』（七四年）、デイヴィッド・マレル『一人だけの軍隊』（七五年）、ジャック・ヒギンズ『鷲は舞い降りた』（七六年）、トマス・ハリス『ブラックサンデー』（七六年）等々、今なお輝きを失っていない傑作が続々と紹介されてくるのだが、一般読者の間に広く深く浸透し、冒険小説として熱く語られるまでにはまだ至っていなかったように思う。しかし、来《きた》るべき噴火の予兆は確かにあった。言うなれば、機は熟していたといってもいい。あとは、わずか一滴……下手《へた》な譬《たと》えで申し訳ないが、広い浴槽に蛇口からぽつりぽつりと水が落ちていき、あとほんのひとしずくで溢れてしまうという、そのきっかけを待つばかりだったのだ。

そこに、途方もない爆弾が炸裂したのである。

それが本書『シャドー81』であった。一九七七年のことである。この作品が当時の読者のみならず、版元を含む各方面に与えた影響は、間違いなく尋常ならざるものがあった。だがそれは、いま思えばの後知恵的な話になるけれども、作品の素晴らしさに加えて、時代の要請というか、めぐり合わせのような、いくつかの要因が重なってのことであったのかもしれない。たとえばひとつには、先にも記したように一般読者の間で、冒険活劇小説の面白さが次第に認知されてきたのも大きい要素だ。特にフォーサイスの出現と、ヒギンズの登場は読者に今までの小説にはなかったある種の衝撃を与えたように思う。フォーサイスの場合はスピーディーで緻密な物語の展開に加え、情報の重要さを教えてくれたし、ヒギンズは七四年の『地獄島の要塞』や七六年『鷲は舞い降りた』などで、プロフェッショナルの男たちが命を賭してもなすべきことをなすという、神代の昔から存在する伝統的な男のロマンに現代的な味つけをほどこして、読書の幅を広げてもくれたのだった。『シャドー81』は、作者が意図したのかどうかは別としても、この両者のいいところを反映発揮した作品であった。それは、六〇年代後半に芽吹いた冒険活劇小説の夜明けから、さまざまな試行錯誤を繰り返しながら到達した、ひとつの進化形でもあった。

それと、この年から始まった《週刊文春》のミステリーベスト10という企画の存在も無視できない。これは今も続く名物アンケートで、その年度に出版された国内外のミステリ作品の中で、何が面白かったかを日本推理作家協会の全会員に問うて集計する、言わばプロが選ぶベスト作品ということで注目を浴びたのだった。このとき、第一位に輝いたのが本書だったのだ（当時は国内・海外の区分けはなく、両方まとめての集計だった）。

日本人に限ったことではないと思うけれども、人間というのはなぜかランキングに弱いところがある。しかもこの場合は、プロ中のプロが選んだランキングであったのだ。ちなみに、当時の推薦者の言葉をあげてみるとこれがちょっと凄《すご》い。

●結城昌治「ハイジャックものの傑作。スケール、スリル、サスペンスすべて申し分なし」

●伴野朗「奇想天外の着想。ベトナム戦争をパロディ化したヤンキーのたくましさ。圧倒的面白さは文句なく本年ナンバー1」

●石沢英太郎「面白かった点、この作品が一番」

と今は亡き日本ミステリ界の重鎮たちが、こぞって絶賛しているのである。こうした状況の後押しもあって、本書は冒険小説としてはかつてないほどの評判をとり、高い売り上げを記録する。しかし何より特筆せねばならないのは、本書がもたらした〝業績〟が海外ミステリの出版事情をも大きく変化させていったことだろう。どういうことかというと、このとき

――つまり初刊時の『シャドー81』は、海外ミステリの出版を主たる業務とする老舗出版社ではなく、文芸書を中心とする新潮社から、それも安価な文庫オリジナルとして刊行されたのであった。今ではちっとも不思議なことではないけれど、当時は画期的な出来事だったように思う。それが好評を博し、ミステリ専門出版社ではなくともこういう形式での出版が商売になりうるとわかったのだった。これ以降、各社が新刊の海外ミステリを文庫で刊行するという〝常識〟が定着したのである。と同時に、本格的な冒険小説の人気が、歴史の積み重ねのなかでようやく人々の口の端に上るほどまでに高まってきたのであった。先に記した夜明けから、およそ十年の月日が流れていた。以上のようなことから『シャドー81』は、記録にも記憶にも残る作品となったのだった。

がしかし、それもこれもまずは作品の素晴らしさ、面白さが先にあってのことであるのは言うまでもない。実際に今回、本書を久しぶりに読み返してみて、とにかく内容がちっとも色褪《いろあ》せていないことに驚いたというのが正直な感想だった。いや、むしろ現在になってからのほうが、作者の隠された本音と意図が明確に理解できる気がするくらいだ。その魅力の第一番目は、何といっても事件の奇想天外さだろう。ロサンゼルス発ホノルル行きのボーイング747ジャンボジェット機PGA81便が、太平洋上で突然何者かによってハイジャックされるのだが、犯人は機内にいるのではなかったからだ。ジャンボ機の後方から、最新鋭の戦闘爆撃機が、いつでも81便を撃ち落とせる態勢でつけ狙っていたのだ。そこで、二百名あまりの人命と引き換えに、二千万ドル分の金塊を要求するという暴挙に出たのだった。

なるほど、そういうやり方があったかと言うのはたやすい。だが、ちょっと考えてみるまでもなく、これがどれほど突拍子もない、実現不可能な犯罪であるかはわかろうというものだ。まず軍の最高機密であるはずの最新鋭の戦闘爆撃機を、どこからどうやって調達するのか。さらには二千万ドル、十トンもの金塊をどうやって運び出そうというのか。犯人側が、自分の身許を隠しながら対処しなければならない課題の数々は、およそ常識では図れない難問ばかりなのである。

ところが、なのだ。この犯行に先立つ第一部での展開と描写にぜひともご注目いただきたい。大胆にして緻密、豪胆にして繊細な計画と行動の一部始終が、詳細かつ正確な記述でなされていく手際は、さながらイリュージョンのマジックを見せつけられているような鮮やかさで、ともかく見事の一言につきる。時代はベトナム戦争末期。パリでの和平交渉が進められながら、北爆を繰り返すアメリカ軍。そのベトナムに投入された戦闘爆撃機を盗み出そうという発想がまず凄い。また、身代金の強奪にしても実によく考え抜かれた、空前絶後の方法で成功させて読者を魅了する。それは右手で何か注目を浴びるようなことをしながら、同時に左手で本来の目的を成し遂げようとする基本のトリックの応用でもあった。

そうした物語全体に仕掛けられたトリックは、作者の気持ちにも繋《つな》がるもので、ネイハムはこの痛快な冒険小説の裏でベトナム戦争と愛国心のありようを問い、こんな無駄でどうにもならない戦争と、権力者たちの無能さを思い切り笑い飛ばしてみせたのだ。個人的な感想ながら、第二次大戦におけるジョーゼフ・ヘラーの諷刺小説『キャッチ＝22』に対して、ベトナム戦争の『シャドー81』という構図がそこはかとなく垣間見えてきて仕方がなかった。が、ともあれ、本書は日本国内では驚異的なヒットを記録したものの、肝心のアメリカ本国ではどうやらさほどでもなかったらしい。アメリカの出版事情に通じている人のなかには、ほとんど話題にすらならなかったと証言する人もいる。読者の好みの違いと言ってしまえばそれまでだろうが、そんな事情もあってネイハムはこのデビュー作以外に作品を発表することもなく、一九八三年にこの世を去っていった。これが今の世ならば、日本の出版社の要請に応じて、本国の出版社との契約に関係なく、日本人に読ませるためにオリジナル小説を書くということも可能だったろうが、当時はそんな考えなど誰の頭にも浮かばなかったのだろう。

と、あれやこれや必要以上に書き連ねてきたが、すべてはこの作品の素晴らしさを知ってもらおうと思ってのことである。亡き作者にとっても一期一会の本書を、大切に、慈《いつく》しんで味わっていただきたい。それだけの価値は絶対にある。

二〇〇八年八月

本書は、一九七七年四月に新潮文庫より刊行された作品の新装版です。